COFFEE

인소의 법칙

17
인소의 법칙
유한려 지음 솔 그림
it BOOK

스페셜 엔딩

스페셜 엔딩

은지호는 파티가 열리고 있는 홀로 빠르게 돌아왔다.

물론 울면서 달려가는 함단이의 모습이 신경 쓰여 쫓아가 보려고는 했지만, 그녀가 엘리베이터에 탈 무렵 이게 다 무슨 소용인가 싶어져 그만두고 말았다.

무엇보다도 그녀를 붙잡는다 한들, 대체 무슨 말을 할 것인가?

뭐가 오해가 있는 것 같다, 내가 너와 나예리를 비교해서 뭐 하나라도 나을 게 있냐고 말한 것은 다름이 아니라 이득 문제였다.

너와 사귀는 것이 나예리와 약혼하는 것보단 내 미래에 도움이 되지 않는다는 것쯤은 너도 알 것 아니냐? 집안만 아니라면야 나도…….

그런 말 따위를 구구절절 해 봐야 꼴이 우스워질 뿐이고, 게다가 그 발언의 정확한 의미를 안다고 한들 함단이가 마음을 풀 것 같진 않았다.

아니, 그러긴커녕 그때야말로 뺨이나 맞지 않으면 다행이었다. 그래서 은지호는 그 모든 것을 그만두고 미련 없이 홀로 돌아왔다.

하지만 걸음을 옮길 때마다 그에 관한 생각이 끊임없이 머릿속에 떠오르는 것만은 어쩔 수 없었다.

우는 모습 정말 굉장했었지. 이제 정말로 날 영영 안 볼 생각인가? 앞으로 함단이가 나오는 모임에는 초대될 수 없는 건가? 그런데 나는 나한테 도움도 안 되는 생각을 왜 계속해서 하고 있지?

어쩌면 오늘뿐만 아니라 한동안 이런 상태가 계속될지도 모른다는 불길한 예감에 은지호가 사로잡힐 무렵이었다.

갑자기 느껴지는 기척에 고개를 돌린 그는 가볍게 웃으며 내뱉었다.

"아, 건이 형. 오셨어요."

몹시 담담한 그의 태도에 유건도 눈을 접으며 웃었다. 친동생을 보는 듯한 다정한 눈빛인 데 반해 돌아오는 말은 전혀 그렇지 않았다.

"내가 말만 걸어도 네 얼굴이 새파랗게 질리던 게 엊그제 같은데……. 재미가 없어졌구나."

"저도 한 살만 지나면 벌써 어른이니까요."

어른이 되어도 당신에게 당하고 살 것 같냐는 의사 표명이었다.

그러자 어깨를 능청스레 으쓱한 유건이 물었다.

"말 나온 김에 물어보자, 요즘 학교는 좀 어떠니? 1년밖에 안 남은 학교생활, 즐겁게 하고 있니?"

말은 그랬지만 그가 실제로 묻고 있는 것은 명백했다. 유천영이 최근 학교에서 어떻게 생활하는지나 좀 말해 보란 거였다.

발해 그룹과 한울 그룹의 후계자끼리 사이가 나쁘다는 흉흉한 소문이 돌아서는 안 되었기에, 유건과 은지호는 속으로는 서로를 어떻게 생각하건 간에 겉으로는 잘 지내는 것처럼 보이기 위해 꽤 애쓰고 있었다.

그런데 기껏 묻는 게 자기 막냇동생 학교생활 어떻게 하는지에 대한 얘기라니.

눈을 내리깔며 어처구니없어하면서도, 은지호는 순순히 할 말을 머릿속으로 정리했다.

신기하게도 2학년 때 담임 선생님이 그대로 3학년 담임 선생님이 되었는데, 등교 첫날 그가 유천영을 향해 '얼굴 좀 자주 보자.'고 했다는 얘기는 꼭 해야지.

조금 고자질 같지만 알 게 뭔가? 권은형도 고3 시절만큼은 유천영을 신경 쓰지 않고 보낼 권리가 있다.

그리고……. 은지호는 시선을 들어 여전히 웃고 있는 유건을 바라보았다.

함단이에 대한 얘기는 반드시 해야겠지. 사실 그가 제일 알고 싶어 하는 것도 바로 그 부분일 테니까.

그러나 생각은 그렇게 하면서도, 은지호는 결국 유천영의 학교생활에 대해 말하면서 함단이에 대한 얘기는 쏙 빼놓고 말았다.

그 얘기를 듣는 유건의 표정이 차차 일그러졌다. 이대로는 위험하다고 생각한 은지호는 재빨리 화제를 돌렸다.

마침 묻고 싶은 것도 있었다.

"그러고 보니, 건이 형."

"응?"

"제가 최근 누군가에게 제가 줄 수 있는 가장 높은 조건을 제시한 적이 있어요."

그러자 눈에 금세 흥미로운 기색이 떠오른 유건이 물었다.

"거래에 관한 얘기니?"

"일단은 그래요."

담담히 수긍한 은지호가 말을 이었다.

"그런데도 그걸 거절한 것에 대해, 그걸 거절하면 달리 떨어질 게 아무것도 없는데도 그런 것에 대해 제가 어떤 뜻으로 받아들여야 할까요?"

그가 고개를 기울이며 덧붙였다.

"실은 처음부터 그걸 원하지 않았는데 원하는 척을 했던 것뿐일까요? 아니면……."

은지호는 함단이에게 미안한 마음은 물론 가지고 있었지만, 그것과 별개로 '내가 좋아하는 사람은 사실 네가 아니다'는 발언을 염두에 두고 있었다.

사실 자신과 나예리가 함께 있는 것을 보았을 때 함단이가 보인 반응을 생각하면 그럴 가능성은 없었지만, 그래도 혹시……. 거기까지 생각한 은지호는 문득 미간을 좁혔다.

사실 함단이가 좋아하는 게 정말 자신이 아니라면 친구 두 명을 잃을 고민도, 약혼녀를 잃을 고민도 하지 않아도 되니 분명히 좋은 일일 텐데. 그런데 어째서 그 가정을 떠올리는 것만으로 이렇게나 분한 기분이 드는 건지.

그 말을 들었을 때 도가 넘게 쏘아붙인 것에 대해 후회하면서도, 또 한편으로는 더 윽박질러 확답을 얻어 낼 걸 그랬다는 아쉬움이 느껴졌다.

그때, 유건이 묘하게 웃는 얼굴 그대로 말을 꺼냈다.

"지호야, 너……."

"네?"

"네가 그 거래를 통해 얻어 내려 했던 게 혹시…… 돈이나 물건 같은 유형의 것이 아니라, 무형의 것이었니? 이를테면 감정 같은."

"제가 그걸 갖길 원해서 거래를 청했던 건 아니고, 단지 곤란한 상황을 피하고 싶었을 뿐이지만."

그렇게 말한 은지호가 고개를 끄덕이자, 유건이 여전히 묘한 표정을 지으며 대답했다.

"상대가 무형의 것을 걸었는데 넌 유형의 것을 걸면 안 되지. 그래 놓고 상대가 그걸 거절하니 처음부터 그걸 원하지 않았다고 오해하다니……."

그리고 뭔가를 고심하듯 입술을 매만지던 유건이 다시 은지호를 돌아보았다.

"지호야. 그것보다도 너, 정말로 네 쪽에서는 그걸 원하지 않는 게 확실하니?"

"네? 네, 당연하죠."

은지호는 고민해 볼 여지도 없다는 듯 대답했다. 그러자 비로소 유건의 눈에서 염려가 사라졌다.

다시금 묘한 미소를 떠올린 그가 은지호의 어깨에 손을 얹으며 말했다.

"그래, 지호야. 우리 같은 부류가 돈으로 살 수 있는 걸 갖고 싶어지는 건 아무 문제가 안 돼. 하지만 돈으로 살 수 없는 걸 원하게 됐을 때, 그때야말로 우리에게는 가장 위험한 순간이 아니겠니……."

"그런 건 걱정하지 마세요. 그보다도 이제 슬슬 남들이 수상하게 여기지 않을 만큼은 지난 것 같은데, 어떠세요?"

은지호가 이제 그만 친한 척하란 것을 돌려 말하자, 유건은 그저 귀엽다는 듯 웃으며 손을 뻗어 그런 그의 머리를 헝클어뜨렸다.

헤어스프레이가 손에 묻어 독한 냄새가 날 텐데도 굳이 그런 짓까지 한다는 것은 그만큼 짜증이 났다는 뜻이었다. 과연, 손에 실린 힘이 범상치 않았다.

가늘게 뜬 눈으로 은지호를 내려다보던 유건이 다정하게 말했다.

“걱정돼서 기껏 친절하게 충고해 줘도 이런 태도라니. 역사상 원로들의 충고를 무시했던 군주들의 말로가 대체로 어땠는지를 생각하렴.”

“걱정 많은 원로들에게 발목 잡혀 뜻을 다 펼치지 못한 군주들의 얘기도 만만치 않게 아는데요.”

“하여간 귀엽지 못하긴.”

마지막으로 감정을 담아 머리를 쓰다듬던 손을 꾹 누른 유건이 비로소 은지호를 놓아주었다.

헝클어진 머리칼을 쓸어 넘긴 은지호는 입속으로 투덜대며 돌아섰다.

그가 이 파티장 어디에서도 함단이의 모습을 찾을 수 없다는 것을 깨달은 것은 그리 오랜 시간이 지나지 않아서였다.

은지호는 쉴 새 없이 눈을 굴렸다.

권은형과 반어령의 곁에도, 하다못해 윤정인이나 김 쌍둥이의 곁에도 함단이는 그림자도 보이지 않았다.

의아해하던 것도 잠시, 그는 곧 깨달았다.

하긴, 그런 일을 당하고 다시 파티장에 돌아올 수 있을 리 없지. 아마도 그대로 집에 돌아간 것이 분명했다.

그러던 그는 문득 손을 꽉 쥐었다.

아니, 하지만……. 만약 함단이가 제대로 집에 들어가지 못했다면?

그 생각이 비약적이라는 것은 은지호도 충분히 알고 있었다.

무엇보다 함단이의 파트너인 유천영 또한 그 모습이 보이지 않았다. 그러니 유천영이 함단이를 데려다주기 위해 그녀와 함께 떠났다고 보는 편이 타당할 텐데.

그런데도 단지 그 사실만으로는 함단이가 무사히 집에 돌아갔는지 장담할 수 없다는 목소리가 머릿속을 시끄럽게 울렸다.

그 밑도 끝도 없는 불안감이 어디에서 비롯된 것인지 전혀 알지 못하고, 알아야 한다는 생각도 하지 못한 채, 은지호는 가장 가까이 있던 권은형에게 무작정 다가가 그의 팔을 잡아당겼다.

갑작스러운 손길에 뒤를 돌아본 권은형이 손의 주인을 확인하고는 놀란 표정을 지었다.

"지호야? 왜 그런 표정으로……."

"유천영 어디 갔는지 알아?"

지금 자신이 함단이의 행방을 묻는 것은 양심 없는 짓임을 충분히 알고 있었기에, 은지호는 다만 그렇게 물었다.

그러자 눈을 두어 번 깜빡인 권은형이 대답했다.

"아, 그러고 보니 천영이가 조금 전부터 갑자기 안 보이네."

"그럼 함단이는?"

그 질문에 대답한 것은 권은형의 옆에서 주위를 두리번거리던 반여령이었다.

"그러게, 단이도 안 보이네? 둘 다 어디 갔지?"

비로소 권은형의 팔에서 손을 떼어 낸 은지호는 딱딱한 표정을 지었다.

어쩌면, 함단이가 나간 지 얼마 안 되어 유천영 역시 이곳을 나갔을 수도 있다.

하지만, 둘이 나간 시기가 비슷하다고 해서 지금 둘이 함께 있다고 과연 장담할 수 있는가?

그렇게 생각하며 입술을 얕게 깨무는 은지호의 앞에서 권은형이 핸드폰을 꺼냈다.

그가 주소록에 들어가지도 않고 곧장 단축 번호를 누르고 핸드폰을 귀에 가져가는 것을 은지호는 초조하게 지켜보았다.

핸드폰 너머로 신호음이 길어질수록 은지호의 신경줄 또한 바짝 타들어 갔다.

"음……. 안 받네."

그리고 마침내 귀에서 핸드폰을 떼어 낸 권은형이 그렇게 중얼거린 순간, 은지호는 미련 없이 몸을 돌렸다.

"지호야? 어디……."

뒤에서 당황한 듯한 부름이 날아왔지만 그는 대답하지도 않고 빠르게 홀을 빠져나왔다.

여전히 원인도 목적도 알 수 없는 불안감에 사로잡힌 채, 그는 함단이가 탔던 엘리베이터에 올랐다.

이미 수도 없이 오간 적이 있음에도 불구하고, 로비로 내려가는 시간이 이해할 수 없을 만큼 길게 느껴졌다.

마침내 로비에 도착하자마자, 주위는 둘러보지도 않고 단숨에 입구를 빠져나온 은지호가 눈앞에 빽빽하게 줄을 선 차들을 바라보며 뇌까렸다.

도대체 어디로 간 거지?

함단이가 어디로 갔건 호텔 안에 있진 않을 거라는 확신이 있었다. 근거는 없었다. 그저 직감이었다.

직감이라니. 정말로 자기답지 않은 표현이라는 생각에 여유 없는 와중에도 그만 웃어 버린 은지호는 다시 걸음을 옮겼다.

걷는 도중 핸드폰으로 함단이와 유천영에게 몇 번이나 전화를 걸어 보았지만 둘 다 받지 않았다.

그는 답답함에 얼굴을 찡그리면서도 자신을 알아보고 인사를 건네 오는 수많은 사람들을 무시했다. 마치 지금만큼은 한울 그룹의 독자가 아닌 것처럼.

그리고 계속 걸음을 옮겨, 마침내 도로변의 인적 드문 택시 승차장에서 익숙한 인영들을 발견한 그가 걸음을 멈추었다.

* * *

"최유리……?"

놀라서 내뱉다 말고 나는 아차 했다.

이전 세계에서 최유리와 나는 단연 둘도 없는 원수지간이었지만, 지금 세계에서 그녀와 나는 별 접점도 없는 사이일 것이 분명했다.

왜냐하면, 최유리가 나를 납치했던 건 내가 반여령의 친구였기 때문이니까.

그리고 은지호가 나를 좋아했기 때문이니까.

잠시 입술을 깨물었던 나는 곧 고개를 내저었다.

지금은 모두 사라져 버린 사실을 떠올려 봐야 아무짝에도 쓸모없다.

무엇보다도, 방금 그 일을 통해 나는 내가 좋아하는 사람이 이 세계에서 완전히 사라져 버렸다는 사실을 인정하기로 했으니까.

지금의 은지호는 내가 좋아했던 사람과 단지 겉껍데기만

이 같을 뿐이라고.

그때, 누군가가 중얼거리는 소리를 듣고 나는 다시 고개를 들었다.

나는 나를 응시하는 최유리의 표정이 무서울 정도로 굳어져 있는 것을 보고 흠칫했다.

왜지? 모르는 사람에게 저런 표정을 지을 이유는 아무것도 없을 텐데…….

그때, 그녀가 나를 보며 계속 중얼거리던 말이 마침내 내 귀에 닿았다.

그 순간 나는 어깨를 바짝 굳힐 수밖에 없었다.

"왜, 왜 싫지? 처음 보는데……. 분명히 처음 보는데……. 그런데 왜 싫지?"

"저……."

"왜 싫은 거지? 왜……. 아니면 지금 내 상황 때문인 건가?"

손을 들어 덜덜 떨리는 팔을 스스로 감싼 최유리가 원피스에 덮인 자신의 무릎을 내려다보았다.

그녀가 말을 이었다.

"파티장에 들어가서 대화를 나누긴커녕 입구에서 쫓겨나서……. 그래서 그것 때문에 화가 나서 모르는 사람한테까지 화가 나는 건가? 내가 지금……."

그 말을 듣고 나는 비로소 최유리가 저런 차림을 하고 여기에 홀로 앉아 있는 이유를 알 수 있었다.

그 이유는 다름이 아니라, 그녀가 한울 그룹의 파티에 초대받지도 않았는데 갔다가 쫓겨났기 때문이었다.

이전 세계에서 사태가 축소되었던 이유는 아마도 시선과 소문에 익숙하지 못한 나를 배려해서일 거란 생각이 강하게 들었다.

내가 안티 카페 사건에 엮여 있지 않았으니, 사대천왕과 반여령은 망설임 없이 칼을 빼 들고 최유리의 만행을 공공연하게 알렸을 것이다. 그러니 이전 세계와는 달리 최유리가 파티 참가 명단에 이름을 올리지 못한 거겠지.

그리고 나는 다시 최유리를 멍하니 바라보았다.

그녀의 눈이 초점 없이 흔들리는 것을 보고 있자니, 이 자리에서 달아나야 한다는 생각이 강하게 들긴 했다.

그러나 나는 이미 한참 감정을 쏟아 내고 난 뒤였다.

이 세계에 돌아오고 그 어느 때보다도 가장 비참하게 느껴진 순간, 미련 없을 만큼 펑펑 울고 난 뒤에 도망칠 힘이 남아 있을 리 없었다.

과거가 통째로 바뀌었는데도 불구하고 나에 대한 분노를 잊지 않은 최유리의 집념이 당황스러운 한편으로는 이런 생각도 들었다.

분노는 누군가를 좋아하는 마음보다 강한 걸까?

그러지 않고서야, 은지호가 나에 대한 모든 감정을 티끌도 남기지 않고 잊었는데 최유리가 이럴 수는…….

내가 하얗게 질리다 못해 점점 마네킹처럼 변하는 최유리의 얼굴을 멍하니 바라보던 그때, 불현듯 그녀가 내게 천천히 한 손을 뻗었다.

낯익은 목소리가 날아온 것은 그때였다.

나는 흠칫 놀라서 뒤를 돌아보았다.

내게 손을 뻗던 최유리 또한 움찔하며 같은 방향으로 고개를 돌렸다.

드문드문 서 있는 가로등의 환한 불빛 아래 덩그러니 서 있는 훤칠한 인영은, 아무래도 은지호…… 아니, 밝은 조명을 받으면 별처럼 은은한 빛을 흩뿌리는 은발과는 딴판으로 묵직한 푸른빛을 머금은 검은 머리칼을 바라보며, 내가 내뱉었다.

"유천영?"

"갈 거면 말이라도 해 줘야 할 거 아니야."

드물게 투정 부리듯 말한 그가 단숨에 걸음을 옮겨 내 앞까지 다가와 섰다.

내 어깨에 한쪽 손을 올린 그는 내게 놀랄 만큼 바짝 붙어 앉아 있던 최유리를 보더니 의아한 눈을 했다.

"누구……."

유천영이 중얼거리듯 흘린 말에 최유리가 일순 모욕당한 듯한 표정을 지었다.

나는 그녀의 심경을 쉽게 짐작할 수 있었다. 어릴 적부터 파티에서 여러 번 마주친 데다가, 심지어 같은 반이기까지 했는데도 자기를 알아보지 못하는 유천영을 보고 부아가 치밀 만도 하지.

거기까지 생각한 나는 잠시 어처구니없다는 표정을 지었다.

아니, 유천영, 아무리 2년 전이라고 해도 그렇지, 같은 반이었던 데다가 반여령과 친구이기까지 했던 애의 얼굴을 잊어버린단 말이야?

하지만 여기에서 유천영이 최유리의 얼굴을 기억해 낸다고 하더라도 상황이 더 나빠지면 나빠졌지, 나아질 것은 없다는 사실을 깨달은 나는 황급히 몸을 일으켰다.

내가 아무렇게나 앉느라 구겨진 원피스를 대충 털어 내며 입을 열었다.

“아니야, 유천영. 아무 사이도 아니고 어쩌다 가까이 앉았을 뿐이야.”

의자가 좁잖아. 내가 전혀 좁지 않은 의자를 가리키며 덧붙인 말에, 유천영은 미심쩍다는 표정을 하면서도 순순히 고개를 끄덕였다.

그 틈을 타 자리에서 일어난 최유리가 우리로부터 슬금슬금 멀어졌다.

어차피 그녀가 택시를 타지 못한다고 해서 집에 못 들어갈 사람도 아니고, 그녀 또한 유천영이 자신을 떠올리지 않길 원해서 저러는 것이란 걸 알기에 나는 얌전히 유천영의 눈만 마주 보았다.

그때, 자리에서 일어나는 바람에 불빛 아래 드러난 내 얼굴을 보고 유천영이 물었다.

"너 울었어?"

"어?"

"그것도 엄청……."

그렇게 말하며 그가 내게 손을 뻗었다.

여름인데도 차가운 그의 손끝이 내 관자놀이에 닿자 나는 잠시 움찔했지만, 시원한 손의 감촉이 생각보다 기분이 좋아 가만히 있었다.

유천영이 엄지로 내 눈가를 지그시 누르며 다시 물었다.

"왜 울었어?"

"말 안 할래."

안 울었다고 애써 무마하는 수도 있겠지만, 나는 대신 배시시 웃으며 그렇게 말했다.

그러자 유천영의 눈썹이 마음에 안 든다는 듯 일그러졌다. 그것을 본 나는 이번에는 내 쪽에서 손을 뻗어 유천영의 미간을 꾹 눌렀다.

임기응변이긴 했지만, 그는 내 친근한 몸짓을 보고 내가 그를 밀어내고자 그런 말을 한 것이 아님을 깨달은 것 같았다. 아까보다도 표정이 훨씬 나아진 그가 물었다.

"왜?"

"음, 네가 명대사를 말할 것 같아서……."

"뭐?"

이번에도 아무런 대답도 하지 않고 웃기만 한 내가 속으로 생각했다.

있어, 인마. '누나, 누나 울린 새끼가 누구예요?'라든지, '내가 널 울리는 새끼한테는 가지 말라고 했잖아.' 같은 거…….

음, 아무리 생각해도 내가 유천영이 인터넷 소설 남자 주인공 대사 치는 것을 시기적절하게 막은 것 같아서 몹시 뿌듯한데.

아니, 물론 유천영이 인터넷 소설 남자 주인공이라서 인터넷 소설 남자 주인공 대사를 친다는데 왜 말리냐고 하면 할 말은 없지만, 그랬다면 그와 내 마음속 거리는 무척 멀어졌을 게 분명하니까.

그때 다시 유천영의 말이 날아왔다. 나는 생각하던 것을 멈추고 고개를 들었다.

"은지호야?"

아, 역시 옛날 같았으면 또 남에게 내 속을 간단히 읽혔다며 헛기침하고 가슴을 두드리고 온갖 생난리를 피웠을 텐데, 요즘은 이런 일이 하도 많다 보니 아무런 느낌도 들지 않았다.

내가 그저 작게 고개만 끄덕이자 유천영이 다시 말했다.

"무슨 일이 있었는지는, 말하기 싫고."

"음, 딱히 싫은 건 아니야. 아니, 네가 이 파티에 날 데려왔던 건 애초에 은지호와 약혼녀 사이를 확인하게 해 주기 위해서였으니까, 어찌 되었건 나는 너한테는 보고할 의무가 있겠네."

"굳이 그럴 필요는……."

그의 다급한 말을 끊고 내가 말했다.

"결론부터 말하자면, 은지호는 자기 약혼녀를 좋아하지 않아."

밤의 정적 위로 내 목소리가 유난히 단호하게 울렸다.

유천영이 일순 어찌할 바를 모르는 듯한 얼굴로 나를 보았다. 그리고 시선을 내리깐 내가 다시 말했다.

"하지만, 적어도 결혼 상대로는 나보다는 자기 약혼녀가 낫다고 생각해."

"그 말은……."

"은지호에게 나예리와 나 중에서 고르라고 하면, 걔는 당연히 나예리를 고를 거라는 얘기야."

거기까지 말한 나는 더는 웃지 못하고 입가에서 미소를 지웠다.

유천영이 여전히 바라보는 가운데, 한 손을 천천히 들어 올려 눈가를 덮은 내가 중얼거렸다.

"정말 다 끝인가 봐."

"……."

"아니지, 끝이라는 말은 우습지. 아직 시작도 안 했는데."

거기까지 말하고 입술을 꽉 깨문 내가 중얼거렸다.

"어떡하지. 네가 날 여기에 데려오면서 너무 상처받지 말라고, 분명히 말했었는데. 그런데, 그럴 자신이 없어……."

그렇게 말하고 고개를 푹 숙이는 나를 보며 유천영은 어쩔 줄 몰라 했다.

한동안 깊게 심호흡하며 마음을 추스르던 나는 다시 고개를 들어 그를 살폈다.

언제나 무심한 것을 넘어서 거의 뚱하던 유천영의 그런 모습을 보자, 상당히 신선한 한편으로는 나를 오늘 물심양면으로 도와준 그를 곤란하게 했다는 생각에 미안해졌다.

겨우 진정한 내가 그에게 손을 내밀며 이제 그만 가자고 말하려던 그때였다.

유천영의 뒤에 나타난 인영을 보고 나는 놀라서 눈을 크게 떴다.

내가 중얼거렸다.

"은지호……?"

방금까지 울음을 삼키고 있어선지, 목이 멘 것처럼 끊는 목소리가 흘러나왔다.

내 말을 듣고 뒤를 돌아본 유천영이 싸늘한 표정을 지었다.

그는 일단 팔을 뻗어 나와 은지호 사이를 가로막고 섰다. 그러고 나서야 그가 얼어붙을 듯 차가운 목소리로 물었다.

"네가 왜 여기 있어?"

그의 물음에 은지호가 이루 말할 수 없이 복잡한 표정을 지었다.

하긴, 자기 집안 소유의 호텔에서도 모자라 호텔 앞에서까지 못 올 곳이라도 온 사람 취급받고 있으니, 충분히 저런 표정을 지을 만도 하지. 그렇게 생각하다 말고 나는 눈을 찡그렸다.

어? 하지만 자기 의무에 충실한 은지호가 한창 파티 중인 손님들을 내버려 두고 먼저 나올 리 없는데…….

그렇다고 해서 그의 친구도 아닌 나까지 유천영한테 가세해서 '맞아, 네가 왜 여기 있어?' 하고 따져 물을 수는 없는 노릇이기에, 나는 얌전히 대답을 기다리기로 했다.

나와 유천영을 수차례 번갈아 본 은지호가 퉁명스럽게 물었다.

"그건 내가 할 말인데, 유천영. 왜 가면 간다고 말을 안 해?"

전화해도 받지도 않고. 그렇게 말하며 주머니에서 핸드폰을 꺼낸 그가 그것을 한 손으로 흔들었다.

그의 말에 유천영 또한 미간을 찌푸리며 재킷 안주머니에서 핸드폰을 꺼냈다. 표정을 보아하니, 은지호가 자신에게 그런 용건으로 전화를 했을 거라고는 전혀 믿지 않는 것 같았다.

그러나 핸드폰의 통화 목록을 확인한 그의 표정이 몹시 이상해졌다.

그의 옆에서 고개를 내밀어 함께 화면을 확인한 나 또한 이상한 표정을 지었다.

도대체 이게 무슨 일이래……. 은지호가 다른 사람도 아니고, 유천영이 집에 무사히 돌아갔는지를 확인하려고 전화를 걸다니.

내가 아는 그라면 오히려 '너무 운 좋아서 재수 없는 새끼, 집 가다 넘어져라.' 같은 말이나 해도 모자랄 판인데.

아니, 이건 은지호의 인성을 너무 모욕하는 상상인가? 내가 거기까지 생각한 무렵, 은지호가 나를 삐딱한 어조로 불렀다.

"그리고 함단이, 너도."

"뭐?"

"전화 정도는 받아야 할 거 아니야."

그의 말에 따라 순순히 클러치에서 잊고 있던 핸드폰을 꺼낸 나는 통화 목록을 확인하고 황당한 표정을 지었다. 아니, 이게 무슨 일이람?

잠시 생각에 잠겼던 나는 다시 고개를 들었다.

내가 최대한 목소리를 떨지 않도록 노력하며 물었다.

"너는…… 내가 너한테서 그런 말을 듣고 나서도 아무렇지 않게 전화를 받을 수 있을 만큼 자존심이 없는 사람으로 보여?"

솔직한 말로는 '내가 그렇게 우스워 보이냐?' 하며 패악을 부리고 싶은 심정이었지만, 옆에 유천영이 있어서 겨우 참았다.

그러자 고개를 살짝 기울인 은지호가 대답했다.

"그렇다고 해서 사람을 걱정시켜도 된다는 건 아니지."

그 말에 주먹을 불끈 쥔 내가 날카롭게 되물었다.

"걱정? 방금 나한테 그런 말을 한 주제에 네가 나를 걱정한다고? 진짜…… 사람 기만하는 데도 정도가 있지."

"기만? 울면서 뛰쳐나간 여자애가 집에 무사히 들어갔는지 아닌지를 걱정하는 걸 기만이라고 해? 아니지, 이런 건 보통 기만이 아니라 도의라고 불러."

"넌 어떻게."

마치 목에 내내 걸려 있던 게 튀어나오듯, 그 말이 내 입에서 툭 튀어나왔다.

유천영과 은지호, 두 사람 다 일순 당황한 표정으로 나를 보는 가운데, 나는 손을 들어 볼을 타고 흘러내리는 눈물을 대충 닦았다.

그리고, 누군가가 말을 꺼낼 새도 없이 내가 다시 말했다.

"어떻게 끝까지…… 내 감정에 대해서는 조금도 신경을 안 쓸 수가 있어?"

은지호가 불가해한 생물이라도 보듯 나를 바라보는 가운

데, 내가 중얼거렸다.

"결코 보답해 달라는 게 아니야. 내가 멋대로 반한 거고, 멋대로 좋아한 건데…… 무슨 염치로 그런 걸 바라겠어. 다만 내가 말하고 싶은 건, 네가 날 처음 만났을 때부터 쭉 해 온 방식 얘기야."

말문이 막힌 듯한 은지호의 앞에서 내가 말을 이었다.

"내가 너희 중 한 사람을 좋아한다는 걸 의심하기 시작했을 때부터 넌 나한테 누굴 좋아하는지 계속 캐묻고, 몰아세우고…… 내가 유천영을 좋아한다고 생각하자마자 너는 유천영한테 '얘가 널 좋아하기라도 하면 어쩔 거냐'고 대놓고 물어봤어. 그뿐만이 아니라, 내가 너희한테 해가 될 수도 있다는 이유만으로 나를 다른 애들로부터 떨어트리려고 했지. 다른 애들의 의사와는 상관없이. 그리고, 그리고……."

끝내 숨을 헐떡인 내가 마지막 말을 던졌다.

"내가 널 좋아한다는 걸 알자마자, 나와 나예리를 비교해서 날 택할 이유가 어디에도 없다고 말해 놓고는 갑자기 찾아와서 왜 네 전화를 안 받냐고……. 네가 날 조금이라도 너와 같은 사람이라고 생각했다면, 이럴 수가 있어? 내가 네 말에 어떻게 생각하고 뭘 느낄지를 조금이라도 생각한다면 이럴 수가 있냐고."

"……."

"사람이 어떻게 이래? 어떻게……."

나는 숨이 차서 거기서 더 말을 잇지 못했다.

그때였다. 잠자코 한 발 옆에 비켜서 있던 유천영이 다시 나서서 은지호와 나 사이를 가로막았다.

그리고 그가 고요한 눈길로 은지호를 바라보며 물었다.

"널 좋아하는 사람한테 밑바닥 보여서 곁에서 떨어뜨리는 게 네 취미야?"

그는 아직도 은지호가 테라스에서 했던 '내 친구의 몰랐던 취향을 발견해서 놀랐을 뿐이니까.'라는 말을 기억하고 있음이 틀림없었다.

나는 놀라서 눈을 깜빡이며 그를 쳐다보았다.

두껍게 언 빙판 같은 푸른 눈 너머로 거센 분노가 파도치고 있었다.

요컨대 그는 아무렇지 않은 게 아니라, 너무 화가 난 나머지 도리어 겉으로는 차분해졌을 뿐이었다.

유천영이 덧붙였다.

"은지호 너는 먼저 들어가. 함단이는 내가 집으로 데려다줄 테니까. 네가 걱정할 필요 없을 만큼 안전하게."

"……."

은지호의 입장에서는 틀림없이 환영할 말일 텐데도 불구하고, 그는 어째서인지 한동안 석상처럼 그 자리에 굳어 있었다.

그 모습을 물끄러미 바라보던 유천영이 다시 말했다.

"그리고 너, 내가 방금 그 얘기를 듣고도 네가 앞으로 함단이한테 말 걸 때 가만있을 거라고는 생각하지 마."

은지호는 여전히 무슨 생각을 하는지 모를 표정으로 바닥만 보았다. 그러다가 유천영이 나를 데리고 돌아서고 나서야 그 또한 움직이기 시작하는 듯, 등 뒤에서 작은 기척이 났다.

그 기척을 분명 느꼈을 텐데도 유천영은 뒤 한 번 돌아보지 않고, 내 손만 꽉 붙잡고는 걸음을 옮겼다.

호텔 주차장은 위쪽에 있을 텐데, 어렴풋이 그런 생각을 하던 나는 기사님에게 차를 끌고 나오라고 부탁할 생각인가 보지 뭐 하고 쉽게 납득했다.

무엇보다도 방금 그런 대화를 나누었는데 다시 돌아가 은지호와 같은 방향으로 걷는다면 무척 웃길 것이다. 한 편의 코미디가 따로 없을걸.

그런 상상을 하자 어이없게도 늪 바닥에 처박혀 있던 기분이 조금 나아졌다.

유천영이 의아한 눈으로 보는 가운데, 어깨를 떨며 낮게 웃던 나는 다시 고개를 들고 눈가를 문질러 닦았다.

내가 전보다 가벼워진 마음으로 말했다.

"미안."

"뭐가?"

유천영은 내가 그런 말을 할 이유를 전혀 모르겠다는 듯 대꾸했다.

나는 조금 고민하다가 답했다.

"음, 추한 꼴 보여서……."

그러자 이해 안 간다는 듯 미간을 살짝 찌푸린 그가 말했다.

"네가? 추한 꼴 보여 준 건 네가 아니라 은지호지."

"그치만……."

내가 무슨 말을 한다고 해도 유천영은 자기 생각을 바꿀 마음이 없어 보였다.

그의 손에 잡힌 한 손을 쥐었다 폈다 하며 망설이기를 한참, 나는 간신히 입을 열었다.

"너라면 알 거 아니야. 걔가 어떤 환경에서 뭘 배우며 자랐는지. 완전히 같진 않더라도, 거의 비슷하게 자란 사람이 바로 네 곁에 있으니까……."

그러자 유천영은 비로소 복잡한 얼굴이 되어 다시 입을 다물었다.

내가 염두에 두고 말한 사람은 바로 그의 형 유건이었다.

친해진 지 얼마 되지도 않은 내가 그의 첫째 형을 잘 안다는 듯이 말한 것에 대해 의문을 가질 수도 있었겠지만, 그는 전혀 그러지 않았다.

대신 조금 고민하는 듯하던 그가 시선을 비껴 내려 다시 나를 바라보았다.

"그렇다고 해서 걔가 네게 했던 말을 정당화할 수 없어."

"나도 그건 알아. 다만……."

나는 잠시 입을 다물고 생각했다.

사람이 거쳐 온 교육과 환경의 한계는 곧 상상력의 한계가 된다.

내가 은지호가 날 좋아한다는 것을 알게 되고 나서도 결코 믿을 수 없었던 것처럼, 그 역시도 자신이 나 같은 사람을 좋아하게 될 수도 있다는 것을 상상조차 할 수 없을 것이다. 적어도 지금의 은지호는 그렇겠지.

그리고 나는 고개를 들었다.

눈물로 번진 시야 속에서 어둠 속에 서 있는 가로등들이 겹겹이 빛나는 흰 원을 그렸다.

맨눈으로 보면 분명 무미건조한 빛 덩어리에 불과할 그것들은 내 눈에 눈물이 맺힌 지금, 사방에 벚꽃이 만발한 것처럼 몹시 예쁘게 보였다.

그 풍경을 보며 느리게 눈을 깜빡이던 내가 이윽고 고개를 숙이며 말했다.

"사람이, 모든 것을 완벽하게 알 수는 없다는 게 슬프지 않아?"

유천영은 여전히 내 말을 전혀 이해하지 못한 듯한 표정이었다.

그를 보며 살짝 웃은 내가 천천히 시선을 떨어트리며 말을 이었다.

"하나를 너무 잘 알면 다른 하나를 모를 수도 있다는 게. 마치 두 사람이 싸웠을 때 한쪽 편을 들면 다른 쪽 편을 들 수는 없는 것처럼……."

"……."

"……은지호는 지금의 나처럼 비참한 감정 같은 걸 느껴볼 일은 없겠지. 심지어 걔는 결혼조차 사랑해서가 아니라 이득을 위해서 하는 거니까. 하지만, 그렇기 때문에 그 애가 잃는 것도 분명 있을 거야."

유천영은 여전히 아무런 대답이 없었다.

"제삼자인 내가 왈가왈부하는 것도 우습지만, 적어도 나는 배웠어. 지금까지 쥐고 있던 것을 손에서 놓아야만 얻을 수 있는 것도 분명히 있다는 걸……. 내가 결코 원하지도, 내 것이 될 거라고 생각하지도 않았던 것들이 정신을 차리고 보니 내게 가장 소중한 것이 되어 있을 때도 있다는 걸."

가령, 내가 원래 살던 세상을 떠나 인터넷 소설 속 세상인 이곳을 선택했을 때.

그리고 이들을 소설 속 인물들이 아니라 진짜 친구로 받아들였을 때가 그랬다.

그리고 나는 또다시 가볍게 웃었다.

실은 아까만 해도 차라리 은지호가 책 속 인물이기를, 그래서 그가 그토록 차갑고 아름다워도 나에게 아무런 영향도 미치지 않기를 바랐었지만, 역시 그때로는 돌아갈 수 없나 보다.

그가 나를 좋아해 주지 않는다고 해도 나에게 그는 여전히 소중한 친구였다.

나에게 아무리 상처를 주더라도, 그가 현실 속 존재인 편이 나는…….

그러다 말고, 나를 빤히 보는 유천영의 시선에 정신을 차린 내가 얼른 덧붙였다.

"아, 아무튼 그래서…… 상처야 이루 말할 수 없이 받았지만 그렇게까지 원망은 안 해. 사람은 원래 자기가 살면서 접한 것들만 겨우 알 수 있을 뿐이고……."

나는 씁쓸한 얼굴로 생각했다.

무엇보다도, 나예리를 이성적으로 좋아하지 않지만 그럼에도 그녀를 택하겠다고 말하는 은지호의 표정은 나를 좋아한다고 말할 때보다 결코 행복해 보이진 않았다.

어쩌면 내 개인적인 소망이 반영되어 있는지도 모르지만, 적어도 내가 보기에는 그랬다.

어쩌면 지금의 은지호 역시 내가 알던 은지호처럼, 자신을 견고하게 둘러싼 벽이 답답한 나머지 그것을 깨 줄 누군가를 오랫동안 기다렸는지도 모른다.

그러다 긴 기다림에 지쳐 결국 포기해 버렸는지도.

그렇게 생각하면 지금의 그를 마냥 원망할 수만은 없었다.
그렇게 생각하던 나는 시선을 느끼고 다시 고개를 들었다.
왜인지 난생처음 보는 것이라도 맞닥트린 듯한 표정으로 나를 보고 있는 유천영을 향해 내가 물었다.
"왜 그래?"
내 물음에 그제야 그가 고개를 작게 내저었다. 그리고 우리는 어느새 도착한 큰 길목에서 차가 오기를 기다렸다.
불과 몇 분도 안 지나 차가 도착하자, 유천영이 손수 차 문을 열어 주었다.
내가 치맛자락을 붙잡고 안으로 들어가자, 따라 들어온 그가 문을 닫았다.
나는 가물거리는 눈을 깜빡거리며 바깥을 응시했다.
오늘 밤엔 절대 잠들 수 없을 거라고 생각했는데, 막상 푹신한 시트에 몸을 묻자마자 참을 수 없이 졸음이 몰려왔다. 결국 나는 유리창에 뺨을 대며 말했다.
"미안, 조금만 잘게. 집 앞에 도착하면 깨워 줘."
"유리창은 딱딱하니까 기대려면 나한테 기대."
"응……."
잠결에 내 머리를 끌어당기는 손을 나는 제지하지 않았다.
유리창보다 결코 푹신하다고 할 수 없는 어깨에 기대어 나는 서서히 눈을 감았다.
그러면서 내가 중얼거렸다.

"이제 정말……."
이제 정말, 끝이겠지.
생각한 것과는 달리, 나는 꿈조차 꾸지 않았다.

＊ ＊ ＊

잠이 든 우주인을 맞이한 것은 여느 때와 같은 풍경이었다. 밝고 환한 실내, 귓가에 흐르는 거슬리지 않을 정도로 부드러운 팝송.

그는 턱을 괴며 미동도 하지 않고 자리에서 기다렸다. 한 자리에 몇 분도 얌전히 앉아 있질 못하는 그답지 않은 일이었다.

얼마 안 가 카페의 문이 열리고, 예의 노트를 품에 안은 여자가 다가와 그의 맞은편 의자를 끌어다 앉았다. 그때를 기다려 우주인은 입을 열었다.

"저기."

자신을 향하며 크게 열리는 검고 맑은 두 눈을 보며, 그는 처음 저 눈과 시선이 마주쳤을 때와 같은 떨림을 느꼈다.

떨림을 능숙하게 숨기고, 의자 등받이에 몸을 기대며 그가 태연히 물었다.

"그쪽. 도대체 정체가 뭐야?"

한동안 침묵만이 흘렀다. 적어도 서로를 대화할 수 있는 상대로 인식하고 있다면 결코 나올 수 없을 만큼 긴 침묵이었다.

결국, 우주인은 방금 그녀와 눈이 마주쳤다는 사실조차 잊고 다른 가능성을 떠올리기 시작했다.

역시 이건 내 꿈이고, 이 꿈속 인물들은 모두 나를 볼 수 없게 되는 게 아닐까? 그럼 내 꿈속 인물에 불과한 저 여자 역시 나를 못 보는 것도 당연한 일이지.

아니면 반대일지도 몰라. 내가 저 여자를 내 꿈속 인물이라고 여기고 있는 것처럼, 저 여자도 나를 똑같이 여기고 있다는 거.

그래서 내게는 전혀 아랑곳하지 않고 제 할 일만 하는 거야. 어차피 꿈속이란 걸 알고 있으니까…….

그가 거기까지 생각한 순간, 여자가 갑자기 선잠에서 깨어난 것처럼 흠칫하더니 입술을 달싹였다.

무표정으로 눈을 내리깔고 있던 것이 언제였냐는 듯, 그녀가 미소 지으며 자신에게 말을 거는 모습을 그는 생경하게 바라보았다.

"이제야 말을 걸어 주셨네요."

저게 무슨 소리람? 우주인이 대번에 뚱한 표정을 짓는 것도 아랑곳하지 않고, 머리카락을 귀 뒤로 넘긴 그녀가 덧붙였다.

"이 꿈을 꿀지 말지 자체가 당신에게 달려 있다 보니, 의

사소통을 하는 데도 당신의 허락이 있어야 했나 봐요."

그리고 테이블 위로 붙인 두 손을 쑥스러운 듯 꼼지락대던 그녀가 다시 고개를 들더니 쾌활하게 말했다.

"아무튼, 이제라도 얘기할 수 있게 돼서 정말 다행이에요."

"그게 무슨 소리야?"

"기대했던 것보다도 일찍 저를 불러 주셔서, 조금 슬펐지만 많이 기뻤어요."

"그러니까, 그게 대체 무슨 소리냐니까."

우주인이 답답한 나머지 재차 물음을 던지던 바로 그 순간이었다.

갑자기 지축이 크게 뒤흔들렸다. 카페의 테이블들은 위에 있는 물건들을 쏟아 낼 것처럼 덜컹거리고, 창틀마다 끼워진 유리창도 금방이라도 깨질 듯이 세게 진동했다.

여자가 아차 한 표정으로 자리에서 일어나며 말했다.

"이런, 딱 한 시간 알람을 맞춰 둔 게 하필 이런 때……. 오늘 당신이 제게 말을 걸어 줄 거라고는 상상도 못 해서."

"뭐?"

"오늘은 여기까지만 해요. 다음에도 당신이 제게 먼저 말을 걸어 주세요. 그럼 제가 알고 있는 것들을 전부 말씀드릴게요."

어차피 현실로 가지고 돌아갈 수 없을 텐데도 그녀가 습관처럼 노트와 필통들을 다급하게 챙기는 것을 보던 우주인이 불쑥 손을 뻗었다. 손목이 붙들리자 놀라서 이쪽을 돌아보는 그녀에게 그가 말했다.

"잠깐. 그전에, 적어도 이 꿈을 꾸게 되는 조건이 뭔지는 말을 해 주고 가."

"네?"

아무것도 모른다는 듯, 눈을 동그랗게 뜨는 그녀에게 우주인이 답답하다는 표정으로 물었다.

"방금 네가 그랬잖아? 이 꿈을 꾸는 것 자체가 네가 아닌 나에게 달려 있다고."

눈을 두어 번 깜빡이던 그녀가 비로소 이해했다는 표정을 지었다.

그가 재차 물었다.

"그 조건이란 게 뭐야?"

그러나 그녀는 선뜻 입을 열어 말하는 대신 시선을 다른 곳에 두며 어물거렸다.

그 조건이 말하기 민망한 거라도 되는 걸까? 그렇다기에는 우주인은 꿈을 꾸기 전에 별달리 한 일도 없었다.

"도대체 뭔데 그러는데?"

그러자 그녀가 간신히 한마디를 내뱉었다.

"팔찌."

"뭐?"

"팔찌 안을……."

그때, 보통 크기의 열 배는 되는 트럭이 달려오는 것 같던 진동이 마침내 사라지더니 카페 안의 모든 것이 하얗게 부서졌다.

마찬가지로 빛의 입자가 되어 부서져 내리는 여자의 모습을 보며 우주인은 잠에서 깨어났다.

천장을 보며 한동안 멍하니 있다가, 간신히 몸을 일으켜 시계를 확인하니 잠든 지 고작 한 시간 정도밖에 지나지 않아 있었다.

꿈속에서 여자와 자신의 시간이 동일하게 흐른다면, 과연 한 시간만 알람을 맞춰 뒀느니 어쨌느니 하던 그녀의 이야기를 못 믿을 것도 아니었다. 그렇게 생각하며 그는 자신의 손목을 내려다보았다.

손목에 채워진 팔찌는 분명 가지고 다닌 지 한 달도 되지 않은 것이었다. 그러나 어째선지 스트레스를 받거나 불안한 마음이 들 때마다 팔찌를 매만지는 습관이 생겨서, 몇 년은 가지고 다닌 것처럼 너덜거리고 해져 있었다.

그는 문득 입속으로 중얼거렸다.

"팔찌라……."

그가 아는 한, 그가 지닌 것 중에 팔찌라고 불릴 만한 것은 이게 유일했다.

그리고 그는 불쑥 이상하다는 생각이 들어 턱을 괴었다.

"내가 이걸 어디에서 얻었더라?"

당연히 샀거나 받았거나 둘 중 하나일 텐데, 산 기억은 없었다. 애초에 은지호만큼이나 미신을 믿지 않는 그는 소원 팔찌 같은 것을 돈 주고 사지도 않거니와, 그럴 만큼 간절한 소원도 없었다.

그렇다면 당연히 산 것이 아니라 받은 것일 텐데, 받은 기억 역시 없다는 게 문제였다. 자신의 기억력에 이런 일이 가능하기나 한 걸까?

"……."

고민에 잠겨 있던 것도 잠시, 그는 다시 정신을 차렸다.

어쩌면 자신이 벌써 한 달 가까이 같은 꿈을 꾼 것이 말도 안 되는 일이듯이, 이것도 초자연 현상에 속한다고 생각해 버리면 차라리 마음은 편했다.

도대체 왜 이런 일이 내게 일어나는 건지는 모르겠지만……. 그렇게 뇌까리며 그는 방의 불을 켜고 서랍을 뒤져 커터 칼을 찾아냈다. 날이 잔뜩 녹슬고 무뎌져 있었지만, 소원 팔찌 역시 상당히 낡고 해진 덕에 어렵지 않게 끊어 낼 수 있었다.

그는 마침내 소원 팔찌 안에 세로로 길게 접힌 종이쪽지가 들어 있는 것을 발견하고 꺼냈다. 쪽지를 펼쳐 본 그의 표정이 기묘해졌다.

쪽지에는 유난히 작고 가지런한 글씨로 단 한 문장만이 적혀 있었다.

[제가 보고 싶어지면 꿈에서라도 만나러 와 주세요.]

* * *

한울 그룹 창립 기념일 파티에 다녀온 바로 다음 날, 나는 사대천왕과 반여령이 있는 단톡방에 공부 모임에 더는 나가지 못한다는 것을 알렸다.

핑곗거리야 차고 넘쳤다. 나는 가장 먼저 거리상의 이유를 댔고, 그다음에는 내가 내내 독학으로 해 와서 누구와 함께 공부하는 것에 익숙지 못하다는 것을 들먹였다. 물론 그것은 사실이 아니었지만, 적어도 이 세계에서는 사실이었다.

방식이 안 맞을지도 모른다는 예감이 들었지만 시행착오 삼아 한번 해 보았다고 하자, 은형이와 반여령도 아쉬워하면서도 더는 잡지 않았다.

다만 유천영과 주인이는 어렴풋이 다른 이유가 있을 거라 짐작하는 듯한 눈치였지만, 그들도 적어도 대놓고는 뭐라고 하지 않았다. 덕분에 나는 수월하게 공부 모임에서 탈퇴하는 데 성공했다.

그 뒤로는 내 삶이 이렇게 재미없었나 싶을 만큼 단조로운 생활의 반복이었다.

2층의 내 방에서 공부하는 틈틈이 스트레칭을 하고, 가끔 답답해질 때면 외출하는 대신 테라스로 나가 바깥 풍경을 구경하길 반복하고. 그럴 때면 가끔 버스 정류장 근처에 처음 보는 차가 주차되어 있는 것이 눈에 띄었다.

처음에는 별일 아니겠지 하고 넘겼지만, 지난 6년간 인터넷 소설 속에서 살아온 감이 난리를 치는 통에 어느 날 아빠에게 물어보았다.

"아빠, 혹시 저 차 누구 건지 알아? 우리 이웃 사람이라든가."

"아니. 누구 차도 아니라데. 아빠도 이상해서 며칠간 지켜봤는데 차 번호가 계속 바뀌더라."

"그래?"

나는 다시금 유리창 너머로 어렴풋이 비치는 형체를 노려보며 최악의 가정을 떠올렸다. 혹시 최유리가…….

아니, 하지만 어차피 최유리 때문이 아니더라도 나는 관리자 때문에 외출할 수 없는 처지인데 뭐. 게다가 이쪽 부근에 있는 집이 우리 집뿐인 것도 아니고.

그렇게 내가 바깥 외출을 최대한 자제하며 지내는 동안, 남은 절반의 방학마저 흘러가 버리고 마침내 개학이 다가왔다.

* * *

고등학교 3학년 2학기는 첫날부터 1학기와는 분위기 자체가 달랐다.

1학기 때 이미 친해졌으니 훨씬 왁자지껄한 건 당연하지만, 그런 와중에도 몇몇은 상당히 날이 서 있다는 게 느껴졌다.

개학 첫 주에 평가원 모의고사가 있다는 것 또한 이들의 신경을 날카롭게 한 이유 중 하나였다.

당연한 말이지만, 날이 서 있는 사람 중에는 나도 끼어 있었다.

그도 그럴 게 방학 동안 은지호에 관리자에 최유리까지, 신경 쓸 일이 너무 많았고, 그뿐만 아니라 주인이와 아리가 어떻게 되고 있는지도 몹시 궁금했다.

주인이에게 메신저로 물어볼 생각을 안 한 건 아니었지만, 그와 내가 무슨 사이라고 이러나 하는 생각이 자꾸만 들어서 결국 개인적으로는 연락하지 못했다.

그러다 보니 공부에 집중이 잘되지 않은 것은 당연했다. 시간이야 많이 들였지만, 과연 효율이 얼마나 있었을지…….

9월 평가원 모의고사 날, 시험이 끝나자마자 답안지를 받아 가채점하던 내 입에서 장탄식이 흘러나왔다.

"엄마야……."

탐구 과목까지 채점을 마친 나는 남들이 볼까 두려워 차마 시험지 위에 적지도 못하고 외워 둔 점수를 입속으로 되뇌었다. 어디 보자, 그러니까 지금 내 총점이…….

"이번 모의고사가 많이 어려웠나?"

이윽고 눈을 든 나는 애써 고개를 끄덕였다.

그래, 대대로 평가원 모의고사는 당해 수능 경향을 반영해 왔으니까. 이건 올해 수능이 불수능이 될 거란 예고지, 절대 내 점수가 불바다가 될 거란 예고가 아닐 거야…….

그러나 얼마 못 가 윤정인이 나눠 준 가채점 점수와 전교 등수가 적힌 쪽지를 받은 나는 처참한 심정으로 눈을 내리감았다. 전교 등수가 내려가다 못해 결국 세 자리를 찍다니…….

자리로 돌아온 나는 책상 위에 두 손을 겹쳐 올리고 이마를 대며 다시 생각에 빠졌다.

난다 긴다 하는 애들만 모여 있는 이 학교에서도 나는 여태껏 전교 50등을 벗어나 본 적이 없었다. 물론 그건 내가 공부를 너무 못하면 사대천왕과 반여령과 비교당할까 봐 이 악물고 노력한 결과이긴 했지만.

하지만 지금은 수능이 목전에 닥쳤으니, 당연히 간절함이 그때보다 덜하진 않을 텐데. 그런데 어째서…….

혼란에 가득 차 중얼거리던 나는 문득 시선을 느끼고 고개를 들었다. 멀지 않은 곳에서 김 쌍둥이가 걱정스러운 눈으로 나를 보고 있었다.

그 정도로 내 표정이 많이 안 좋아 보였던 모양이었다. 하긴, 당연히 좋을 리가 없겠지…….

청소 시간을 틈타 김 쌍둥이와 구석진 곳으로 간 나는 내 전교 등수가 적힌 쪽지를 슬쩍 보여 주었다. 평소 그들에게만은 내 전교 등수를 털어놓았었기에 변화를 알아본 그들은 몹시 놀라는 눈치였다.

차마 위로조차 못 꺼내는 그들에게 내가 말했다.

"아니야, 나 생각보다는 괜찮아. 그냥 담담해."

내 생각에 내가 이토록 담담할 수 있는 것은 반여령과 사대천왕과의 사이가 멀어진 탓이 컸다.

내가 한국 대학교에 가고 싶어 했던 가장 큰 이유였던 그들과의 사이가 달라진 지금, 내 마음 또한 달라지는 것이 당연했다.

게다가 솔직히 말해서, 세계가 이렇게 바뀌기 전에도 내가 역대 모의고사 중에 받았던 가장 높은 점수를 수능 때 받지 않는 한 한국 대학교에 가기는 어려웠는걸. 인근의 다른 대학이라면 또 몰라도.

하지만 문제가 있다면 역시……. 한숨을 깊게 내쉰 내가 말을 이었다.

"그것보다는 부모님한테 어떻게 말할지가 벌써 걱정이야."

그에 김혜힐이 곧바로 알아듣고 대답했다.

"아, 너희 어머니는 성적 많이 신경 쓰셨었지."

"응. 그래도 한 번 크게 싸우고 나서는 뭐라고 하지 않으시는데……. 아무래도 수능이 가까워지니까 전보다는 더 신경 쓰실 것 같아서."

"혼낸다고 더 잘하게 되는 게 아닌데, 너 열심히 하는 거 아시면서 왜 그러시나 몰라."

김혜힐이 조금 분한 듯이 하는 말에 나는 비로소 옅게 웃었다.

그래도 고등학교 3학년 생활에 이런 등수의 큰 변화까지 터놓고 말할 수 있는 친구가 있어서 다행이었다.

덕분에 나는 한결 가벼워진 마음으로 교실로 돌아가 야자에 집중할 수 있었다.

다음 날도, 그다음 날도 비슷한 일상이 계속되었다. 적어도 평가원 모의고사 성적표가 나오기 전까지는 그랬다.

마침내 정식으로 성적표가 나온 날, 나는 더는 미룰 수 없다는 생각에 비장한 마음으로 집으로 향했다.

그러나 거실에서 유난히 피곤해 보이는 부모님의 모습을 맞닥트리자, 평일보다는 휴일에 말씀드리는 게 더 좋겠다는 생각이 들었다. 성적표가 나올 때마다 전쟁이 벌어지던 집에서 자란 사람의 생존 본능에 가까운 직감이었다.

그렇게 해서 내가 가방 안쪽 주머니에 고이 접어서 넣어두고 다니던 성적표를 마침내 꺼내어 1층으로 내려간 것은 일요일 정오였다.

날씨, 좋음. 시각 열두 시, 좋음. 부모님 기분, 좋음. 철저히 확인을 마친 나는 성적표를 등 뒤에 숨긴 채 쭈뼛거리며 부모님을 불렀다.

"엄마, 아빠. 저기."
"응?"
소파에 앉아 있던 엄마와 아빠가 동시에 나를 돌아보았다. 내가 기어 들어가는 목소리로 말했다.
"나, 보여 줄 거 있는데……."
이럴 때는 내가 잘못한 것을 알고 있다는 것을 어필하는 게 중요했다. 부모님이 다시 고개를 끄덕였다.
"화내면 안 돼."
"뭔데 그래?"
의아한 듯 말하는 엄마에게 나는 성적표를 내밀었다.
예전 같았으면 성적표를 내밀고 당장 뒤돌아 내 방으로 가서 문 닫을 준비를 했겠지만, 이번에는 그럴 준비를 하진 않았다. 고등학교 2학년 때, 내가 이 세계에서의 기억을 되찾은 직후의 싸움 뒤로 부모님이 성적에 대해서 크게 관여하지 않는 것은 우리 집의 암묵적인 관례가 되어 있었다.
그러나 내내 성적표에 꽂혀 있던 시선을 든 엄마가 베일 듯 싸늘한 눈초리로 나를 보았을 때, 나는 뭔가가 크게 잘못되었음을 직감했다.
엄마가 차가운 목소리로 물었다.
"네가 지금 제정신이야?"
"어, 엄마."
내 떨리는 목소리가 들리지도 않는 것처럼 엄마가 말을

이었다.

“이런 걸…… 이런 걸 지금 성적이라고 가져온 거야? 네가 진짜 제정신이야?”

엄마는 기어이 내 성적표를 바닥에 던져 버렸다. 그러더니 무슨 생각을 한 것인지, 허리를 굽혀 그것을 다시 줍더니 내 앞에서 갈기갈기 찢었다.

성적표가 두 겹으로, 네 겹으로 찢겨 마침내 작은 조각이 되어 흩뿌려지는 광경을 나는 못 박힌 듯 서서 쳐다보았다. 그런 내 귀에 엄마의 날카로운 말이 꽂혔다.

“고등학교 3학년이면 더 올리지는 못할망정, 적어도 현상 유지는 해야 할 거 아니야. 어차피 수능에서 재수생들 때문에 한 계단씩 떨어진다고 말 많던데.”

이를 부득부득 갈던 엄마가 목소리를 더욱 높였다.

“너는 엄마가 이런 거 다 모를 줄 알지? 엄마도 다른 학부모들이랑 얘기 가끔 해. 너 지금 성적으로도 서울권 안심할 수 없는 거 다 안다고.”

“아, 아니야. 엄마. 그런 게 아니라…….”

나는 더듬거리며 애써 말을 꺼내 보려 했다.

내가 엄마에게 부러 그런 얘기를 하지 않은 것은 어차피 성적을 올려야 하는 건 나이니 딱히 엄마가 신경 쓸 필요는 없다고 생각해서였지, 결코 숨기려 한 것은 아니었다.

애초에 나는 엄마에게 내 성적으로 갈 수 있는 대학들에 대해 터놓고 얘기해 본 적도 없었다. 아직은 시기상조였으니까.

그런데 나는 어째선지 성적표를 나올 때마다 꼬박꼬박 갖다 바쳤음에도 지금까지 부족한 성적을 숨겨 온 애로 둔갑해 있었다.

내가 말을 이으려는 찰나, 엄마가 한발 앞서 말을 꺼냈다.

"너 방학 때 공부 진짜 한 거 맞아? 솔직히 말해. 했어, 안 했어? 제대로 했으면 성적이 이렇게 나오는 게 말이 돼? 전교 등수 세 자리? 내가 기가 막혀서."

엄마가 더욱 낮게 깔린 목소리로 말했다. 엄마는 화가 나면 목소리가 높아지기보다 오히려 낮아지는 버릇이 있었다.

"너 학교 친구들하고 공부 모임 하러 간다던 그것도 사실은 공부하러 간 거 아니었지? 바른대로 말해."

"아, 아니야, 엄마. 나 그거 진짜 공부하러 간 거 맞아. 내가 애들 이름도 다 얘기했잖아. 우리 학교 전교 1, 2등이랑 반장까지 있다고. 다들 적어도 나보다는 공부 잘하는 애들이라고 내가 말했잖아. 엄마도 얘기 들어 보더니 좋다며? 도움 많이 될 것 같다고, 괜찮다고."

숨도 쉬지 않고 그렇게 말한 나는 말을 마치자마자 입술을 깨물었다.

내가 낮은 성적을 받았을 때, 엄마가 내가 노력하는 모습을 바로 옆에서 보았음에도 불구하고 그 원인을 내 불성실과 노력 부족 탓으로 돌리는 패턴이야 익숙했다. 문제는, 이 패턴은 고등학교 2학년 때 이후로는 한 번도 사용되지 않았다는 것이다.

나는 어째서 부모님과 나의 관계가 이전 그대로일 거라고 믿었던 걸까?

고등학교 2학년 때, 내가 성적으로 남들과 비교당해 온 일에 대해 부모님께 화낼 수 있었던 것은 어디까지나 사대천왕과 반여령이 내 옆에서 계속 힘을 실어 주었기 때문이었다.

즉, 어쩌면 지금 부모님과 나의 사이는……. 내가 생각하기가 무섭게, 엄마의 낮은 목소리가 다시 내 귀에 꽂혔다.

"적당히 너랑 수준 맞는 애들하고 했어야지. 뱁새가 황새 따라가려다가 가랑이 찢어진 거 아니야, 지금."

나는 언뜻 숨이 막혔다. 방금 엄마의 입에서 쏟아져 나온 것이 말이 아니라 유리 조각 같았다.

그렇게 내 귀로 쏟아져 들어온 유리 조각들은 아직 아물지도 않은 상처를 난도질했다.

앞서 내게 그 상처를 새겨 둔 사람은 다름 아닌 은지호였다.

'내가 나예리 말고 너를 택할 이유가 없잖아.'

'네가 가진 것 중에 뭐 하나라도 나예리와 비견될 만한 게 있어?'

그의 목소리가 귓가에 떠올라 반복되는 것과 동시에 엄마의 목소리가 그 위에 겹쳐졌다.

"그 공부 모임에 여령이 끼어 있다는 데서부터 불안했어. 여령이인가 그 애도 너처럼 학원 하나 안 다니고 혼자 하는데 전교 1등이라며. 그런데 너는 왜 그래? 엄마가 너를 부족하게 낳아 줬어, 지원을 덜 해 줬어?"

그 말을 들은 순간 더는 참을 수가 없었다. 이 자리에 더 있다가는 내가 딛고 있는 바닥이 썩은 나무판자처럼 금방이라도 부서져 내릴 것만 같았다. 그렇게 해서 떨어진 구덩이는 너무 검고, 깊어서 다시는 헤어 나오지 못할 것 같은 예감. 그런 예감에 사로잡히자 온몸이 벌벌 떨리기까지 했다.

나는 그 즉시 뒤돌아 현관으로 향했다. 등 뒤에서 당황한 듯한 엄마 아빠의 목소리가 날아왔지만 무시했다.

현관문을 쾅 소리 나게 닫은 나는 한달음에 언덕길을 달려 내려갔다. 내가 발을 뗄 때마다 내 핸드폰이 주머니에서 묵직하게 흔들렸다.

언덕길을 운동화도 아닌 슬리퍼를 신고 달려 내려가는데, 내가 반여령 같은 운동 신경의 소유자도 아닌 한 구르게 된 것은 당연한 일이었다.

발목이 삐끗하고 접질리는 느낌이 들었을 때는 이미 시야가 낮아져 있었다.

아스팔트 바닥에 세게 찧은 무릎에서 강한 통증이 느껴

졌다. 제자리에 주저앉은 나는 다리를 감싸 안고 비명을 질렀다.

"아야야."

그때, 갑자기 멀지 않은 곳의 차 문이 덜컹 열렸다. 무심코 그쪽을 바라본 나는 얼굴을 굳혔다.

기다렸다는 듯 문을 연 것은 다름 아닌, 내가 얼마 전부터 수상하게 여기던 바로 그 차였다.

그리고 그 차에서 아무리 봐도 경호원이나 어딘가의 요원으로밖에 보이지 않는 남자가 내리는 것을 본 순간, 나는 마침 반대편에서 다가오는 버스를 향해 절뚝거리며 달렸다.

"저기, 이봐요! 치료 정도는 하고 가는 게……."

안절부절못하며 말하는 모습이 나쁜 사람 같진 않다는 생각이 들었지만, 나는 곧 힘차게 고개를 내저었다.

언제는 뭐 나쁜 사람이 이마에 '나쁜 사람' 하고 쪽지라도 써 붙이고 왔나? 세상일이 그렇게 단순하게 돌아가지 않는 건 현실은 물론이고, 소설을 기반으로 한 이 세계에서조차 마찬가지였다.

마침 버스 정류장이 인근이라, 버스 기사 아저씨는 나를 성질이 급해 기다리지 못하고 뛰어온 사람 정도로 이해한 것 같았다.

지갑을 안 가져왔다는 생각에 사색이 되던 것도 잠시, 간신히 어플리케이션을 이용해 버스 요금을 내는 데 성공했다.

혹시나 해서 방법 정도는 알아 뒀었는데, 스마트 세상 만세. 그리고 나는 좌석에 앉아 검은 차가 창밖으로 멀어지는 모습을 여유롭게 감상했다.

그러다 문득 작게 부르는 소리가 들려서 옆을 돌아보자, 예닐곱 살은 되었을까 싶은 여자애가 버스가 달리는 와중인데도 내 옆에 와 있었다.

응? 의아하게 눈을 깜빡이는 내게 그 애가 말했다.

"언니, 손에 피나요."

"아."

"안 아파요?"

호 해 줄까요? 앞니 하나가 빠져선지, 잔뜩 새는 발음으로 내뱉는 애를 어느새 다가온 여자가 데리고 갔다.

그러면서 그녀가 말했다.

"미안해요, 학생. 우리 나윤이가 언니들을 너무 좋아해."

"아, 아니에요……. 귀여운데요, 뭐."

그러자 빙긋 웃은 그녀는 애정이 담뿍 담긴 눈으로 나윤이라는 여자애를 바라보며 그 애의 머리를 쓰다듬었다.

"우리 나윤이, 착하기도 하지."

그 일상적인 칭찬의 말이 귓가에 들려온 순간, 나는 울지 않기 위해 아래턱에 힘을 꽉 주어야만 했다.

별다른 일을 하지 않아도 칭찬받는 어린아이와 고등학교

3학년이나 된 내 처지를 비교해서 비관하는 것은 정말로 어처구니없는 짓이니까.

그걸 머리로는 알면서도, 방금 내가 엄마에게 들은 말들이 떠올라 눈시울이 뜨거워지는 것은 어쩔 수가 없었다.

반사적으로 손을 들어 눈가를 문질러 닦으려다가, 그 손이 방금 지적받은 피 나는 쪽이란 것을 깨달은 나는 다시 얌전히 손을 내렸다.

울고 있는 것을 남들에게 들키지 않기 위해 애써 차창 밖으로 고개를 돌렸지만, 사실 이미 소용없다는 것은 잘 알고 있었다.

내가 잠옷으로 입는 맨투맨에 운동복 바지 차림으로 절뚝거리며 버스에 올라탔을 때부터 이미 적지 않은 시선이 쏠려 있었다. 내 손에서 피가 흘러내리고 있다는 것도 한몫했을 것이다.

그럼에도 나는 목적지에 도착하기까지 최대한 담담하게 보이려고 노력했다.

마침내 버스에서 내려 걷게 되자, 그다음부터는 굳이 길을 찾기 위해 머리를 쓸 필요도 없었다. 너무 오래 다녀서 익숙해진 길을 따라 몸이 알아서 걸음을 옮기고 있었으니까.

부모님에 대한 생각에서 벗어나기 위해 고개를 몇 번 휘젓다가, 정신을 차려 보니 어느새 나는 엘리베이터 안까지 와 있었다.

전단지와 명함이 다닥다닥 붙은 거울에 비친 내 모습은 마치 유리관 속에 있는 실험체처럼 불안하고 낯설어 보였다.

이윽고 땡 하는 소리와 함께 엘리베이터 문이 스르륵 열렸다.

누군가에게 조종당하는 것처럼 의식 없이 걸음을 옮기던 나는 마침내 문 앞에 섰다.

나는 쇠문에 달린 문패를 그리운 눈으로 바라보았다.

어째서 목적지에 도착하고 나서야 비로소 내가 어디로 향하고 있었는지를 깨달은 걸까?

답은 이토록 간단했는데.

내가 그토록 노력해도 아무것도 잘하지 못해도 나를 좋아해 준 사람.

심지어 부모님까지 나를 외면했을 때조차 날 버리지 않았던 사람이, 내 인생에 달리 있을 리 없었다.

그러나 당연한 듯 손가락을 뻗어 벨을 누르려다 말고, 나는 누군가 송곳으로 머리를 찌르기라도 한 것처럼 예리한 통증과 함께 정신을 차렸다.

옛날 나와 반여령은 예고하지 않고 서로의 집에 드나들어도 될 정도로 친한 사이였지만, 지금은 아니었다. 심지어 우리는 지금 그럴 만큼 가까운 거리에 살지도 않았다.

옆집이라면 모를까, 이 정도로 먼 거리에 산다면 출발하기 전에 전화를 걸어서 놀러 가도 되는지 묻는 게 당연했다.

가는 쪽에서는 헛수고할 위험을 줄이고, 맞이하는 쪽에서는 영문도 모르고 손님을 맞이하는 봉변을 피하기 위해서.

그 사실을 깨달은 나는 주머니에 든 핸드폰을 불안하게 매만졌다.

어떡하지? 일단 전화를 걸어 볼까?

그래, 반여령한테서 사라진 건 나에 대한 기억이지, 감정이 아니잖아?

전화를 걸어 지금 너희 집 앞인데 잠깐 만나고 싶다고 말하면, 그 애도 틀림없이 기뻐할…….

그러나 나는 얼마 안 가 핸드폰을 매만지던 손을 내릴 수밖에 없었다.

고개를 떨어뜨린 내가 어두워진 얼굴로 중얼거렸다.

설령 만난다고 해도, 지금의 반여령과 내가 뭘 할 수 있을까?

수능이 다가오는 어느 휴일에 갑자기 들이닥쳐 묻지도 않은 가정사를 줄줄이 털어놓으며 위로를 구하는 친구라니, 나라면 그런 건 싫을 거야.

남의 가정사를 곁에서 오랫동안 보아 자연스럽게 알게 되는 것과 갑자기 상대방 쪽에서 털어놓아서 알게 되는 것은 경우 자체가 달랐다.

자칫 잘못하면 반여령에게 원치 않는 마음의 짐까지 지워 줄 수 있다는 생각이 들자, 검지에서 고작 삼 센티 거리에 있는 벨을 차마 누를 수가 없었다.

몇 번이고 망설이던 나는 결국 한숨과 함께 손을 스르륵 내려놓았다.

그때였다. 쇠문 너머에서 높낮이가 다른 목소리가 번갈아 흐르더니 발소리가 가까워졌다.

그리고 내가 미처 반응하기도 전에 쇠문이 벌컥 열리며 익숙한 얼굴이 모습을 드러냈다.

여령이의 이목구비를 조금씩만 솜씨 좋게 매만진 것처럼 수려한 남자였다.

그리고 빛이 감돌지 않는 검은 눈동자가 나를 담은 순간, 나는 정신 없이 뒤돌아 달리기 시작했다.

여단 오빠가 나를 그의 스토커로 오해하든, 아니면 이 나이 먹고도 벨을 누르고 달아나는 장난을 치려다가 실패한 사람으로 착각하든 말든 그런 건 상관없었다. 그와 마주치지 않을 수만 있다면!

그러면서 나는 내 머리를 두 손으로 부여잡아야만 했다.

아악! 부모님의 잔소리를 피해 친구 집으로 왔더니 이번에는 전 남자 친구와 마주치다니, 이게 대체 무슨 운명의 장난이야!

물론 9월이니 대학교로 치자면 아직은 학기 초고, 게다가 주말이기까지 하니 그가 집에 와 있을 수도 있다는 것을 감안하지 못한 내 잘못이긴 하지만.

다행히 여단 오빠는 내가 달아나자 반사적으로 손을 뻗긴 했지만, 뒤쫓을 생각까지는 없는 것 같았다.

뒤에서 여령이와 그가 말하는 소리가 번갈아 들려왔다.

“왜 그래, 오빠?”

“집 앞에 모르는 사람이 있어서.”

“뭐?”

그들의 대화를 들으며 나는 식은땀을 흘렸다.

한 가지 사실만은 분명히 알 수 있었다. 지금 내 뒷모습을 여령이에게 들키기라도 한다면 난 끝장이라는 것을.

물론 아는 사람은 물론이고 모르는 사람에게도 대체로 긍정적인 여령이가 나를 오해할 리는 없지만, 문제는 내가 정체를 들킬 경우 여령이에게 꼼짝없이 붙들려 다친 손을 치료받을 수밖에 없다는 것이다.

그렇게 되면 멀지 않은 곳에서 여단 오빠가 그 모습을 지켜볼 게 분명했다.

당연하지, 반여령을 끔찍하게 아끼는 그가 어떻게 처음 보는 수상한 여자애를 여동생과 단둘이 있도록 두겠는가?

그러다가 그가 만약 나에 대한 감정을 떠올리기라도 한다면…….

상상만 해도 혀를 깨물고 싶어지는 일들을 떠올리며 정신없이 뛰다 보니 어느새 엘리베이터 앞이었다.

문제는 1층에 있는 엘리베이터가 도통 올라올 생각을 안

한다는 거였다.

아까 본 바로는 두 사람은 밖으로 나가려는 것 같던데, 혹시나 운이 나빠 내가 엘리베이터 앞에서 그들과 마주치기라도 하면? 그게 아니더라도 아파트 입구에서 우연히 마주친다면?

나와 여단 오빠의 인연이 다시 시작되냐 마느냐의 문제를 그런 불확실한 확률 따위에 맡길 수는 없었다.

결국, 나는 엘리베이터 타는 것을 포기하고 계단을 오르기 시작했다.

반 층쯤 올라가고 나서부터는 아예 슬리퍼를 벗어 한 손에 들고 맨발로 걸어갔다.

그런 노력이 성과를 거두었는지, 아래층에서는 아무런 인기척도 느껴지지 않았다.

두어 층쯤 맨발로 올라간 나는 그제야 슬리퍼를 도로 내려놓았다. 다시 슬리퍼를 신은 나는 절뚝거리며 계단을 올랐다.

옥상 문이 보일 때쯤이야 나는 한참 전부터 내가 부상당해 있었다는 사실을 자각했다.

고작 손등에서 흘러내린 피 조금 때문에 빈혈이 오진 않았겠지만, 이 아파트로 오는 대부분의 길이 언덕길로 돼 있어선지 다리에 힘이 쭉 빠져 있었다.

온몸의 체중을 다 싣다시피 해서 겨우 뻑뻑한 문을 열어젖힌 나는 비틀거리며 안으로 들어갔다.

탁 트인 하늘과 녹색으로 칠해진 옥상 바닥을 보자 비로소 숨통이 트였다.

아직 밝은 하늘을 올려다보며 나는 곰곰이 생각했다. 이곳에 마지막으로 온 게 언제였더라?

마지막으로 왔던 때가 이사 가기 직전이었으니 3월 말이나 4월이었을 텐데, 그럼 벌써 반년은 된 셈이군.

그리고 옥상 가장자리로 다가간 나는 난간에 기대어 숨을 골랐다.

한참을 숨만 고르던 내 입에서 마침내 한숨 섞인 말이 튀어나왔다.

"휴우. 진짜 놀랐다……."

정말이지, 하필 그 순간에 그 사람을 그런 식으로 마주칠 게 뭐람.

평소에 스치듯이라도 보고 싶다고 생각하며 지나가는 사람마다 살필 때는 코빼기도 보이지 않더니.

나는 더러워진 바지의 무릎 쪽과 그럭저럭 피가 멎은 내 손을 번갈아 보며 어이없다는 표정을 지었다.

그래도 여단 오빠와 마주친 것에도 단 한 가지 장점은 있었다.

그게 뭐냐 하면, 그에 관한 추억이 우후죽순 떠오면서 부모님 생각은 거의 하나도 나지 않게 되었다는 점이었다.

잠시 서 있던 나는 스르르 주저앉아 다리를 감싸며 무릎에 얼굴을 묻었다.

내가 여단 오빠와 헤어진 것을 절대 후회하지 않기로 한 것과는 별개로, 그 뒤로 그에 관한 생각을 하지 않는 것은 아예 불가능했다.

왜냐하면 그는 내 첫사랑, 내 첫 연애 상대였으며, 심지어 첫 이별 상대이기까지 했으니까.

그가 나와 헤어진 직후, 대학교라는 내가 전혀 모르는 세계로 떠나 버렸다는 것도 한몫했다.

새로운 계절이 올 때마다 나는 어쩔 수 없이 궁금해졌다. 내가 없는 그의 봄이, 여름이, 가을이 어땠을지.

조금 과장해서 말하자면, 나는 매체에서 나오는 모든 대학생의 모습에 그를 대입해 보았다.

또, 역 앞이나 술집 앞에서 취한 채로 크게 떠들거나 웃고 있는 대학생 무리를 볼 때마다 서울 어딘가에서 그도 그러고 있을지도 모른다고 상상하기도 했다.

술에 취해서인지, 특별한 사이가 아닌 것 같은데도 유난히 얼굴을 가까이하고 말을 주고받거나 얼싸안는 남녀를 보면 여단 오빠에게도 그런 사람이 생겼을 것 같아서, 안도감과 약간의 상실감이 동시에 들고는 했다.

거기까지 생각한 나는 생채기가 난 두 손으로 얼굴을 감싸며 중얼거렸다.

"……나, 잘한 거겠지."

나에 대한 여단 오빠의 기억은 내가 지우길 잘했다고 생각한 유일한 기억이었다.

아무렴, 나에 대한 기억이 있는 편보다는 없는 편이 그가 스무 살을 훨씬 즐겁게 날 수 있을 테니까.

그런데도 지금 이 순간, 가슴이 칼바람이 든 듯 시려 오는 것은 그 덕분에 내 인생에서 가장 추웠던 시기를 춥지 않게 났기 때문일까?

두 집 부모님이 함께 대만으로 가 버리시는 바람에 여령이네 할아버지 집에서 맞이했던 설날 아침, 그가 내 머리를 말려 주다 말고 내게 기습처럼 입 맞췄던 일.

부모님과 싸운 밤 베란다에서 그와 나누었던 대화.

그가 나를 데리러 오던 수많은 밤, 함께 카페에서 만나 공부를 하던 수많은 주말의 낮…….

그런 기억들이 떠오르자 나는 어쩔 수 없이 울지 않고서는 견딜 수 없어졌다.

나는 무릎 위에 고개를 파묻으며 중얼거렸다. 도대체 내가 무엇을 해야 이 괴로움에서 벗어날 수 있을까?

가장 쉬운 선택지는 바로 가까이에 있었다.

당장 방금 도망쳤던 곳으로 돌아가 반여령네 집 문을 두드린다면, 눈을 휘둥그레 뜨고 나오는 그녀를 붙들고 우리가 겪었던 일들에 대해 모두 쏟아 낸다면.

적어도 은지호만큼 이성적이지 않은 반여령은 내 말을 믿어 줄 것이다. 모두 믿어 주진 않더라도 최대한 받아들이려고 노력해 주겠지.

하지만, 그러는 내내 여단 오빠가 옆에서 그런 우리의 모습을 지켜볼 거라는 상상이 머릿속에서 떠나지 않았다.

아니다, 지켜보면? 그래서 여단 오빠와 다시 시작하게 된다 한들 무슨 상관이 있단 말인가……. 그러다 말고 나는 퍼뜩 정신을 차렸다.

사흘 밤낮으로 앓고 난 것처럼 식은땀이 흐르는 이마를 훔친 내가 중얼거렸다. 나 방금 무슨 끔찍한 생각을 한 거야.

물론 여단 오빠와 다시 시작하게 된다면 내게는 아무런 손해도 없었다. 하지만 그에게는 그렇지 않을 것이다.

게다가 분명히…… 그를 좋아하지 않으면서도 불안감 때문에, 또는 외로움 때문에 그가 내민 손을 먼저 잡았던 건 나였다.

똑같은 잘못을 두 번이나 저지를 수는 없었다.

무엇보다도 내가 그런 생각을 했다는 것에 대한 충격에 휩싸여 있던 나는 문득 고개를 들었다.

어느새 해가 지고 있었다. 용광로처럼 새빨간 햇살이 하늘을 뒤덮고, 내게도 쏟아져 내렸다.

이대로는 한 시간도 안 지나 낮이 끝나고 밤이 될 게 분명했다. 하지만 나는 어디에도 가고 싶지 않았다.

멍하니 있다가, 나는 되뇌었다. 그래, 나는 지금 어디에도 가고 싶지 않아.

여기에 가만히 있다가는 관리자가 찾아오리라는 것을 알고는 있었다. 또, 지금처럼 도와줄 사람이 아무도 없는 상황에서 그와 단둘이 대면하는 것은 곧 죽음을 의미한다는 것도.

하지만…… 나는 입술을 깨물었다. 여기에서 멀쩡히 살아 내려간다고 해도 여령이나 여단 오빠, 다른 사람의 호의에 매달리지 않을 자신이 없는데.

나는 너무 울어서 반쯤 멍해진 머리로 생각했다. 애초에 관리자에게 붙잡히는 것이 뭐가 문제가 된다는 거지?

그가 그토록 끈질기게 나를 없애려고 시도하는 이유는 내가 이 세계에 '존재'해선 안 되기 때문이 아닌가?

하지만 살아 있는 것과 존재하는 것이 다른 것과 마찬가지로, 죽는다고 해서 그 사람의 존재 자체가 없는 것이 되진 않는다. 죽어도 그 사람은 한동안 다른 사람들의 기억 속에 남아 이 세계에 엄연히 '존재'한다.

즉, 나는 입술을 깨물었다. 어쩌면, 내가 관리자에 의해 죽는다고 해도 내 목숨에는 지장이 없을 수도 있지 않을까?

아니면 이 세계에서의 죽음 자체가 다른 세계로의 귀환을 의미할지도 모른다. 이 세계의 숨겨진 규칙들에는 상식적으로 이해되지 않는 점들이 많았으니까.

혹은 그에게 죽으면 내가 존재했던 사실조차 모두에게서 사라질지도 모르지. 그거야말로 이 세계에서 나라는 존재를 완전히 지우는 방법일 테니까.

그렇다면…… 그것이 도대체 어째서 나쁜 일이 되는 거지? 내가 중얼거렸다.

내가 사라진다 한들, 아무도 내 존재를 기억하지 못한다면 슬픔조차 없을 텐데, 그게 어째서 나쁜 일이 된단 말이지? 나를 제외하고는…….

그때였다. 바람에 섞여 희미하게 들려오는 목소리에 나는 문득 정신을 차리고 고개를 들었다.

오래전 이 옥상에서 누군가와 단둘이 주고받았던 대화가 내 머릿속에서 되풀이되고 있었다.

'너는, 죽고 싶었던 적 있어?'

평소와 다름없는 어조로 날아온 무거운 말에 일순 당황했던 기억.

그리고 내가 담담하게 수긍하며 너만은 그런 감정을 배우지 않았으면 좋겠다고 말하자, 그가 꺼냈던 말.

'그럴게.'

'대신 너도, 그런 일은 더는 겪지 마.'

'너한테도, 그런 일은 더는 없었으면 좋겠어.'

어둠 속에서 밤바다의 잔물결처럼 반짝이던 푸른 눈동자가 떠오른 순간, 나는 홀린 듯 지금까지 존재조차 잊고 있었던 핸드폰을 주머니에서 꺼냈다.

내가 그것을 여태 잊고 있었던 것은, 어쩌면 내가 기어이 다른 사람에게 도움을 청할지도 모른다는 경계심 때문이었는지도 모른다. 내 선택의 결과를 더는 홀로 감당할 자신이 없어서.

하지만 그라면 괜찮을 것 같았다. 나에게 더는 그런 일을 겪지 않았으면 좋겠다고 말해 준 그라면.

나는 메신저로 들어가 꾹꾹 글자를 입력했다.

'어디야?' 고작 세 글자 썼을 뿐인데 문자가 아닌 전화가 돌아왔다.

액정에 박혀 하얗게 빛나는 이름 세 글자를 가만히 내려다보던 나는 전화를 받았다.

수화기 너머에서 조바심치는 목소리가 들려왔다.

[그러는 너야말로 지금 어딘데.]

* * *

나라도 누군가 전화해서 '나 지금 옥상이야.'라고 말한다면 무척 놀랄 것이 분명하기에, 나는 유천영이 오는 동안 전화로 내가 옥상에 오게 된 경위에 대해 최대한 자세히 설명했다. 적어도 여단 오빠가 나와 사귀었다는 것 빼고는 모두 말했다.

그 결과 어쩐지 '친구네 집에서 너무 잘생긴 사람이 튀어나와 놀라서 도망쳤다'라고 말하는 미남 기피증 환자 같은 사람이 되어 있었지만…… 사실대로 말하는 것보다는 낫지, 뭐.

한 손으로는 핸드폰을 들고, 다른 손으로는 난간을 붙잡고 아래를 구경하던 나는 문이 덜컹 열리는 소리에 고개를 돌렸다. 아무렇지 않게 옥상을 척척 가로질러 온 유천영이 내 옆에 섰다.

그를 보며 나는 놀란 눈만 깜빡였다. 우와, 채 30분도 안 걸려서 올 줄이야.

그러다 심상치 않게 일그러진 그의 얼굴을 보고서야, 그가 나를 좋아한다고 말했던 게 떠올랐다.

그의 고백은 거의 언제나 계획적으로 이루어지기보다는 도발에 응해서 튀어나오다 보니, 미안하지만 기억에는 잘 남지 않는 게 사실이었다.

이 타이밍에 왜 나를 좋아하게 되었냐고 물어보면 안 되겠지? 그렇게 생각하며 이색하게 웃던 나에게 그가 통화 종료 버튼을 누르며 말했다.

"하던 얘기 마저 해."
"응?"
"너, 애초에 왜 집에서 뛰쳐나오게 됐는지는 아직 말 안 해 줬어."
"아, 그거……."
나는 말끝을 흐렸다.
이들은 이맘때쯤 내가 집에서 뛰쳐나오면 성적 때문에 또 싸웠겠거니 하고 어련히들 이해했기 때문에, 이 부분을 설명해야 한다는 생각조차 하지 못하고 있었다.
나는 새삼 내가 반여령의 집 앞에서 얌전히 돌아 나왔던 이유를 떠올렸다. 맞아, 반여령에게 이런 얘기를 해서 그 애의 주말을 우중충하게 만들고 싶지 않아서였지.
그러나 지금 유천영과 나의 관계는 반여령보다 못 하면 못 했지, 결코 나을 것이 없었다. 그런데도 그는 여전히 내 앞에 버티고 서서, 대답을 종용하는 눈빛으로 나를 보고 있었다.
결국, 한숨을 쉰 내가 물었다.
"들으면 너까지 우울해질지도 모르는 얘기인데?"
"괜찮아."
"답답해서 속 터질지도 모르는데?"
"말 안 하고 혼자 담아 두면 그땐 네 속이 터지겠지."
구구절절 맞는 말이라 할 말이 없었다.

나는 결국 고개를 끄덕였다.

"알았어. 얘기해 줄게."

그는 내 얘기를 차분한 얼굴로 한 번도 끊지 않고 들었다.

마침내 내 얘기가 끝나자, 그는 눈살을 찌푸리며 말했다.

"부모님이 너무하셨는데……. 평소에도 그런 식으로 말씀하셔?"

"아니. 저번에 병원에서 날 어떻게 대하시는지 봤잖아."

헐레벌떡 병원으로 뛰어와 내 두 뺨을 잡고 난리 치던 부모님의 모습을 떠올린 듯, 유천영이 짧은 탄성을 흘렸다.

"아."

"시험 점수 나올 때만 이래, 시험 점수 나올 때만."

그리고 난감하게 웃은 내가 덧붙였다.

"음, 표현 방식이 좋다고는 생각 안 하지만."

"그래……."

"그런데 사실, 부모님 의도에는 그런 표현 방식이 맞는 건지도 모르겠어. 왜냐하면, 내가 고3인데도 정신 못 차리니까 정신 차리라고 그런 말씀 하신 거잖아. 그런데 좋게 말씀하시면 내가 정신을 못 차리지……. 뭐, 대충 그런 이유가 아닐까."

그렇게 말한 나는 난간 밖을 보며 너무 울어서 꺼칠해진 뺨을 문질렀다.

그때, 옆에서 가라앉은 목소리가 날아왔다. 나는 다시

고개를 돌렸다.

"전부터 느낀 건데, 너는."

"응?"

"너는 자꾸만 남을 이해하려고 하는 것 같아. 심지어 너 자신보다도 더."

"아……."

말문이 막힌 내 앞에서 그가 잠시 눈을 내리깔았다. 생각을 정리하는 듯도 했고, 뭔가를 참는 것 같기도 했다.

그리고 다시 시선을 든 그가 덧붙였다.

"그런 식으로 네 탓이 아닌 일들까지 네 탓으로 돌려야만 마음이 편해?"

"……."

"남의 무례까지 네가 이해해 줄 필요가 있어?"

나는 입을 살짝 벌렸다.

우리가 아직 서로를 잘 몰랐던 때, 그에게서 들었던 말이 떠올랐다.

그때도 그는 말했었다. 내가 모든 것을 내 탓으로 돌릴 필요는 없다고. 오히려 나는 조금 쉬어야 할 필요가 있다고.

어쩌면 사람은 이렇게도 변하지 않을까? 그때를 떠올리고 속으로 탄식하던 내게 유천영이 다시 말했다.

"남의 무례까지 네 이해 부족 탓으로 돌릴 이유가 있어?"

"아니, 부모님이 남은 아니지."

"무례는 관계가 아니라 행동과 말투의 문제 아닌가."

예상치 못하게 핵심을 찔려 멍하니 있는 나를 보며 그가 덧붙였다.

"왜 남을 바꿀 생각이 아니라 스스로를 바꿀 생각을 하는지 모르겠어. 너도, 권은형도."

그 말에 눈을 전보다 크게 뜬 내가 되물었다.

"응?"

"너희가 상대를 이해해 주면 상대는 계속 그렇게 굴 텐데."

그에 낮게 웃은 내가 시선을 내리깔았다. 유천영이 그런 나를 바라보며 물었다.

"왜 그러는 거야?"

타박하기보다는 궁금한 것에 더 가까운 말투였다. 아니, 물론 그가 나를 답답하게 여기지 않냐고 하면, 그건 결코 아닌 것 같지만.

나는 점점 쌀쌀해지는 바람 때문에 시려 오는 팔을 매만지며 천천히 입을 열었다.

"글쎄, 아마도……."

"응."

"상대방이 나를 배려하지 않을 정도로 나한테 관심이 없다고 생각하기보다는, 상대방이 그냥 실수로 그랬다고 생각하는 편이 상처가 덜 돼서 그런가 봐."

그러자 유천영은 얌전해져서 입을 다물었다. 그를 물끄

러미 보던 내가 흐리게 웃으며 덧붙였다.

"그리고 그 외의 이유야 뭐, 벌집을 들쑤시고 싶지 않은 거겠지."

의아한 눈으로 보는 유천영에게 나는 어깨를 으쓱했다.

"생각해 봐, 나나 은형이는 다른 사람들이 보기에 잘 화내지 않는 사람들이잖아. 그런데 우리가 갑자기 평소에 당해 오던 일에 대해 화를 내면 어떻게 되겠어? 다른 안 좋은 일이 있었는데 그 일 때문에 화풀이한다거나…… 여러 말이 나올 법도 하지."

"……."

"나야 그 정도까진 아니겠지만, 은형이의 경우에는 쌓아 온 평판만 망쳐."

"……."

"그리고 나도 부모님한테 '애가 중학생 때도 안 왔던 사춘기가 고3 때 왔다'라는 말은 듣고 싶지도 않고. 그런 거지, 뭐."

대답 없는 유천영에게 그렇게 말한 내가 고개를 돌렸다.

나는 한 손을 들어 뒤통수를 머쓱하게 문질렀다. 음, 그러고 보면 유천영이 이렇게 내 얘기를 듣고 화를 내는 것도, 또 이런저런 조언을 해 주는 것도 다 나를 위해서인데, 나는 그런 그의 앞에서 내게 화내신 부모님 입장을 설명하며 그분들에 대해 옹호하다니. 이럴 거면 애초에 그가 물어본다고 얘기해 줘선 안 됐는데.

그리고 내가 어색하게 웃으며, 이 얘기는 그만하자고 말하려던 참이었다.

흔들림 없이 서서 나를 내려다보던 유천영이 눈을 두어 번 깜빡였다. 그러더니 그가 문득 입을 열었다.

"그래도, 이것 때문에 주말에 집에서 달려 나올 정도였다면 여태 네가 참는 것만으로는 아무것도 개선되지 않았고, 이제는 네가 참는 데도 한계가 왔다는 뜻 아니야?"

"아."

생각에 빠져 조용히 입을 다무는 내게 그가 다시 말했다.

"더는 참지도, 그런 일에 익숙해지지도 않았으면 좋겠어."

"……."

"너도, 권은형도."

우리 사이에 잠시 침묵이 흘렀다. 난간에 한 손을 얹은 채 그를 빤히 보던 내가 문득 작게 웃었다.

유천영이 이해할 수 없다는 눈으로 그런 나를 보았다.

"왜 웃어?"

"아, 아니."

입가를 허둥지둥 한 손으로 가린 내가 말을 이었다.

"네가 방금 한 말이 누군가가 했던 말하고 닮아서……."

"누구?"

나는 대답하는 대신 이리저리 눈만 굴렸다.

두 팔을 스스로 감싼 내가 다시 생각에 잠겼다.

그러고 보면 처음엔 여단 오빠를 피해 이 옥상까지 도망쳐 오게 된 거였는데, 이제 와서 다시 그에 대해 생각하게 된다는 것이 묘했다.

내 생애 처음으로 남자애들을 소개받았던 날, 나는 내게 호감을 보인 남자애가 반여령을 목적으로 접근했음을 우연히 알게 되었다.

그때 나와 함께 얘기를 엿들었던 여단 오빠가 남자 화장실 문을 걷어차 버리며 '너한테 그런 일이 익숙해지게 한 게 저런 자식들이지.' 하고 살벌하게 말하던 모습이 아직도 눈에 선했다. 비록 지금은 없게 돼 버린 일이긴 하지만…….

그리고 나는 눈을 살짝 감으며 생각했다. 누가 인터넷 소설 여주인공 오빠 아니랄까 봐 참 박력 넘쳐. 그래도 그런 점도 좋아했었지.

그때 옆에서 날아오는 목소리에 나는 다시 눈을 떴다. 유천영이 그 짧은 새 불만스러워진 얼굴로 나를 보고 있었다.

그가 물었다.

"누군데 그래?"

"네가 들으면 기분 나빠질 것 같아서 말하기 싫은데."

"네가 싫어하는 사람이야?"

"아니. 내가 좋아했던 사람."

"그럼 뭐 어때서."

이해할 수 없다는 표정을 짓고 있던 유천영이 이윽고 뭔가를 깨달은 듯이 눈을 서서히 크게 떴다.

그 모습을 본 나는 작게 웃으며 말했다.

"그래. 말 그대로 내가 좋아했던 사람이라고. 내…… 첫사랑."

유천영이 비로소 복잡해진 얼굴이 되어 입을 다물었다. 나는 그를 빤히 쳐다보았다.

역시 곧이곧대로 대답하지 않는 게 나았으려나? 하지만 그랬다가는 유천영 성격에 호락호락 넘어가지 않고 끝까지 추궁했을 게 뻔해.

그러다 나는 문득 불어온 바람에 흔들린 머리카락이 뺨을 간질이는 것을 느꼈다. 유천영의 머리카락 또한 불어온 바람에 짧게 흔들리고 있었다.

그 모습을 가만히 지켜보던 나는 다시 생각에 잠겼다.

그러고 보면, 유천영과 여단 오빠는 이상할 정도로 닮은 점이 많구나.

빼어난 외모야 인터넷 소설 주연들의 특징이니 차치하고서라도, 묘하게 청량한 기운이 주변을 감돈다든가, 기본적으로 표정이 없다는 점. 심지어 남들에게는 대체로 무심하지만, 선 안에 들인 사람에게는 생각지도 못한 다정한 면을 꺼내 보이는 점까지도 닮았다.

그 다정함 때문에 무척 큰 위안을 받다가도, 나는 한편으로는 내가 그를 좋아하지 않아서 다행이라고 몇 번이나 읊조리고는 했다.

왜냐하면, 그의 친절은 받은 사람들로 하여금 절대 그에게서 빠져나오지 못하도록 했으니까.

내가 본 유천영을 좋아하는 사람들만 벌써 여러 명이었다. 다들 대체 불가할 정도로 깊고 지극한 마음으로 그를 좋아했었다.

바로 그때였다. 지금까지 한 번도 생각해 보지 않았던 의문이 내 머릿속에서 고개를 치켜든 것은.

나는 눈을 크게 뜨고 유천영을 보며 생각했다.

아니, 잠깐. 내가 유천영을 좋아한 적이 정말로 한 번도 없나?

분명히 나는 꽤 오랫동안 균형을 잘 잡아 왔다. 특히 중학교 3학년 때 이후, 내가 이 세계에 완전히 속한 사람이 아니라는 것을 깨닫게 되고 난 뒤로는 더욱더.

하지만 그보다도 오래전, 모르는 애들이 공을 차는 운동장을 황량한 눈으로 바라보며 '너는 나한테 관심이 없어서 네가 좋아.'라고 유천영이 중얼거렸을 때, 그의 옆얼굴을 올려다보며 내가 느꼈던 감정에 대해서는 뭐라고 설명해야 할까? 가슴에 돌연 구멍이 뻥 뚫린 듯하던 그 감정은?

그리고 내가 그의 다정함에 침몰당해 테이블에 이마를 대며 '너는 어쩌자고 이렇게나 다정한 걸까. 나에게 허락되지 않은 최초의 사람이 아닌 너는.' 하고 읊조렸을 때, 그 때 내가 느꼈던 아쉬운 감정은?

그건 분명히, 내가 그를 한 번이라도 원했어야 느낄 수 있는 …….

그러자 순식간에 솟아오른 당혹감이 내 목전까지 차올랐다. 나는 목각 인형처럼 뻣뻣하게 굳어진 채로 생각을 이어 나갔다.

물론 내 첫사랑은 누가 뭐래도 여단 오빠였다.

그에게 선물 받은 머리끈을 오랫동안 서랍 속에 소중하게 감춰 두었던 어렸을 때의 내 행동이 그것을 증명했고, 이 세계의 나에 대한 기억이 그것을 증명했다.

하지만 중학교 시기, 내가 아직 여단 오빠와 데면데면하게 지냈고 유천영과는 놀랍도록 가까워졌던 어느 여름날…… 그 뒤에 내가 여단 오빠를 '이 세계에서 나를 좋아해 줄 수 있는 유일한 사람이 아닐까?'라고 생각해서 좋아하게 되었던 것은 어쩌면.

그 계기가 되었던 사람은 어쩌면…….

거기까지 생각하자 이마와 목덜미에 잔뜩 열이 오르는 느낌이었다.

완전히 넋을 놓고 있던 나는 내 턱 밑에 불쑥 닿는 차가운 손에 정신이 들었다.

"엄마야."

내가 뒤로 고꾸라질 뻔하자, 유천영의 팔이 그런 나를 황급히 받쳤다.

내 등 뒤에 단단히 팔을 받쳐 부축해 주며 그가 놀란 듯이 물었다.

"갑자기 안색이 왜 그래?"

"아, 아니야. 나 정말 괜찮아. 아파서 이러는 거 아니야."

"하지만 그렇다기엔……."

하지만이고 자시고, 나는 지금 당장 내 눈앞에 있는 유천영으로부터 뒤돌아 도망치고 싶은 마음뿐이었다.

나는 속으로 절규했다. 아까 여단 오빠와 마주쳤을 때도 생각했지만, 왜 하필 이때, 이곳이어야 했을까? 왜 하필 당사자와 함께 있을 때 이런 걸 깨달아 버리는 건데? 더군다나 이제는 잘 기억도 안 나는 내 6년 전 진심 따위, 정말로 알고 싶지 않다고!

내 표정이 영 이상해 보였는지, 머뭇거리던 유천영이 다시 나를 부르려 했다.

그때 유천영 뒤에 펼쳐진 풍경이 내 눈에 꽂혔다. 나는 순간적으로 작게 비명을 지르며 한 발자국 물러났다.

"앗."

"왜 그래?"

"해가……."

나는 얼어붙은 듯 그 자리에 꼿꼿이 선 채 하늘을 올려다보았다. 주황색으로 물든 해가 산 끄트머리에 걸려 있었다. 이제 곧 해는 흔적도 없이 사라지고, 짙은 보라색과 검은색이 온 하늘을 뒤덮을 것이다.

그 모습을 보던 나는 초조해진 표정으로 고개를 돌렸다.

내가 다짜고짜 유천영의 팔을 잡고 옥상 문 쪽으로 끌고 가려 하자, 그가 당황한 듯 물었다.

"왜 그래?"

"밥 먹으러 가자. 배고프다."

"전혀 배고픈 표정이 아닌데……."

그가 못마땅한 듯 나를 보며 중얼거렸지만 나는 여전히 필사적이었다.

나 혼자 있었을 때는 관리자가 오든 말든 상관없었지만, 유천영과 함께 있을 때는 달랐다.

그가 직접적으로든 간접적으로든 나 때문에 어떠한 피해를 입는다면 나는 미안해서 견딜 수 없어질 것이다.

무엇보다도 그는 이미 나를 구하다가 크게 다친 적이 있지 않은가?

그러나 내가 막무가내로 옥상 바깥으로 끌고 가려 한 것이 도리어 그를 자극한 모양이었다.

내가 계속해서 당기는데도 끈질기게 서서 버티던 그는 갑자기 그의 팔에 걸려 있던 내 손을 휙 빼내어 깍지 꼈다.

그대로 내 손을 밑으로 내린 그가 내 얼굴에 그림자가 질

정도로 고개를 가까이 붙이며 물었다.

"왜 그러는 거야?"

"뭐?"

"이 옥상에서 지금 당장 내려가야 할 이유. 도대체 그게 뭔데?"

"그건……."

나는 마땅히 할 말을 찾을 수 없었다. 내가 사실을 말할 생각이 없고, 적절한 핑계를 찾고 있을 뿐이라는 것을 직감한 듯 유천영의 눈이 가늘어졌다.

바로 그때였다. 유천영의 뒤에서 주황색 실선으로 남아 있던 해가 마침내 완전히 자취를 감추었다.

그러자마자 쇠문 너머에서 텅텅거리며 발소리가 다가왔다.

평범한 사람이 주말, 그것도 저녁 시간에 굳이 이곳에 올라올 이유가 없기에 나는 바짝 긴장했다.

나는 이번에는 유천영을 옥상 문이 아닌 반대 방향으로 끌고 가기 시작했다. 차라리 한동안 몸을 숨기고 있다가, 관리자가 옥상을 한 바퀴 둘러보는 틈에 아래로 내려가면 살 수 있을 테니까.

하지만 이번에도 유천영은 내 의도대로 움직여 주지 않았다. 그가 도리어 얼굴을 더욱 차갑게 굳히며 말을 꺼내는 순간이었다.

"너……."

그때 마침내 끼익 소리와 함께 옥상 문이 열리고, 문틈 사이로 검은 그림자가 서서히 모습을 드러냈다.

사색이 되어 그쪽을 보던 나는 전혀 예상치 못한 얼굴을 발견하고 눈을 휘둥그레 떴다.

"은지호?"

얼마나 급하게 달려온 건지, 문손잡이를 잡고 거친 숨을 토하는 은지호의 이마가 땀에 젖어 있었다.

땀이 고여 반짝이는 검은 눈동자와 시선이 마주치자, 잠깐이지만 심장이 멎는 듯한 느낌이 들었다.

뒤늦게 내가 다시 중얼거렸다.

"네가 왜 여기에……."

"일단 내려가자, 함단이."

은지호가 내 말은 전혀 들리지 않는 것처럼 말했다.

그때, 나와 은지호를 번갈아 보던 유천영이 의아하게 물었다.

"우리가 여기 있는 건 어떻게 알았어?"

그제야 나는 은지호가 여기에 나타났다는 것에 놀란 나머지, 그가 어떻게 여기 왔는지는 전혀 신경 쓰지 않고 있었다는 것을 깨달았다.

진짜 그러네, 여기는 대체 어떻게 알고 온 거지?

하지만 은지호는 내 물음에 이어 유천영의 물음마저 무시했다. 나를 본 그가 보다 날카로워진 목소리로 물었다.

"해가 거의 다 졌어. 그런데도 여기 남아 있겠다고? 어두워질 때까지 여기에 남아 있으면 무슨 일이 일어날지, 유천영은 알고 있어?"

"아니……."

"그걸 알면서도 유천영을 끌어들이겠다는 거야?"

우리 대화를 들은 유천영이 해명을 요구하는 눈빛으로 나를 보았다.

하지만 나는 그저 어딘가로 숨고만 싶은 마음뿐이었다. 비록 유천영이 오기 전에 내가 거의 모든 걸 포기할 뻔했던 건 사실이지만, 내가 유천영까지 위험하게 할 뻔했다는 것을 당사자 앞에서 대놓고 따져 대다니. 은지호는 정말로 아무렇지도 않게 잔인한 면이 있다.

그러나 유천영은 그런 점은 전혀 신경 쓰이지 않는 모양이었다. 자기도 모르게 닥쳤던 위험에 대해 묻기는커녕, 그는 다만 염려와 불안이 섞인 목소리로 다시 물었다.

"너 설마 스토커라도 있어?"

그 물음에 나는 일부러 최대한 가벼운 웃음을 띠었다.

그대로 은지호를 가리킨 내가 되물었다.

"글쎄, 지금 상황에서 굳이 말하자면 스토커는 쟤 아닐까?"

그러자마자 삐죽삐죽한 목소리로 대답이 돌아왔다.

"안 내려갈 거야?"

보아하니 스토커라는 말에 발끈한 것 같긴 한데, 상황이 이러다 보니 당장 여기서 싸울 엄두는 못 내는 모양이었다.

확실히 여기에 두 사람과 함께 있다가 관리자를 마주치면 곤란해지는 건 사실이었기에, 그제야 정신을 차린 나도 황급히 유천영을 잡아끌었다.

내가 다급히 말했다.

"그래, 은지호 말대로 일단 내려가서 얘기하자. 내려가서."

그러자 유천영은 마침내 순순해졌다. 시선을 들어 은지호를 흘끗 살피는 모양새를 보아하니, 천하의 은지호가 저렇게 나올 정도라면 보통 일이 아님을 알아챈 것이 분명했다.

유천영의 손목을 잡고 은지호를 지나쳐 걸어간 나는 칠이 군데군데 벗겨진 철문을 열어젖혔다.

순간, 계단 아래의 짙은 어둠 속에서 웅크리고 있던 그림자가 몸을 일으키는 모습을 본 것도 같았다.

그러나 그것은 한순간의 착각이었던 듯, 사람의 존재를 감지하고 환해진 센서 등이 비춘 아래는 텅 비어 있었다.

그제야 안도한 나는 계단 아래로 조심스럽게 한 발 한 발 내디뎠다.

마침내 엘리베이터 앞에 도착하자 나는 무릎을 짚으며 후우우 하고 깊게 한숨을 토해 냈다.

아, 정말이지. 더는 이렇게 못 살겠어. 고작 아파트 옥상에서 엘리베이터까지 내려오는 것뿐인데도 목숨을 건 듯한 긴장감을 느껴야 한다니.

내가 속으로 투덜거리던 그때, 옆에서 유천영의 물음이 날아왔다.

"그래서 그 위험이라는 게 뭔데?"

유천영은 여전히 아까 옥상에서 오간 대화를 잊지 않은 모양이었다. 이제 그만 좀 잊어 줬으면 좋겠는데.

나는 일단 손을 들어 그의 말을 가로막았다.

"잠깐."

그리고 잠시 눈을 굴리며 고민하던 나는 은지호를 가리키며 말했다.

"음, 그 전에 일단 은지호랑 스토킹 건에 대해서 먼저 해결을 볼게. 괜찮지?"

은지호와 먼저 대화하겠다고 했지만, 내 속셈은 따로 있었다. 그와 대화하는 사이 유천영에게 댈 그럴듯한 핑계를 생각해 내기 위해서였다.

그것을 알아챘는지 어쨌는지, 아니면 단순히 '스토커'란 단어가 문제인 건지 은지호는 게슴츠레한 눈으로 나를 노려보았다.

아니, 뭐, 그의 자존심에 당연히 '스토커'란 단어 자체도 문제가 되는 게 맞겠지만.

하지만 그 비슷한 짓을 저지른 건 사실이겠지. 그게 아니라면 그가 어떻게 내가 이 시간에 여기 있는 줄 알고 귀신처럼 나타난단 말인가?

그렇게 생각하며 내가 은지호를 마주 노려보는 가운데, 조용히 나와 은지호를 번갈아 보던 유천영이 마침내 한숨을 내쉬었다.

그러더니 그는 엘리베이터 버튼을 누르며 말했다.

"아래에서 기다릴게."

분명히 나보다는 은지호를 의식한 말이었다.

내가 가만히 고개를 끄덕이고, 은지호는 여전히 심기 불편한 표정으로 말이 없는 가운데 마침 가까운 층에 있던 엘리베이터가 도착했다.

엘리베이터가 닫히는 마지막 순간까지도 감시하듯 우리를 바라보던 푸른 눈이 사라지자, 비로소 엘리베이터 앞 좁은 공간에는 나와 은지호, 둘만이 남았다.

방금까지만 해도 유천영에게 은지호와의 문제를 해결하고 가겠다고 자신만만하게 말한 주제에, 막상 단둘이 되자 곤혹스러워진 나는 괜히 딴청을 피웠다.

내가 은지호의 등 뒤에 있는 소화전에 대본이라도 쓰여 있는 듯 시선을 고정하고 있던 그때, 나직한 목소리가 날아왔다. 조금 한숨이 섞여 있는 듯도 했다.

"그래서?"

고개를 돌려 바라보는 나에게 그가 나른한 태도로 말했다.

"할 말 있으면 얼른 해. 이런 곳에 더 있고 싶진 않으니까."

그가 말하는 '이런 곳'이란 게 무슨 뜻일까? 재벌 2세인 그와 썩 어울리는 장소라고는 할 수 없는 평범한 복도식 아파트? 그도 아니면 나와 함께 있다는 걸 가리키는 걸까? 둘 다 가능성은 충분했다.

결국, 추측을 포기한 나는 눈을 찡그리며 말했다.

"그건 네가 아니라 내가 할 말이겠지. 너야말로 할 말 있어? 나나 유천영에게서 아무런 연락도 받지 않았으면서 내가 어디에 있는지는 그토록 잘 알고 있었다니. 스토킹이나 적어도 그에 준하는 짓을 했다는 얘기잖아. 맞지?"

"……."

그러자 그는 잠시 팔짱을 끼고 고개를 기울인 채 아무 말이 없었다.

내가 다시 말했다.

"얼마 전부터 우리 집 근처에 보이던 검은 차, 그것도 네 짓이지. 아니야? 어쩐지 매일같이 차 기종이 바뀌는 게 수상하다고 생각했어."

보통 사람이라면 그런 짓은 엄두도 낼 수 없는데. 내가 작게 덧붙인 말에도 은지호는 여전히 나를 빤히 보기만 했다.

변명할 말 있으면 해 보라고 내가 말하려던 찰나, 은지호가 대뜸 입을 열었다.

"내가 간섭하는 게 싫으면."

그가 대수롭잖은 어조로 덧붙였다.

"네가 먼저 네가 겪는 위험에 합당한 조치를 했어야지."

"뭐?"

'합당'이니 '조처'니, 또래들과 얘기할 때는 결코 쓰이지 않는 단어가 연달아 나오자 머리가 잘 돌아가지 않았다.

내가 뒤늦게 그의 말을 간신히 이해하는 참인데, 그가 말을 이었다.

"나라고 스토커라는 오명을 쓰는 걸 감수하고까지 이러고 싶었을까?"

"너, 그 말은 꼭……."

내가 너한테 부탁이라도 한 것 같다? 그렇게 말하려던 내 말을 그가 끊었다.

그가 베어 낼 듯 날카로운 눈으로 나를 노려보며 물었다.

"너는 네 목숨을 스스로 구하기 위해 무슨 노력을 했어? 나한테 추궁하기 전에 먼저 그런 걸 물어야 하지 않아?"

"……."

"너는 심지어 타인인 나보다도 더 너 자신을 구하려고 노력하지 않았잖아. 그런데 내가 어떻게 그 꼴을 두고 보라는 거야?"

걱정이라고는 전혀 담겨 있지 않은, 도리어 답답함만이 가득한 그의 어조에 나는 잠시 숨을 멈추었다.

이윽고 내가 작게 중얼거렸다.

"'도의적 차원'."

"그래. 이것도 그런 차원의 일이야."

"내가 전에, 네 도의적인 행동이 오히려 나를 비참하게 한다고 분명히 말하지 않았어?"

울컥한 내가 마침내 얼굴을 일그러뜨리며 던진 말에 은지호가 움찔했다.

나도 스스로 목소리의 변화를 알아채고 한 손을 들어 연거푸 얼굴을 쓸어내렸지만, 한번 치밀어 오른 감정은 잘 가라앉지 않았다.

결국, 나는 수전증이라도 온 것처럼 한 손을 달달 떨며 내뱉었다.

"내가…… 스스로를 구하기 위해 무슨 노력을 했냐고 물었지. 그러면 네가 내 입장이었다면 뭘 할 수 있었을 것 같아?"

"뭐?"

은지호가 그런 것은 한 번도 생각해 본 적이 없다는 것처럼 물었다.

확실히 지금의 그에게 나 같은 평범한 처지인 사람에게 이입하는 것은 어려운 일에 속할 것이다.

나는 떨리는 목소리로 말을 이었다.

"부모님께 알릴까? 아니면 경찰에게? 말할 때는 뭐라고 설명하지? 분명히 증거를 대 보라고 할 텐데. 나를 쫓아다니는 존재는 CCTV를 비롯한 어떤 전자 기기에도 찍히지 않아서 육안으로밖에 확인할 수 없다, 그래서 증거를 댈 수가 없다, 그렇게 말할까?"

"……."

"내가 합당한 보호를 받는 것과 미친 사람 취급을 받는 것, 둘 중에 어느 게 더 빠를 거라고 생각해?"

은지호는 비로소 가라앉은 표정으로 입을 다물었다.

그를 원망 어린 눈으로 보던 내가 말을 이었다.

"거봐, 너도 내 처지라면 드러내 놓고 마땅히 할 수 있는 일이 없었겠지. 고작 집에 날 밝을 때 일찍 들어가는 것만이 내가 할 수 있는 최선이었어."

"하지만—"

은지호가 비로소 할 말이 생각난 듯한 표정으로 입을 열었다. 그는 방금 옥상에서의 일을 추궁할 속셈인 것이 분명했다.

이번에도 내가 그보다 선수 쳤다.

"늦지 않게 들어가려고 했어. 유천영이랑 얘기하다 보니 시간 가는 줄 몰랐을 뿐이야. 개를 데리고 내려가려는데 마침 네가 왔어."

그러자 은지호는 할 말이 없다는 듯 입을 다물었다.

뭐야, 이거. 설마 내가 이긴 건가? 그 은지호를 상대로? 그것도 말싸움에서? 승리의 기쁨을 만끽해도 되는 건가 싶어 그를 빤히 보는데, 다시 물음이 돌아왔다.

"……왜 반여령한테는 가지 않았어?"

아파트 벽에 부딪혀 나직이 되울리는 목소리에 나는 숨

을 멈추었다.

그것도 잠시, 나는 얼굴을 찌푸리며 고민에 빠졌다. 도대체 저렇게 묻는 저의가 뭐지? 또 내게 반여령이 목적이 아니라 수단일 뿐 아니냐고 추궁할 셈인가?

그렇다면 그냥 넘어가지 않겠다고 다짐을 굳히던 찰나, 그가 다시 말했다.

"네 말대로 널 지켜보게 시켰던 사람에게서, 네가 울면서 집에서 뛰쳐나왔다는 소리를 들었어. 도중에 굴러서 무릎에서 피가 나는데도 상처를 치료하지도 않고 버스를 타고 여기로 온 이유는 물론, 반여령을 만나기 위해서겠지."

불과 몇 시간 전에 있었던 일이 제삼자의 관점에서 객관적으로 서술되는 것은 묘한 기분이었다.

아니, 그보다도. 나는 은지호를 빤히 보았다. 그렇게 말하는 그의 태도가 몹시 담담하다는 것 때문에.

어쩌면 내가 옛날 그들이 소설 속 인물이기 때문에 겪는 각종 사건 사고들에 대해 초연하게 반응했을 때, 그들이 날 보며 느꼈던 심정도 이와 같을까?

아무튼 지금에 와서 이것은 별로 중요한 게 아니었다. 그보다 중요한 문제가 산더미처럼 쌓여 있었다.

미미하게 눈만 찡그리는 내게 그가 다시 물었다.

"왜 본래 목적대로 반여령을 만나러 가지 않았어? 내가 알기로는 걔와 그렇게까지 빠르게 친해진 건 너와 우주인, 단

두 명뿐이야. 네가 그 애한테 갖는 의미를 모르겠어? 네가 어떤 상태로 가서 무슨 말을 하든 걔는 다 들어 줬을 텐데."

그 무렵 다시 평정심을 되찾은 나는 차분하게 대답했다.

"그걸 알고 있었기 때문에 안 간 거야."

"뭐?"

"네 말대로 내가 어떤 상태로 가서 무슨 말을 하든, 반여령이라면 다 들어 줬을 거야. 공감 능력이 무척 뛰어난 애니까, 대화하고 나서 내 기분은 많이 나아졌을 테고."

"그럼 왜 그러지 않았는데?"

"내 기분 좀 나아지자고 반여령의 기분을 망칠 수는 없는 거잖아."

내 대답에 은지호가 여전히 설명을 구하는 눈빛으로 나를 바라보았다. 어깨를 으쓱한 내가 '오늘은 주말이야.' 하고 덧붙이자, 그는 비로소 이해한 듯 짧은 탄성과 함께 시선을 떨어트렸다.

한동안 무슨 생각을 하는지 모를 표정을 짓고 있던 그가 다시 물었다.

"그럼, 유천영을 부른 건 어째서인데?"

마땅히 나올 만한 질문이라고 생각했기에 별로 놀라진 않았다.

하지만 이 질문에만은 속 시원히 답해 줄 수 없었다. 내가 오갈 길 없던 옥상에서 유천영을 떠올렸던 건, 지금은 그들에게서 사라지고 없는 기억과 관련이 있으니까.

내가 대답 없이 한숨만 내쉬던 그때, 정적을 뚫고 다시 날아온 물음이 내 귀에 박혔다.

나는 멍하니 고개를 들었다. 한순간이나마 귀를 의심할 수밖에 없었다.

"왜…… 내가 아니라?"

그렇게 묻는 은지호의 눈에 애정이나 염려가 아닌, 그와는 거리가 한참 먼 감정이 담겨 있음을 본 나는 안도했다.

만약 그랬다면, 나는 그때야말로 연이은 희망 고문을 견디지 못하고 무너져 내렸을 테니까.

그런 생각을 하며 속으로 가슴을 쓸어내리던 내게 그의 이어진 말들이 들려왔다.

"지금 이 상황에서 네 현재 상태와 네가 처한 위험을 가장 잘 알고 있고, 믿고 있는 유일한 사람은 나 아니야? 그런데 왜 내가 아니라 유천영을 부른 건지, 이해가 안 되는데."

말을 마친 은지호는 마치 탐색하는 듯한 시선으로 나를 훑었다.

그는 여전히 내게서 내가 유천영을 좋아한다는 증거를 찾고 싶은 걸까? 아니면 내가 유천영을 좋아하지 않으면서도 그를 이용하려 한다는 증거? 그게 뭐가 됐든 이젠 상관없다는 생각이 들었다.

나는 묵묵히 입을 열었다.

"너는……."

나는 오늘 그와 만나고 나서 처음으로 유감스럽게나마 웃으며 말했다.

"네 눈에 보이는 것만 믿지."

"그래서?"

"모든 사람이 너 같지는 않아."

은지호가 여전히 내 말을 이해하지 못한 눈으로 나를 빤히 보았다.

"세상에는 직접 자기 눈으로 보지 않은 것이더라도, 내가 존재한다고 말하면 단지 그것만으로 믿어 주는 사람도 있어. 반여령이 그렇고…… 유천영이 그렇지. 그래서 내가 너에게만은."

그래서 내가 너에게만은, 사라진 기억들에 대해 말할 수 없는 거야. 아마 앞으로도 그럴 테고.

그가 가장 이해하지 못할 말은 애써 삼켰는데도, 그는 어쩐지 그 말마저 들은 것 같은 표정으로 나를 보았다.

애써 한숨을 삼킨 내가 말을 이었다.

"그러니까 네가 그 존재를 유일하게 목격했다고 해서, 내가 너에게만 도움을 받아야 할 필요는 없다는 얘기야. 너만이 날 도와줄 수 있는 것도 아니고."

"……."

"알았으면 우리 집 주변에 차를 대기시키는 것도, 사람을 시켜서 날 감시하는 건 그만둬. 그거 엄연한 범죄야."

설마 한때 좋아했던 사람을 내 손으로 신고하게 할 셈은 아니지? 나는 그런 농담을 던지려다가 그만두고 말았다.

아무래도 농담이 될 것 같지 않거니와, 그에게 붙여야 하는 수식어가 '좋아했던'인지 '좋아하는'인지 아직도 스스로 분간할 수 없었기 때문이었다.

마침내 찾아온 적막이 우리의 어깨 위를 내리눌렀다.

장대비가 몇 시간 동안 쉬지 않고 쏟아졌을 때나 느껴질 법한 무거운 공기가 우리 둘이 서 있는 이 공간을 가득 채우고 있었다.

괜히 산소가 희박해지는 느낌에 숨을 크게 들이마신 내가 대화를 마무리하려는 찰나, 핸드폰 진동이 울렸다.

유천영이었다.

마침 타이밍이 좋았다. 이쪽을 돌아보는 은지호에게 핸드폰을 흔들어 보인 내가 말했다.

"이만 내려가자. 유천영이 아래에서 기다려."

"그래……."

지금까지의 팽팽하던 공방을 생각하면 다소 맥이 없다 싶을 정도로 싱거운 마무리였다.

은지호가 말꼬리를 흐리다니, 흔치 않은 일인데. 내가 생각하며 몸을 돌리는 찰나, 나직한 목소리가 따라붙었다.

"너는."

나는 옆을 돌아보았다.

은지호가 여전히 표정 없는 얼굴로 나를 보고 있었다.

"꼭 나를 오래전부터 알던 사람 같아."

절대로 있을 수 없는 일을 가정해서 말하는 화법 역시 은지호가 흔히 쓰는 것은 아니었다.

그러나 나는 놀란 내색을 하는 대신 그냥 웃었다.

"그래?"

"나와 알고 지낸 지 얼마 되지 않은 네가 그런 식으로 나에 대해 다 안다는 듯이 말하는 게 불쾌한데, 그런데도 달리 할 말이 없어. 다 맞는 말이라서."

"네가 너 자신을 잘 아는 사람이라서 다행이다."

그리고 나는 눈을 내리감으며 생각했다. 음, 너는 보이는 것밖에 안 믿지 않느냐는 내 말에 '네가 그걸 어떻게 장담해?' 하면서 벌컥 화를 내는 은지호라니, 과연 생각만 해도 웃긴걸.

그러면서 내가 한쪽 입꼬리를 조금 끌어 올리던 찰나, 그의 말이 이어졌다.

"그런데 이상하지. 그게……."

"……."

"갑갑하게 느껴진다는 건."

나는 다시 눈을 뜨고 앞을 보았다.

은지호가 나를 똑바로 보며 말을 이었다.

"내가 옳다고 믿어 왔던 내 특징들, 내가 오랜 세월 애써서 만들고 다듬었던 것들을 바꾸고 싶어진다는 건."

"……."

"내가 그만큼 네 말에 반박하고 싶기 때문일까? 아니면……."

그가 갑자기 웃는 바람에 나는 조금 당황했다. 그리고 자세를 바꿔 한쪽 다리에 체중을 옮겨 실은 그가 대수롭잖게 물었다.

"여전히 그 마음은 같아?"

"뭐?"

"나를 나눠 갖는 걸 절대로 허용 못 하겠다던 거 말이야."

"물론 허용 못 해."

"그럼 여기까지네."

종이비행기라도 날리듯, 너무나 가볍게 던져진 이별의 말에 나는 잠시 할 말을 잃었다.

아니, 사실 분명히 방금까지만 해도 그와 다시는 안 볼 생각으로 사납게 몰아붙였던 건 나였을 텐데. 그런데 새삼 이제 와서 그와 나 사이에 단 하나 남아 있던 줄이 끊어진 것 같은 기분이 들다니.

내가 그를 멍하니 쳐다보던 그때, 그의 뒤편에서 천천히 바뀌는 빨간 숫자가 눈에 들어왔다.

엘리베이터는 이제 겨우 1층에서 올라오고 있었다. 누군가 우리보다도 먼저 엘리베이터를 타고 내려간 모양이다.

삐걱대는 머리로 간신히 그런 가설을 떠올리던 나는 다시 고개를 들며 말했다.

"은지호."

"왜?"

"나, 마지막으로 부탁 하나만 해도 돼?"

먼저 이별을 고한 것은 분명 그였을 텐데, 이번에는 그쪽에서 놀라는 표정을 지었다.

마치 이런 우리의 모습이 번갈아 이별의 말을 던지지만 사실은 헤어질 마음이 없는 연인들 같다는 생각에 나는 작게 웃었다. 물론 내 어리석은 망상일 뿐이지만.

그리고 내가 덧붙였다.

"십 초만."

"……."

"아니다, 엘리베이터 올 때까지만. 딱 그때까지만 안아 줄래?"

이별의 포옹이라고 생각하면 못 할 것도 없잖아. 내 뻔뻔한 심정을 그가 눈치챘는지 아닌지는 알지 못했다.

다만, 눈을 질끈 감았다가 다시 떠 보니 어느새 그는 내게 바짝 다가와 서 있었다.

그는 마치 태어나서 처음 포옹해 보는 사람처럼 어색하기 짝이 없는 태도로 손을 뻗어 내 머리를 안고, 그의 어깨에 기대게 했다.

그 순간, 그가 나를 조심성 없이 껴안고는 하던 모든 순간들이 내 눈앞을 빠르게 스쳐 지나갔다.

우리 집 현관 앞 신발장, 윤정인네 별장의 거실 소파, 석양빛에 가득 잠긴 학교의 복도.

그와 함께했던 기억들이 너무 많아서 마치 거대한 해일에 휩쓸린 것만 같았다.

풍랑 치는 바다에 맨몸으로 내쳐진 것처럼 도무지 정신을 차릴 수가 없었다.

결국, 미처 누르지 못한 감정들은 소리가 되어 입술 밖으로 흘러나왔다.

"우으윽…… 흑……."

울음이라기보다는 차라리 오열에 가까운 그것을 듣고도, 은지호는 나를 밀어내기는커녕 말없이 내 등을 도닥거려 주었다. 그의 마지막 배려에 감사하며 나는 그의 품 더욱 깊숙이 얼굴을 파묻었다.

한참 만에 내가 간신히 입을 뗐다.

"있잖아, 나는…… 그냥 좀 화가 나. 타이밍을 좀처럼 맞추질 못하는 나 자신에게."

은지호는 여전히 내 등에서 손을 떼지 않은 채 묵묵히 내 말을 듣고 있었다.

"내가 좋아했던 사람들은 한 번도, 단 한 번도 내가 좋아할 때 날 좋아해 준 적이 없었어……. 너무 오래 망설이고,

너무 많이 두려워한 대가일까?"

내 말에는 은지호도 한때 나를 좋아했어야 한다는 중대한 오류가 있었지만, 내가 울고 있기 때문인지, 아니면 마지막이기 때문인지 그는 그 점을 짚지 않았다.

덕분에 나는 하고 싶었던 말을 티끌 하나 남기지 않고 모조리 쏟아 낼 수 있었다.

"은지호, 좋아해. 좋아해, 진짜로. 정말 많이……."

나는 마치 구명줄을 붙들듯이 은지호의 옷깃을 손가락 사이로 꽉 붙들었다.

"……내가 처음으로 누군가를 좋아할 수 있는 자격 같은 건 생각지도 않을 만큼, 그런 게 있다고 하더라도 다 무시하고 네 전부를 갖고 싶다고 생각했을 만큼……. 일부라도 양보한다고는 생각조차 할 수 없을 만큼."

그게 나한테 얼마나 특별한 일이었는지, 지금의 넌 모르겠지만.

"……정말로 좋아했어."

내내 목에 걸려 있던 마지막 말을 토해 냈을 때, 나는 은지호의 몸이 움찔 떨리는 것을 느꼈다.

한참 전부터 내 등을 규칙적으로 도닥이던 그의 손 역시 어느새 멈춰 있었다. 그게 언제부터였는지 도무지 알 수 없었다.

그때, 미약한 빛을 느낀 나는 고개를 돌렸다. 언제 왔는지 모르게 조용히 도착한 엘리베이터 문 사이로 환한 불빛이 쏟아지고 있었다.

엘리베이터 거울에 비친 내 눈이 잔뜩 붉어져 있는 것을 본 나는 눈가를 소매로 황급히 문질러 닦았다.

그리고 그에게서 떨어진 내가 엘리베이터 안으로 들어가며 말했다.

"가자. 가야지."

포옹 한 번만 해 주면 다 정리해 줄 것처럼 말한 주제에, 막상 안아 주니까 울면서 매달린 게 너무 창피해서 차마 그의 눈을 마주칠 수가 없었다.

하지만 은지호가 한참이 지나도 따라 들어오지 않자, 나는 어쩔 수 없이 고개를 들어 그를 바라볼 수밖에 없었다.

눈이 마주치자 흠칫한 그는 이윽고 아무 일 없었다는 듯 태연한 표정으로 엘리베이터 안으로 따라 들어왔다. 그러나 나는 1층 버튼을 누르는 그의 손끝이 미미하게 떨리는 것을 보았다.

그것을 보고 나는 내심 의아하게 여겼지만, 아무 말도 꺼내지 않았다.

숨도 쉴 수 없을 만큼 빽빽한 정적 속에서 엘리베이터가 아래층에 도착했다.

문이 열리자마자 우리를 반긴 것은 유천영이었다.

그는 나와 함께 내려온 은지호가 투명 인간이라도 되는

것처럼 쳐다보지도 않고, 대신에 날 보며 말했다.

"얘기는 잘 됐어?"

파티 때부터 느낀 거지만 그는 은지호를 한동안 무시하기로 마음먹은 것 같았다. 그의 성품상 그리 오래가진 못하겠지만.

아니면 은지호에게 형편없이 차인 나를 배려해서 내 앞에서는 그와 친한 티를 내지 않으려는 걸 수도 있고.

어깨를 으쓱한 나는 가볍게 웃으며 대답했다.

"잘못될 게 뭐가 있어? 그냥 그만두고 안 그만두고의 문제였을 뿐인데. 날 걱정해서 그런 거였기도 하고, 그냥 앞으로 다시는 안 그러기로 했어."

은지호가 한번 말한 건 잘 지키는 사람이니까 일단 믿어보려고. 내가 작게 덧붙인 말에 유천영이 은지호를 빤히 보았다. 여전히 불만이 있기는 하지만, 은지호가 한번 말한 것은 잘 지킨다는 내 말에 차마 반박할 수는 없는 모양이었다.

평소라면 그런 유천영의 시선을 알아채고 받아치거나 도발했을 은지호는 왜인지 복잡해 보이는 표정으로 시선을 내리깔고 있었다.

"은지호?"

내가 작게 부르자, 그제야 그가 고개 들어 우리를 보았다.

나는 벌써 컴컴한 어둠이 내려앉은 아파트 입구 바깥을

가리키며 물었다.

“안 들어갈 거야? 너도 슬슬 집에 가 봐야지. 오늘 일요일이잖아. 가족들이랑 밥 먹어야 하지 않아?”

내 상식선에 있는 질문에도 은지호는 마치 ‘도를 믿습니까?’ 내지는 ‘외계인의 존재를 믿습니까?’ 하는 질문이라도 받은 사람처럼 텅 빈 표정으로 날 빤히 보았다.

그러다가 뒤늦게 머릿속에 입력이 끝난 듯, 느릿느릿하게 고개를 끄덕인 그가 말했다.

“아, 그래야지.”

“으응.”

저 석연찮은 대답은 뭐람…….

그때, 뒤통수에 끈덕지게 달라붙는 유천영의 시선을 무시하고 바깥으로 향하던 은지호가 문득 이쪽을 다시 보았다.

“태워다 줄까?”

“뭐?”

“집에 바로 갈 거면.”

“아…….”

나는 잠시 갈등하며 유천영을 돌아보았다.

물론 방금 은지호를 껴안고 울면서 고백한 시점에서 그와 같은 차를 타고 싶은 마음이 전혀 없긴 했지만, 아까 옥상에서의 은지호와 내 얘기에 대해 추궁할 마음이 만만한 유천영과 단둘이 남는 것 역시 싫은 건 마찬가지였다.

그러다 뺨에 뜨겁게 달라붙는 유천영의 시선에 나는 마음을 다잡았다.

아니야, 여기에서 외면했다간 최소 일주일은 말 안 하려고 들걸…….

나는 은지호에게 보란 듯이 손을 흔들어 보이며 웃었다.

"아니야, 너랑 얘기했으니 다음은 유천영이지."

마치 원래부터 이럴 계획이었다는 듯한 내 대답에 활활 타던 유천영의 시선이 조금 사그라들었다.

한편, 은지호는 왜인지 김빠진 듯한 모양새로 나를 보고 있었다.

"아, 그래."

단조로운 투로 대답한 그가 빙글 몸을 돌렸다. 조금도 미련 없는 걸음으로 바깥으로 나가 버리는 그의 모습을 보던 나는 문득 고개를 내저었다.

아니지, 내가 방금 은지호의 행동에서 무엇을 느꼈건 간에 죄다 착각일 것이다.

애초에 지금까지 나와의 모든 기억을 잃어버린 그가 내가 알던 그와는 완전히 다른 존재라는 걸 인정하기로 하지 않았던가. 그러니 내가 그를 습관적으로 읽어 내려는 시도 역시 모두 무의미할 수밖에 없었다.

그리고 비로소 유천영을 돌아본 나는 어색하게 웃었다.

"카페라도 갈래?"

내 물음에 유천영은 주저 없이 고개를 끄덕였다.

공교롭게도 유천영과 내가 찾아간 카페는 그가 꿈에서 나를 기다릴 때 앉아 있었다던 바로 그 카페였다.

그러나 막상 찾아간 카페에서, 나는 중요한 말은 단 한마디도 꺼내지 못했다.

은지호의 앞에서는 '모든 사람이 너 같지는 않다'라느니, '직접 눈으로 보지 않고도 믿어 주는 사람이 있다'라느니 잘만 떠들어 댔으면서, 막상 유천영과 단둘이 남게 되자 그것을 확인하기가 몹시 겁이 났다.

무엇보다도 이미 폭삭 망해서 잃을 것도 없었던 은지호와 내 사이와는 달리, 유천영과 나 사이에는 아직 잃을 것이 남아 있었다.

모든 기억을 잃었음에도 그가 나를 향해 보내는 공고한 애정과 신뢰.

어느 날, 교통사고를 당할 뻔하고 응급실 앞에 단둘이 앉아 있을 때 보았던 것만큼이나 가감 없고 투명한 푸른 눈 앞에서 나는 목이 막힌 것처럼 아무 말도 꺼내지 못했다.

결국, 한참 만에 내가 꺼낸 말은 이랬다.

"미안. 아직은 마음의 준비가 안 됐어."

"날 믿지 못해서 그래?"

"널 잃기 싫어서 그래."

나는 테이블 위로 올려놓은 손안에 마른 티슈를 구겨 넣으며 말을 이었다.

"지금 내가 가진 게 너무 없어서, 널 잃어버리면 도무지 감당이 안 될 것 같아."

이미 그가 내 것임을 상징하는 내 말에도 그는 아무런 대꾸 없이 가만히 있었다. 그러던 그가 문득 입술을 달싹였다.

"너무 늦지 않게만 말해 줘."

"응."

"내가 아무것도 할 수 없게 되기 전에."

네가 꼭 내 위험에 맞서서 무언가를 해야 할 필요는 없어. 나는 그 점을 지적하려다 그만두었다.

그의 기억 속에 없는 어느 대화에서도 그는 '네가 뭔가를 숨기면, 내가 도와줘야 할 때 도와줄 수 없잖아.'라고 말했었고, 그런 심정은 나 역시 마찬가지였으므로.

* * *

"……그래서 저는 폐교의 문을 통해 이렇게 다른 세계로 왔고, 단이 언니는 원래 세계에 남을 수밖에 없었던 거예요. 단, 당신을 포함한 여러 사람의 머릿속에서 완전히 잊힌 채."

창밖으로 흘러들어 오는 노란 햇살과 섞여 조곤조곤한

목소리가 흘렀다.

빨대로 유리잔 안의 얼음을 휘휘 젓고 있던 우주인은 그 말이 끝나자마자 입을 열었다.

빨대를 꺼내 티슈 위에 고이 내려놓은 그가 눈을 들며 심드렁히 물었다.

"그걸 지금 나더러 믿으라고?"

단 한 문장이었다. 그럼에도 맞은편의 그녀, 노아리의 얼굴을 창백해지게 하기에는 충분했다.

입술을 하얗게 질릴 정도로 깨문 그녀가 말했다.

"왜 제 말을 못 믿으시겠다는 건데요?"

그녀가 분개한 듯 말을 이었다.

"이미 증거는 충분히 댔지 않나요? 제가 한 말들에 대해 그건 확실히 직접 겪지 않는 한 나올 수 없는 말이라고, 그런데도 당신은 물론 누구도 저를 기억하지 못하니 어쩌면 사실일지도 모르겠다고 인정하셨잖아요. 그런데 왜 이제 와서……."

진지하게 말을 잇던 노아리는 우주인이 티슈를 뽑아 열 송이째 장미를 접기 시작하자 다시 미간을 구겼다.

아, 진짜. 마음만 같아서는 꿈이니 물어 줄 일도 없겠다, 당장 의자를 들어 테이블이라도 박살 내고 싶은 심정이었다. 제 안에 이런 흉포한 충동이 숨어 있는 줄은 그녀 자신도 전에는 전혀 몰랐다.

그때 노아리의 동요를 전혀 모르는 척, 태연히 장미를 접던 우주인이 불쑥 입을 열었다.

노아리는 테이블 아래로 주먹을 부들부들 떨던 것을 멈추고, 눈을 동그랗게 뜨며 그를 보았다.

"하지만 네 이야기에는 군데군데 매끄럽지 않은 부분들이 있어."

"그래요?"

"응. 그런데 내 생각에는 네가 그걸 깜빡 잊고 말 안 한 게 아니라, 일부러 뭔가를 숨기려고 하다 보니까 그렇게 된 것 같거든."

"……."

미간을 좁힌 노아리가 중얼거렸다. 하여간, 이런 예리한 인간 같으니라고…….

전에 이미 한 번 참패한 적이 있으니 단단히 대비해 다시 도전했지만 역시나 결과는 같았다.

자신의 손으로 자신조차 이기지 못할 피조물을 창조한 것에 대해 기뻐해야 할지, 슬퍼해야 할지 그녀는 알 수가 없었다.

그때 우주인이 다시 말했다.

"숨기고 있는 걸 말해. 그러지 않으면 네 말은 믿지 않겠어. 당연히 네 부탁을 들어주지도 않을 거고."

그러자 울컥한 노아리가 외쳤다.

"그러면 제가 아니라 당신 손해예요! 단이 언니와 친해지고 싶은데 걸리는 점이 많아서 그러지 못하는 게 아쉽다면서요! 먼저 그렇게 말한 건 그쪽이잖아요. 게다가 그쪽도 그쪽이지만, 단이 언니가 지금 혼자서 얼마나 괴로울지는 생각 안 해요?"

그녀의 격분한 태도에도 불구하고 우주인은 여전히 태연하기만 했다.

어깨를 으쓱한 그가 대꾸했다.

"그래, 네 말마따나, 난 그토록 친해지고 싶었는데도 찝찝함 하나 때문에 지금까지 참았을 만큼 인내심이 좋거든? 그러니까 함단이는 물론 너에 대해서도 티끌만 한 거리낌이라도 남겨 놓고 싶진 않아."

그는 유리잔의 테두리를 손가락으로 따라가며 말을 이었다.

"그러니까 네가 원하는 대로 나를 움직이고 싶거든, 네가 숨기고 있는 게 뭔지 말해. 사실 누가 원하는 대로 움직이는 것 자체도 내 성미에 안 맞거니와, 배후도 모르고 그러는 건 더 싫거든."

그리고 그가 덧붙인 말에 노아리는 이를 부득 갈았다.

"어차피 지금 네가 꿈에서나마 소통할 수 있는 사람은 내가 유일하잖아? 아니야? 그것도 이 팔찌란 것 덕분에 겨우겨우."

그를 꼼짝 없이 쏘아보기만 하던 그녀가 마침내 다시 입을 열었다.

"정말이지……. 일이 이렇게 될 줄 알았다면 결코 당신에게 팔찌를 남겨 놓진 않았을 거예요. 그것도 그런…… 낯부끄러운 문구와 함께."

"널 꿈에서 거의 매일같이 보고 있다는 점에서 낯부끄러운 건 피차 마찬가지니까, 그 얘기는 그만두자. 그보다도 진짜 말 안 할 거야?"

빙글빙글 웃으며 손을 들어 창 밖을 가리킨 우주인이 물었다.

"오늘도 슬슬 오는데? '그거'."

창밖에서 다가오는 것은 다름 아닌 '오즈의 마법사'에나 나올 법한 거센 폭풍이었다.

거센 폭풍과 함께 건물이 날아가고 서로의 세계로 헤어지는 두 사람이라, 자신의 머릿속이 이렇게 동화적이었나 싶어 우주인은 내심 감탄스러울 지경이었다.

아니면 내가 아닌 저 애의 영향일지도. 그렇게 생각하며 그가 바로 옆 의자에 팔을 올리고 까딱거리며 노아리를 보는 가운데, 그녀가 마침내 입을 열었다.

이전까지와는 달리 화났다기보다는 겁에 질린 얼굴이었다.

어째서? 무심코 그 이유를 궁금해하던 그는, 그 직후 들려온 그녀의 말에 그 이유를 깨달았다.

"저는 작가예요."

체념한 듯 눈을 내리감은 그녀가 재차 말했다.

“제가 바로…… 당신들이 있는 세계와 당신들을 만든 작가예요.”

일순 창밖으로 흘러드는 햇살이 차가워진 것만 같았다. 어쩌면 그것은 착각이 아닌지도 몰랐다. 코앞까지 들이닥친 태풍에 지면과 테이블, 유리창이 일제히 흔들리고 있었다.

그럼에도 우주인은 나갈 채비를 하는 대신, 반사적으로 자리에서 일어나려는 노아리의 손목을 붙잡아 눌렀다.

“뭐?”

그가 얼음장처럼 싸늘해진 목소리로 물었다.

“누가 뭘 만들어?”

“…….”

그를 바라보는 노아리의 눈에는 금방이라도 흘러내릴 듯 눈물이 고여 있었으나, 표정은 그렇지 않았다. 오히려 익히 예상한 바인 듯, 입술을 깨물며 입매를 더욱 단단히 굳힐 뿐이었다.

그런 그녀의 모습을 보던 우주인은 문득 깨닫는 바가 있어 다시 입을 열었다.

“너, 나한테 이 사실을 말한 게 처음이 아니지?”

“…….”

“그리고 그때는 네가 말하고 싶어서 말한 게 아니었을 거야.”

더욱 입을 굳게 다무는 그녀를 보며, 그는 자신의 예상이 맞아떨어졌음을 확신했다.

이제야 그녀가 그 사실을 그토록 숨기려 했던 이유도, 또 자신의 반응에 저렇듯 담담한 태도를 보이는 것도 이해가 갔다.

과거에 이 사실을 알았을 때 자신의 반응이 이보다 덜 심각했을 것 같진 않다.

지금은 그나마 꿈속이니 그녀는 물론이고, 그녀가 하는 말까지 전부 상상의 산물일지도 모른다는 정신적 방어선이라도 있지만 그때는 그것도 아니었을 테니.

과연, 이 말을 들은 것이 현실에서였다면 어땠을까 하고 상상하니 머릿속이 새하얘질 정도로 화가 치밀었다.

아무렴, 지금까지 아등바등 버텨 온 삶이 전부 남의 손에서 만들어진 것이며, 가장 원치 않았던 순간에 들이닥쳐 자신을 뒤흔들던 불행조차 사실은 누군가의 재미를 위한 것이었음을 깨달았을 때. 과연 어느 누가 그에 대해 침착할 수 있을까?

마치 자신에게 늘 끔찍한 위기감과 두려움을 안기던 체험이 남들에게는 그저 서커스에 불과했다는 것을 알아 버린 기분.

자신의 모습을 보고 한 번이라도 즐거워했던 사람이라면 모조리 끌어 내려 무대 위로 올리고, 자신은 객석으로 내려가 그들이 비명 지르고 두려워하는 모습을 보며 한껏 조롱해 주고 싶었다.

물론 무대에서 가장 위험한 곳을 차지하는 것은 서커스 단장이 되어야 할 것이다.

그 끔찍한 충동이라니.

그러나 그를 가장 화나게 하는 것은 따로 있었다.

그나마 자신의 삶에 있어 가장 괴로웠던 일은 십 년도 더 전에 일어난 데다가 사건이 제때 터져 준 덕에 모든 것이 돌이킬 수 없게 되기 전에 끝난 반면, 권은형의 경우에는 그렇지 않았다.

권은형은 이미 너무 많은 것을 잃었고, 그중 일부는 결코 돌이킬 수 없었다.

우주인은 그가 스스로 앞으로 행복해질 수 있을 거라고 믿고 있는지조차 가끔 의심될 지경이었다. 그 때문에라도 눈앞의 사람을 결코 용서할 수는 없는…….

그러나 그렇게 생각하다 말고, 우주인은 문득 모순점을 깨달았다.

애초에 그의 기억 속에는 노아리가 존재하지 않았으니, 소원 팔찌는 그의 무의식을 읽고 그를 여기에 데려다 놓은 것일 터였다. 그리고 그 무의식에는 노아리가 작가라는 정보 또한 분명 포함되어 있을 것이다.

그렇다면 나는, 어쩌면…… 우주인이 멍하니 생각하던

그때, 노아리가 순응하듯 눈을 감았다.

그녀가 순응하기로 한 것이 그의 분노인지, 아니면 차차 다가오는 폭풍인지는 알 수 없었다.

여전히 사방의 물건들이 거세게 뒤흔들리는 가운데, 그녀가 말했다.

"당신이 저를 더는 보고 싶지 않다면, 지금까지 만난 거로 족해요. 어차피 저도 꿈꾸는 동안 깊게 잠들지 못해서 현실의 피로가 쌓여 가고 있었고, 또……. 전해야 했던 말은 다 전해 드렸으니까."

그리고 그녀가 천천히 감았던 눈을 다시 떴다.

"다만 가끔 그런 생각을 해요. 저는 그저 여러분과 여러분이 있는 세계의 이야기를 '우연히' 듣고 썼을 뿐, 결코 제가 여러분을 만들어 낸 게 아니라고……. 게다가 제가 쓴 것과도 모든 게 달라져 버린 지금, 더더욱 여러분께 제가 원하는 결말을 맞도록 강요할 수는 없겠죠."

숨을 느리게 들이쉰 그녀가 말을 이었다.

"다만, 이게 제 이기심보다 책임감 때문이라는 건 알아주셨으면 좋겠어요. 저는 여러분을 제멋대로 휘두르려는 게 아니라, 그저 여러분이 더 행복해졌으면 하는 마음에……."

그때였다. 그녀를 물끄러미 보던 우주인이 불쑥 말했다.

"궁금한 게 있어."

"네?"

노아리가 놀란 눈을 들어 그를 보았다.

못마땅한 듯한 표정으로 팔찌를 매만지며 그가 말을 이었다.

"정말로 네가 우리가 행복해지길 바랐다면, 어째서 이렇게 불행이 넘쳐흐르는 세계에 우리를 태어나게 한 거야? 게다가 이렇게 각기 결함 있는 존재로."

"아……."

노아리는 짧게 신음하며 우주인의 표정을 살폈다. 다행인지 불행인지, 그의 표정에는 책하는 기미가 없었다. 그제야 안도의 한숨을 내쉰 그녀가 순순히 대답했다.

"이렇게 말한다면 어떻게 들릴지는 모르겠지만, 저는 여러분이 불행하기를 바라서 그 불행들을 내린 게 아니에요. 오히려 여러분이 틀림없이 이겨 낼 수 있다고 생각해서, 이겨 내고 더 강해지고 더 행복해질 수 있을 거라고 생각해서 그런 거예요……. 그리고."

노아리는 울 것 같은 얼굴로 덧붙였다.

"당신들이 결함이 있는 존재라니, 그렇게 생각한 적도 단 한 번도 없어요. 오히려 제가 생각하기에 당신들은 그 자체로 완전했고, 사랑스러워서……. 그래서 저는 당신들의 얘기를 써 내려간 거예요. 누구도 저에게 시키지 않았는데도, 무언가에 홀린 것처럼……."

그때였다. 마치 상대의 신원을 식별하는 기계처럼, 눈도 깜빡이지 않고 그녀를 뚫어져라 보고 있던 우주인이 불쑥 물었다.

"그럼 왜 우리를 두고 이 세계를 떠났어?"

"네?"

일순 당황한 표정을 지었던 노아리가 뒤늦게 대답했다.

"그건 이미 말씀드렸잖아요. 제가 원해서 이 세계를 떠났던 게 아니라, 유천영이, 아니, 천영 선배가 목숨이 위험할 만큼 크게 다쳤었다고. 저는 그분을 살리기 위해서……."

"하지만, 가는 방법이 있다면 돌아올 방법도 있을 거 아니야?"

"……."

기다렸다는 듯 입을 다무는 노아리의 모습을 보며 우주인은 그녀가 그 방법을 알고 있을 거라고, 최소한 존재 정도는 알고 있을 거라고 확신했다.

미약한 배신감과 함께 그가 다시 물었다.

"네가 정말로 우리를 만들었거나, 아니면 그저 우리의 이야기를 받아 적었건 간에, 그게 우리를 정말로 사랑해서 그랬던 거라면 어째서 돌아오지 않아?"

그가 손목에 걸린 팔찌를 보란 듯이 흔들었다.

"게다가 나한테는 이런 것까지 두고 갔으면서."

"……."

"너도 어느 정도는 이 세계에 미련이 남아 있었다는 뜻이잖아. 아니야?"

그렇게 말하고 자신을 쏘아보는 우주인의 모습에 노아리는 입술을 지그시 깨물었다.

이윽고, 느리게 입을 연 그녀가 보다 어두워진 얼굴로 말했다.

"저는 그저…… 한 세계를 '제대로' 살아 내는 것이 어떤 것인지에 대해 생각했을 뿐이에요."

"뭐?"

"특히 여러분의 모습을 보면서."

우주인이 일순 어안이 벙벙해진 표정을 짓는 가운데, 노아리가 그의 색소 옅은 눈을 마주 보며 미미하게 웃었다.

"물론 여러분의 세계에 함께 있는 건 좋았어요. 제가 만든 사람들이 눈앞에서 살아 숨 쉰다는 건 무척 낯설기도 했지만, 역시 그보다는 재미와 신기함이 컸고……. 가끔은 그 세계와 이 세계의 제 가족이 다르다는 것조차 신경 쓰이지 않을 만큼 좋았어요."

잠시 눈을 내리깐 그녀가 덧붙였다.

"게다가 그쪽 세계의 아빠는, 제 원래 세계의 이전 아빠하고는 같은 인류라고 묶기에 미안할 정도로 좋은 사람이었기 때문에."

"……."

"하지만, 그곳에서 지내는 동안 저는 줄곧…… 당신들을 기만하는 듯한 느낌이 들었어요. 왜냐하면.”

다시금 우주인과 눈을 마주친 그녀는 전보다 낮아진 목소리로 말했다.

“당신들은 당신들이 만들지 않은 세계에서, 당신들이 만들지 않은 불행들과 맞서 싸우면서도 늘 최선을 다했으니까. 심지어 그걸 만든 사람이 저라는 것이 밝혀지고 나서도, 제게 아무것도 물으려 하지 않았으니까……. 그랬다면 분명 몇 배는 더 삶이 편해졌을 텐데도.”

“…….”

“그런데 제가 단순히 미래를 알고 있고, 또 다른 사람은 쓸 수 없는 힘을 쓸 수 있다는 이유로 그 세계에 계속 머무르려 한다면…… 그게 기만이 아니고 뭐겠어요?”

거기까지 말한 노아리가 비로소 마음에 드는 농담이라도 한 듯이 환히 웃었지만, 우주인은 따라 웃지 않았다. 그러자 쑥스러운 듯 이마를 긁적인 그녀가 다시 말했다.

“그러니까 저도 여러분을 본받아서 그렇게 살아가야겠다고 생각한 것뿐이에요. 제가 만들지 않은 세계에서, 예상치 못한 미래를 때로는 두려워하고 때로는 기대하며, 불행에도 행운에도 너무 크게 흔들리지 않도록 애쓰면서…… 제가 속한 세계를 ‘제대로’ 살아 내야겠다고.”

“…….”

“하하, 생각해 보면 그렇지 않나요? 자기가 만든 세계에서 살아가며 스스로의 결핍이 채워지고 구원받길 바란다는 건, 자기가 만든 환상 속에 갇혀 살며 구원을 바란다는 거나 다를 게 없는…….”

바로 그때였다. 갑자기 우주인이 손을 뻗어 테이블 하나를 사이에 두고 건너편에 있던 노아리의 손을 불쑥 붙잡아 당기는 바람에, 그녀는 얼떨결에 우주인과 몹시 가까이에서 얼굴을 마주 보게 되었다.

금빛 전류가 도는 것처럼 유난히 맑은 두 눈은 맹수의 것처럼 흉흉했다. 그 모습에 노아리가 본능적으로 어깨를 움츠리는 찰나, 우주인이 입을 열었다.

“그러니까, 네가 이 세계로 돌아오지 않기로 한 건 결국.”

“네?”

“이 세계에서는 네가 결코 제대로 된 구원을 찾지 못할 것 같기 때문이다?”

말을 마치고서도 여전히 흉흉한 우주인의 눈빛을 보며 노아리는 무언가 잘못되었음을 직감했다. 도움이라도 청하듯, 아무도 없는 카페 안을 두리번거리는 그녀에게 다시 목소리가 날아왔다.

“우리는 우리가 원하든 원하지 않았든 이 세계에 내팽개쳐 놓고, 정작 너는 이 세계에서 구원이란 건 찾을 수가 없을 것 같으니 떠나서 다시 돌아오지 않겠다? 우리가 네가 내린 불행들을 알아서 극복하고 행복해질 거라고 믿으면서. 그거야말로 우리에 대한 기만이라고 생각하지 않아?"

그제야 그녀는 비명처럼 외쳤다.

"그, 그런 게 아니에요! 아까도 말했잖아요. 당신들은 이 세계를 만들지 않았지만, 저는 이 세계를 만들었으니 입장 자체가 다를 수밖에……."

"하지만, 지금의 이 세계는 옛날에 네가 썼던 이야기와도 많은 것이 바뀌고 틀어진 세계라며. 아니야?"

"그건……."

할 말이 없어 입을 다무는 노아리에게 예리한 물음이 연달아 꽂혔다.

"그렇다면, 이 세계조차 이미 네가 만들었던 세계가 아니라, 그 세계를 바탕으로 새로 창조해 낸 '다른 누군가'의 세계가 아니라고 어떻게 확신하는데?"

"……."

"내기하자."

"네?"

입을 다물고 방금 그가 했던 말의 가능성을 잠자코 곱씹던 노아리가 다시 고개를 들었다. 내기라니? 이 타이밍에?

저건 내용을 들어 볼 필요도 없이 거절해야 했다. 그러나 그가 입을 여는 게 더 빨랐다.

"앞으로 2년. 그 안에 내가 너를 찾으면, 순순히 나와 같이 이 세계로 돌아와."

"……."

"못 찾으면 순순히 놓아줄게. 그때는 네가 말한 대로 너와 나, 각자의 세계에서 최선을 다해 살아가든 대충 살아가든 신경 쓰지 않겠어."

마주 보는 둘 사이에 잠시 침묵이 흘렀다. 미간에 주름을 잡고 고민하던 노아리가 겨우 입을 뗐다.

"왜 그런 내기를 바라는 거예요?"

그녀가 그와 눈을 맞춘 채 조심스러운 말투로 물었다.

"제가 그 세계에서 쓸 수 있는 '특별한 힘'이 당신들에게 보험이 될 거라고 생각해서인가요? 유천영에게 사고가 일어났을 때처럼? 미안하지만, 그 세계에서 제 힘이 언제까지 통할지는 알 수 없어요. 영원히 존재할 가능성도 물론 없지는 않지만, 저는 그 소설이 끝날 때가 됐을 때, 그러니까 당신들이 고등학교 졸업할 때쯤을 기점으로 그 힘도 사라지리라고 봐요. 그러니까 저를 데려가도 소용없을……."

그때, 잠자코 듣던 우주인이 그녀의 말을 끊었다.

"그런 이유가 아닌데?"

"네?"

"네 힘 따위는 사라지든 말든 상관없어. 나는 그저……."

씩 웃은 우주인이 말을 이었다.

"네게 소소하게 복수하고 싶을 뿐이야."

"뭐라고요?"

"아까 내가 말했잖아? 우리의 세계는 이미 네가 쓴 이야기에서 크게 벗어났으니, 어쩌면 네가 아니라 다른 누군가의 이야기가 되었을지도 모른다고. 아니면 그조차 아니거나."

"그게 왜……."

난처하게 되묻는 노아리에게 우주인은 여전히 웃는 얼굴로 대답했다.

"네가 멋대로 나를 네 이야기의 등장인물로 등장시켰으니, 너도 한 번쯤은 다른 누군가의 등장인물이 되어 봐야지. 그게 공평하잖아?"

"……."

"그리고."

말문이 막힌 그녀에게 그는 즐거운 얼굴로 덧붙였다.

"너는 네가 내린 불행들을 통해 우리가 더 강해지고, 행복해지기를 바란다고 했지만, 정말로 그걸 바란다면 그런 자기기만 같은 말 대신 네가 직접 구원해."

"그게 무슨……."

"내가 바라는 건 그거야. 내가 아무것도 말하지 않고 아무것도 설명하지 않아도 나에 대해 누구보다도 잘 알고 있는, 완전무결한 이해자 그 자체."

"……."

"원래 사람은 타인에게 그런 걸 결코 바라서는 안 된다는 걸 알지만, 너만은 그게 가능할 테지. 그리고 설령 가능하지 않더라도 이해하고 받아들여 주기 위해 최선을 다할 거잖아? 나를 이런 존재로 만든 건 다름 아닌 너니까."

할 말을 잃고 입만 뻐끔거리는 노아리를 보며 우주인은 잔뜩 휘어진 눈으로 웃었다.

결국, 한참이나 고뇌하던 노아리가 작게 고개를 끄덕였다. 그때는 때마침 들이닥친 폭풍이 모든 것을 휩쓸기 시작할 무렵이었다.

테트리스를 하듯 부서져 흩어지는 벽돌들과 뜯겨 나가는 창문과 문, 빛 속에서 우주인이 마지막으로 말했다.

"외국으로 도망치지만 마. 전 세계를 무대로 술래잡기를 하라는 건 아무리 나라도 너무 가혹하잖아."

"안 갈게요."

"그럼 됐어."

"그걸로 정말 괜찮아요?"

노아리는 도리어 안쓰러워하는 듯한 표정으로 물었다.

누가 누구에게 할 말인지. 입속으로 그렇게 뇌까리는 우주인에게 그녀가 다시 말했다.

"저, 그쪽 세계와 이쪽 세계에서 성이 다르다는 건 알고 있죠? 이쪽 세계에서는 어머니의 성을 따르니까……."

"그건 상관없어. 날 다시 만났을 때 어떻게 환영할지나 생각해 둬."

"아."

우주인의 자신감 가득한 대답에 노아리가 질색하는 표정을 지었다.

그때, 언제나처럼 모든 것이 빛이 되어 사라지며 마침내 두 사람의 모습도 흩어졌다.

* * *

우주인은 눈을 반짝 떴다. 그는 근래 중에 가장 개운하게 아침을 맞이했다.

함단이가 자신들과 그토록 빠르게 친해진 이유와, 또 그토록 친숙하게 느껴졌던 것에 대해 납득할 만한 이유를 알아냈으며, 내기 또한 얻어 냈다. 그것도 자신에게 무척 유리한 조건으로.

아무렴, 2년을 들여서 남은 평생을 가질 수 있다면 사실상 불공정 거래가 아닌가? 그의 머릿속에는 혹여나 자신이 내기에서 질 수도 있다는 의심은 추호도 없었다.

그것도 잠시, 함단이에 대해 생각이 미치자 그의 머릿속이 차게 식었다. 그는 지끈대는 이마를 누르며 방금 알아낸 것들을 누구에게 알려야 좋을지 고민했다.

가장 오래 알고 지낸 사람은 물론 은지호였으나…… 우주인은 그를 가장 먼저 목록에서 지웠다.

비현실적인 것을 추호도 믿지 않는 그가 퍽이나.

우주인은 어렸을 때 은지호가 방금 뒷산에 유에프오(UFO)가 착지하는 것을 본 것 같으니 함께 가 달라는 자신의 말을 들은 체도 하지 않던 것을 똑똑히 기억하고 있었다.

그리고 그는 팔짱을 꼈다. 그러면 남은 사람은 정말로 얼마 안 되는데…….

불행에 대한 예감 빼고는 모든 것이 상식적인 권은형에게 그것을 얘기하는 것 또한 차치해 둬야 할 터였다.

언제나 침착하고 다정한 그의 녹색 눈동자 가득 걱정과 불신이 담긴 것을 보면, 그때야말로 자신의 심정은 돌이킬 수 없어질 것 같았다.

그러면 남은 사람은 반여령이나, 아니면 유천영밖에는……. 그러다 말고 우주인의 눈이 커졌다.

그러고 보니 얼마 전, 은지호네 집에서 다 같이 모여 있던 자리에서 유천영이…….

최근 우주인이 꾸고 있는 꿈이 그가 꾼 꿈과도 비슷하지 않냐는 반여령의 말에 그는 반박 없이 수긍했다.

그리고 그가 다음으로 했던 말은 분명.

'그건 그런데, 난 다른 애였고……. 이미 그 애를 만나서.'

꿈에서 본 사람을 현실에서도 만났다는 말에 모두가 놀

라거나 말거나, 그의 또렷한 시선이 향하던 곳은…….

그리고 그 시선을 받은 함단이가 마치 변장하고 있다가 정체를 들킨 사람처럼 불안하게 눈을 굴리던 모습까지 떠올린 순간, 우주인은 이 일을 누구와 가장 먼저 얘기해야 할지 확신을 얻었다.

유천영이 노아리와 자신처럼 꿈에서 함단이와 계속 만나고 있었다면, 그 역시 자신이 아는 것을 어느 정도 들었을지도 몰랐다.

굳이 그런 이유가 아니더라도 그는 우주인이 아는 한 가장 비현실적인 것에 대해 열린 사람이었다.

우주인은 침대맡을 더듬어 어젯밤 충전기도 꽂지 않고 아무렇게나 내팽개쳐 둔 핸드폰을 집어 들었다.

통화 버튼을 누른 그는 침대에 걸터앉아 산만하게 두 다리를 흔들며 말했다.

"여보세요? 천영아? 응, 나 지금 잠깐 할 얘기가 있는데……."

전화로 말할 수 없고, 직접 얼굴을 봐야 한다는 요청이 다소 뜬금없게 들렸을 텐데도 유천영은 별말 없이 수락했다.

얼마 지나지 않아 초인종 소리가 들려왔다. 문밖으로 나간 우주인은 문 앞에 서 있던 유천영을 새삼스럽다는 눈으로 훑었다.

귀찮음이 많아 집안 모임이나, 일이 아니고서는 휴일에는 잘 나가지 않는 그치고는 방금까지 밖에 있었던 것이

역력한 차림이었다.

이윽고 우주인은 문을 활짝 열어젖히고 말했다.

"들어와. 뜬금없게 들렸을 텐데도 바로 와 줘서 고마워."

우주인의 안내에 따라 그의 방으로 들어간 유천영은 바닥에 앉았다.

묵상이라도 하듯, 눈앞 탁자에 놓인 오렌지 주스에 시선을 둔 채 말이 없는 그를 빤히 쳐다보던 우주인이 물었다.

"무슨 일 있었어? 오늘따라 멍하네."

그에 유천영은 묵묵히 고개를 끄덕였지만 그뿐이었다.

그가 아무 말도 하지 않는 것을 보고, 그가 그에 대해 말할 생각이 없음을 깨달은 우주인은 그냥 포기하기로 했다.

그리고 바퀴 달린 의자에서 내려와 바닥에 털썩 앉은 그가 말했다.

"지금부터 내가 할 말, 함단이에 관한 거야."

"……."

유천영이 퍼뜩 고개를 들었다.

몸에 전기라도 통한 듯 과장된 반응에 우주인 또한 놀랐다. 뒤늦게 깨달음이 그의 머릿속을 스쳤다.

설마, 유천영이 지금까지 생각하고 있던 것도 함단이와 관련이 있는 건가? 그럼 얼마 전까지 함께 있었던 사람도 설마?

우주인은 머릿속에서 고무공처럼 연달아 튀어 오르는 생

각들을 누르고 애써 말을 이었다.

"내가 이런 말을 했다는 건 비밀로 해 줬으면 해. 특히 함단이에게. 그래 줄 수 있겠어?"

"왜?"

"만약 내 말이 사실이라면……."

우주인은 짐짓 눈을 내리깔며 쓰게 웃었다.

"함단이를 어떻게 봐야 할지 엄두가 안 나거든."

"……."

"그러니까 적어도 내가 태도를 정할 때까지만 숨겨 달라는 거야."

"들어 보고. 급한 게 아니면."

죽어도 아니라고는 하지 않는 유천영의 솔직 담백한 태도에 우주인은 속으로만 웃었다.

하지만 차라리 다행이었다. 그가 함단이에게 말할지도 모른다는 것을 안 이상, 적어도 마음의 준비를 할 수 있을 테니까.

우주인이 재차 말을 꺼냈다.

"그 전에 먼저 물어볼 게 있는데."

"뭔데?"

"전에 여령이가 했던 말, 사실이야? 그러니까, 네가 함단이를 알기 이전에 꿈에서 함단이를 만났었다는 말."

유천영은 거리낌 없이 고개를 끄덕였다.

역시, 그가 전에 숨겼던 꿈속 상대는 함단이가 맞구나. 그 사실을 확인한 우주인은 보다 신중한 태도로 말을 이었다.

"그 전부터 함단이를 의식하고 있었어? 그러니까, 내 말뜻은…… 우리는 같은 반이니까, 의식하고 있지 않았다고 해도 얼굴 정도는 알고 있었을 거 아니야?"

그러자 잠시 생각에 잠겼던 유천영이 고개를 내저었다.

"아니."

그가 단호하게 말했다.

"왜인지는 모르겠는데, 권은형의 사고 소식을 듣고 찾아가서 셋이서 만나기 전까지는 함단이에 대해서 아예 의식을 안 하고 있었어. 심지어 걔가 같은 반이라는 것조차."

"정말?"

"응. 꿈이야 한참 전부터 꿨지만, 내가 기다렸던 사람이 걔였다는 것도 그때 처음 알았어."

담담하게 말을 잇던 유천영이 문득 미간을 찌푸리며 덧붙였다.

"그러고 보면 이상해. 내가 아무리 학교에 신경을 안 쓴다고 해도 같은 반인 애들 얼굴 정도는 대강 알고 있는데…… 게다가 이민아와 윤정인의 친구니까."

잠시 멍하니 있다가 정신을 퍼뜩 차린 우주인이 대답했다.

"아, 응, 그렇지. 걔들 친구지."

"응. 그런데도 권은형의 일이 있기 전까지 걔의 존재를 눈치조차 못 챘다는 게.”

“…….”

“마치 누군가가 갑자기 함단이라는 존재를 우리 반에 집어넣고 모두의 기억을 조작한 것 같아. 아니면 반대로, 그 전까지의 그 애에 대한 기억을 모두에게서 지웠거나.”

미미하게 인상 쓴 유천영이 그렇게 말한 순간, 우주인은 지금이야말로 준비한 얘기를 꺼내야 할 바로 그 타이밍이라는 것을 알았다.

마른침을 삼킨 우주인이 마침내 물었다.

“그렇다면 어쩔래?”

“뭐?”

“진짜 그렇다면 어쩔 거냐고.”

이제부터는 믿든 믿지 않든 유천영의 몫이었다.

우주인은 꿈속에서 노아리에게서 들은 얘기를 전부 털어놓았다.

함단이가 사실 자신들과 중학교 입학할 때부터 알던 사이였다는 것, 다들 점차 그녀를 좋아하기 시작해 은지호와 이루다, 그가 동시에 그녀에게 고백했다는 것을 들을 때만 해도 유천영은 눈만 크게 뜰 뿐 달리 표정 변화가 없었다.

그러던 그의 얼굴은 이어진 대목에서 차차 일그러졌다.

“그러다 촬영장에서…… 사고가 났어. 건축물이 무너져 함단이가 깔릴 뻔한 걸 네가 구하고, 대신 깔린 거야. 그 사고로 넌 크게 다쳤고…… 함단이는 널 살릴 방법을 찾아 냈지.”

숨을 삼킨 우주인이 말을 이었다.

“소설 작가를 통해서…… 자기 자신을 이 세계에서 지우는 방법이었어.”

“…….”

“그 사고의 원인이 된 함단이가 사라진다면, 네가 다친 것 또한 없던 일이 될 테니까.”

그때였다.

한쪽 무릎 위에 올려놓은 손을 하얗게 질릴 정도로 세게 쥐고 있던 유천영이 불쑥 말을 꺼냈다.

“그럼, 함단이가 모두의 기억 속에서 사라진 게…….”

이어진 유천영의 말에 우주인은 눈을 동그랗게 떴다.

“나 때문이라는 거잖아.”

아니, 지금 이쪽은 이 사실들을 어떻게 믿게 할지, 증거를 대 보라고 말한다면 뭘 들이대면 좋을지나 고민하고 있었는데, 그런 과정 따위 하나도 필요 없이 그냥 믿는다고?

이 정도면 꿈에서 노아리와 실랑이를 벌였던 지난날의 자신이 부끄러워질 지경이었다.

멍하니 눈을 깜빡이던 우주인은 이윽고 유천영의 어깨를 붙잡았다.

그가 다급히 말했다.

"아니지, 유천영. 무슨 소리를 하는 거야? 만약 거기에서 네가 함단이를 구하고 대신 다치지 않았다면, 우리는 함단이를 살릴 방법을 마땅히 생각해 내지 못했을 거야. 애초에 이 세계가 소설이란 걸 안 지도 얼마 안 됐던 우리에게 그런 유연한 사고는 불가능했을 테니까."

그런 일은 상상하기도 싫다는 듯, 유천영의 뺨이 창백하게 물들었다.

그 모습을 본 우주인이 재차 말했다.

"그럼 거기에서 모든 일은 끝났어. 우리는 저항하지도 못하고 한 사람을 잃고 말았을 거라고."

"……."

"그리고 만약 함단이가 다쳤을 때 우리가 그 방법을 떠올릴 수 있었다고 해도, 생각해 봐. 그렇게 해서 잊혀진 게 너였다면 너는 그 일을 후회했겠어?"

유천영은 여전히 수긍하지 못하는 눈치였지만 그 말에는 고개를 가로저었다.

그에 우주인은 안도의 한숨을 내쉬는 한편, 씁쓸한 감정을 느끼며 입술을 깨물었다.

그 또한 유천영처럼 함단이에게 미안한 감정을 느끼긴 했으나, 그건 말하자면 어디까지나 간접적인 영역에 속했다.

즉, 누군가가 안타까운 일을 겪었다는 것을 전해 들었을 때 느끼는 안쓰러움, 그가 느낀 것은 고작 그 정도의 감정이었다.
붕 뜬 거리감 덕에 논리적인 태도를 지킬 수 있는 자신이 싫은 한편, 그 덕분에 유천영을 위로할 수 있는 것은 다행으로 여겨졌다.
고통이 생생하게 드러난 유천영의 표정을 보고 있기가 어려워 우주인은 잠시 고개를 돌렸다.
그때, 유천영의 나지막한 목소리가 다시 들려왔다.
“나라면 후회 안 할 거고, 아마도 괜찮겠지만…… 함단이가 괜찮은지는 모르잖아.”
“…….”
말문이 막힌 우주인에게 어느새 또렷한 눈빛을 되찾은 유천영이 물었다.
“우리가 잊은 시간들을 되찾을 방법은 없어?”
이윽고 정신을 차린 우주인은 허탈한 미소를 띠며 대답했다.
“없을 거야. 무엇보다도 그건 네 목숨을 대가로 맞바꾼 거였잖아. 한쪽이 돌아오면 다른 것을 잃겠지.”
“…….”
자신이 다시 죽을지도 모른다는 소리에도 유천영의 반응은 태연하기만 했다.
한숨을 쉬며 혀를 찬 우주인이 말을 이었다.
“그리고, 애초에 그건 함단이 외에는 우리 중 누구라도 불가능했을 거야. 거기에는 '관리자'라는 존재가 있어서 이 세계와 다른 세계 간의 출입을 통제하거든. 당시 함단이는 이미 완전히 이 세계의 존재였고, 노아리 덕분에 그곳에 출입이 가능했다고는 하지만…… 모르지. 정말로 그 애가 섞인 존재가 아니었다면 그런 일이 가능했을지. 우리 역시 그곳에 갈 수 있었을지는 말이야."

그 말에 유천영이 다시 고개를 들었다. 그가 눈을 크게 뜨며 물었다.

"그게 무슨 소리야?"

"아, 이게 좀 복잡해. 노아리가 자기가 썼던 소설의 내용을 바꾸기 위해 원래 세계로 가기 위해서는 거쳐야 하는 곳이 있었거든. 일종의 중간 지대 같은 곳. 노아리가 묘사하기로는 각각의 문이 다른 세계와 연결된 곳이었는데……."

잠시 말을 멈춘 우주인은 원래 세계에서 있었던 담력 시험에 대해, 그때 자신과 함단이가 그 세계로 가는 방법에 대해 알아냈던 것에 대해 짧게 언급했다.

그리고 그가 다시 말했다.

"거기에는 관리자라는 게 있어. 말 그대로 이 세계와 다른 세계의 존재가 섞이지 않도록 잘 '관리'하는 존재지. 사실 함단이가 예전에 몇 번이나 다른 세계로 사라졌던 것도 그 존재와 연관이 있었어. 다른 세계의 관리자들이 봤을 때 함단이는 그쪽 세계에 있어야 하는 인물이니까 몇 번이나 데려갔던 거지. 그러다 우리가 그 애를 기억하고 있으니까 간신히 이쪽 세계로 돌아온 거고."

"'기억?'"

거기까지 들은 유천영이 불쑥 되물었다. 마치 생전 처음 들어 보는 단어인 것처럼.

우주인은 대수롭지 않게 대답했다.

"그래, 기억. 다른 세계의 존재가 이 세계에 오는 것은 당사자의 소망과 연관되지만, 그렇게 이 세계에 와서 계속 남게 되느냐 아니냐는 다른 사람들의 기억과 관련이 있어. 아무튼 이건 제쳐 두고……."

손을 들어 이마를 짚은 그가 인상을 쓰며 내뱉었다.

"문제는 함단이가 이 일들에 대해 우리처럼 잊어버렸느냐, 아니면 혼자서만 기억하고 있냐 하는 거야. 솔직히 말해 개 태도를 봐서는 아무래도 기억하고 있다고 볼 수밖에……."

그때였다. 창백해진 얼굴의 유천영이 다시 입을 열었다.

그가 전과는 비교도 안 되게 가라앉은 목소리로 대답했다.

"걔, 분명히 기억하고 있어."

"뭐? 그걸 어떻게 확신해?"

역시 유천영도 꿈에서 함단이로부터 뭔가를 들은 걸까?

우주인이 놀라며 그것에 관해 다시 물으려던 그때, 유천영이 다시 말했다.

"그 관리자라는 존재."

"뭐?"

"어떻게 생겼어?"

그 물음에 우주인은 꿈속 노아리의 묘사를 떠올렸다.

분명 대체로 키가 큰 남자의 모습을 하고 있고, 정장 차림이며 얼굴이 있어야 할 자리에는 회색 원만이 있다고 했지.

그것을 그대로 읊자 유천영의 턱이 더욱 딱딱하게 굳어졌다. 그 모습을 잠자코 보던 우주인이 물었다.

"뭣 때문에 이래? 그것보다 어서 얘기해 봐. 함단이가 그 모든 일을 기억하고 있다는 거, 도대체 어떻게 확신하는지……."

그때였다. 한동안 얼어 있던 유천영이 다시 내뱉었다.

"교통사고."

"뭐?"

"폐교, 옥상……. 인적이 드물고 어두운 곳."

"무슨 소리를 하는 거야?"

"'어두워질 때까지 이곳에 남아 있으면 안 된다.'"

수수께끼 같은 경고문을 뇌까린 그가 갑자기 자리에서 벌떡 일어났다.

우주인이 여전히 앉은 채로 멍하니 올려다보는 가운데, 빠르게 현관으로 향하다가 다시 돌아온 그가 대뜸 물었다.

"원래 함난이와 우리가 쓰였다는 그 소설."

"응."

"이름이 뭐라고?"

도대체 왜 이 판국에 그런 것을 묻는지 모르겠다고 생각하면서도, 우주인은 순순히 대답했다.

"'해가림.'"

정말로 궁금한 것은 그것뿐이었다는 듯 문이 쾅 닫혔다.

정적 속에 홀로 남겨진 우주인은 방금 그와의 대화를 곰곰이 곱씹어 보았다. 도대체 자신의 말 어디에 저렇게 경악하며 달려 나갈 구석이 있었던 걸까?

사고, 그 사고를 일어나지 않았던 걸로 만들기 위해 함단이가 했던 일, 소설 작가, 관리자, 다른 세계와 이 세계를 오가는 존재, 기억…… 기억?

"아."

그 대목에 이르러 우주인은 불쑥 탄식했다.

기억이라니.

모두에게서 과거에 함단이와 함께 보낸 시간에 대한 기억이 사라졌고, 그녀만이 홀로 모든 것을 기억하는 지금, 어쩌면 그녀는…….

자리에서 벌떡 일어난 우주인은 뒤늦게 현관문 밖으로 뛰쳐나갔다. 그러나 이미 대문 앞 골목은 씻은 듯 인기척 하나 없었다.

어둠에 잠긴 골목을 보며 입술을 잘근잘근 씹던 우주인은 품에서 핸드폰을 꺼냈다. 유천영에게 전화를 해 보았지만 역시, 받지 않았다.

두 손 놓고 허탈해하던 그는 결국 다시 집으로 돌아왔다.

유천영이든 함단이든, 내일이면 제대로 얘기를 나눠 봐야겠다고 다짐하며.

그것이 결코 불가능하리라는 것을 그때의 그는 미처 몰랐다.

* * *

그날 밤, 집으로 돌아온 나는 또 부모님과 한바탕하고 말았다. 그야 부모님 입장에서는 혼나다 말고 뛰쳐나간 애가 거의 밤이 다 돼서야 돌아왔으니 화가 날 수밖에.

그런데도 그리 기분이 나쁘지 않은 건, 예전 내가 사고를 당할 뻔했을 때, 병원 입구에서부터 달려와 창백한 얼굴로 내 두 뺨부터 붙잡던 두 분의 모습을 기억해 냈기 때문일까.

내가 별말 없이 듣고만 있자, 부모님도 뒤늦게 내가 안쓰러워졌는지 나를 방으로 올려 보내 주셨다.

옷을 갈아입지도 않고 침대에 털썩 누운 나는 천장을 보며 중얼거렸다.

"음, 어째 오늘 있었던 일에도 불구하고 기분이 썩 나쁘진 않은데……."

사실 오늘 내게는 부모님과 싸운 것보다도 더 큰 일이 있었다.

바로 여령이네 집 앞에서 여단 오빠와 마주친 것도 모자라, 은지호에게 확실한…… 결별의 말을 들은 것.

아니, 사실 우리는 아무 사이도 아니었던 데다가 나는 이미 은지호로부터 '나예리를 두고 너와 사귈 이유가 없다'는 확답까지 들었으니, 그것을 결별이라고 부르는 것도 이상한 일이겠지만.

한쪽 팔을 들어 이마에 댄 내가 중얼거렸다.

"그런데도 기분이 아주 바닥까진 아닌 건…… 유천영 덕분이겠지."

그와 잠깐이라도 만나 옥상과 카페에서 대화를 나눴다는 사실 때문에.

한때 그와 옥상이나 카페에서 만나 마음속 깊숙이 담아 두고 있었던 얘기를 털어놓는 것은 내 일과였고, 이번에도 별반 다르지 않았다.

친해진 지 몇 달은커녕, 한 달밖에 안 된 내가 그러는 것이 부담스러울 법도 한데, 그는 그런 내색은 조금도 하지 않았다. 다만 진지한 푸른 눈을 내게 맞추며, 가끔 내게 도움이 될 만한 말들을 건넬 뿐이었다.

솔직히 말하자면 그가 해 준 말보다도, 그와 그런 식으로 보내는 시간들이 아무것도 달라지지 않았다고 나 자신을 잠시라도 속일 수 있게 해 줘서 고마웠다.

한편으로는 그렇기 때문에 내가 아직까지도 이 현실, 특히 은지호와 주인이가 더는 나를 좋아하지 않는다는 현실을 아직도 받아들이지 못하는 게 아닌가 싶기도 하지만.

그때였다. 갑자기 주머니에서 울리는 진동에 반쯤 몸을 일으킨 나는 핸드폰을 꺼냈다.

화면 위에 떠오른 이름은 다름 아닌 유천영이었다.

"뭐야, 또?"

혹시 내가 얘한테 집에 잘 들어갔다는 말을 깜빡 잊고 안 했나? 아니, 분명 제대로 했는데. 그럼 도대체 무슨 용건이지?

통화 버튼을 누른 내가 의아하게 물었다.

"여보세요? 유천영?"

[함단이.]

"왜 그래? 무슨 일 있어?"

[…….]

수화기 너머에서 들려오는 숨소리가 눈에 띄게 불안정해졌다. 마치 공포 영화에서 무언가에 쫓기고 있어 소리를 낼 수 없는 주인공처럼.

나는 자세를 고쳐 앉으며 빠르게 물었다.

"너 지금 어디야? 집 아니었어? 왜, 무슨 안 좋은 일이라도……."

[……내일.]

그때였다. 다급한 내 말을 끊고 유천영이 말했다. 마치 조금만 힘을 가해도 일제히 튀어 나갈 것들을 간신히 붙잡고 있는 듯한 목소리로.

숨을 고른 그가 다시 말했다.

[내일, 아침에 잠깐……. 나랑 얘기 좀 할 수 있어? 학교에서. 아무도 없는 시간에.]

아무런 계획도 없이 생각나는 대로 내뱉는 것처럼, 그의 말은 부자연스럽게 뚝뚝 끊어졌다.

그 말을 듣고서도 나는 지체 없이 고개를 끄덕였다.

"알았어. 그렇게 하자. 그보다도 너, 진짜 괜찮아?"

[……학교에서 봐.]

끝내 괜찮다는 말은 없이 전화가 뚝 끊겼다.

핸드폰을 내려다보던 나는 이윽고 침대에서 벗어나 컴퓨터를 켰다.

* * *

현실의 삶이 힘들 때마다 자신의 처지가 더 낫다는 것을 느끼기 위해 공포 소설을 썼다는 노아리의 말을 벤치마킹하여, 나도 공포 영화 주인공을 보며 내 처지를 잊어 보려고 했지만 효과는 거의 없었다.

아니, 그러긴커녕 나는 좀비에 물리고서도 변해 가는 자신의 모습을 사람들에게 숨기기 위해 고군분투하는 주인공의 모습을 보면서 '혹시 유천영도?' 같은 생각을 했다. 내가 너무 갔다는 것을 나도 알긴 안다.

다음 날, 유천영과 대화를 나누기 위해 평소보다 한 시간 일찍 학교로 가면서 나는 심한 두통을 느꼈다.

일찍 가기 위해 아빠 차 대신 탔던 버스에 오늘따라 사람이 많아서 산소가 희박했던 것도 문제였다.

절로 감기는 눈을 억지로 뜨면서 교실 문을 열어젖힌 나는 텅 빈 교실 뒤에 홀로 앉아 있는 인영을 발견하고 희미하게 웃었다.

내가 말했다.

"유천영, 안녕."

가을이라고 해도 여름이 지난 지 얼마 안 돼서인지, 아침 일곱 시의 교실은 환한 빛으로 가득했다. 그런데도 유천영 부근을 감싼 공기만 마치 새벽안개처럼 아스라했다.

새파란 눈으로 잠시 나를 올려다보던 그가 천천히 고개를 끄덕였다.

"안녕."

"잠깐, 너 안색이 왜 이래?"

내가 그의 얼굴 가까이 고개를 쑥 내밀며 물었다.

마치 입학식 전날이나 비가 오는 날, 밤새 게임하고 다음 날 우리 집에 오던 날들과 비슷한 안색이었다.

"너 설마 밤새웠어?"

당연한 듯 다그치던 나는 곤란한 기색을 띤 유천영의 표정을 보고 입을 다물었다.

재빨리 몇 걸음 물러난 내가 말했다.

"아, 미안. 너무 가까웠지……."

"아니, 아니야……."

그렇게 말한 유천영이 한숨을 내쉬었다. 왠지 회한마저 어린 듯한 그의 표정에 내가 어리둥절해지던 그때, 그가 다시 말했다.

"적당히 사람이 없을 만한 곳으로 가자."

그렇게까지? 학교에 사람이 아무도 없을 때 얘기하자길래 이른 아침에 교실에서 만나면 그걸로 될 줄 알았는데. 그를 의아하게 바라보던 나는 곧 생각을 바꾸었다.

아니야, 연기를 하지 않아서 드라마에 나가지 않는다고 해도 유천영은 여전히 인기 있는 모델이니까.

그리고 나는 그를 따라 교실을 나섰다.

지금은 아니지만 한때 스펙터클한 학창 시절을 보낸 바, 이 학교의 지리에 통달해 있던 나는 빈 교실을 떠올리고 유천영을 데리고 갔다. 그 교실은 아니나 다를까 여전히 텅 비어 있었다.

여기가 안 되면 또 옥상으로 가 봐야 하나 했는데, 다행이다.

나는 내심 생각했다.

최유리와 있었던 일 외에 딱히 옥상에 나쁜 추억은 없지만, 지금 그곳에 가면 은지호가 생각날 것 같았다.

그가 옥상에서 내려온 직후, 나를 껴안으며 했던 말들 또한.

'알아서 바뀐 게 아니라, 네가 바꾼 거지.'

'사람 하나 사귀는 일에도 가치를 재고 따지던 나를, 원하는 거라곤 없던 유천영을, 자기는 숨기는 법밖에 모르던 우주인을, 자기는 틀림없이 불행해질 거라고 믿던 권은형을, 진실한 친구를 사귈 수 없을 것 같다던 반여령을.'

'네가 바꾼 거잖아, 네 노력으로.'

아……. 안 돼. 떠올리지 마. 나는 한 손을 주먹 쥐어 이마에 대고 천천히 숨을 내쉬었다.

유천영 앞에서 꼴사납게 울 수는 없잖아. 게다가 얘 표정을 보아하니 뭔가 안 좋은 일이 있는 게 분명한데.

그때였다. 정적을 가르고 낮게 울리는 목소리에 나는 고개를 들었다.

"함단이."

"어?"

"네가 날 되살리기 위해 너를 모두의 기억 속에서 지웠다는데……."

그 순간 심장이 쿵 떨어졌다.

내 심장 소리가 너무 큰 나머지, 그의 목소리가 잘 들리지 않았다. 나는 눈을 부릅뜨고 그의 입 모양에 최대한 시선을 집중했다.

나를 서러운 눈으로 내려다보던 그가 나머지 말을 꺼냈다.

"네가 나였다면, 기분이 어떨 것 같아?"

나는 믿을 수 없다는 심정으로 그의 표정을 샅샅이 살폈다.

환한 아침 햇살이 교실에서처럼 내리쬐는 가운데, 유령처럼 희끄무레한 안색으로 나를 내려다보는 유천영의 표정은 그저 담담하기만 했다.

여느 때와 다름없는 표정이었지만, 나는 그 담담함이 분명 그가 기억을 되찾았다는 증거라고 생각했다.

아니, 분명 그럴 거라 확신했다. 나의 소망이 반영되었는지도 모르겠지만.

그리고 나는 덜덜 떨리는 목소리로 물었다.

"너, 기억 돌아온 거야?"

유천영은 내 말에 대답하는 대신 말을 이었다. 그러나 그가 하는 말들이야말로 기억을 되찾았다는 증거였다.

"네가 한 일을 생각하면 나는 네게 고마워해야 할 텐데…… 그러기는커녕 무력하고 비참해. 내가 좋아하는 너를, 오히려 내가 가장 괴롭게 했다는 생각에."

그 말을 듣고 나는 다급히 손을 내저었다.

"아, 아니야. 안 고마워해도 돼. 진짜 안 그래도 돼. 나는 그냥……."

그때 내 눈에서 눈물 한 방울이 뚝 떨어져 내렸다.

놀란 표정을 짓는 유천영 앞에서 나는 재빨리 손을 들어 눈물을 훔쳐 냈다. 그러면서 내가 중얼거렸다.

꿈인가? 꿈인가, 이거? 유천영을 살리는 대가로 사라진 나에 대한 기억이 갑자기 돌아오다니.

유천영만 이런 건가? 아니면 다른 애들도? 지금으로서는 아무것도 알 수 없었다. 설령 기억이 돌아온 것이 유천영 하나뿐이라고 해도, 그것조차 이미 기적이나 다름없었다.

아니, 애초에 그를 살린 것 자체가 내게는 기적이었는데.

다시 고개를 든 나는 눈물에 부옇게 번지는 시야 너머로 유천영과 힘겹게 시선을 맞췄다.

내가 더듬거리며 말을 꺼냈다.

"나는, 나는 그냥…… 네가 죽은 이 세계에서, 널 그리면서 슬퍼할 다른 애들과 함께 살아갈 자신이 없었어. 그런 일은 상상만 해도 끔찍해서…… 그래서 차라리 너 대신 날 지우기로 택한 거야. 너는 목숨을 잃어야 하지만, 나는 기억만 잃어도 되니까. 내 선택이었으니까 너는 아무것도 고마워하지도, 미안해하지도 않아도 돼. 아니, 나는 오히려……."

방금 교실에서 그의 얼굴 가까이 가는 것조차 조심스러워했던 것과는 달리, 나는 이번에는 망설임 없이 손을 뻗어 그의 팔을 움켜쥐었다.

크게 움찔하는 그에게 내가 물었다.

"너 기억 돌아왔으면, 너 다쳤을 때도 기억나?"

"……."

여전히 석상처럼 굳어진 채 대답이 없는 그를 향해 내가 말을 이었다.

"너 그때…… 진짜 심하게 다쳤었잖아. 너는 의식이 없어서 아무런 기억도 안 나는지도 모르겠지만…… 너 그때 그래서, 네가 쓰러져 있는 걸 보고 내가 얼마나, 얼마나……."

"……."

"정신을 차리고 보니까 네가 조각난 나무판자랑 쇠 종 사이에 쓰러져 있고, 네 주변에 피가 누가 양동이로 가져와서 퍼부은 것처럼 흐르는데…… 네가 구급차로 실려 가고 나는, 다른 사람들이랑 같이 차 타고 가면서……."

나는 두 손으로 다시금 눈물을 훔치며 말했다.

"내가…… 애초에 촬영장에 가지 않았더라면. 아니, 가기 전에 너한테 말이라도 하고 갔었더라면. 몇 번을, 몇십 번을 후회하고, 또 후회했는데…… 그래도 아무것도 돌이킬 수 없고, 되돌려지지도 않아서."

"……."

"그래서 아리가 너를 되살릴 방법을 생각해 냈을 때는 정말로 구원이었고, 널 되살리기 위해서는 내가 잊혀져야 한다는 걸 알고서도 그 생각은 변하지 않았어. 널 살릴 수 있다는데, 그보다 더한 것도 못 할 건 뭐야."

나는 다시 고개를 들었다. 유천영은 슬픔, 또는 충격이 어린 눈으로 나를 바라보고 있었다.

그가 슬픔이라면 모를까, 충격을 담아 나를 볼 이유는 없기에 나는 잠시 의아해졌다.

그것도 잠시, 내가 그의 눈을 똑바로 쳐다보며 물었다.

"하지만 그거 알아? 네가 내가 널 살린 게 고맙지 않게 느껴진다고 말한 것처럼, 나도 네가 그 순간 날 밀쳐 낸 것에 대해서 단 한 순간도 고마워해 본 적 없어. 네가 그러지 않았다면 난…… 네 그런 모습 안 봐도 됐을 텐데, 네가 나 대신 다친 모습, 네가 수술 중에 죽을지도 모른다는 말 같은 거…… 안 들어도 됐을 텐데."

여전히 말이 없는 유천영을 향해 계속 다그치던 나는 결국 질끈 눈을 감고 말았다.

"그러니까 내가 하고 싶은 말은…… 그게 뭐냐면."

"……."

"미안해. 나 대신 다쳤을 때…… 많이 아팠어?"

유천영이 마치 절벽에서 뛰어내리는 사람이라도 본 것 같은 얼굴로 나를 보았다.

나는 그 표정의 의미를 전혀 이해하지 못한 채, 계속 쏟아지는 눈물을 닦으며 그를 올려다보았다.

내가 말을 이었다.

"미안해……. 계속 너 마음고생만 시킨 걸로도 모자라, 아프게까지 해서……."

"……."

"나는 네가, 네가…… 그 부분에 대해서는 기억 못 했으면 좋겠어. 얼마나 아팠는지에 대해서. 왜냐하면……정말 많이 아팠을 테니까. 너 정말, 너무 심하게 다쳐서……."

"……."

"미안해."

고개를 푹 숙이고 중얼거리는 나를 알 수 없는 눈빛으로 보던 유천영이 대뜸 팔을 뻗어 나를 끌어당겼다.

얼떨결에 그의 품에 얼굴을 파묻게 된 나는 결국 그에게 기대어 가만히 안겨 있었다. 그의 품에 안겨서 남은 눈물을 쏟아 내는 내 등을 간헐적으로 토닥이는 손길이 느껴졌다.

마침내 울음을 그치고, 그에게서 다시 떨어져 나오면서 나는 어색함에 헛기침을 했다.

어찌나 심하게 울었는지, 눈가와 뺨이 화끈거리고 이마는 두통으로 얼얼했다.

급기야 균형 감각을 잃고 비틀거리는 나를 유천영이 황급히 낚아채 바로 세웠다.

이어서 근처의 의자를 끄집어낸 유천영이 거기 앉으라고 손짓하기에, 나는 어색하게 '고마워.' 하고 말하고는 얌전히 자리에 앉았다.

그는 그러고서는 정작 그 자신은 앉지 않고 팔짱만 낀 채 서 있었다.

그런 그를 올려다보던 내가 물었다.

"그런데, 내가 나에 대한 기억을 대가로 널 되살린 건 어떻게 안 거야? 네 기억 속에 그건 없었을 텐데."

그러자 잠시 침묵하던 유천영이 대답했다.

"그건…… 어쩌다 보니."

"그래?"

"그래."

나는 의아하게 그를 보았지만, 그는 입을 다문 채 말이 없었다.

그러다 나는 문득 그가 오랫동안 내가 나오는 꿈을 꿨다는 것을 기억해 냈다. 그리고 내가 담력 시험 때 폐교에서 우연히 그의 꿈속에 들어갔던 것도.

그렇게 생각하면, 그와 다른 세계와의 연결 고리가 어떤 식으로든 생겨났다고 해도 이상한 일은 아니었다. 너무 비약한 감이 없잖아 있지만.

그때였다. 교복 치마 위로 꿈지럭대던 내 손을 물끄러미 보던 유천영이 말을 꺼냈다.

"그러는 너는."

"응?"

"기억들이…… 이대로 돌아오지 않아도, 정말로 괜찮아?"

그의 모호한 말을 들으며 나는 고개를 기웃했다.

그는 왜 '다른 애들의 기억'이라고 조금 더 확실하게 말하지 않는 걸까? 하긴, 원래도 곧잘 자세한 말을 생략하곤 하던 유천영이었으니까 그럴 수 있지.

턱을 쓰다듬던 나는 이윽고 고개를 끄덕이고는 웃었다.

"뭐, 돌아온다면 좋기야 좋겠지. 아니, 사실 지금도 가끔 그때 생각이 나서 그때로 돌아가는 꿈을 꾸게 되면 괴롭고……."

"……."

"그래도 내가 선택한 거니까, 어쩔 수 없다고 생각해. 이건 동화가 아니잖아."

"그래……."

"무엇보다도 아까 말했듯이, 네가 살았다면 그걸로 됐어. 후회 안 해. 오히려 기억을 대가로 널 살릴 수 있었던 쪽이 정말로 기적이었고."

그러자 유천영은 또 한참을 말이 없었다. 그리고 그가 다시 말을 꺼냈을 때, 나는 그만 기침을 토해 낼 수밖에 없었다.

"어떻게 된 거야? 관리자가 너를 위협하고 있는 건."

"콜록."

"원래는 널 데려가기만 했잖아. 그런데 이번에는 횡단보도에서 밀치다니."

나는 간신히 기침을 멈추고 유천영을 올려다보았다.

나를 향하는 그의 시선은 두꺼운 돌벽이라도 뚫을 것처럼 예리했다.

낮게 깔린 목소리가 이어졌다.

“저번에 옥상에서 어두워지자마자 내려가려고 했던 것도, 은지호가 널 찾아왔던 것도…… 모두 관리자와 관련이 있었던 거지?”

“그건…….”

“관리자가 네 목숨을 위협하고 있고, 은지호는 그 모습을 본 걸 테고. 권은형이 봤던 것처럼.”

“하…….”

그렇게까지 말하니까 정말로 부정하고 싶어도 더는 할 말이 없었다.

잠시 천장을 보며 나직이 한숨을 터트리던 나는 다시 그를 보며 입을 열었다.

“그건 나를 이루는 반절이 나에 대한 기억으로 구성되기 때문에 그래.”

“기억?”

일단 그렇게 되묻긴 했지만 유천영은 그리 놀란 눈치가 아니었다.

아니, 오히려 그는 방금 내게서 사고가 났을 때의 내 심정과 미안하다는 말을 들었을 때 더 놀라 보였다.

하긴, 눈앞에서 그렇게 정신없이 우는 사람을 보면 누구라도 놀랄 수밖에 없나? 그래도 당시 내 처지를 생각해 보면 그렇게까지 놀랄 만한 말은 아니었다고 생각하는데.

그렇게 생각하던 나는 고개를 끄덕이며 입을 열었다.

"응. 내가 너희들이 나를 떠올려 줬기 때문에 이 세계로 돌아올 수 있었다는 건 기억하고 있지? 네 기억이 온전하다면 하는 얘기지만."

유천영이 작게 고개를 끄덕이자 내가 말을 이었다.

"그런 개념이랑 같지, 뭐. 단, 문제가 있다면 예전에는 돌아갈 세계가 있었지만, 이제는 돌아갈 세계가 사라졌다는 것뿐일까. 나는 이제 더 이상 저 세계 사람조차 아니니까. 그러니까, 노아리가 있는 세계 말이야."

"그럼 네 말은."

유천영이 딱딱하게 굳은 얼굴로 캐물었다.

"네가 이 세계에도 저 세계에도 있어서는 안 될 존재이기 때문에…… 관리자들이 널 없애려 한단 말이야?"

"음, 표정 풀어. 심각하게 들리는 상황이라는 건 알겠는데."

나는 손을 뻗어 그의 어깨를 가볍게 도닥였다.

"물론 네 말이 맞긴 한데. 이야, 너 예전에도 드라마 촬영을 그렇게 해도 모의고사 성적은 거의 1등급 유지하더니, 역시 똑똑하다. 추리력이 어디 가지 않아."

내가 애써 대수롭잖게 말하며 엄지손가락을 치켜들었으나 유천영의 싸늘한 눈빛에는 먹혀들지 않았다.

나는 배실배실 웃으며 말을 이었다.

“음……. 그런데 아무튼 괜찮을 거야. 내가 관리자의 위협에서 벗어날 수 있는 조건은 내가 생각하기로는 첫째, 너희들과의 사이를 다시 회복해서 전처럼 친해지거나. 둘째, 너희들이 기억을 되찾거나였는데……. 두 번째는 아예 가능성이 없고 첫 번째는 그나마 가능성이 있다고 생각하고 있었거든. 그런데 네가 이렇게 기억을 되찾은 걸 보면 어쩌면 두 번째가 더 빠르려나 봐.”

“…….”

“어차피 어두운 곳에 혼자 있지만 않으면 크게 위험하진 않아서 아직까진 괜찮…… 유천영?”

유천영이 갑자기 한 걸음 물러났다.

제자리에 서서 한동안 혼란스러운 듯한 눈빛으로 나를 쏘아보던 그가 대뜸 몸을 돌렸다.

그러더니 갑자기 교실 문을 열고 복도로 나가 버리는 그를 향해 내가 외쳤다.

“유천영! 너 어디 가?”

어떻게든 따라잡아 보려고 했지만 애초에 그와 나는 보폭 자체가 달랐다.

그는 단지 걸음을 빨리했을 뿐, 뛰는 것조차 하지 않았는데도 나는 그를 붙잡을 수 없었다. 마치 악몽 속 한없이 늘어나는 복도를 달리고 있는 것만 같은 느낌이었다.

간신히 유천영이 복도 모퉁이를 돌았을 때, 그는 이미 시야에서 사라지고 없었다. 초조하게 주위를 살피다 급기야 전화를 걸어 봤지만 신호만 갈 뿐 받지 않았다.

한참을 두리번대던 나는 결국 그를 찾는 것을 포기하고 몸을 돌렸다. 어차피 곧 수업이 시작될 테니, 얼마 못 가 교실로 돌아올 거라는 생각에서였다.

그러나 아무리 기다려도 유천영은 교실로 돌아오지 않았다.

점점 수가 많아지는 아이들과 바쁘게 인사하며 계속 교실을 두리번거리던 나는 문득 유천영의 책상에 가방이 없는 것을 발견하고 눈을 찡그렸다.

그것도 잠시, 과연 아까 봤던 유천영의 어깨나 등에서 가방은 흔적조차 찾아볼 수 없었다는 것을 깨달은 나는 이마를 감싸며 작게 신음했다.

"아놔……."

유천영, 너 그럴 거면 학교는 왜 오는 건데. 평소에는 인터넷 소설의 남자 주인공답지 않게 사소한 반항조차 거의 하지 않으면서 왜 이런 데서 인터넷 소설 남자 주인공 티를 내는 거냐고.

그때 아침 자습 시작종이 울렸다. 나는 의자에 앉으며 초조한 마음을 달래려고 애썼다.

가방을 보지 못한 것이 내 착각은 아닌 듯, 유천영은 조례 시간까지도 나타나지 않았다.

유천영의 이름을 두세 번 부르다 말고 은형이에게 '천영이는 오늘 안 왔니?' 하고 묻는 노민찬 선생님은 이제 익숙하다는 표정이었다.

그에 허리를 더욱 곧게 편 은형이가 떨떠름한 얼굴로 대답했다.

"아, 그게…… 실은 오늘 아침 저보다 먼저 학교 간다는 말을 잠결에 얼핏 듣긴 했는데……."

"뭐?"

"저는 그게 꿈인 줄 알았어요."

그렇게 말하며 착잡한 표정을 짓는 은형이를 보자니 내가 더 착잡해지는 기분이었다.

아, 그렇지. 은형이의 입장에서 자기보다 먼저 일어나 학교에 간다고 말하는 유천영이 꿈이 아닐 리가…….

그리고 그가 주저하며 말을 이었다.

"그런데 막상 일어나 보니 진짜로 집에도 없고, 학교로 와 보니 학교에도 없어서…… 길이라도 잃은 건 아닐까 하고."

"3년간 매일같이 오간 등굣길인데, 설마 싶지만……."

노민찬 선생님이 해탈한 듯한 표정을 떠올리며 말씀하셨다.

"천영이라면 그럴 수도 있겠다는 생각이 드는구나."

"네, 천영이니까요."

은형이 또한 묘한 웃음을 띠며 대답했다. 그 모습을 보던 나는 속으로 눈물을 삼켰다.

야, 유천영. 은형이의 입에서 저런 발언이 나오는 게 얼마나 희귀한 일인지 몰라? 이 학교 어딘가에 있는 거면 제발 빨리 좀 나타나란 말이야……. 은형이가 너를 찾으러 학교 밖으로 뛰쳐나가기 전에.

그러나 1교시, 2교시가 지나도록, 심지어 점심시간이 다 되도록 유천영은 나타나지 않았다.

결국 은형이가 유천영이 전화도 받지 않는 게 걱정된다며 사라져 버린 가운데, 나는 그에게 오늘 아침 유천영과 만났다고 말하지 못한 것을 후회했다. 아니, 하지만 그랬다가 왜 둘이서만 아침 일찍 학교에서 만난 거냐고 물으면 할 말이 없어서…….

이전 세계의 기억에 대한 이야기는 아직은 은형이에게도 차마 할 수가 없고. 무엇보다도 나도 유천영이 나와 대화를 나눈 뒤에 어디로 사라져 버린 건지 아직 몰랐다.

그래도 일단 말은 해 두는 게 좋을까? 내가 오늘 제출하지 않고 서랍에 넣어 둔 핸드폰을 손안에 넣고 만지작거리는 사이, 가까이에서 인기척이 났다.

나는 옆을 돌아보았다. 평소와는 비교도 안 될 정도로 어두운 얼굴로 나를 내려다보는 주인이의 모습에 나는 화들짝 놀랐다.

"뭐, 뭐야?"

깜짝 놀라서 묻는 내게 그가 여전히 우중충한 낯으로 물었다.

"함단이. 혹시 너……."

아직도 생소한 호칭에 흠칫하는 것도 잠시, 이어지는 그의 말에 나는 미간을 좁혔다.

"뭐라고?"

"오늘 유천영 본 적 있어?"

뜻밖의 돌직구에 몹시 당황스러운 기분이 들었다.

반사적으로 주변을 둘러봤지만, 다행히 이쪽을 보고 있는 사람은 물론이고 이 얘기를 들은 사람조차 없는 것 같았다.

그에 안도한 나는 다시 주인이를 보며 물었다.

"그걸 왜 나한테 물어?"

아무래도 방금까지 나와 유천영이 만났다는 사실을 은형이에게 털어놔야 할지 말아야 할지 고민하고 있었다 보니, 그의 말에 괜히 제 발 저리게 되는 게 사실이었다. 어쩌면 유천영이 아침에 달려 나간 것도 이것과 관련이 있는 걸까? 목격자가 있다는 것을 알고, 그 사람을 쫓기 위해?

하지만 주인이는 확신을 가지고 물은 것은 아닌 듯했다. 내가 그렇게 말하자, 실망한 표정을 지은 주인이가 돌아섰다.

"아, 아니야. 모른다면 됐어."

"아니, 내 말뜻은…… 네가 그걸 어떻게 아냐는 뜻이었는데.”

내 말에 느낌표가 떠오른 듯한 표정으로 황급히 나를 돌아보는 주인이를 향해, 나는 속으로만 혀를 내밀었다. 너도 나 마음고생시킨 게 얼마인데, 나도 이 정도는 해도 되지 뭐.

그런데 그때였다. 다급히 내 팔을 붙잡은 그가 떨리는 목소리로 물었다.

“걔를 봤어? 오늘? 걔가 뭐라고 그래?”

“아, 아파. 이것 좀 놓고 말…….”

인상을 찌푸리며 말하던 것도 잠시, 나는 주인이의 기색이 심상치 않다는 것을 깨달았다.

무엇보다도 우리 중에 늘 차분하기로 둘째가라면 서러운 그였다.

뭐야, 설마 유천영한테 무슨 일이라도 생긴 건가? 내가 심각한 표정을 짓는 가운데, 그가 조바심 내는 말투로 재차 물었다.

“걔가 혹시 너한테 물어봤어? ‘사라진 기억들’이나, ‘바뀐 과거’에 대해?”

“네가 그걸 어떻게 알아?”

이거야말로 그에게서 나올 거라고는 전혀 예상치 못한 얘기였기에 나는 눈을 크게 떴다.

아니, 하지만 나를 내려다보는 주인이의 눈에서 그리움

이라고는 단 한 점도 찾아볼 수 없었다. 그렇다면 그가 아직도 기억을 되찾지 못한 건 분명한데.

그럼 유천영이 그에 관해서 주인이에게 얘기해 준 건가? 아니, 하지만 그것도 그것대로 이상한데. 둘 사이에 그런 얘기가 나올 여지가 전혀 없잖아…… 설마, 아리가?

"노아리."

내가 꺼낸 이름에 주인이의 몸이 움찔 떨렸다. 과연, 그 반응을 보고서 나는 확신했다.

"걔가 너한테 세계가 바뀌기 전에 있었던 일에 대해 말했구나. 맞지?"

내 물음에 주인이는 새하얗게 질린 얼굴로 아무런 대답도 하지 못했다.

그가 기억을 잃고 여태껏 아무렇게나 대해 온 내 앞에서 느끼고 있을 감정이 죄책감일지, 다른 감정일지 나는 속으로 가늠해 보았다.

어쩌면 억울함일지도 모른다. 내 존재를 지우기로 결정한 것도, 그의 기억을 멋대로 지워 버린 것도 나인데, 왜 자기가 나를 기억하지 못하고 한 짓에 대해 죄책감을 느껴야 하냐면서.

그러나 그가 그 뒤에 보인 반응은 그 무엇도 아니었다.

굳어 있던 것도 잠시, 도리어 얼굴을 굳히며 한 걸음 다가온 그가 내 손목을 잡으며 속삭였다.

"우리, 가야 해."

"뭐?"

"폐교로."

두 눈을 휘둥그레 뜨는 내게 그가 여전히 굳어진 얼굴로 마지막 말을 내뱉었다.

"유천영이 위험해."

* * *

더는 다른 애들이 많이 오가는 교실에서 얘기할 수 없었기에 우리는 자리를 옮겼다. 빠르게 걷다가 마침내 인적이 드문 과학 준비실 부근에서 멈춰 선 내가 주인이를 돌아보고 물었다.

"갑자기 무슨 소리야? 유천영이 위험하다니? 걔가 나도 모르는 새 또 무슨 사고에 휘말렸어? 또 폐교는? 왜 거기에 가야 한다는 건데?"

마치 추궁당하는 죄인이라도 되는 것처럼 묵묵히 내 말을 듣던 그가 입을 열었다.

"내가…… 걔한테 우리한테서 사라진 기억에 대해 말했으니까. 또, 아리가 알려 준 것들에 대해……."

"그게 유천영이 위험에 빠진 것하고 무슨 관련이 있는데?"

내 인내심은 거의 다 타들어 간 촛불 심지처럼 이미 아슬

아슬해져 있었다.

그야 그럴 수밖에. 내가 그를 영영 잃을 뻔한 지 아직 반 년도 지나지 않은 시점이었다.

그가 아무런 말이 없자, 입술을 사리문 내가 재차 다그쳤다.

"그러니까 그게 무슨 문제가 되는데? 네가 유천영에게 사라진 기억에 대해 알려 주건 말건, 그걸 믿을지 말지는 걔가 알아서 할 일 아니야? 걔가 그걸 믿건 말건, 그게 왜 걔가 위험에 빠질 이유가 되는데? 그리고 또, 걔한테 아리가 말한 것들에 대해서 알려 준 것도. 그게 뭐 어때서……."

그렇게 말하다 말고 나는 갑자기 머릿속에 스쳐 간 생각에 얼굴이 창백해졌다.

잠시 멍하니 서 있던 내가 중얼거렸다.

"잠깐, 아니야. 설마……."

"……."

"관리자에 대해서도 말했어? 폐교 너머에 있는 '그 세계'에 대해서도."

"어쩔 수 없었어. 유천영을 구하기 위해 네가 치렀던 대가에 대해 얘기했을 때, 유천영은 왜 자기나 다른 사람이 그 역할을 대신하지 못한 건지 괴로워했고, 그걸 반박하려면 '관리자'나 '작가'에 대한 설명이 필수였으니까……. 또, 애초에 네가 그런 시으로 너에 대한 기억과 유천영의 목숨을 맞바꿀 수 있었던 것도."

괴로운 듯 한쪽 손으로 눈가를 가린 주인이가 빠르게 설명했다. 과연, 그가 하는 말에 반박할 여지는 없었기에 나는 가만히 입을 다물었다.

그리고 그가 다시 말했다.

"무엇보다도, 내가 노아리의 얘기를 듣고도 지금까지 눈치채지 못한 걸 걔가 눈치챌 줄은 몰랐어. 그것도 그렇게 빠르게……."

"뭐? 그게 무슨 소리야?"

그 말을 들은 내가 의아하게 물었다. 하지만 그는 입술을 깨문 채 한동안 대답하지 않았다.

나는 혼자서 지금까지 내게 있었던 일에 대해 곰곰이 되짚어 보았다.

오늘 아침, 유령이라도 된 듯 창백한 얼굴로 나를 만나러 왔던 유천영. 그가 사람들 눈을 피해 단둘이 있는 곳에서 꺼낸 얘기는…… 사라진 과거의 기억에 대한 얘기였다. 그리고 관리자에 대한 얘기. 정확히는 나를 향한 관리자의 위협에 대한 얘기.

설마?

나는 퍼뜩 고개를 들어 주인이를 바라보았다.

내가 중얼거렸다.

"아니, 아닐 거야……. 왜냐하면, 유천영은 나에 대한 기억을 되찾았잖아."

내 희망 어린 목소리에 그제야 주인이가 바짝 마른 입술을 뗐다.

"내가 말해 준 거야."

"그럴 리 없어. 왜냐하면 유천영이 나를 보던 눈빛이……."

단둘이 있을 때 나를 보던 눈빛이…… 내가 기억하던 이전 세계의 모습과 완전히 똑같았는걸.

그러다 말고 나는 깨닫고야 말았다.

아니다, 유천영은 주인이의 말을 듣고 기억을 되찾았기 때문에 나를 그런 눈빛으로 본 게 아니다. 그게 아니라, 그가 기억을 되찾았건 되찾지 못했건 간에 나에 대한 감정만은 바뀌지 않았기 때문에 그런 눈빛으로 나를 본 것이다.

그는…… 세계가 바뀌기 전에도, 바뀐 뒤에도 나를 좋아했으니까. 항상.

그래서 나는…… 그를 만날 때만큼은 모든 것이 원래대로 돌아온 듯한 느낌이 들어서, 그게 좋아서 차마 그를 놓지 못했다. 심지어 그의 마음을 거절한 뒤에도.

나는 한 손을 들어 천천히 눈을 가렸다.

오늘 그와 내가 단둘이 얘기를 나누었을 때, 그의 무거운 진심이 담긴 눈동자, 한숨을 가득 머금은 목소리, 나를 서툴게 끌어안으며 내 등을 달래던 손길. 그가 정말로 기억을 되찾지 못했던 거라면 실로 명연기라고 할 만도 했다. 그런데 실은 연기조차 아니었다니.

나에 대한 그의 마음은 언제나 진심이었기에, 그는 연기조차 할 필요가 없었던 것이다.

다만 그가 곁들여야 했던 건, 그가 기억을 되찾았다는 나의 오해를 굳이 정정해 주지 않는 아주 약간의 수작뿐.

거기까지 생각한 내가 마침내 입을 열었다.

"유천영이 나에 대한 기억을 찾지 못했다는 건…… 나에 대한 관리자의 위협이 앞으로도 멈출 리 없다는 걸 걔가 알았다는 거고."

"……."

"그럼…… 걔가 폐교로 갔을지도 모른다는 네 말은, 걔가 내가 바꾼 과거를 원래대로 되돌리려 할지도 모른다는 얘기였겠네. 하긴, 그렇겠지. 유천영 성격에 내가 자기를 구한 것 때문에 관리자에게 목숨을 위협당하는 걸 차마 두고 볼 수 없을 테니까."

내 말이 이어질수록 주인이의 고개는 점점 숙여졌다. 아리에게 얘기를 들어 모든 것을 먼저 알고 있었으면서도, 나에 대한 관리자의 위협을 여태 눈치채지 못한 것에 죄책감을 느끼는 걸까?

하지만 그건 주인이의 잘못이 아니었다. 어디까지나 내 위험에 대한 유천영의 감이 상상을 초월했을 뿐.

그리고 나는 한숨을 내쉬며 손을 내밀어 주인이의 손목을 잡았다.

마치 있을 수 없는 일이라도 일어난 것처럼, 흠칫 놀라서 고개를 드는 그에게 내가 말했다.

"어서 가자. 폐교로."

유천영을 데려와야지.

내 말에 떨리는 눈으로 나를 보던 주인이가 느리게 고개를 끄덕였다.

* * *

우리가 폐교로 가는 것은 이번이 세 번째였다. 그중 첫 번째는 담력 시험 때문이었으니, 자발적으로 간 것은 전부 유천영을 위해서라고 봐야 했다.

거기까지 생각한 나는 허탈한 감정을 누를 수가 없었다.

나 참, 온갖 고생을 해서 겨우 살려 놨더니, 제 발로 목숨을 버리려 해서 다시 살리러 가야 한다니. 이게 무슨 헛고생이야? 내가 지금까지 자기를 살린 것 때문에 목숨의 위협을 당했다는 걸 알았으면, 자기가 스스로 목숨을 버리면 내 지금까지의 고생도 모두 헛수고로 돌아간다는 것도 알아야 하는 거 아니야? 그냥 자기 목숨을 더 아껴 주면 될 걸, 왜 굳이 반대로 행동하냐고?

입속으로 부글부글 끓는 말을 잡아 누르며 나는 택시를 잡아탔다.

목적지는 당연히 폐교였다.

내 옆에는 손목이 잡힌 직후부터 왠지 얌전해진 주인이가 동행하고 있었다.

"여기는 아무것도 없을 텐데? 너희 정말 여기로 간다고?"

우리가 검색해서 알아낸 폐교 주소를 들으신 기사 아저씨가 묘한 표정으로 물으셨다. 그제야 나는 새삼 교복은 입었지만 가방도 메지 않은 우리의 행색을 자각했다.

당연한 말이지만, 교실로 돌아가 가방을 챙길 시간 따위는 없었다. 노민찬 선생님이나 다른 선생님들께 걸리지나 않으면 다행인걸. 그래서 우리는 곧장 개구멍을 통해 학교를 빠져나오는 쪽을 택했다. 주인이도 마침 오늘 핸드폰을 제출하지 않아서 다행이었다.

어색하게 웃은 나는 아무렇게나 변명했다.

"네! 저희가 오늘 학교 친구들이랑 여기서 담력 시험 하기로 해서요."

완전히 틀린 말은 아니지. 한 2년 전쯤 얘기지만.

그러자 기사님은 더 묘해진 표정으로 물으셨다.

"이 가을에?"

"여름 방학 때는 장마로 취소돼서요."

주인이가 재빨리 웃으며 말을 보탰다. 과연 우리 중에 가장 임기응변에 강한 사람다웠다. 평소보다는 썩 못한 것 같지만.

하여간 우리 둘의 말에 기사 아저씨는 달리 할 말을 찾지 못했는지 '알았다.' 하고 차를 출발시켰다.

그러면서 그가 힐끔힐끔 우리를 보며 던진 말이 우리에게 꽂혔다.

"차라리 데이트하러 간다는 말을 믿겠는데."

"네? 앗."

그제야 내가 아직도 주인이의 손을 잡고 있었다는 것을 깨달은 나는 황급히 손을 뗐다. 그에 주인이의 표정이 묘해졌다. 못마땅함인지 안도감인지 해석할 수 없는 표정이었다.

우리는 한동안 각자 다른 방향을 보며 침묵했다.

그러고 보면 상황이 워낙 급박해서 잊고 있었던 사실이지만, 우리는 아직 남보다 못한 사이였다. 주인이가 내가 유천영이나 은지호를 좋아한다는 의심을 내세워 나를 매섭게 다그친 지 얼마 안 됐고, 파티장에서 짧게나마 다정한 대화를 나눴다고 해도 그 갈등을 해소할 만큼은 결코 아니었으니까.

그런데 내가 그도 이 일에 연관이 있다는 이유로 멋대로 동행시켜도 괜찮은 걸까. 나는 그런 생각을 하며 눈을 들어 옆을 힐끔힐끔 살폈다. 차창 밖을 바라보는 주인이의 얼굴은 평소와 달리 무표정했다.

내가 마침내 물었다.

"왜 유천영에게 말하기 전에 나한테 먼저 말하지 않았어?"

택시 기사님이 듣지 못하게 작게 속삭인 물음에 주인이가 나를 돌아보았다.

나와 눈을 마주친 그는 새삼 내 존재를 깨달은 사람처럼 미간을 찌푸렸다.

내가 말을 이었다.

"어딜 봐도 그쪽이 합리적이잖아. 기억이 전혀 없어서 말을 해도 믿을지 말지 모르는 유천영보다는…… 내가 너희를 기억하고 있다는 사실 정도는 너도 이미 알았을 텐데."

나, 진짜 연기 못 했으니까. 내가 덧붙인 말에도 주인이는 여전히 아무런 대답도 하지 않았다.

"내가 너에 대해 안 좋은 소문이라도 퍼트릴까 봐 그랬어?"

"아니……."

내 말을 묵묵히 듣고 있던 주인이가 그제야 입을 열었다.

그럼? 내가 의구심 가득한 눈으로 그를 올려다보는 가운데, 그가 천천히 아까 했던 말을 반복했다.

"그런 이유가 아니었어."

"그럼?"

의심이 가득 담긴 내 물음에 주인이는 차마 내 눈을 마주치지 못하는 듯 먼 곳만 보았다.

이어서 들려온 말에 나는 귀를 의심했다.

"너와 내가 멀어질 만한 여지가 조금이라도 생기는 게

싫었어.”

“…….”

“알아, 이상한 일이지. 애초에 너와 가깝게 지낸 적도 없으면서…… .”

내가 멍하니 바라보는 가운데, 주인이는 담담히 고백을 마쳤다.

“그래서 너한테 말하지 못한 거야. 혹시나 내 예상이 틀려서 네가 아무것도 기억하지 못한다면, 너는 틀림없이 날 이상하게 볼 테니까.”

그때 마침 폐교 앞에 도착한 택시가 멈춰 섰다. 차창 밖에 보이는 폐교 문 앞에는 웃자란 잡초들이 가득했다.

우리가 한동안 서로를 마주 본 채 아무 말도 하지 않자, 그런 우리를 의아하게 보던 택시 기사 아저씨가 말했다.

“안 내리고 뭐 해?”

“아, 죄송합니다.”

현금으로 택시비를 지불하고 나니 지갑에 남은 돈이 얼마 없었다.

택시에서 내린 나는 지폐 칸을 뒤적이며 미간을 좁혔다. 만약을 대비해서 은행에 들러서 현금을 더 찾아왔으면 좋았을 텐데. 아니다, 다른 세계에서 이 세계의 화폐가 통할지 안 통할지 모르는 데다가, 애초에 유천영은 멀리까지 가지도 못했을 테니까.

마침 비슷한 생각을 한 건지 주인이가 얘기를 꺼냈다.

"우리, 준비가 너무 부족한 것 같은데 괜찮을까?"

가방은커녕 핸드폰과 지갑밖에 없잖아. 그가 덧붙인 말에 나는 씨익 웃으며 대답했다.

"아니야, 아마 그런 준비는 전혀 필요 없을걸."

"왜?"

"유천영은 절대 다른 세계로 넘어가지 못했을 테니까."

그가 의아하게 보는 가운데, 나는 폐교의 문을 지나 잡초 사이를 헤쳐 나가며 물었다.

"아리에게 들은 적 있지? 관리자가 있는 공간에 출입할 수 있는 건 애초에 '섞인 존재'이거나 혹은…… 대가 없이도 이 세계로 올 수 있는 존재, 즉 작가, 둘뿐이라고."

"응."

"그럼 유천영이 다른 세계로 넘어가기는커녕, 애초에 관리자를 만날 수 있을 리조차 없잖아? 걔는 의심할 여지도 없이 온전한 이 세계의 존재니까."

이 세계의 '조연'인 나와는 달리, 걔는 엄연한 이 세계의 '주연'이라고.

내가 덧붙인 말에 주인이는 왠지 복잡한 얼굴로 입을 다물었다.

그리고 뒤로 돌아온 내가 그의 손목을 잡아당겼다.

"그러니까 우리는 이 폐교 어딘가를 헤매고 있을 유천영을 찾아서 어두워지기 전에 나가기만 하면 되는 거야."
그때까지 내 말을 묵묵히 듣고 있던 주인이가 물었다.
"왜 어두워지기 전이어야 하는데?"
"……."
나는 그 말에 굳이 대답하지 않았다. 어두워지면 폐교를 돌아다니기 무섭기 때문이라는 얘기를 굳이 할 필요는 없으니까.
대답이 돌아오지 않는다는 데서 이미 그 내용을 예상했는지, 주인이는 한심함인지 뭔지 모를 눈빛으로 나를 보았다. 그러나 그것도 잠시, 그가 내 손을 고쳐 잡더니 단단히 깍지 꼈다. 그에 흠칫 놀라서 쳐다보는 내게 그가 담담히 말했다.
"가자."
"아, 응."
나는 종종걸음으로 그를 따랐다.
우리는 두어 시간 남짓 폐교를 헤맸다. 어두워지기 전에 돌아가겠다는 내 결심이 무색하게도 어느새 하늘에 주황빛이 깔릴 무렵, 나는 심각한 얼굴로 중얼거렸다.
"왜…… 안 보이지?"
이 폐교는 옛날 학교답게 층수가 낮았다. 건물도 단 하나뿐이었고 구조도 간단했다. 유천영이 이곳에 있다면 진작 찾았을 것이다. 그가 우리에게 절대 잡히지 않으려고 어딘가에 몸을 구기고 있는 게 아니라면. 그러나 그가 우리가 그를 찾으러 여기 왔다는 사실을 알고 있을 리 없었다. 아무에게도 말 안 했는걸.

그렇다면 유천영이 정말로 여기 없다는 건데…… 나를 구할 다른 방법을 찾으러 가기라도 한 건가? 용한 무당을 찾아 명산에 간다거나, 퇴마사를 찾는다거나…….

아무튼 그가 여기 없을지도 모른다고 생각하니 적잖이 힘이 빠졌다. 아니, 그 전에 상당히 부끄러웠다. 나는 괜히 화끈거리는 뺨을 문지르며 중얼거렸다. 이건 꼭, 유천영의 행동 원리가 내가 중심일 거라고 믿는 자의식 과잉 환자라도 된 것 같잖아. 아니면 도끼병이라거나…….

그런 가능성을 떠올리고 나니, 그와 비슷한 생각을 하고 있을 주인이의 반응이 걱정되었다. 나는 옆을 돌아보았다.

"주인아?"

그런데 그는 어느새 심각해진 표정으로 핸드폰에 귀를 대고 있었다. 내가 다시 물었다.

"왜 그래?"

"천영이, 계속 통화권 밖이야. 이 인근이라고 해서 전화가 안 터질 리는 없는데. 지금이 어느 시대라고."

"그, 럼…… 역시 용한 무당을 찾아 산에 들어간 게."

아무래도 이 상황을 얼버무리기 힘들겠다고 생각한 내가 결국 자진 신고를 하자, 어처구니없다는 표정으로 나를 쳐다보던 주인이가 다시 말했다.

"그게 아니라, 아무래도 이상하다는 거야. 천영이의 행동반경을 생각했을 때, 통화권 이탈 표시가 뜰 수 있는 건…… 역시 단 한 곳이라고 생각하지 않아?"

"다른 세계 말이야?"

내가 창백해진 얼굴로 되물었다. 하지만 거긴 유천영이 들어갈 수 없다고 분명히 전에 결론이 났을 텐데.

핸드폰을 내리고 혼자 잠시 생각에 잠겼던 주인이가 다시 말했다.

"아무래도 관리자를 만나 보는 게 좋겠어."

"뭐?!"

"넌 돌아가. 넌 안 그래도 관리자한테 위협받는 몸이니까…… 나 혼자 만나는 게 나아. 게다가 난 이 소설의 주연이니까."

죽진 않겠지. 기억을 좀 잃을 수도 있겠지만. 그가 태연한 얼굴로 어깨를 으쓱하며 하는 말에 내가 비명처럼 외쳤다.

"같이 가!"

"뭐? 며칠 전까지만 해도 몇 번이나 죽을 뻔했으면서 거길 왜 같이 가? 돌아가! 은지호한테 말해 둘 테니까."

"안 돼!"

나는 울 것 같은 표정으로 다급하게 말했다.

"난 이미 유천영을 한 번 잃을 뻔했어. 그런데 너까

지…… 그럴 수는 없단 말이야.”

“…….”

“무, 물론, 난 이 세계의 조연이고, 넌 주연이긴 하지만…… 그런 이유로 네가 무사할지 아닐지는 아무도 몰라. 애초에 ‘관리자’라는 것 자체가 상식 밖의 존재잖아! 전에 은지호와 함께 있을 때도 관리자가 나를 위협한 적이 있고…… 그리고, 애초에 여기 너를 데려온 게 난데…….”

내가 주인이의 소매 끝을 잡으며 구구절절 하는 말에 그는 나를 내려다보다가 조용히 한숨을 쉬었다.

그리고 그가 꺼낸 말에 나는 비로소 밝은 표정을 지었다.

“위험하다 싶으면 바로 도망가. 난 달리기는 다른 애들보다도 잘하니까.”

“응! 그럴게.”

우리는 힘껏 손을 맞잡은 채 전에 담력 시험 때 올랐던 계단을 함께 올랐다.

하나, 둘…… 다시 눈을 떴을 때, 우리를 반긴 건 기묘한 자줏빛으로 가득 찬 복도였다.

언제 봐도 비현실적인 광경에 나는 눈을 깜빡였다. 기억상으로는 아예 처음일 주인이는 나 이상으로 놀란 모양인지, 사방을 둘러보며 당황한 표정을 짓고 있었다.

하지만 그는 너무 놀라면 도리어 침착해지는 성격답게 금방 정신을 차렸다. 그리고 내가 채 알아차리기도 전, 그가 나를 자기 뒤로 끌어당기며 말했다.

"오늘 우리가 운이 좋은 건지 나쁜 건지 모르겠는데."

"뭐?"

"저기 마중 나온 거 관리자 아니야?"

그 말에 나는 고개를 들었다. 아니나 다를까, 복도 끝에 서 있는 검은 양복의 인영이 내 눈에 박혔다.

그가 천천히 다가올수록 중절모 아래로 보이는 그의 이목구비가 없다는 게 뚜렷이 드러났다. 적어도 그는 다른 관리자들과 달리 한 번도 나를 직접적으로 위협한 적이 없다는 걸 알고 있긴 했지만, 역시 외모 자체에서 오는 위화감은 엄청났다.

내가 나도 모르게 겁을 먹고 주인이의 옷자락을 꾹 쥐는 사이, 나를 뒤로 숨긴 주인이의 목덜미에도 식은땀이 맺혔다. 그걸 본 나는 그제야 그도 나 이상으로 무서울 것이라는 사실을 깨닫고 한 발 앞으로 나섰다.

나를 돌아보며 뭐라고 하려는 그보다 앞서서 내가 먼저 입을 열었다.

"안녕하세요."

침착하자, 침착하자. 적어도 이 관리자는 나를 해치려 한 적이 없다.

아니, 그렇긴커녕, 전에 아리와 마주쳤을 때는 나를 무척 친절하게 대해 주었다. 굳이 할 필요 없는 충고를 해 주기도 했고. 물론 아리가 다른 세계로 돌아간 지금은 어떨지 잘 모르지만.

내 인사에 관리자는 아무런 반응도 보이지 않았다. 어쩌면 너무 어이없어서 말문이 막혔는지도 모른다. 그가 다른 관리자들과 교류할 수 있다면 내가 그들에게 쫓기는 처지라는 걸 알 테니까.

나는 머뭇머뭇 다시 얘기를 꺼냈다.

"저…… 여쭤볼 게 좀 있어서 왔는데요."

마치 공구 좀 빌리러 옆집 온 것 같은 내 말투에, 사실이 사태의 중대성을 가장 실감하지 못하고 있는 건 나 자신이 아닐까 하는 생각이 드는 무렵이었다.

갑자기 내 손목을 잡고 거세게 당긴 주인이가 외쳤다.

"조심해!"

"뭐?"

얼어붙은 듯한 그의 시선이 박힌 대상은 다름 아닌 붉은 분필이었다. 허공에 동동 뜬 분필이 스스로 움직여 벽 위에 글씨를 쓰고 있었다.

그것이 입이 없는 관리자가 의사소통을 하는 방식이라는 것을 알고 있었기 때문에, 나는 그리 놀라지 않았다.

「저 문을 통과해서 온 게 너희?」

나는 어리둥절하게 되물었다.

"네?"

「아니군」

내가 채 대답하기도 전에 아랫줄로 내려간 분필이 다시 써 내려갔다.

「저건 온 흔적이 아니라 간 흔적」

나는 관리자의 얼굴이 향하고 있는 방향을 돌아보았다.

우리 뒤 복도에 무수히 늘어선 문 중 하나가 열려 있었다.

문 안은 예전에 아리가 넘어갈 때 보았던 것처럼 오색찬란한 물결로 가득 차 있었다.

얼마 지나지 않아 나는 깨달았다. 누군가 저기를 통해 다른 세계로 넘어간 거야.

그리고 다시 관리자를 돌아본 내가 물었다.

"방금 저 문을 통과해 간 사람이 있다고요? 그게 누군데요?"

그가 직접 보았다면 막았을 테니 당연히 누군지 보지 못했을 거라는 예상과 달리, 관리자는 순순히 대답했다.

「큰 키에 푸른 눈」

익숙한 외모 묘사에 내 얼굴이 굳어졌다.

「화나고 슬퍼하는 사람」

그것만으로도 저 문을 통과해 간 사람이 누군지 알아내기는 충분했다.

내가 조용히 옆을 향해 속삭였다.

"유천영이야."

"그래."

주인이가 낮은 목소리로 답했다.

그러더니 그는 방금까지 두려워한 게 언제였냐는 듯, 담대한 눈으로 정면을 쳐다보며 말을 꺼냈다.

"궁금한 게 있어요. 저 문을 통해 다른 세계로 출입할 수 있는 건 오직 '섞인 존재'와 '작가', 둘뿐 아닌가요? 그런데 왜 유천영이 저 문을 통과할 수 있었던 거죠?"

그에 관리자가 고개를 돌려 주인이를 바라보았다.

나는 이 세계에 온 이후로 처음으로 주인이를 향한 그의 시선에 흠칫했다. 그러고 보니…….

전에 나는 아리와 함께 있었고, 관리자가 그녀를 존중한 덕에 무엇이든 물어볼 수 있었지만 이제는 아니었다. 그는 간단한 질문에 대해서는 대답할 수 있을지언정, 이 세계의 법칙과 관련된 다른 질문에 대해서는 아닐지도 모르고, 애초에 그럴 의무도 없었다. 아니, 그는 어쩌면 몇 번이나 호의를 베풀어 도와줬는데도 다시 넘어와 귀찮게 하는 우리를 건방지게 여길 수도 있었다.

어쩌지? 지금이라도 자리를 피해야 할까? 하지만 그러면 저 문으로 이미 넘어간 유천영은? 유천영은 어떻게 되는 건데?

그때, 입이 바짝바짝 마르는 침묵 속에서 계속 주인이를 응시하던 관리자가 마침내 분필을 움직였다.

「그렇군 네 팔에 매달린 것」

「그것 때문에 네가 이 세계에 대해 알고 있는 건가?」

잠시 흠칫했던 주인이가 이윽고 순순히 대답했다.

"네, 그래요."

「네가 아는지는 모르겠지만 그는 이미 한 번 죽을 뻔했다가 '바깥'의 개입에 의해 되살아난 존재」

「정상적인 회복이 아니고, 따라서 충분한 시간이 지나 안정될 때까지는 바깥의 영향을 받는다」

그 모습을 보고 있던 내가 끼어들었다.

"그 말인즉……."

나는 창백해진 얼굴로 물었다.

"지금 이 시점에서는 유천영이 '섞인 존재'와 비슷하게 취급된다는 거예요?"

「그보다 훨씬 나쁘다」

분필이 다시 글자를 적기 시작했다.

「그의 상태는 지금 너와 비슷하다」

"비슷하다면……."

「이 세계에 더 이상 있어서는 안 되는 존재」

그 글을 본 내 얼굴이 하얗게 굳어졌다.

나는 두 손을 망연자실하게 떨어뜨리며 생각했다. 이럴 수가.

나는, 내가 노아리와 함께 유천영을 완벽하게 되살리는 데 성공했다고 생각했다.

그런데 사실은 그게 아니었던 거야. 도리어 그를 나와 같이 불완전한 존재로 만들었을 뿐. 어디에도 제대로 발붙이지 못할 존재로…….

그때였다. 옆에서 내 손을 힘주어 잡은 주인이가 낮게 속삭였다.

"이상한 생각 하지 마. 아무튼 살려 냈다는 게 중요한 거잖아."

"아."

"너희가 그때 그 방법을 떠올려 내지 않았다면, 우리는 반드시 유천영을 잃었어야 했어."

몇 마디 말로 나를 안심시킨 그가 다시 관리자를 돌아보며 물었다.

"어쨌거나 그것 때문에 유천영은 아무 문제 없이 이 세계에 들어올 수 있었고, 또 저 문을 통과할 수 있었다는 건가요?"

「그래」

"그럼 돌아오는 데도 아무 문제가 없나요?"

마치 유천영이 계속 그 세계에 있도록 내버려 두겠다는 듯한 그의 말투에 내가 다급히 그의 손목을 잡아챘다.

"주인아."

"하지만 유천영이잖아, 우리 중에서는 제일 운과 행동력이 좋은. 가끔은 다소 황당할 정도지만…… 어쩌면 유천영이라면 정말로 뭔가 해결책을 찾아올지도 몰라. 너도, 유천영도 이 세계에 안전하게 남아 있을 수 있는 방법 말이야."

"그야 그럴지도 모르지만……."

나는 말꼬리를 흐렸다.

확실히 우리 중에 제일 운이 따르는 것은 유천영이었다.

하지만, 단지 그런 이유로 그가 낯선 세계에서 무사히 돌아올 것이라고 속 편하게 믿고 있을 수는…….

그때였다. 분필이 따각거리며 다시 써 내려간 글에 나는 얼굴을 굳혔다.

「굳이 그렇다고 말할 수는 없다」

"네?"

「몇 가지 문제가 있다」

나에 이어 주인이도 차갑게 굳어진 얼굴로 물었다.

"그게 뭔가요?"

「방금 말한 건 저 문을 통과하기 위한 최소의 조건일 뿐, 저 세계에 존재하기 위한 조건이 아니다」

"좀 더 자세히."

보다 초조해진 표정의 그가 독촉했다.

관리자는 조금 떨떠름한 기색으로 벽에 마저 썼다.

「이 세계에서 관리자들이 너와는 달리 그를 쫓지 못한 건, 그가 이 세계에서 비중이 큰 인물이기 때문」

내가 작게 중얼거렸다.

"비중……."

그렇다면야 관리자들이 나만 쫓고 유천영은 쫓지 않은 것도 이해가 간다.

아니, 사실은 그럴 줄 알았다고 해야 하나. 어차피 그가 죽을 뻔했던 것이 나 때문이었던 시점에서, 그가 나와 같이 목숨의 위협을 겪지 않는다고 해서 억울하게 느껴질 리도 없고.

복잡한 표정을 짓는 내 앞에서 관리자가 다시 썼다.

「하지만 다른 세계에서 이 세계에서의 그의 비중은 의미가 없다. 뿐만 아니라, 그가 소설로써 존재하는 세계에서 그는 완벽한 허구」

"그 말은……."

내가 딱딱해진 얼굴로 되물었다.

"그 애가 벌써 도착했단 말인가요? 우리들의 이야기가 소설로 존재하는 그 세계, 노아리가 있는 그 세계에?"

아리와 나도 수도 없이 헤맸으니만큼, 유천영도 그 세계를 찾는 데는 얼마간의 시간이 걸릴 거라고 생각했는데.

관리자가 고개를 끄덕이는 것을 보자 시야가 까맣게 물들었다.

비틀거리며 뒤로 물러난 나는 한 손을 이마에 대고 중얼거렸다. 어쩌자고, 정말 어쩌자고 그랬어, 유천영…….

만약 네가 노아리를 만나서 모든 얘기를 원래대로 되돌

린다고 해도, 그러면 너의 사고 또한 있던 일이 되고, 네가 살아날 수 있을지 아닐지도 불투명해질 텐데. 도대체 뭘 어쩌자고.

입술을 피날 정도로 세게 씹던 내가 중얼거렸다.

"다른 애들이 기억을 되찾아도, 그게 네가 죽는 것 대신이라면 나한테 의미가 있을 리 없잖아."

그때였다. 나를 물끄러미 보던 주인이가 한 팔로 나를 부축했다. 그리고 그는 다시 관리자를 돌아보며 물었다.

"그래서 정확히 어떤 일이 일어난다는 건가요? 유천영이 저 세계에 계속 머무르면."

그의 말에 나도 정신을 차리고 비로소 고개를 들었다.

분필이 다시 썼다.

「처음에는 이 세계에서 어느 정도 가져간 존재감이 있기에 괜찮을 거다」

「하지만 차차 시간이 지날수록 존재감은 사라지겠지. 그렇게 되면 주변 사람들은 그를 볼 수도, 들을 수도 없게 된다. 마침내 모두에게서 보이지 않게 된 그에게 남는 것은 영원한 고독뿐」

나는 떨리는 목소리로 내뱉었다.

"그게 무슨……."

「그리고 이 세계에서 넘어간 관리자들은 이 틈을 타 그를 제거하려 할 거다」

그 글을 본 나와 주인이의 얼굴이 동시에 딱딱하게 굳었다. 내가 되물었다.

"제거한다고요?"

「그래. 아마도. 분명히」

관리자가 지금까지 했던 말로 미루어 보아 결코 신빙성 없는 얘기가 아니었다.

주인이와 나의 시선이 허공에서 교차했다.

이윽고 한 발 앞으로 나아간 내가 간절하게 말했다.

"저희를 유천영이 간 세계로 보내 주세요."

「안 돼」

이번에는 분필이 곧바로 대답을 적었다. 고민한 기색조차 없었다.

하지만 나는 물러나지 않고 간청했다.

"제발요. 유천영은…… 우리가 방금 들은 이런 사실들도 전혀 모를 거 아니에요."

관리자는 대답하지 않았다. 내가 힘겹게 말을 이었다.

"저는 유천영을 살리는 대가로 모두에게 잊혀진 것만으로 충분히 괴로웠어요. 그런데, 유천영은 아무도 자기를 볼 수도, 느낄 수도 없는 세상에서 살아야 한다고요? 설령 그렇지 않더라도, 걔가 원하는 일을 해내더라도 저는 유천영이 사고를 당해 누워 있는 모습을 또 한 번 봐야 한다는 거잖아요. 그런 건 전혀 기쁘지 않아요. 전혀 기쁘지 않은데……."

나는 끝내 눈물이 흘러내리는 한쪽 눈가를 황급히 문질

렸다.

그리고 내가 내뱉었다.

"그런데 왜 걔는, 다치는 것도 죽는 것도 제멋대로…….
먼저 멋대로 대신 다친 것도 걔면서, 겨우 살려 냈더니 이번에는 제 발로 다시 죽으러 가겠다고……."

그런 내 앞에서 분필만이 난처한 관리자의 심정을 대변하듯 허공에서 떠돌았다.

"제발 부탁이에요. 제발 한 번만……."

그때였다. 허공을 맴돌던 분필이 마침내 벽에 글씨를 썼다.

「48시간」

그것을 본 내 눈이 커지자, 한숨을 내쉬듯 어깨를 축 늘어뜨린 관리자가 벽에 다시 글씨를 썼다.

「내가 들키지 않고 버틸 수 있는 시간」

「그 시간이 지나면 너희가 다시 돌아올 수 있을지는 장담 못 한다」

"기회가 주어진 걸로 충분해요."

진에 내가 유천영을 살렸을 때 그랬듯이. 단호한 내 대답에 가만히 고개를 끄덕인 관리자가 뒤로 물러났다.

문 안으로 뛰어들기 전, 나는 100미터 달리기를 준비라도 하듯 신발 끈부터 단단히 조여 맸다.

물론 모처럼 다른 세계로 가는 거니만큼 준비하고 싶은 게 더 많았지만, 지금으로서는 이 이상으로 할 수 있는 게 없었다. 지금 집에 다시 돌아가서 준비물을 챙겨 나오면 그사이에 유천영한테 무슨 일이 일어날지도 모르고.

그리고 몸을 일으킨 나는 당연한 듯이 내 옆에 서 있는 주인이를 발견했다. 네가 왜 여기 있냐는 의문을 담아 그를 쳐다보자, 어깨를 으쓱한 그가 말했다.

"나도 같이 가."

"뭐? 절대 안 돼!"

나는 기겁하며 외쳤다. 이미 이 세계에 있어서는 안 되는 존재인 나라면 모를까, 멀쩡하게 잘 살고 있는 네가 이런 위험한 일에 뛰어들어서 어쩌자고?

하지만 주인이는 전혀 물러서지 않았다.

"어쨌건 유천영이 이 세계로 올 방법, 다른 세계로 가는 방법을 알아낸 건 전부 나를 통해서야. 그런데 너만 이런 귀찮고 위험한 일을 떠맡는다면, 내가 너무 염치가 없어지잖아."

"그래도……."

나는 머뭇거렸다. 비록 그의 말이 사실일지언정, 나 혼자 위험해지기엔 억울하다는 이유로 그를 끌어들이는 건 역시 안 될 말이었다. 무엇보다도 애초에 그가 이곳에 와서 나와 함께 관리자를 만나는 것만 해도 충분히 위험했고.

그때 주인이가 다시 말했다.

"그리고."

이어진 그의 말에 나는 잠시 멍한 표정을 지었다.

“……걱정되니까, 같이 가게 해 줘.”

“…….”

“어차피 너 혼자 보내 봐야, 제정신으로 기다리지도 못할 거야.”

“아…….”

뒤늦게 정신을 차린 내가 한 손으로 얼굴을 가리며 탄식했다.

정말이지, 차라리 도의적인 차원의 책임을 들먹였으면 좋았을 텐데. 저런 식으로 나오니까, 입장 바꿔서 그가 다른 세계로 뛰어들었을 때 여기 혼자 남아 있을 내 심정을 상상하니 차마 얌전히 있으라는 말이 나오지 않았다.

무엇보다도, 그가 진심으로 말할 때의 표정을 잘 아니까.

저건 몇 년간 지켜봤던 친구로서 아는 건데 거짓은 결코 아니었다. 비록 약간의 과장은 섞였을지라도.

결국 그를 설득하기를 포기한 나는 난처한 표정으로 관리자를 올려다보았다. 그가 마음대로 하라는 듯 방관하는 태도로 팔짱만 끼고 있자, 내 마지막 희망마저 사라졌다.

결국 주인이와 손을 맞잡은 나는 문 앞에 나란히 섰다. 각각 따로 뛰어든다고 해도 다른 세계로 떨어진다는 보장은 없겠지만, 일종의 안전장치였다.

마치 등산용 로프처럼 든든하게 느껴지는 그의 손을 내

려다보며 나는 생각했다.

기억이 사라져도 감정은 남았을지도 모른다는 걸 이런 식으로 알게 되는 건 슬픈 일이구나. 하필이면 위험이 코앞까지 닥쳐서 말이야.

그리고 마지막으로 복도 한가운데에 덩그러니 서서 우리를 바라보는 관리자를 향해 감사의 시선을 보낸 나는 천천히 문을 향해 돌아섰다.

꿈에서나 볼까 싶은 황홀한 색채의 물결 속으로 한 발을 내디딘 순간, 발에 지면이 닿는 느낌 대신에 거센 소용돌이에 휘말린 듯한 부유감과 어지러움이 밀려들더니 풍경이 바뀌었다.

나와 주인이는 순식간에 도로 한복판에 서 있었다. 여전히 서로의 손은 꽉 붙잡은 채였다.

간신히 횡단보도 위이긴 했지만 신호는 빨간불이라선지, 운전자들은 저마다 경적을 울리며 우리를 향해 외쳐 댔다.

"거기서 얼른 비켜!"

"빨간불인데 뭐 하는 거야!"

가끔 "방금 재들 갑자기 나타나지 않았어?" 하는 현대 판타지 엑스트라 같은 독백이 들려오기도 했지만 나는 애써 무시했다.

대신에 나는 주인이의 손을 잡고 꼼짝없이 멈춰 있는 차들 사이를 달려 나갔다.

그러면서 내가 끊임없이 되풀이했다.

"죄송합니다. 죄송합니다."

우리가 지나가고 나서야 차들은 다시 정상적으로 움직이기 시작했다.

횡단보도 앞에 서서 숨을 고르던 나는 다시 고개를 들고 거짓말처럼 밝은 하늘을 올려다보았다.

"시간의 흐름이 우리가 있던 세계와는 다른가 봐. 아무래도 늦은 오후 같진 않은데."

3월 2일마다 다른 세계를 오갈 때는 이런 일이 없었는데, 아무래도 문을 통해 다른 세계로 넘어온 영향일까?

주인이도 후드 위에 걸치고 있던 교복 재킷을 천천히 벗으며 말했다.

"계절도 다른 것 같은데. 좀 덥지 않아?"

"아, 그러고 보니."

나도 덥네. 꾸물거리며 교복 위에 입은 카디건을 벗어 팔에 걸친 나는 핸드폰을 꺼내 날씨를 검색하려다 말고 흠칫했다.

데이터 연결이 끊겨 있었다. 아, 이거 설마……. 옆을 돌아보니 주인이도 같은 상황인 듯, 그가 화면을 내려다보며 쓰게 웃었다.

"이럴 줄 알았지…… 좀 더 준비를 하고 올 걸 그랬나 봐."

"그러게……."

복잡한 얼굴로 대답한 나 또한 다시 시선을 내려 핸드폰 화면을 응시했다.

그러니까, 문제는 이것이었다. 우리는 이 세계에서 존재하지 않는 사람이라는 것.

그러니 우리가 다른 세계에서 정상적으로 지불하던 핸드폰 요금이니 뭐니 하는 것도 죄다 무용지물이 될 수밖에.

그러다 뒤늦게 새로운 사실을 깨달은 내가 옆을 보며 말했다.

"잠깐, 그럼 지금 세계를 넘어왔어도 전화를 받을 수 없는 건……."

주인이가 한숨을 내쉬며 내 말을 받았다.

"유천영도 마찬가지란 거지."

그도 같은 생각이라는 것을 확인한 나는 한숨을 푹 내쉬었다.

내가 고개를 돌리며 투덜거렸다.

정말이지, 유천영. 가출을 할 거면 좀 얌전히 할 것이지, 하필이면 다른 세계로 가출해 버릴 게 뭐야? 이대로라면 세 명 다 꼼짝없이 차원 미아가 되게 생겼다.

아무튼 핸드폰이 안 된다는 걸 깨달았다고 해서 손 놓고 있을 수는 없었다.

나는 일단 쓸모를 잃은 핸드폰을 곱게 치마 주머니 안에 넣어 두었다.

뭐, 유천영에게 전화를 할 수 없고 SNS의 힘을 활용할 수도 없다는 건 꽤 치명적이긴 한데……. SNS야 피시방을 이용하면 되고, 방법이 전혀 없진 않을 테니까.

그때 옆에서 주인이가 묻는 소리가 들렸다.

“이제 어쩌지?”

답지 않게 그는 초조한 표정이었다. 하긴, 아이피 주소를 추적하는 등, 우리 중에 기술에 대한 이해도가 꽤 높은 그는 오히려 그 때문에 불안해진 모양이었다.

물론 우리가 이대로 48시간만 지나면 다시는 원래 세계로 돌아갈 수 없어진다는 사실도 한몫하겠지만.

음, 주인이가 나를 이끄는 게 아니라 내가 주인이를 이끄는 입장이 되다니, 이거 꽤 신선한데.

그렇게 생각하며 씩 웃은 내가 대꾸했다.

“우리는 유천영이 지금 어디 있는지는 몰라도, 어디로 갈지는 알잖아.”

“아…….”

과연, 영리한 그답게 주인이는 금방 내 말뜻을 이해한 모양이었다.

하지만 그의 안색은 금세 다시 흐려졌다. 하긴, 지금 찾아갈 사람과 그의 관계를 생각하면 어쩔 수 없나?

그것도 잠시, 그가 결심이 선 듯 담담해진 목소리로 물었다.

“어떻게 찾아갈 건데? 우리가 아는 건 기껏해야…….”

"괜찮아, 너는 그 애에 대해 걔가 꿈에서 말해 준 것들밖에 모르지만, 난 지난 5년간의 기억이 있으니까. 걔를 찾을 수 있을 만한 곳을 알아."

그렇게 말한 나는 사방을 둘러보고 당연하다는 듯이 걸음을 옮겼다.

음, 여기가 어딘지는 아직 모르겠지만, 다행히 근처에 지하철역이 있으니까. 지하철역에서 노선도를 확인하고 가려는 곳을 찾아 움직이는 게 낫겠지.

주인이는 이미 차원 이동에 익숙한 내 페이스를 잘 따라오지 못하는 모양이었다. 잠시 제자리에 멈춰 서 있던 그가 이윽고 날 쫓아오며 황급히 물었다.

"도대체 어디에서 찾게? 그 애가 너한테 지금 다니는 학교라도 가르쳐 준 거야?"

그에 나는 태연히 웃는 얼굴로 대답했다.

"아니, 예전에 다녔던 학교."

* * *

일 년 전쯤, 나는 김혜힐을 둘러싼 이지한과 이상윤 사이의 갈등에 어이없게 휘말려 이루다, 이지한과 함께 다른 세계로 간 적이 있었다.

그것도 평소에 내가 오가곤 하던 인터넷 소설이 있다는

것만 제외하면 평범한 세계가 아니라, 말도 안 되게 끔찍한 괴물들이 돌아다니는 거울 속 세계로.

자신이 만들어 낸 인물들에게 원망받는 것을 유난히 두려워했던 노아리가 이 부분만은 주인이에게 얘기하지 않았을 거라고 나는 확신했다.

하지만 내가 지금 가려는 곳에 대해 설명하려면 이 얘기를 반드시 해야 하기 때문에, 그리고 주인이가 이 상황에서 확신 없는 시간 낭비는 치명적이라고 말했기 때문에 나는 어쩔 수 없이 얘기를 시작했다.

물론 카페 같은 데 앉아 한가하게 음료를 시키고 얘기 나눌 시간 같은 건 없었고, 그때 우리는 이미 버스에 타 있었다.

우리가 이쪽 세계로 떨어진 오전 10시가량으로부터 전주로 가는 가장 빠른 차편이었다.

이미 정오가 가까워진 시각, 이상하다는 눈빛을 감수하고 주변 사람들에게 물어 알아낸 바 계절은 여름이었다.

뒤늦게 버스 차표에 찍혀 나온 6월 24일이라는 날짜를 보고서야 '아, 그냥 이걸 보면 될걸.' 하고 후회했지만.

창밖에서 차차 각도를 바꾸어 가며 쏟아지는 햇빛에 의해 사람들의 머리카락이 뜨겁게 익고 있었다.

어디에선가 단백질 타는 냄새 같은 게 나는가 싶어 봤더니, 맞은편 좌석의 누군가가 삶은 계란을 까고 있었다.

유난히 비위가 약한 주인이는 얼굴을 찡그렸지만, 아무

말도 하지 않고 대신 방금 버스 터미널에 딸린 편의점에서 산 초코 우유에 빨대를 꽂아 쭉 들이켰다.

그 모습을 본 내가 나도 모르게 말했다.

"그거 아껴 마셔. 우리한테 있는 자금 34,900원 중에 무려 900원을 털어서 산 거잖아."

그러자 인상을 조금 찌푸린 주인이가 퉁명스레 대답했다.

"그러는 너는 아까 1,500원짜리 아이스크림 먹어 놓고."

"아."

잠시 자본주의가 낳은 괴물…… 아니, 침묵이 우리 사이에 찾아왔다.

잠시 헛기침을 하던 내게 그가 나 못지않게 뻘쭘해진 목소리로 물었다.

"아까 하던 얘기나 마저 해 봐. 거울 속 세계가 뭐 어쨌다고?"

"아, 그게……."

나는 애써 침착하게 루다와 이지한과 거울 속 세계에 갔던 경험에 대해 이야기를 시작했다.

이러려고 한 게 아니었는데, 어째 여름에 버스에서 듣기에는 꽤 좋은 괴담이 되었다. 어쩐지 뒷자리의 사람이 계속해서 이쪽에 귀를 기울이고 있는 듯도 했다.

뭐, 일이 잘만 된다면 다시 볼 사람 아니니까. 나는 애써 그 사람의 존재를 무시하고 어찌어찌 말을 마쳤다.

내 얘기를 끝까지 듣고, 한동안 잠자코 생각에 잠겨 있던 주인이가 입을 열었다.

"……노아리한테 얘기를 듣기 전에는, 유천영이나 은지호가 얼마 알고 지내지도 않은 애를 좋아한다며 좀 이상하게 생각했었는데."

"응?"

방금 이상한 이름이 끼어 있었던 것 같은데? 내가 눈썹을 살짝 찡그리며 생각하는 찰나, 주인이가 다시 말했다.

"역시 나도 취향 가지고는 남한테 뭐라고 할 사람이 못 되네."

"뭐?"

거듭된 내 물음에도 대답하지 않고, 주인이는 자기 한쪽 팔에 매달린 가는 팔찌를 매만졌다.

이윽고 그가 조용히 물었다.

"내가 노아리한테서 이 팔찌를 받을 때, 그 세계에 대해서도 분명 이미 알고 있었지?"

"어? 어어, 뭐……."

최대한 피하고 싶었지만 하는 수 없었다.

내가 말끝을 흐리며 애매하게 수긍하자, 주인이는 그럴 줄 알았다는 듯 울적한 표정이 되어 다시 입을 다물었다.

삽시기 찾아온 침묵 속에서 나는 그의 얼굴을 흘낏거렸다.

창으로 들어오는 빛이 그의 옆얼굴을 강하게 비추며 곱

실거리는 갈색 머리카락과 섬세한 이목구비, 긴 속눈썹을 낱낱이 드러냈다.

그의 외모는 인터넷 소설 속이었던 이전 세계에서도 그랬지만, 지금 세계에서는 더더욱 특별하게 느껴졌다.

그렇게 느낀 것이 비단 나뿐만은 아닌 듯, 자꾸만 이쪽을 힐끔대는 시선들이 느껴졌다.

손가락을 꼼지락대던 나는 조심스럽게 운을 뗐다.

"저기."

"왜?"

주인이는 심드렁히 대답할 뿐, 이쪽을 쳐다보지도 않았다.

"내가 방금…… 이상한 말을 들은 것 같은데."

그제야 주인이가 나를 돌아보았다.

"무슨?"

"유천영뿐이라면 모를까, 은지호가 나를 좋아한다, 뭐 그런……. 아마도 내가 잘못 들었을 뿐이겠지만."

그러자 그는 오늘 처음으로 신랄한 표정을 지으며 대꾸했다.

"그거라면 잘못 들은 거 아닐걸?"

"뭐?"

"확실히 말할 수 있어. 개, 너 좋아해."

마치 내 심정을 모조리 꿰뚫는 것 같은 금빛 눈동자 앞에서 나는 잠시 할 말을 잃었다. 심장이 빨리 뛰고, 이마에

열이 몰리기까지 했다.

아니, 하지만 우리 학교의 누구라도, 설령 우리 학교 학생이 아니더라도 은지호를 알고 있는 사람이라면 저 말을 듣고 절대 태연할 수는 없을걸.

저건 무슨 말도 안 되는 소리야?

그런 내 생각이 표정에 그대로 드러났는지, 나를 골똘히 보던 주인이가 고개를 기울였다.

그가 태연히 물었다.

"뭐야, 왜 그런 표정이야? 은지호한테 아무런 말도 못 들었어?"

"무…… 무슨 말? 설마…… 은지호가 너한테는 그렇게 말해?"

나를 좋아한다고? 내 말에 주인이가 놀랍도록 간단히 부정했다.

"아니."

아, 뭐야. 놀랐잖아. 안도하는 것도 잠시, 사람 놀리지 말라고 화내려던 나는 이어진 그의 말에 숨을 멈췄다.

"듣지 않아도 충분히 알 수 있잖아. 난 네가 이미 눈치채고 그렇게 구는 건 줄 알았는데, 아니었어?"

"그, 그렇게 굴다니…… 내가 뭘 어쨌는데?"

내가 말을 디듬는데도 주인이는 여전히 내 동요는 알 바 아니라는 듯 태연한 얼굴로 말했다.

"은지호가 잠깐이라면 괜찮으니 사귀자고 말하는 걸 거절했잖아. 그러긴커녕, 네 일부로는 만족 못 하겠으니 전부를 내놓으라고 했다며?"

"아……."

크흠, 복도를 향해 헛기침한 내가 다시 그를 돌아보며 물었다.

"걔가 너한테 그런 것까지 말해?"

그는 어깨를 으쓱했다.

"반 정도는. 나머지 반 정도는 추론. 하지만 퍼즐이 반만 모여도 나머지 반이 어떤 모양일지 상상하는 건 쉽지."

"글쎄, 난 그게 쉬운지 어떤지 잘 모르겠는데……."

아니, 뭐…… 은지호든 주인이든 그들 머릿속에서 어떤 식으로 추론이 이루어지는지 이해하는 건 진작 포기했으니까 그냥 넘어가자.

그리고 내가 힘없이 물었다.

"그런데 왜 그게 은지호가 나를 좋아한다는 증거가 되는데? 그건 걔가 나한테 한 말이 아니라, 내가 걔한테 한 말이었잖아. 어쨌건 걔는 내 말을 거절했고."

"걔가 네 말을 듣고 협상 테이블에 앉은 것 자체가 이례적인 일이란 걸 왜 몰라?"

"뭐?"

나는 미간을 찡그렸다. 방금 로맨스와는 영 거리가 먼 단어가 들린 것 같은데…… 내 착각인가?

주인이가 마술이라도 선보이듯 두 손을 펴 보이며 말을 이었다.

"생각해 봐. 협상이라는 게 이루어지기 위해서는, 그 전에 먼저 상대방을 협상 테이블에 앉혀야만 하잖아? 특히 상대가 바쁘다면, 상대를 협상 테이블에 앉히는 것 자체만도 꽤 어렵겠지. 그렇다면 그걸 위해 필요한 게 뭐겠어?"

눈을 굴리던 내가 입을 열었다.

"음, 상대가 땡길 만한……."

주인이가 내 표현을 좀 더 고급스럽게 고쳤다.

"그래, 구미가 당길 만한 조건. 그런데, 정작 네가 개한테 제시한 건 뭐였어?"

내 표정이 묘해졌다.

나는 고개를 들어 찬 바람이 나오고 있는 버스 천장의 에어컨을 보다가 대답했다.

"으음, 글쎄. 땡깡……?"

"……그래, 아무것도 제시하지 않았지. 상대방이 원할 만한 건 아무것도."

잠시 형언할 수 없는 표정을 짓고 있던 주인이가 느릿느릿 대꾸했다.

그가 말을 이었다.

"넌 단지 네가 원하는 걸 제시했을 뿐이잖아? 그런데도 은지호는 기꺼이 맞은편에 앉았고. 아, 여기에서의 '앉는다'는 표현은 걔가 적어도 네 말을 듣는 걸 진지하게 고민했다는 뜻이야. 은지호 정도로 자기 시간을 금쪽같이 여겨서 대수롭지 않은 주제에는 신경도 안 쓰는 애가."

"그래서 그게 무슨 뜻인데?"

"뭐긴, 네가 원하는 게 이루어지는 걸 걔도 원한다는 거지."

그 말을 들은 나는 나도 모르게 상상했다.

내 어깨를 잡으며 '뭐든지 네가 바라는 대로 이루어졌으면 좋겠어.'라고 상냥하게 말하는 은지호라……. 꿈이었다면 악몽에 더 가까웠을 것이다.

그리고 눈썹을 찡그린 내가 다시 주인이를 돌아보며 물었다.

"그게 걔한테 무슨 이득이 된다고?"

빨대에서 입을 뗀 주인이가 당연하다는 듯이 대답했다.

"내 말이. 걔가 이타심하고는 인연이 없는 애라는 건 온 세상 사람이 다 아는데. 그럼 답은 하나잖아?"

"……."

"걔가 널 좋아하는 거지."

거, 말을 참 쉽게도 하는군…….

불신 가득한 표정을 짓는 나를 본 주인이가 자존심이 상한 말투로 쏘아붙였다.

"걔 너 좋아하는 거 맞아."

"아니라니까."

"맞다니까?"

"그럼, 사귀자는 내 말을 왜 거절하는데?"

골똘히 나를 바라보던 주인이가 다시 말했다.

"그거야, 걔한테는 자기감정이 우선순위가 워낙 낮으니까. 아마도 자기를 구성하고 있는 것들 중에 제일 낮을걸."

"아……."

나는 작게 탄식하는 한편, 꾸욱 입을 다물었다.

은지호가 안타까워서가 아니었다. 어쩐지 주인이의 말을 더 듣고 있다 보면, 처음에는 말도 안 된다고 생각했던 그의 얘기를 그만 납득하게 돼 버릴 것만 같아서였다.

내 심정을 아는지 모르는지, 주인이가 담담한 어조로 말을 맺었다.

"네가 아는 은지호는 어떤지 모르겠지만, 적어도 지금의 걔는 그래."

"으응."

등받이에 털썩 기댄 내가 말끝을 흐렸다. 내 목소리가 눈에 띄게 달라져선지, 주인이가 나를 흘깃거렸다.

그 가운데 나는 눈두덩이 위에 두 손을 올려놓고 천천히 심호흡하기 시작했다.

그쯤 되자 드디어 내 반응이 심상치 않다는 걸 깨달았는지, 주인이의 당황한 목소리가 들려왔다.

"설마…… 너 지금, 울어?"

"안 울려고 노력하는 중이야."

"왜……?"

그에 눈을 가리고 있던 손만 살짝 벌린 나는 손 틈새로 그를 노려보며 대답했다.

"내가 걔를 어떻게 포기했는데."

"……."

"……과거를 바꾸기로 했을 때, 나도 몰랐는데 나한테 어떤 확신 같은 게 있었나 봐. 너희는 어떻게든 날 기억해 줄 거라는."

"……."

"하다못해 감정은 절대 변하지 않을 거라는…… 그런 확신."

주인이가 여전히 할 말을 잃은 얼굴로 나를 보는 가운데, 내가 원망 섞인 목소리로 말을 이었다.

"그런데 이게 뭐야, 은지호는 나한테 못된 말만 하고. 넌……."

더는 울음을 참을 자신이 없어 나는 다시 두 손으로 눈을 가렸다. 황급히 무릎에 고개를 처박고 엎드린 내가 중얼거렸다.

"내가 널 어떻게 키웠는데, 너와도 다시 처음으로 돌아가야 하고."

"아니, 그런 표현은 좀……."

그 와중에도 그 부분만큼은 넘어가지 못한 그가 작게 반박했다.

그때, 우리를 보면서 수군거리는 사람들의 말이 들려왔다.

"뭐야, 쟤들 싸우나 봐."

"사랑싸움?"

그에 흘끔 무릎에 처박은 고개를 든 나는 맞은편 좌석에서 나를 향하는 시선들을 보고 다시 고개를 숙였다.

그러면서 나는 속으로 반성했다. 과연, 확실히 이 나이대의 또래 남녀가 버스에 나란히 타서 싸우다 말고 울기 시작하면 그렇게 보일 만도 해.

하지만 울음은 쉽게 진정될 기미를 보이지 않았다. 끝끝내 울음을 멈추는 것을 포기한 내가 중얼거렸다.

나 참, 은지호 앞에서 한 번 울었으면 됐지. 왜 하필 개도 없는 세계에서 이 난리가 나는 건데…….

그때, 허공에서 내려온 천 같은 뭔가가 내 뒤통수를 감쌌다. 순식간에 어두워진 시야에 화들짝 놀라서 몸을 일으킨 나는 옆에서 동그래진 눈으로 나를 쳐다보는 주인이를 보고 당황했다.

뒤늦게 내가 더듬거리며 물었다.

"이, 이걸 왜……."

주인이가 조금 퉁명스러운 어조로 대답했다.

"그거 쓰고 있으라고. 얼굴 가려도 되고, 닦아도 되고, 뭘 해도 괜찮으니까. 어차피 안에 반팔 입었고, 날씨도 덥기도 하고.”

그가 건네준 건 다름 아닌 그가 입고 있던 청록색 후드였다.

아무래도 내가 얼굴을 가리다 못해 좁은 좌석에서 내내 엎드려 있는 게 불편해 보인 모양이었다. 아니, 그래도 이건 좀…….

나는 난감해하다가 그가 내민 후드를 다시 돌려주었다.

“그, 그래도…… 됐어, 네 옷이잖아. 내가 망치면 어떡해.”

“상관없다니까. 어차피 계절이 이래서 이 세계에선 다시 입을 것 같지도 않고.”

“네…… 네가 입던 옷이라 찝찝한데.”

그가 아무래도 이 옷을 받아 주지 않을 것 같아서 이렇게 말하자, 순식간에 뾰족해진 목소리가 돌아왔다.

“그럼 버려.”

아차, 부담스러워서 아무 핑계나 대고 거절하려던 걸 들켰나.

결국 나는 그의 후드를 얌전히 다시 받아 품 안에 안았다.

아직도 이것으로 얼굴을 닦을 엄두는 여전히 나지 않았지만, 후드를 뭉쳐서 얼굴을 가리고 있으니 과연 사람들의 시선을 피하기가 조금 수월했다. 그걸로 일단은 만족했는지, 옆에서 나를 향하던 주인이의 시선도 조금 누그러졌다.

그리고 나를 빤히 보던 그가 문득 입을 열어 낮은 목소리로 말했다.

"네 입장에서 우리는 네 희생을 몰라주고, 너와의 기억도 모두 잊어버린 배은망덕한 사람들일지도 모르지만……."

"아, 아니야! 그렇게까지는 생각 안 했어."

당황하며 내가 외친 말에, 잠시 의외라는 듯 눈을 동그랗게 뜬 그가 다시 말했다.

"하지만…… 적어도 어떤 감정이 없었다면 나도, 은지호도 이렇게까지 이상하게 행동하진 않았을 거라는 것만 알아줘. 나도 그렇지만, 걔도 평소와는 명백하게 다른 행동을 하고 있다는 걸."

"……."

내가 아무런 말이 없는 가운데, 그가 긴 속눈썹을 내리깔고 느리게 말을 이었다.

"우리 행동을 용서해 달라거나 다 이해해 달라는 건 아니야. 상처받았으면 상처받았다고 말하고, 화를 내도 돼. 다만, 네가 기억하고 있을, 너와 처음 만났던 시절의 우리를 생각해 줘."

그리고 그가 비로소 다시 고개를 들어 나를 바라보았다. 내가 어쩐지 나를 투명하게 담는 그의 눈동자에 담긴 빛이 예전과 그리 다르지 않은 것 같다는 생각을 하는 가운데, 그가 말했다.

"그때도 우리가 네가 기억하는 것과 같은 사람이었는지, 같은 표현 방식을 갖고 있었는지……."

"……."

거기까지 말한 주인이가 문득 한숨을 푹 내쉬고는 덧붙였다.

"그러니까 내 말은, 민감한 주제를 무신경하게 언급해서 미안하다고. 엄……."

그 대목에서 나는 눈을 크게 떴다.

"엄……."

주인이는 몇 번이나 입을 달싹거리며 차마 하지 못한 말을 내뱉으려고 애썼지만, 결국 실패했는지 머리를 헝클어트리며 고개를 돌렸다.

뭐 그리 볼 게 있다고, 고집스럽게 창밖을 보는 그의 등 뒤로 바짝 붙은 내가 속삭였다.

"주인아, 방금 무슨 말 하려고 했어?"

"아무 말도 아니야."

"아닌 것 같은데."

"아닌데."

최소한의 성의조차 느껴지지 않는 주인이의 핑계에 나는 상처받았다고 말해야 할지 말아야 할지 고민했지만, 이 분위기에는 어울리지 않는 것 같아 관두기로 했다. 더군다나 나도 방금 울고 난 다음인걸. 이런 건 내가 강요한다고 해서 될 문제도 아니고.

내가 아무리 은지호에게 진심을 강요한다고 해서 그가

그것을 내게 줄 수는 없었듯이.

내가 굳이 이렇게 매달리듯이 요청하지 않아도, 때가 되면 주인이가 알아서 그 호칭으로 불러 줄 것이다.

어깨를 으쓱한 나는 주인이에게서 돌아앉았다.

그가 준 청록색 후드를 품에 안자, 천장에서 나오는 맹렬한 에어컨 바람이 조금 가시는 듯한 느낌이었다.

나는 그대로 천천히 잠에 빠졌다.

* * *

"에취."

후드를 나한테 줘 놓고는, 주인이는 정작 자기가 버스에서 감기에 걸린 모양새였다.

재채기하는 그를 황당하게 보던 내가 이윽고 조심스럽게 말했다.

"기침 소리 여전히 귀엽구나."

"고마…… 에취, 아니, 그거 칭찬 아니지? 놀린 거지?"

"아니거든? 너 사람이 왜 이렇게 삐뚤어졌어?"

내가 무슨 말만 해도 다 놀리는 걸로 받아들이고…… 그를 어이없다는 듯 쳐다보던 나는 문득 눈에 들어오는 풍경에 걸음을 멈추었다.

언젠가 내가 하루 종일 헤매었던 학교가 바로 눈앞에 나타나 있었다.

비록 그때는 한밤중이었고, 괴물들까지 돌아다니고 있었던 터라 영 같은 건물로는 보이지 않았지만.

내 말에 주인이도 이마 위로 손차양을 하더니 물었다.

“저기가 ‘그’ 학교야?”

나는 찜찜한 표정으로 대답했다.

“아마도. 정확히는 그 모델이 된 학교겠지만.”

시설이 상당히 낡아 보이는 반면에 큼직한 건물들이 꽤 많은, 산자락과 논밭에 안긴 저 학교가 바로 이지한과 김쌍둥이, 윤정인과 신서현이 다녔던 ‘석봉 중학교’의 모델이 된 학교였다.

왜 내가 그 사실을 알고 있냐 하면, 노아리가 괴담 속 학교를 자신이 다닌 중학교를 생각하며 썼다고 말한 적이 있었기 때문이었다.

이전에 전주에 있다는 말을 들은 적이 있었고, 흔치 않은 기숙사제 중학교였기에 찾는 것은 크게 어렵지 않았다.

학교 홈페이지에서 교정 사진을 보면서도 긴가민가했는데, 실제로 보니 확연히 닮아 있어서 마음이 놓였다.

학교 건물로 다가가며 나는 주먹을 질끈 쥐었다. 정말로 아리가 이 학교를 다닌 적이 있다면, 이 학교 사람들을 통해 그녀의 행적을 찾아 연락하기는 쉽겠지.

학교와 나를 불안한 듯한 눈으로 번갈아 보던 주인이도

종종걸음으로 나를 따라왔다.

아직 낮 두 시 정도에 불과해서 그런지 교문 앞은 텅 비어 있었다. 빗자루로 교문 앞을 쓸던 수위 아저씨가 우리를 발견하고 화들짝 놀랐다.

그가 남색 모자챙을 들어 올리며 물었다.

"너희는 누구니? 여기는 왜 왔어? 아무리 봐도 중학생은 아닌데."

"아, 그게……."

"너희 고등학생 아니야? 학교는 어쩌고."

살짝 웃으며 용건을 꺼내려고 했지만, 그러기도 전에 몰아치는 질문의 향연에 나는 잠시 아득해졌다.

아, 역시. 쉽지 않군……. 하긴, 고등학생 둘이 평일 대낮에 중학교 교문 앞에서 얼쩡거린다면 수상해 보일 수밖에 없나?

옆에서 주인이가 나를 계속 힐끗거리는 게 보였다. 자신이 대신 나설지, 아니면 내게 뭔가 생각해 둔 바가 있는지 묻는 표정이었다. 하긴, 거짓말이나 누군가를 속이는 것에 대해서는 우리 중에 제일 능한 그니까.

하지만 나는 그를 향해 괜찮다는 뜻으로 웃어 보였다.

그리고 내가 말했다.

"괜찮아. 그냥 솔직하게 말씀드리면 도와주실 테니까."

그러자 주인이의 얼굴에 일순 당황한 기색이 스쳤다.

"잠깐, 솔직히 말하겠다고? 정말?"

그는 내가 미쳤다고, 나를 반드시 말려야 한다고 생각하는 것 같았지만 내가 더 빨랐다.

한 걸음 앞으로 나선 내가 결연한 표정을 지으며 말했다.

"저는…… 제 동생을 찾으러 여기 왔어요."

수위 아저씨의 입이 턱이 빠질 듯 벌어졌다.

"동생?"

고개를 끄덕인 나는 슬픈 얼굴로 대답했다.

"네. 예전에……."

지금보다 60일쯤 전에…….

"예기치 못한 사고로 헤어져야 했던……."

틀린 말은 하나도 하지 않았는데도, 나는 옆에서 나를 보는 주인이의 시선이 점점 따가워지는 것을 느꼈다.

수위 아저씨의 손에서 툭 떨어진 빗자루가 운동장 바닥을 나뒹굴었다. 침묵이 찾아왔다. 잠시 후, 그는 허둥지둥 우리를 건물 안으로 안내했다.

그를 따라가며 나는 뒤에서 주인이가 중얼거리는 소리를 들었다.

"사기꾼……."

아니, 그건 우리 중에 제일 거짓말에 능한 네가 할 말은 아닐 텐데.

나는 속으로만 반박했다.

*　*　*

마치 내 말이 마법이라도 부린 것처럼, 오늘이 평일이라든가 우리가 고등학생 신분이라 지금쯤 학교에 있어야 한다든가 하는 문제에도 불구하고 우리는 학교 안으로 무사히 인도되었다.

마치 '열려라 참깨'라는 주문이라도 외운 듯한 기분인걸. 수위 아저씨를 따라 복도를 걸으며 내가 생각했다.

역시, 우리나라가 드라마 강국이긴 한가 봐. 잘 먹힐 거라고는 생각했지만 상상 이상이군. 심지어 소설 속 세계가 아닌 이곳에서조차 그러다니.

교무실로 가는 것까지야 어떻게든 되었지만 학생 기록부는 쉽게 열람할 수 없었다.

우리의 설명을 듣고 혼자 팔랑팔랑 학생 기록부를 넘기던 선생님이 말씀하셨다.

"유난히 작은 키, 까만 머리카락을 양 갈래로 묶고 다니고, 조용하고 잘 눈에 띄지 않는 성격에 이름은 '아리'. 성은 어떻게 바뀌었을지 모른다고 했지?"

"네, 네."

"한번 와서 보렴. 이 애가 맞니?"

선생님이 학생 기록부의 일부 정보를 손으로 가리고 나

와 주인이 쪽으로 내밀었다. 우리는 고개를 조금 숙이며 안을 들여다보았다.

마치 정사각형 틀 안에 갇히기라도 한 것처럼, 안 그래도 작은 몸을 더욱 움츠리고 이쪽을 향해 불안한 듯한 시선을 보내고 있는 그녀는 분명 노아리였다.

출석부 속 이름은 '차아리'였지만.

세계가 바뀌기 전부터 썼던 '노아리'라는 필명은 사실 성이 바뀌기 전 이름일까?

내가 그런 생각을 하는 동안, 옆에서 주인이가 드물게 넋이 나간 표정으로 중얼거렸다.

"진짜 있네……."

"응? 뭐라고?"

아차. 선생님이 이상한 낌새를 눈치채기 전에 내가 황급히 말했다.

"아, 저기, 이 애가 맞아요. 혹시 이 애한테 전화를 좀 걸어 주실 수 있으세요? 저희가 직접 말하게 해 주시지 않아도 괜찮으니, 그냥 저희가 여기에 있다고만 좀……."

그러자 선생님이 고개를 끄덕이며 대답했다.

"아, 응. 어차피 너희에게 번호를 알려 주거나 아리의 의사를 묻지도 않고 직접 얘기하게 해 주는 건 나도 곤란해. 그런데 옛날 번호라 연결이 안 될 수도 있어서, 그게 걱정이구나. 그러면 그때는 학부모 번호로 연락을 취하는 수밖에 없을 텐데, 그걸 원하니?"

그녀의 말에 사색이 된 나는 재빨리 고개를 내저었다.

지금 노아리, 아니, 차아리를 만나겠다고 이 학교로 와서 그녀의 예전 담임 선생님을 만나는 것만으로도 감당이 안 되는데, 그녀의 부모님과 만나라니. 그런 게 될 리 없잖아.

그러자 고개를 기웃거리던 그녀는 '하긴, 이런 문제는 복잡하니까…….' 하고 중얼거리더니 신중하게 번호를 입력했다.

우리가 잠시 차렷 자세로 기다리는 가운데, 수화기를 들고 기다리던 선생님이 갑자기 표정을 바꾸며 살갑게 말했다.

"어, 아리야! 나 이미숙 선생님이야, 진주 중학교에서 네 3학년 때 담임이었던. 잘 지냈니? 음, 있지……."

걱정스럽게 말했던 것과는 달리 학창 시절 사이는 썩 나쁘지 않았던 듯했다.

물 흐르듯 대화하던 선생님이 문득 나를 돌아보고는 속삭였다.

"뭐라고 해 줄까?"

"하, 함단이요! 함단이와 우주인이라고 전해 주세요."

"우주인?"

실제 이름인지 별명인지 가늠해 보는 듯, 잠시 주인이의 얼굴을 살피던 선생님이 수화기를 고쳐 잡더니 말했다.

"아, 함단이와 우주인이라고 하는구나. ……뭐? 지금 당장? 그, 그래."

도대체 노아리가 무슨 반응을 보인 건지, 떨떠름하게 대답한 선생님이 수화기를 넘겼다.

수화기를 건네받은 나는 그 즉시 들려오는 외침에 한쪽 눈을 살짝 찡그렸다.

[댁들이 여기에서 왜 나와요?! 도대체 뭘 하고 다니시는…… 아니, 그보다도, 이 세계에 이렇게 와도 괜찮은 거예요? 분명히 관리자가 안 된다고 전에 말했을 텐데? 게다가, 우주인까지 함께라니…….]

아리는 할 말이 어지간히 쌓인 모양이었다. 물론 나도 할 말이 많긴 했지만, 지금 당장은 길게 설명할 시간이 없었다.

나는 짧고 굵게 말했다.

"아리야, 있지…… 우리 차원 미아 됐어. 그러니까 좀 데리러 와 줘."

옆에서 듣고 있던 선생님이 세기의 수수께끼라도 접한 것 같은 표정으로 이쪽을 보는 가운데, 주인이가 한 손으로 얼굴을 가리며 푹 한숨 쉬었다.

우리가 아리에게 전화를 걸었을 때가 약 오후 두 시가량, 그녀가 우리를 찾아 전주로 왔을 때가 오후 다섯 시가량이었다. 전화 받을 당시 그녀는 서울이었으니, 이 정도면 그녀로서는 무척 힘냈다고 볼 수 있었다.

버스 터미널의 낡은 의자에 앉아 있던 나는 블라우스에 반바지 차림의 누군가가 유리문을 밀고 들어오는 것을 보고 반색하며 자리에서 일어났다.

내 옆에 앉아 있던 주인이는 눈을 휘둥그레 뜬 채 정면만 보았다.

"아리야!"

그렇게 외친 내가 감동의 뜻을 담아 두 팔을 벌리자마자, 어깨에 메고 있던 에코백을 의자로 벗어 던진 그녀가 와락 짜증을 냈다.

"댁들이 도대체 여기 왜 있어요?!"

나는 아리가 영화 속 괴수가 현실로 튀어나왔대도 이 정도 반응은 안 할 거라 장담할 수 있었다.

팔을 벌린 채 얼어 있던 내가 이윽고 대꾸했다.

"아리야, 그래도 우리는 너의 창조물들인데…… 조금만 다정하게 대해 주지 않겠니."

"뭐, 뭐예요! 그런 표현 하지 말아 주세요…… 제 삶의 장르가 너무 이상해지잖아요."

"그러는 너야말로 내 삶의 장르를 인터넷 소설로……."

"아악!"

예전에 나와 비슷한 대화를 나눴을 때처럼 머리를 잡고 경기를 일으킨 아리가 문득 내 옆을 보았다.

때마침 작동하지 않는 핸드폰을 매만지던 주인이도 고개

를 들었다.

둘의 시선이 허공에서 소리 없이 마주쳤다. 나는 그런 두 사람을 번갈아 보다가 엉거주춤하게 돌아섰다.

"어, 그럼 나는 다시 서울로 갈 버스표 끊어 올게. 그동안 둘이 얘기 나눠."

'편하게'라는 말은 덧붙일까 말까 하다가 뺐다. 그런다고 해서 둘 사이가 결코 편해질 것 같진 않아서.

수중에 있는 돈으로 표를 세 장이나 끊을 수 있을까 했는데 다행히 가능했다. 대신 이제 남은 돈은 천 원도 안 되지만. 뭐, 아리랑 합류했으니 괜찮겠지.

나는 창구에서 표와 함께 거스름돈을 돌려받고 아리와 주인이가 서 있는 곳으로 돌아왔다.

그동안 둘은 자리에 앉지도 않고 심각한 표정으로 마주 서서 얘기를 주고받고 있었다. 아무래도 그들 간의 감정보다는 지금 처한 상황에 더 집중하기로 한 모양이었다. 물론 우선순위상으로야 그게 맞긴 하지만, 그게 가능한가? 나는 고개를 기울였다. 엄연히 둘은 실제로는 이번이 처음 만나는 건데 말이야. 그런데도 그게 가능하다니, 둘 다 엄청난 자제력인데.

그때 아리가 이쪽을 돌아보았다. 그녀가 이마를 조금 찡그리면서 말했다.

"언니, 대략적인 상황 설명은 들었어요. 관리자가 언니와 우주인을 이곳 세계로 보내 줬다면서요. 정말 믿기지 않아요."

나는 자연스럽게 그 말을 받았다.

"아, 그렇지? 나도 그렇게 생각해. 그 관리자, 상당히 착한 것 같아. 무슨 일이 생기면 자기 책임이 될지도 모르는데 우리를 이렇게 들여보내 준 걸 보면—"

아리가 단호하게 내 말을 끊었다.

"그런 게 아니라, 저는 그가 수상하다고 말하고 있는 거예요."

"수상하다고?"

나는 눈을 휘둥그레 떴다.

"생각해 보세요. 예전에는 제가 있었는데도, 그러니까 그들에게 있어 나름대로 의미를 가지는 '작가'라는 존재가 있었는데도 언니가 저와 함께 오는 걸 방해했잖아요. 언니가 정말로 저와 함께 이 세계로 왔다면, 얘기를 고치는 작업이 한층 매끄럽고 수월했을지도 모르는데도."

잠시 생각하던 나는 어깨를 움츠리며 고개를 끄덕였다. 그러고 보니.

아리가 말을 이었다.

"그런데도 그때는 들여보내 주지 않아 놓고, 이제 와서는 언니는 물론이고 안전히 저쪽 세계의 존재인 우주인까지 들여보내 줬다고요? 이건 많이 이상하죠. 다른 속셈이 있는 게 분명해요."

그 말에 홀로 고민하던 내가 다시 입을 열었다.

"음, 그거 말인데…… 유천영이 관리자도 모르는 새 이 세계로 온 것과 연관이 있지 않을까?"

나는 최대한 신중히 말을 이었다.

"왜, 그러니까 관리자 입장에서는 유천영이 넘어가 버린 것 자체가 이미 하나의 '오류'가 생긴 거나 다름없잖아? 그러니까 이미 생긴 김에 두 개쯤 더 생겨도 상관은 없다고 생각했을지도……."

"아니죠. 하나의 오류가 생긴 김에 두 개의 오류를 더 만들어서 하나의 오류를 고치게 한다니, 그게 무슨 이열치열 같은 얘기예요? 게다가 그 오류는 언니와 우주인이 여기에 오지 않아도 알아서 해결될 거였어요. '다른' 관리자들을 통해서요."

"으음."

"애초에 그런 일을 위해 관리자가 존재하는 거잖아요? 그러니까 다시 말해서, 그가 한 일은 자기도 속해 있는 관리자의 존재 의의 자체를 부정한 것과 같아요."

들으면 들을수록 아리의 말에 설득되는 기분이었다.

역시 작가라서 그런지 뭔가 다르긴 다르네. 나는 그냥 해준다니까 얼씨구나 하고 들어왔는데……. 그리고 나는 옆을 돌아보았다.

"주인아, 너는 어떻게 생각해?"

내 물음에 그가 부자연스럽게 내 시선을 피했다.

그 모습을 본 나는 작게 입을 벌리며 물었다.

"너 설마, 그걸 알면서도……."

"그게 함정인 것 같다고 말해도 어차피 너는 혼자서라도 들어가려고 했겠지. 게다가 그런 점을 코앞에서 지적했을 때 관리자가 어떤 반응을 보일지도 모르니…… 차라리 같이 들어가는 편이 더 낫겠다고 생각했어."

"너 진짜."

내가 화내려는 것을 감지한 주인이는 아예 고개를 돌려 버렸다.

그가 계속 딴 곳을 보며 말을 이었다.

"아무튼, 방금 아리가 말한 것에는 나도 동의해. 그래서 나는 그동안 세 가지 가능성을 생각했어. 첫 번째는 관리자의 말대로 그가 정말 순수한 호의로 일이 잘못됐을 때의 책임마저 감당하려 한 거고……."

그때 버스가 도착했다. 우리는 자리를 옮겨 대화를 계속했다.

좌석에 앉은 주인이가 손가락을 두 개째 폈다.

"다른 한 가지는 사실 유천영이 이 세계에 아예 오지 않았거나, 혹은 이 세계에 있지만 우리가 찾지 못할 것을 가정하고 우리를 이 세계로 보낸 것."

"그렇다면 목적이 뭔데?"

숨이 턱 막힌 내가 나도 모르게 좌석 손잡이를 꽉 붙잡으며 물었다.

단호한 대답이 돌아왔다.

"당연히 유천영과 나, 둘 모두를 한 번에 제거할 목적이겠지."

"하, 하지만 너는? 넌 온전한 저 세계의 존재잖아."

"그렇지. 한편으로는 저 세계의 비밀들을 알고 있는 거의 유일한 존재이기도 하고."

"아……."

나는 입을 조금 벌렸다. 사막에 서 있기라도 한 듯이 목구멍이 바짝바짝 타들어 갔다.

주인이가 슬그머니 고개를 돌리며 말을 이었다.

"그 정보는 일단 알기만 한다면 무궁무진하게 활용할 수 있어. 저 넓은 세상에 '섞인' 존재가 너 하나뿐만은 아닐 테니까. 안 그래? 미리 제거해 두겠다는 생각도 충분히 해 볼 만하지."

"그건 그렇지만……."

나는 고개를 숙였다. 그런 나를 착잡한 눈으로 보던 주인이가 다시 말했다.

"그리고, 마지막으로 세 번째 경우인데."

이어진 그의 말에 나는 고개를 퍼뜩 들었다.

"다른 관리자들이 유천영을 제거하는 것이, 폐교의 관리자에게는 오히려 불리하게 작용하는 경우."

"뭐? 어떻게 그래?"

손바닥에 턱을 묻은 주인이가 작게 한숨을 내쉬었다.

"그건 지금부터 생각해 봐야지. 관리자들을 다스리는 것이 한 치의 오차도 없는 절대적인 시스템이 아니라, 회사에서의 성과제 같은 거라고 가정하면 아예 불가능한 얘기도 아니야."

"아, 하긴……."

"드라마에 보면 자주 나오잖아? 유능한 부하 직원을 시기해서 일감을 뺏고 공을 가로채는 상사라거나…… 아니면 그 반대? 외부의 적보다는 내부의 적이야말로 골치 아픈 법이고."

그 말에 나는 신중하게 고개를 끄덕였다. 그렇지, 예를 들어 유천영을 잡아서 공을 올려야 하는 관리자들과 그가 반목하는 사이라면…… 오히려 이번 일을 이용해 그 관리자들을 제거하겠다는 생각도 충분히 해 봄 직했다.

그런 내 반응을 빤히 살피던 주인이가 다시 말했다.

"정말로 내부 분열이 일어난 거라면 차라리 잘됐지. 그 틈에 우리가 유천영을 빼돌리면 되니까. 만약 아니라면…… 최악의 경우에는 원래 세계로 돌아가는 문이 이미 닫혀 있을지도 모르지만, 일단 천영이를 찾자. 그다음에는 어떻게든 되겠지 뭐."

그렇게 말한 그가 검지를 들어 통로 건너편의 아리를 가리켰다.

"우리한테는 작가가 있으니까."

"그, 그래……."

나는 말꼬리를 흐리며 어색하게 웃었다.

주인이, 처음에는 핸드폰도 안 되는 데다가 전혀 모르는 세계로 왔다는 것 때문에 혼란스러워하는 것 같더니, 벌써 적응을 마친 모양이군. 나보다 앞서서 이런저런 해결책을 내놓는 걸 보면.

그리고 나는 다시 아리를 힐끔거렸다. 아니, 하지만 그녀와 주인이 간의 감정들은 아직도 해소되지 않은 상태일 텐데, 그녀는 주인이가 만나자마자 자신과 얘기는커녕 이용할 궁리나 해도 괜찮은가? 나라면 기분 나빠졌을지도 모르는데.

그때 그녀가 고개를 퍼뜩 들었다. 흠칫했던 나는 그녀가 내게 대뜸 내민 핸드폰 화면을 보고 얼떨떨해졌다.

"이게 왜?"

"유천영을 찾을 단서가 나타났어요."

"뭐?"

아리의 말에 나는 그제야 화면 안의 글씨를 자세히 살피기 시작했다. 내 옆에서 주인이도 목을 길게 뺐다.

화면을 살피던 내 표정이 차차 이상해졌다. 그도 그럴 게…….

[보낸 사람 : Y40326
쪽지 내용 : 만나고 싶습니다.]

[보낸 사람 : Y40326
쪽지 내용 : 팬입니다. 만나고 싶습니다.]

[보낸 사람 : Y40326
쪽지 내용 : 이상한 사람 아닙니다. 팬입니다. 한번 직접 만났으면 합니다.]

마침내 화면에서 시선을 뗀 나는 천천히 고개를 들었다.
내가 조금 망설이다가 말했다.
"아무리 봐도 스토커잖아."
"무슨 소리예요? 아무리 봐도 유천영인데."
"그냥 이상한 사람 같은데."
"유천영도 충분히 이상해요."
"그 캐릭터 해석 뭔데……?"
원작자한테 차마 아니라고 할 수도 없고. 눈살을 찌푸리며 생각하던 나는 옆에서 날아온 목소리에 고개를 돌렸다.
턱에 손가락을 얹은 주인이가 태연하게 말했다.

"천영이 맞네."

"주인이 너까지?"

너 이거 유천영한테 이른다. 내가 말하려던 것을 주인이가 다시 잘랐다.

"왜냐하면, 봐, 3월 26일이면 천영이 생일이잖아?"

그제야 나도 쪽지 내용이 너무 수상한 나머지 아이디를 놓치고 있었다는 것을 깨달았다.

아이디를 뚫어져라 보던 내가 다시 물었다.

"0326은 그렇다고 치고, 그 앞의 4는?"

"태어난 연도의 마지막 숫자."

"아."

아니, 아이디 하나에 생일뿐만 아니라 태어난 연도까지 알려 주면 너무 많이 알려 주는 거 아니야?

주민 등록 번호 앞자리 중에서 한 숫자 빼고 다 알려 준 꼴이잖아. 정보화 시대인데 조심하지, 좀.

하지만 그 특유의 조심성 없음 덕분에 우리가 그의 정체를 알 수 있게 된 것은 다행이었다.

내가 아리에게 다시 핸드폰을 돌려주자, 그녀는 쪽지 목록으로 돌아가 받은 날짜를 확인했다.

그녀가 중얼거렸다.

"첫 쪽지를 보낸 게 어제 새벽이네요. 두어 시간 간격으로 보낸 것 같고……. 최근 네다섯 시간 동안은 끊겨 있어요."

그 말을 들은 나는 머릿속으로 셈해 보았다.

주인이와 내가 폐교로 들어왔을 때가 오후 네다섯 시 즈음이었는데 막상 나오고 보니 오전 10시였으니, 유천영이 아침에 나와 대화를 나눈 즉시 이 세계로 왔다고 하면 시간은 얼추 맞는다.

다시 고개를 든 내가 말했다.

"지금 당장 만나자고 하는 게 낫겠지?"

폐교의 관리자가 제시했던 48시간에서 벌써 10시간 가까이 지난 셈이었다. 한시도 더 지체할 수 없었다.

내가 덧붙였다.

"게다가 유천영은 잘 곳도 없을 테고…… 이쪽 세계에는 신원도 없으면서 도대체 아이디는 어떻게 만들었는지 모르겠지만."

하지만 주인이는 고개를 내저었다.

"아니, 그러면 우리 쪽도 너무 수상해져. 그리고 정말로 위험한 사람이었을 때는 대처하기가 어렵고. 신원 미상이 둘이나 포함된 우리 처지에 경찰을 부를 수는 없으니까."

"아."

"한 가지 문제가 더 있어요."

그렇게 말한 것은 아리였다.

내가 물었다.

"뭔데?"

"'어둠'. 우리가 유천영을 밤중에 불러낸다면 우리도, 유천영도 밤중에 이동해야만 해요."

"아……."

"이 세계에서 관리자에게 잡히면 그대로 소멸이라면서요? 그런 위험을 감수하고까지 밤에 만날 수는 없어요."

언니의 말에 따르면, 밤은 관리자의 시간이니까. 아리의 말에 나는 입술을 지그시 깨물었다.

그것도 잠시, 내가 고개를 끄덕였다.

"네 말이 맞아."

"유천영에게 답장을 보내서, 만나 줄 테니 약속 시각과 장소를 정하라고 할게요."

핸드폰을 꺼내며 그렇게 말하던 아리가 문득 다시 고개를 들었다.

그녀가 나를 보며 물었다.

"하고 싶은 말이 있으신가요?"

"밤길 조심하라고 전해 줘."

영 협박같이 들리는 말이었지만, 상대의 정체를 확신하지 못하는 지금으로서는 그렇게밖에 말할 수 없었다.

그러자 잠시 미묘한 표정을 지었던 아리가 곧 고개를 끄덕였다.

"알겠어요."

주인이가 아리의 옆자리로 옮겨 앉아 그녀가 쪽지 작성하는 것을 돕는 동안, 나는 홀로 앉아 멍하니 창밖만 보았다.

이런저런 얘기를 나누는 사이 버스는 거의 목적지인 서울에 도착해 있었다.

높은 건물들 사이로 붉은 해가 번득이며 떨어지는 광경이 늘 보던 것인데도 낯설었다. 아마도 이 세계가 내가 여태껏 살던 세계와는 다르다는 것을 알고 있기 때문이겠지.

그러던 내 머릿속에 한 가지 의문이 선명하게 떠올랐다.

정말 다 같이 무사히 돌아갈 수 있을까?

폐교에서 유천영을 찾아 이쪽 세계로 건너올 때는 분명히 다시 돌아올 수 있을 거라는 확신이 있었다. 마치 내가 반드시 행복해질 거라고 낙점받은 주인공이라도 되는 것처럼.

하지만 관리자가 따로 속셈이 있을지도 모른다는 게 밝혀지고, 수상한 사람이 보낸 쪽지 외에 유천영의 행방을 알 수 있을 만한 게 전혀 없는 지금, 그 확신은 점점 사라지고 있었다.

창밖을 보던 나는 문득 주먹을 꽉 쥐며 중얼거렸다.

"만약 그렇게 되면……."

유천영과 주인이만큼은 무사히 돌려보내자. 나는 속으로 굳게 다짐했다.

주인이의 경우야 그는 원래 나나 유천영처럼 불완전한 존재도 아니있으니 당연한 일이다.

이 일을 알지만 못했다면 멀쩡히 살아갔을 그를 나와 함께 영원히 다른 차원을 떠도는 신세로 만들 수는 없는 일이니까.

그리고 유천영은…….

그의 사고 장면을 떠올린 나는 또 한 번 눈앞이 아찔해지는 것을 느꼈다.

애써 아무렇지 않은 척 이마를 유리창에 댄 내가 작게 중얼거렸다.

"걔가 두 번 죽는 꼴을 볼 수는 없어……."

어쩌면 옆에 주인이와 아리가 없었더라면 두어 번 구역질을 했을지도 모른다.

그때였다. 드디어 버스가 멈췄다.

나는 가방을 챙기려고 허둥지둥하다가, 학교에서 나올 때 너무 급하게 나오느라 가방조차 안 갖고 왔다는 것을 뒤늦게 깨달았다.

이미 한참 전에 자리에서 일어나 나갈 채비를 하고 있던 주인이와 아리가 그런 나를 보고 의아한 표정을 했다.

주인이가 물었다.

"왜 그렇게 정신이 없어?"

"어, 아니."

"무슨 생각을 하고 있었길래."

마치 내 속을 읽은 것 같은 그의 말에 뜨끔한 내가 어색하게 웃자, 주인이는 더욱 눈을 가늘게 뜨며 '뭔데 그래?'

하고 끈질기게 추궁해 왔다.

그때 아리가 다른 손님들에게 방해되겠다고 말해서 우리는 떠밀리듯 밖으로 나왔다.

* * *

유천영과 내일 만나기로 한 이상 갈 곳도 없었기에, 우리의 행선지는 자연스레 아리의 집이 되었다.

이제는 수중에 돈도 거의 없는 우리를 대신해서 아리가 일회용 승차권을 끊어 주었다.

지하철을 타고 가는 동안에도 우리는 끊임 없이 얘기를 나누었다.

주로 지금쯤 혼자 있을 유천영에 대한 것이었다.

내가 말했다.

"아직도 궁금하네. 걔는 이쪽 세계에 신원도 없으면서 어떻게 아이디를 만든 걸까? 요즘 웬만한 사이트에서는 다 본인 확인하라고 할 텐데."

"불쌍히 여긴 누군가가 도와줬을지도 모르지. 중고등학교 강당에서 훈화할 때마다 매번 모르는 사람이 천영이한테 어깨 빌려줬던 것처럼……."

주인이가 자연스레 내 말을 받았다.

내가 픽 웃었다.

"그렇지. 걔가 모르는 사람한테도 쉽게 도움받긴 하지. 딱히 처연한 인상도 아니면서……."

그때 아리도 조용히 끼어들었다.

"저도 유천영을 직접 만났을 때 차갑게 생긴 것치고는 전혀 위협적이지 않아서 놀랐어요. 아무래도 그 세계에서는 외면의 귀여움이 곧 내면의 위험성을 결정하는 게 아닌가 하고……."

"무슨 뜻이야, 그 말?"

이런저런 얘기를 나누다 보니 어느새 도착이었다.

좁은 골목을 얼마 걷지 않아 나온 낡은 빌라 앞에서 아리가 걸음을 멈췄다.

우리는 둘이 나란히 서면 꽉 찰 정도로 좁은 계단을 올랐다.

붉은색 도어 록에 비밀번호를 입력한 아리가 문을 열고 말했다.

"좁지만 들어오세요."

나는 잠시 문 앞에 서서 방 안을 살펴보았다.

싱크대와 행거형 옷장, 내 키만 한 냉장고가 가구의 전부인 데다가 창문도 하나뿐인 아담한 방이었다. 바닥에는 베개와 이불들이 어질러져 있었고, 접이식 탁자가 펼쳐져 있었다. 베개와 이불, 탁자를 모두 걷어도 세 사람이 겨우 누울 정도의 크기였다.

벽에 세워 둔 빗자루를 꺼낸 아리가 팔을 걷으며 나섰다.

"앉을 데가 없으니 좀 치울게요. 잠시만요."

내가 얼른 물었다.

"아, 응. 도와줄 건 없을까?"

"괜찮아요."

아리가 분주히 돌아다니며 방을 치우는 동안, 우리는 현관에 가만히 서서 그것을 구경했다.

그러다 내가 다시 물었다.

"아리야, 여기 사는 거야? 혼자?"

그러자 빗자루로 바닥의 먼지를 쓸어 담던 아리가 나를 돌아보았다.

"네. 왜요? 혼자 사는 방 같지 않아서? 살림이 많은 편은 아닌데."

"아니……."

나는 말끝을 흐렸다.

아무래도 내가 그녀의 집에 마지막으로 가 봤던 때가 노민찬 선생님과 함께 살던 때이다 보니, 나도 모르게 이것저것 비교하게 되었다.

아무리 봐도 먹고 자는 용도로밖에 쓰이지 않는 것 같은, 딱히 애착이 없어 보이는 공간을 보며 나는 생각했다.

아리는 정말로 이전 세계에 아무런 미련이 없을까?

그녀가 문으로 뛰어들기 전, 웃으며 내게 '이건 내가 원했던 일이다'라고 말했던 건 진심이었을까? 아니면 내 죄책감을 덜어 주기 위한 거짓말에 불과했을까?
의문은 그대로 소리가 되어 입 밖으로 나왔다.
"아리야."
부스럭대는 소리 사이로 내 질문이 날아오자, 아리가 다시 나를 돌아보았다.
"네?"
"그동안, 잘 지냈어?"
수많은 의미가 함축된 내 질문에, 잠시 눈을 동그랗게 떴던 아리가 이윽고 옅게 웃었다.
그녀가 대답했다.
"네."
"그렇구나……. 다행이다."
그렇게 말한 나는 가만히 안도의 한숨을 내쉬었다.
그때 뭔가 이상한 기색이 느껴졌다. 옆을 돌아보니 스스로 팔짱을 낀 주인이가 복잡해진 얼굴로 고개를 숙이고 있었다.
"왜 그래, 주인아?"
"뭐가?"
"음……. 아니야, 아무것도."
내 착각인가? 나는 뒷머리를 벅벅 긁었다.
그때 청소를 마친 아리가 우리를 불렀다. 우리는 비로소 신발을 벗고 방 안으로 들어갔다.
이불도 갰고, 접이식 탁자도 접어서 벽에 세워 두었지만 과연 세 명이 앉기에도 자리가 모자랐다.

다 같이 치킨을 먹거나 분신사바를 할 때처럼 서로 무릎이 맞닿을 정도로 가깝게 둘러앉아 있자니 어색한 분위기가 흘렀다.

그러다가 문득 느껴지는 허기에 나는 배를 문질렀다. 앗, 그러고 보니 오늘 아직 한 끼도 안 먹었구나. 이리저리 돌아다니느라고.

치킨 먹고 싶은데, 먹자고 하면 혼나겠지? 내가 그렇게 생각하며 말이 없는 두 사람을 힐끔거리던 그때였다.

갑자기 주인이가 자리에서 일어났다.

나와 노아리가 멍하니 올려다보는 가운데 그가 말했다.

"난 좀 씻을래. 여름인데 후드 입고 돌아다녔더니 땀 흘려서 찝찝해."

"아, 그래……."

먹는 욕구보다도 청결함이 먼저라니, 주인이 너는 나보다 덜 동물적인 모양이구나.

내가 그런 생각을 하는 사이, 이번에는 아리를 돌아본 그가 물었다.

"새 옷은 됐고, 수건만 빌려줘. 찬장에 있는 거 쓰면 돼?"

"아, 네. 찬장에 있는 거 쓰시면 돼요!"

아리가 대답하자, 주인이는 기다렸다는 듯 화장실로 들어가더니 문을 잠가 버렸다.

씻고 싶다기보다는 마치 도망치는 것 같은 그 모습에 내 머릿속에서 새로운 의문이 싹텄다. 두 사람 사이에 뭐가 있나?

하긴, 아리와 주인이는 꽤 오래전부터 꿈속에서 만났던 듯하니, 둘 사이에 나만 모르는 얘기가 오갔다고 해도 이상한 일은 아니다.

아니, 그것보다도 배가 너무 고픈데. 이제는 더 이상의 생각이 불가능할 지경이었다.

내가 뻔뻔하게 치킨 얘기를 꺼내 볼지, 아니면 얌전하게 편의점이나 가자고 할지 다시 고민하는 참인데 갑자기 아리가 벌떡 일어났다.

내가 놀라서 물었다.

"아리야, 왜?"

"새 칫솔 사 오는 걸 깜빡했어요. 여태 한 번도 손님이 온 적이 없어서……."

그 말에 나는 눈을 더욱 크게 떴다. 손님이 왔던 적이 한 번도 없다고?

내가 알던 아리는 소심하고 매사에 불안해하는 면이 있을지언정, 아무에게도 곁을 주지 않는 사람은 아니었다.

실제로 이전 세계에서도 그녀는 곧 떠날 거란 이유로 모두를 밀어내려고 했지만 실패하고, 은미와 반휘안과 가까워졌었다.

그런데 왜?

아무도 데려온 적 없다는 말에 내가 과민 반응하나 싶었지만, 아무리 생각해도 그녀 말의 뉘앙스는 '데려올 일이 없었다'보다는 '데려올 사람이 없었다'에 가까웠다.

그때, 신발장으로 나간 그녀가 슬리퍼에 발을 끼웠다. 그 모습을 본 나도 뒤늦게 자리에서 일어나며 말했다.

"잠깐만, 아리야. 나도 같이 가."

"네? 안 돼요, 이제 밖은 어두워졌어요. 관리자가 돌아다닐지 모른다고요."

"그렇지. 평범하게 위험한 사람도 돌아다닐 거고 말이야."

그러자 움찔한 그녀가 고개를 돌렸다.

그녀는 마치 바다에서 표류하던 중 아주 낯선 뭔가를 맞닥트린 것 같은 눈빛으로 나를 보았다.

그 모습을 보며 나는 고개를 기울였다.

"왜?"

내가 그 눈빛의 이유를 제대로 생각하기도 전에, 그녀는 황급히 고개를 내젓더니 다시 말했다.

"아, 아니에요. 같이 가요."

대충 얼버무린 그녀는 먼저 밖으로 나갔다.

이해할 수 없는 반응에 나는 고개를 기웃거리면서도 그녀를 따라나섰다.

긴장한 것이 무색하게도 골목길에는 아무도 없었다. 특히 관리자라면 그 특유의 존재감으로 눈에 띄었을 텐데, 그림자도 보이지 않았다.

우리는 아리의 집에서 3분쯤 거리에 있는 편의점에서 새 칫솔과 삼각 김밥, 컵라면과 음료수, 물을 조금 샀다.

계산대 화면에 2만 원이나 찍혀 나온 것을 보고 미안해진 내가 말했다.

"너무 많이 산 거 아니야? 우리 내일 아침 먹을 수 있을지 없을지도 모르는데. 늦잠 자면 못 먹는 거니까."

내일 유천영과 만나기로 한 시각은 오전 10시였다. 가장 빨리, 안전하게 만날 수 있는 시각이 그때뿐이었다.

하지만 아리는 단호하게 고개를 내저었다.

"그래도 없는 것보다는 있는 게 낫잖아요. 그리고 내일은 또 무슨 일이 닥칠지 모르고."

"그건 그렇지만."

"저 알바 월급날 얼마 안 지났어요."

그렇게까지 말하니 더는 말릴 수가 없었다. 고개를 끄덕인 나는 뒤로 물러났다.

카드를 꺼내 계산하는 그녀의 뒷모습을 보며 나는 잊고 있었던 사실을 떠올렸다.

그러고 보면 난 아직도 아리가 여기에선 몇 살인지, 뭘 하고 있는지조차 모르는구나. 그녀가 썼던 글에 대해서만 알고 있을 뿐.

편의점 밖으로 나온 우리는 다시 가로등이 밝혀진 길을 따라 걸었다.

걷다 말고 내가 불쑥 입을 열었다.

"아리야."

"네?"

"아까 물어봤던 거, 또 물어봐도 돼?"

"뭔데요?"

"잘, 지냈어?"

내 물음에 걸음을 우뚝 멈춘 아리가 나를 올려다보았다.

한쪽 얼굴은 가로등 불빛에 물들고, 나머지 반쪽은 어둠 속에 파묻힌 그녀의 모습은 마치 반은 이쪽 세계에, 나머지 반은 다른 세계에 걸친 존재처럼, 무척 기묘하게 보였다.

이윽고 설핏 웃은 그녀가 아까와 같은 대답을 돌려주었다.

"그럼요."

"그래?"

내가 마음을 놓던 찰나, 그녀가 다시 말했다.

"우주인한테는 그렇게 말해 주셔야 해요."

"……."

침묵 속에서 그녀가 다시 걸음을 옮겼다. 나도 정신을 차리고 그녀를 따라 걷기 시작했다.

손에 들린 검은 봉지를 흔들며 걷던 아리가 천천히 말을 이었다.

"저는 전혀, 잘 지내지 못했어요. 이곳으로 돌아온 게 후회스러울 만큼요."

"……."

"제가 저 세계를 사랑한 적 없다는 게 착각이었는지, 아니면 이 현실에 적응할 만큼 적응했다는 게 착각이었는지 계속 고민할 만큼…… 힘든 시간이었어요."

나는 그녀와 가만히 시선을 맞추고 물었다.

"왜? 무슨 일이 있었는데?"

내가 해 볼 수 있는 추측은 아무래도 가족 문제였다. 그녀의 차원 이동에서 나와 가장 큰 차이점은 가족들이 바뀌어 있었던 거니까……. 만약 그 일이 그녀의 소망을 반영한 거였다면.

내 말에 아리가 힘없이 고개를 내저었다.

"그 얘기는 좀……."

"아……. 아니야, 내가 미안해. 민감한 주제를 꺼내서."

내 사과에도 아리는 공허한 눈으로 정면만 보며 말을 이었다.

"저는 당신들에 대한 사실들을 전부 다 알면서, 정작 저에 대해서는 말하지 않으려 하다니……. 이상하고, 불공평하죠. 죄송해요."

"아니야. 네가 그렇게 말해 줘서 오히려 난 좋아."

"네?"

아리가 이해할 수 없다는 표정으로 나를 보았다. 나는 그런 그녀를 보며 작게 웃었다.

"네가 정말 우리를 네가 만든 인물들에 불과하다고 여기고 있다면, 우리한테 무슨 말이든 할 수 있었겠지. 그건 일기장에 뭔가 쓰는 것하고 똑같은 일이니까."

"아……."

"그런데 그러지 않는다는 건, 그만큼 네가 우리를 사람처럼 여기고 있다는 뜻 같아서."

입술을 달싹이며 뭔가를 말할 듯하던 아리가 이윽고 울 것 같은 얼굴로 고개를 숙였다. 그런 그녀에게 내가 다시 말했다.

"하나 더 물어봐도 돼?"

"네."

"아까는 왜 그런 표정을 지은 거야?"

그녀는 허를 찔린 것 같은 표정으로 나를 올려다보았다.

내가 작게 덧붙였다.

"집에서 나오기 전에. 내가 너한테 같이 가자고 했을 때."

"아, 그건……."

입술만 깨물고 있던 그녀가 마침내 토해 내듯 말했다.

"이 시간까지 누구랑 같이 있는 게…… 낯설어서요."

"……."

"혼자 밖에 나가는 건 위험하다며, 같이 나가자고 말해 주는 누군가가 있다는 것 자체가."

나는 복잡한 얼굴로 아리를 바라보았다. 어쩌면 전 세계에서 그녀의 고독은 그녀가 다른 세계로 왔다는 것 때문이 아니라, 그녀 본연의 것이었을까?

그때 아리가 다시 휙 돌아서서 걸음을 옮겼다. 아직 하고 싶은 얘기가 많았지만, 그녀가 더 이상 말하길 원치 않는 것 같아 나는 말없이 그녀를 따랐다.

우리가 빌라 입구에 들어설 즈음이었다. 위쪽에서 소란이 들려왔다.

다른 집에서 들리는 소란이겠거니 하며 무심코 고개를 든 나는 활짝 열려 있는 아리네 집 문과, 문손잡이를 잡고 서 있는 한 남자를 보고 눈을 크게 떴다.

남자가 집 안으로 들어오지 못하도록 문 앞을 가로막고 서 있는 사람은 다름 아닌 주인이였다.

덩치가 그리 크지 않은 데다가 해사한 생김새인데도 불구하고, 워낙 싸늘한 표정을 짓고 있어선지 남자는 그를 쉽게 치워 내지 못하고 있었다.

공을 패스하는 것처럼 내민 발이 번번이 가로막히자, 이마에 힘줄이 맺힌 남자가 마침내 윽박질렀다.

"너는 뭔데 내 딸 집에 있는 거야? 아리는 어디 갔어? 아리 나오라고 해."

"아리라니, 누군지 잘……. 저는 그냥 저희 누나랑 서울 놀러 왔다가, 누나가 누나 친구네서 자자고 해서 따라온 것뿐인데요. 그러고 보니 누나 친구 이름이 아리였던 것도 같고."

안색 하나 안 바뀌고 태연하게 거짓말을 주워섬기는 주인이를 보며 나는 감탄했다. 과연 우리 중에 제일가는 사기꾼…….

그것도 잠시, 뒤를 돌아본 내가 속삭였다. 아리야, 안 숨어도 되겠어? 그러나 그때 하필 남자가 입구에 서 있던 나와 아리를 발견한 모양이었다.

남자가 획 이쪽을 돌아보자, 그를 보던 주인이의 표정이 낭패감으로 물들었다. 그리고 계단을 성큼성큼 내려온 남자가 순식간에 아리의 어깨를 붙들었다.

"아리야, 저놈은 대체 뭐냐? 아무리 누나가 같이 있다고 해도 그렇지, 저런 놈을 재워 주고……."

아리의 얼굴이 백지장처럼 하얗게 질린 것을 본 내가 그들 사이에 끼어들며 조심스레 말했다.

"저기, 아버님. 어깨는 잡지 않으시는 게……. 아리 많이 아파 보이는데요."

"뭐?"

그는 되레 나를 향해 버럭 외쳤다. 아니, 하지만 정말 아파 보이는데……. 힘없이 우물거리던 내 말을 아리가 잘랐다.

일순 나도, 남자도 흠칫해서 고개를 들었다.

"아빠가 먼저 문 열었지?"

남자가 뒤통수라도 얻어맞은 듯한 표정으로 되물었다.

"뭐?"

"재 성격에 먼저 문을 열어 줬을 리는 없으니까, 아빠가 문 연 거잖아. 내가 그러지 좀 말라고 했지. 내 집 멋대로 뒤지지 말라고."

"아리야……. 우리가 남도 아니고."

애써 웃음을 매달던 남자의 말을 아리가 다시 잘랐다.

"비밀번호 가르쳐 준 사람은 누구야? 또 엄마야?"

"뭐?"

"내가 매번 가르쳐 줄 때마다 아빠한테는 가르쳐 주지 말라고 하는데……. 대체 뭐라고 했길래 엄마가 매번 비밀번호를 헌납해? 협박이라도 해?"

"협박이라니! 너 무슨 말을 그렇게 하니, 아리야."

남자는 펄쩍 뛰면서도 여태 듣고 있던 주인이와 내 눈치를 보았다. 남에게 가족의 치부를 들키게 된 것이 적잖이 신경 쓰이는 모양이었다.

그때 아리가 다시 날카롭게 물었다.

"용건이나 말해. 여기는 또 왜 왔어?"

"아니, 나는…… 전에 했던 말 또 하러 왔지. 생각해 봤니, 아리야? 그때 아빠가 가면서 생각해 보라고 했잖아.

새엄마랑 새 동생들이랑 다 같이 사는 거…….”

“그렇게 좋은 사람들이면 아빠나 같이 살아. 또 집안일이랑 동생들 돌보는 거 다 맡길 거라면 나는 안 가.”

“아리야, 아까부터 무슨 말을 그렇게 해? 게다가 네 친구들도 있는 자리에서—”

“아빠는 말도 행동도 쉽게 하면서, 왜 나는 말조차 쉽게 하면 안 돼?”

그러자 남자는 입만 뻐끔거릴 뿐, 어떠한 말도 하지 못했다.

아리가 내뿜고 있는 무형의 기세에 눌리기라도 한 것처럼, 우리가 있는 빌라 현관에는 한동안 침묵만이 감돌았다.

이윽고 아리가 손을 뻗어 내 손목을 잡고는 계단을 마저 올랐다.

나를 먼저 집 안으로 밀어 넣은 그녀는 문을 닫으려다 말고 뭔가 떠오른 듯, 바깥을 향해 다시 말했다.

“아빠가 정말로 이혼한 것과 상관없이 날 딸처럼 여겼다면…… 적어도 엄마한테 양육비라도 보냈겠지. 그때는 연락 한 번도 안 하더니, 이제 와서 이러는 이유가 뭐야? 다 컸으니 돈 안 들이고 주워다 쓸 수 있을 것 같아서?”

“…….”

“가, 제발. 가서 다시는 오지 마.”

그 말을 미지막으로 아리가 문을 쾅 소리 나게 닫았다. 작은 체구 어디에서 그런 힘이 나왔는지, 나도 주인이도 알지 못했다.

그리고 잠시 이마를 짚고 서 있던 그녀가 비틀거리자, 나와 주인이는 놀라서 양쪽에서 그녀의 팔 한쪽씩을 붙들었다.

"아리야!"

"괜찮아?"

우리의 호들갑스러운 반응에 아리는 고개를 숙이고 작게 웃었다.

이윽고 그녀가 수척해진 얼굴을 들며 말했다.

"이래서야 아까 말했던 게 다 거짓말이란 게 확실히 밝혀진 셈이네요……. 면목이 없어요."

"너……."

굳은 얼굴로 말을 꺼내는 주인이에게 아리는 전과 같은 대답을 돌려주었다.

"죄송해요. 이 부분은 얘기하고 싶지 않아요."

"……."

"당신도 남이 얘기하지 않았으면 하는 주제가 있으니까, 어떤 마음인지 알죠?"

그러자 주인이는 입을 다물고 아무 말이 없었다.

그 모습을 보며 작게 한숨을 내쉰 아리가 다시 말했다.

"있잖아요, 참 나쁜 말이지만요……. 가끔은 현실의 일이 소설에서처럼 극단적이었으면 할 때가 있어요. 한 번 사용된 장치는 사라져서 다시 사용되지 않는 거죠. 한 번 사용된 인물도 그렇고.”

여전히 창백한 얼굴로 굳어 있던 우리에게 아리가 단조로운 어조로 말했다.

마치 마네킹들을 상대로 독백이라도 하듯.

“생각해 봐요. 매번 같은 인물들이 같은 이유로 싸우는데 진전은 전혀 없는 소설이 있다면, 분명히 엄청나게 욕먹을 테니까요. 그렇죠?”

“…….”

“하지만 현실에서는 보통 한 인물이랑 항상 싸웠던 문제로 계속 싸워요. 진전도 해결도 없죠. 아예 끊어 낼 각오를 하지 않으면 끝나지 않고, 때로는 끊어 낼 각오를 해도 끝나지 않을 때도 있어요. 현실의 사정으로 인해서.”

아리의 말이 끝나자 방 안에는 다시 한번 무거운 침묵이 감돌았다.

바닥을 보며 말없이 스스로 머리카락을 헤집던 그녀는 문득 돌아서더니 들고 있던 봉지를 주인이에게 넘겼다.

“배고플 테니까 거기 있는 거 드세요. 오늘 한 끼도 안 드셨다면서요.”

“아, 그래…….”

머뭇거리며 대답하는 주인이는 내가 보기엔 혼이 아직도 나간 것 같았다.

아리가 씻으러 들어간 사이, 우리는 말없이 마주 앉아서 방금 사 온 삼각 김밥 포장지를 뜯었다.

할 얘기야 많았지만 그 대부분은 아리와 관련되어 있었고, 그녀가 없는 자리에서 그런 얘기를 하는 것은 실례인 것 같았다. 주인이도 같은 생각인지 아무런 말이 없었다.

이윽고 아리가 수증기와 함께 욕실에서 나오자, 다음으로 내가 씻으러 들어갔다.

나는 주인이와 달리 아리에게 옷을 빌릴 수는 있겠지만, 어차피 하루 머무를 건데 그럴 필요는 없겠지. 게다가 빌렸던 옷을 돌려주지 못할 게 뻔하고.

샤워를 마치고 전에 입었던 옷을 다시 걸치고 밖으로 나오자, 가장 먼저 행거 맨 위에 매달린 주인이의 청록색 후드가 날 반겼다.

그리고 주인이와 아리가 내가 씻으러 들어갈 때보다도 더한 침묵 속에 앉아 있는 것을 발견한 나는 멍하니 입을 벌렸다.

이윽고 뒷머리를 긁적인 내가 어색하게 물었다.

"어, 음. 아리야, 나 이제 뭐 할까?"

"배도 채웠고 씻으셨으면 이제 주무셔야죠."

"으, 응……."

예상과 한 치도 다르지 않은 말이 튀어나오자 뻘쭘해졌다.

나는 아리가 이미 펴 놓은 분홍색 침구 안으로 들어가 누웠다.

방 천장 한가운데 달처럼 떠 있는 둥근 형광등을 멍하니 보던 내게 아리와 주인이의 목소리가 번갈아 들려왔다.

“남는 이불은 없어요. 대신 담요 깔아 드릴 테니까 그 위에 누우세요.”

“안 줘도 돼. 어차피 잠들 수 있을 것 같지도 않아서.”

“그런가요…….”

아리가 조금 가라앉은 목소리로 답하는 것을 들으며 나는 속으로 동의했다. 나도 그래, 주인아. 도저히 잠이 올 것 같지 않아.

그것도 잠시, 오늘 잠도 안 자고 사방을 쏘다닌 것의 대가를 톡톡히 치르기라도 하듯 나는 깊은 잠에 빠져들었다.

* * *

잠깐 다시 의식을 되찾았을 때는 새벽이었다.

불투명한 창으로 쏟아져 들어오는 햇살은 푸르스름한 빛을 띠고 있었다.

행거에 나란히 걸린 색색의 옷들이 아주 가까이에서 나를 내려다보았다.

몸의 피로가 다 회복되어서 깬 게 아니라 불편한 잠자리 때문에 깬 것을 증명이라도 하듯 온몸이 욱신거렸다.

내가 신음하며 뻐근한 어깨를 주무르는 참인데, 작은 목소리가 들려왔다.

흠칫한 나는 그대로 숨을 죽였다.

"……번은 논외예요. 왜냐하면, 상황이 너무 달랐잖아요. 당신은 저를 찾으러 온 게 아니라 유천영을 찾으러 온 거고, 게다가 단이 언니도 함께였으니까. 전화를 받고서 도저히 '알아서 하세요.'라고 할 상황이 아니었단 말이에요."

"그래, 알겠어."

"……이렇게 순순히?"

"나도 부정 승리에는 관심 없어. 네가 날 어떤 사람으로 생각하는지는 모르겠지만."

"……."

"그리고 얻은 게 없다고도 못 하니까."

짧은 침묵이 흘렀다. 그 끝에 작은 웃음소리가 걸렸다.

아리의 목소리가 다시 들려왔다.

"남의 가정사를 알게 된 걸 '얻었다'라고 표현하는 것 자체가 성격이 나쁘다는 증거예요. 딱히 부정 승리를 선호하지 않더라도."

"너도 한 번 비슷한 상황에 처했던 적이 있었다며. 그러니까 쌤쌤인 거지."

"저는 그때 적극적으로 나섰는데요?"

아리가 받아쳤다. 언짢다기보다는 오히려 다소 장난기 어린 목소리였다.

주인이도 곧바로 대답했다.

"너야 내 상황에 대해서 다 알고 있었고, 나는 네 상황에 대해 다는 몰랐으니까. 나를 잘 모르는 상황에는 나서지 않는 사람으로 만든 것도 너 아니야?"

"……할 말이 없네요."

"어쨌든."

잠시 침묵이 찾아왔다.

주인이가 전보다 너그러워진 목소리로 말을 이었다.

"굳이 내기가 아니더라도, 이쪽 세계로 넘어올 마음은 여전히 없어?"

"네, 없어요. 여전히."

"왜?"

"전에도 말했잖아요. 당신들을 보고, 저도 한 세계를 '제대로' 살아가는 방법에 대해 생각해 봤다고…… 당신들이 스스로 만들지 않은 세계에서 스스로 택하지 않은 운명과 맞서 싸우는 것처럼, 저도 그래야겠다고 다짐했다고."

"하시민 지금까지 힘들게 살았으니 앞으로 조금 편하게 살겠다는데 누가 뭐라고 할까? 그것도 자기 힘으로 만든 세계에서 말이야."

"그거 정말 속 편한 소리네요."

"맞혀 볼까? 네가 두려워하는 건 사실은 다른 거야."

"……."

"결국 그 세계에서도 비슷한 일이 일어날까 봐 두려운 거지? 그 세계가 네 현실이 되면, 그곳마저도 구질구질하고 답답해질까 봐."

아리는 아무런 말도 하지 않았다. 주인이가 다시 말했다.

"그러면 너는 전에 이 세계를 두고 도망쳤듯이, 그때도 다시 도망치는 것밖에 할 수 없을 것 같아서. 그런 식으로 평생을 도망쳐 다니다가는 영영 아무것도 해결 못 할 것 같아서. 그래서 그러는 거지. 아니야?"

"정말……."

침묵 끝에 아리가 말끝을 흐리듯 웃었다.

"이러라고 준 통찰력이 아니었는데."

주인이는 아리의 말을 듣지 못한 것처럼 천연덕스럽게 입을 열었다.

"글쎄, 나는 잘 모르겠어. 이 세계에서 못 이겨 냈다고 해서 저 세계에서도 못 이겨 낼 거라고 생각하는 건, 어려운 시험에서 떨어졌다고 해서 쉬운 시험도 떨어질 거라고 되레 겁먹는 것과 같은 거 아니야?"

그가 대수롭지 않게 말을 이었다.

"게다가, 아직 일어나지 않은 일에 대해 그렇게까지 걱정하는 건……."

그때였다. 아리가 단호하게 주인이의 말을 잘랐다.

"기우라고 하지 마세요, 저는 이미 전적이 있어요."

"무슨?"

"글 속에서는 그저 사랑스럽고, 매력적이기만 했던 당신들도 실제로 만나자 저를 싫어하고, 꺼렸잖아요. 심지어 제가 당신들을 만들어 낸 작가라는 걸 몰랐을 때조차도."

"……아니야, 다른 애들은 그런 적 없을걸? 아마도 나는 그랬겠지만."

"지금 그걸 변명이라고 하는 거예요?"

아리의 날 선 질문에 주인이가 잠시 조용해졌다.

그리고 아리의 한숨 섞인 목소리가 이어졌다.

"당신이 뭐라고 말해도, 저는 지금 당장은 안 돌아가요."

"……."

"제 유일한 도피처마저 그런 식으로 망쳐 버리기 싫어요."

"그래……."

대답하는 주인이의 목소리는 연기처럼 공허하게 흩어졌다.

침묵 끝에 아리가 다시 말했다.

"하지만, 생각해 봐요. 저를 만든 사람조차 책임을 지지 않는데……. 하물며 제가 어째서 제가 만들었다지만 실제로 존재하는 줄도 몰랐던 당신을 책임져야 하죠?"

"……."

"이건 불공평해요."

"네 말이 맞아."

너무나도 순순한 동의의 말에 나는 잠시 귀를 의심했다. 내가 아는 주인이는 저렇게 순순하게 포기할 사람이 아닌데?

아리도 나와 같은 생각인 듯 불신 어린 침묵이 흘렀다. 이윽고 그녀가 물었다.

"……왜요?"

아리가 잔뜩 짓눌린 듯한 목소리로 다시 물었다.

"왜 그렇게 쉽게 포기하는 거예요? 당신 성격에 그럴 리가 없는데."

"나는 네가 나를 까마득한 위에서 굽어보고 만든 거라고 생각했는데, 그게 아니었으니까."

"전지전능한 창조주나, 완전무결한 이해자가 아닌 저는 필요 없다는 건가요?"

"그런 게 아니야."

주인이가 가라앉은 목소리로 대답했다.

"너는 아마도 뭐든 잘하고 사랑받고 싶은 마음을 담아 반여령을…… 행복은 몰라도 좋으니 완벽해지고 싶다는 마음을 담아 은지호를, 완벽하지 않아도 좋으니 행복하게 살고 싶다는 마음으로 유천영을 만들었겠지. 그리고 불행을 숙명으로 여기는 마음을 담아 은형이를 만들고, 가족도 친구도 믿지 못하는 마음을 담아 나를 만들었어. 그렇지?"

아리는 여전히 아무 대답도 하지 않았다.

주인이가 나직하게 덧붙였다.

"그러니까 결국, 가족도 친구도 믿지 못하는 내 마음은 너에게서 비롯된 거지. 너는 네 불안의 씨앗을 내게 옮겨 심은 거야."

"……."

"그러니까 나는 나를 이런 존재로 만든 너를 여전히 원망할 수밖에 없지만, 그럼에도 뭐든지 혼자 이겨 내고 싶은 너를 이해해."

주인이가 조금 싸늘해진 목소리로 말했다.

"왜냐하면, 누군가의 힘을 빌려 고난을 극복하면 그 사람이 떠났을 때 너는 또 아무것도 할 수 없을 테니까. 그렇지?"

"……."

"그러니까 내가 새로 제안하는 내기 내용은 이래. 네가 혼자 이겨 내면 날 찾으러 오고, 혼자 이겨 낼 수 없다고 생각될 때도 날 찾으러 와."

짧은 침묵이 흘렀다. 그 끝에 아리가 믿을 수 없다는 듯 되물었다.

"……네?"

이리만큼이나 나도 얼이 빠졌다.

주인이가 아까와는 비교도 안 될 만큼 가벼운 어조로 말했다.

"네가 혼자 이겨 낼 수 있었다면, 그만큼 강한 사람인 거니까 와서 날 좀 도와줘. 그리고 혼자서 못 해내겠거든, 너와 비슷하고 널 이해할 수 있는 나한테 와. 둘이라면 혼자

일 때보다는 낫겠지."

잠시 침묵이 흘렀다. 이윽고 아리가 허탈한 듯한 웃음을 터트렸다.

그녀가 웃음기 섞인 목소리로 말을 꺼냈다.

"전에는 예의상 선택지라도 주더니."

그녀가 말을 이었다.

"이제는 그런 것조차 없네요. 하하……."

주인이가 이제까지의 대화에 어울리지 않게 부드러운 목소리로 되물었다.

"그것조차 네가 만든 나에 어울리지 않아?"

"그러네요."

망설임 없이 대답한 아리가 또 한 번 중얼거렸다.

"정말로 그래요."

이번에는 조금 울 듯도 해진 목소리였다.

나는 그 무렵 둘의 대화를 엿듣던 것을 그만두고 눈을 감았다.

그리고 나는 꿈속에서나마 빌었다. 둘이 각자 마음에 드는 완벽한 결말을 얻기를. 그게 무엇인지는 그들조차도 아직은 잘 모르겠지만.

다음 날 아침, 나는 눈 뜨자마자 햇살이 가득 찬 방 안을 보고 기겁했다.

옆을 보니 아리는 내 옆구리에 딱 달라붙어 자고 있었고, 주인이는 딱딱한 바닥 위에서 담요 한 장을 번데기처럼 말고 잠들어 있었다.

내가 황급히 어깨를 흔들자 먼저 눈을 뜬 아리가, 다음으로 깨어난 주인이가 시간을 확인하고 기겁했다.

그가 몸을 그물처럼 감은 담요에서 벗어나려고 애를 쓰며 말했다.

"도대체 왜 사람이 셋이나 되는데 그중에 아무도 알람을 못 들은 거야?"

"어제 당일치기한 데다가 늦게 자서 너무 피곤했나 봐."

"뭐? 넌 빨리 잤잖아."

주인이가 이상한 낌새를 알아챈 것처럼 나를 보기에 나는 얼른 시선을 피하면서 외쳤다.

"아, 얼른 가자! 유천영 기다리겠다!"

그리고 헐레벌떡 일어난 내가 신발을 신자, 주인이는 그런 내가 못마땅한 듯 눈을 가늘게 떴다. 그러나 아무래도 상황이 이러니 그냥 넘어가 주기로 한 모양이었다.

마지막으로 싱크대에서 찬물로 대충 세수하고 모자를 눌러쓴 아리가 합류하자, 우리는 어제 왔던 길을 되짚어갔다.

덜컹거리는 지하철 안에서 나는 아리의 스마트폰을 들여다보며 고민에 빠졌다. 유천영이 우리가 자주 가곤 하던 카페에서 만나자고 한 게 그의 정체를 나타내기 위함일까,

아니면 그냥 아무 생각도 없었던 걸까?

아니, 아무래도 후자겠지. 나는 단정했다. 그는 나와 주인이가 아리에게 합류했으리라곤 꿈에도 모르고 있을 테니까.

마침내 약속 장소 인근에 도착하자 익숙한 건물 외관이 보였다. 아무래도 이 카페는 이름뿐만 아니라 외관도 다른 세계와 동일한 모양이었다.

아리가 안으로 들어가자, 나와 주인이는 밖에서 잠시 대기하며 상황을 살폈다. 마침 카페의 외벽 대부분이 유리로 되어 있어서 안을 보기 쉬웠다.

혹시라도 수상한 사람이면 주인이는 안으로 들어가서 말리고, 나는 경찰을 부르기로 합의가 되어 있었다.

그러나 계획이 무색하게도, 아리를 발견하고 자리에서 일어나는 인영을 보자마자 나는 속으로 외쳤다.

아니, 저 사람은 앞으로 봐도 뒤로 봐도 구르면서 봐도 그냥 유천영이잖아!

사대천왕 중에 색 배합이 가장 상식적인 주인이도 참 많이 눈에 띈다고 생각했지만, 모델까지 했었던 유천영은 아예 차원이 달랐다. 그는 거의 카페 안의 모든 시선을 빨아들이고 있었다.

새카만 모자, 새카만 마스크. 아마도 이 세계에서는 그와 우리밖에 입고 있지 않을 교복.

유리창으로 쏟아진 햇살과 카페 조명 아래 하얗게 빛나

는 그의 얼굴은 이틀이나 노숙한 사람이라고는 도저히 믿을 수 없을 정도로 맑았다.

나는 잠시 눈살을 찌푸렸다. 유천영도 이세계에서는 우리와 마찬가지로 소설 속 인물에 불과하니, 신원은 물론이고 신세 질 데조차 없었을 텐데. 그런데 어디에서 먹고 잤길래 저렇게 멀끔한 몰골인 거야? 아니, 그렇다고 유천영의 고생하는 모습 같은 걸 보고 싶다는 건 절대 아니지만. 이건 아무래도 수상하잖아…….

그러던 나는 유천영과 그리 멀리 떨어지지 않은 곳에서 눈을 찡긋거리며 그에게 신호를 보내는 한 남자를 발견했다.

아, 그러니까 결국 모르는 사람의 호의가 그를 또 살린 거로군…….

그리고 나는 또다시 생각에 잠겼다. 아무리 생각해도 인복에 몰빵한 사람은 나보다는 유천영이 아닐까? 도대체 어떻게 다른 세계에 떨어진 지 하루 만에 재워 주고 아이디도 만들어 줄 사람을 구할 수가 있는 거지? 이 세계가 판타지 세계였다면 모를까. 이 세계는 돈 없으면 아무것도 못하는 현대라고.

그때 주인이가 옆에서 나를 찔렀다.

간신히 정신을 차린 나는 그와 시선을 주고받고 입속으로 숫자를 셌다. 하나, 둘, 셋. 그리고 우리는 일제히 어깨로 문을 밀며 카페 안으로 진입했다.

유천영이 이쪽을 돌아보기도 전에 급습에 성공한 나는 그의 팔을 움켜쥐었다.

나와 눈이 마주치자, 유천영은 메두사와 눈이라도 마주친 것처럼 쩌억 굳어 버렸다.

그런 그를 향해 내가 화난 목소리로 외쳤다.

"야! 유천영! 너 진짜, 기억 돌아온 척해서 사람을 속여 놓고는 대뜸 다른 세계로 튀어? 내가 주인이한테 네가 기억 돌아온 거 아니라는 거 듣고 얼마나 기겁한 줄 알아? 너 이러려고 연기 배웠어? 어?!"

"……."

유천영은 여전히 파리한 안색으로 아무런 대답도 하지 못했다.

바로 그때였다. 우리에게 살금살금 다가온, 아까 유천영에게 수신호를 보내던 남자가 조심스레 말을 건넸다.

"저기, 어머님…… 아, 어머님이 아니네. 그럼 누님?"

그 말에 나는 더욱 화가 났다. 유천영은 고등학교 2학년 때 대학생 연기로 호평을 받은 적이 있는데, 그보다 연상이면 내가 도대체 몇 살로 보인다는 거야?

"저 애랑 동갑이거든요?!"

그러자 그는 전혀 미안해 보이지 않는 얼굴로 대답했다.

"아이고, 미안해라…… 우리 친구 진정 좀 해 봐요."

그러면서 그가 유천영을 힐끔 보았다. 유천영은 여전히

아무 말도 하지 않은 채, 그렇다고 내 손을 뿌리치지도 못한 채 그저 멍하니 서 있었다.

그때 다시 나를 돌아본 남자가 조심스레 말했다.

"친구가 천영이가 말했던 바로 그 '너무 큰 잘못을 한 친구'인가 봐요? 아, 물론 천영이가 친구에게."

"네? 아니요, 얘는 아무 잘못도 한 적 없어요."

내가 그렇게 말하자, 붙잡고 있던 유천영의 팔이 움찔 떨렸다.

나는 마스크 위로 드러난 푸른 눈을 있는 힘껏 쏘아보며 말을 이었다.

"얘의 진짜 잘못은요, 자기가 잘못하지 않은 것도 자기가 수습해야 한다고 생각하고 멋대로 일을 벌인다는 점이에요. 남이 다칠 일에 대신 다치고, 남이 선택한 일에 대신 책임지려 하고!"

내 손에 잡힌 유천영의 팔이 계속 움찔거리는 가운데, 내가 말을 맺었다.

"진짜 저를 생각했다면 그러면 안 되죠! 물론 저도 말 안 하고 일을 벌인 게 좀 있긴 한데…… 그래도……."

그때였다. 짧은 공백을 틈타 유천영의 말이 나를 칼처럼 푹 찔렀다.

"누가 살려 달래?"

그에 뒷목을 잡으며 다시 남자를 돌아본 내가 외쳤다.

"와, 이거 보셨죠! 자기는 멋대로 저 대신 다쳐 놓고서, 정작 자기는 저 때문에 살아난 걸 인정 못 하겠다니. 이거야말로 내로남불의 정석 아니에요?"

"나는 적어도 나에 대한 모두의 기억을 바친다거나 하진 않았어."

"대신 목숨을 바쳤지. 너 지금 그게 할 만하다고 생각해서 하는 말이야, 진짜?"

"……."

"앞으로는 한마디 하기 전에 세 번 생각해 보고 말해. 알겠어?"

그러자 유천영은 잠잠해졌다. 설마 양심이 있으면 여기서 더 말은 못 얹겠지, 하면서 그를 신경질적으로 흘기던 나는 이어진 그의 말에 다시 뒷목을 잡았다.

"그러는 너는, 행동하기에 앞서 세 번 생각하고 행동했어?"

"야, 네가 당장 숨이 넘어가고 있는데 세 번 생각할 여유가 어디 있어? 내가 그럴 여유가 있었으면 넌 진작 죽었어!"

"그러니까 누가 살려 달래?"

"너 계속 이런 식으로 나오겠다 이거지?"

그때였다. 한동안 기 싸움에 질린 것처럼 말없이 듣고 있던 남자가 마침내 정신을 차렸다. 그가 우리 사이로 끼어들며 말했다.

"어, 음. 그래……. 둘 다 무슨 얘기를 하고 있는 건지는 잘 모르겠지만 일단 진정해 봐. 기억이니 목숨이니…… 그러니까 그거 뭔가의 비유인 거지?"

우리를 대신해서 수습에 나선 것은 노아리였다. 그녀가 어색한 미소를 지으며 말했다.

"네, 그럼요. 비유니까 별로 신경 안 쓰셔도 돼요……."

"그런 것치고는 꽤 상세하던데. 뭐, 알았다."

그러더니 남자는 이번에는 아리에게 관심을 보이기 시작했다. 그게 유천영에 대한 호의의 연장선상인지, 아니면 단순히 아리가 그의 취향인 건지는 알 수 없었다.

"그런데 너는 쟤랑 어떻게 아는 사이야? 쟤 어제 나한테는 자기 여기에서 아는 사람 하나도 없다고, 아주 불쌍하게 말하더라고. 그래서 나는 지방 살던 애가 가출이라도 한 줄 알았지. 그런데 쓰는 건 영락 없는 서울 말투야. 그러더니 이제는 아는 사람이 세 명이나……."

"아, 그게……."

막상 자기 일에 대해서는 말문이 막혀 버리는 아리를 대신해 이번에는 주인이가 나섰다. 그러고 보면 그는 남자가 아리에게 말을 걸 때부터 못마땅한 표정을 짓고 있던 것도 같았다.

세 사람이 대화하는 것을 가만히 지켜보던 나는 유천영의 팔을 툭 쳤다. 그가 나를 돌아보았다.

"잠깐 나가서 우리끼리 얘기하자."

세 사람을 힐긋 본 그는 순순히 나를 따라 카페를 나섰다.

카페 밖에서 얘기했다가는 아까 그 남자가 우리를 따라 와서 얘기를 엿들을지도 모른다는 생각에 우리는 점점 멀리 이동했다.

마침내 카페에서 상당히 떨어진 한적한 주택가에 이르고서야 우리는 걸음을 멈추었다.

내가 그를 가까이에서 올려다보며 물었다.

"여기까지 왔으니 이제 말해 봐. 너 왜 그랬어? 대체 왜…… 나한테 거짓말을 하면서까지 이 세계에 와서 아리를 만나려고 한 건데."

유천영은 숨 한번 돌리지 않고 대답했다.

"네가 그랬던 것과 비슷한 이유야."

"내가 바꾼 과거를 다시 바꾸려고? 아리가 쓴 소설 내용을 다시 바꾸도록 부탁해서?"

"……."

대답하지 않는 유천영을 보며 나는 목소리를 더욱 높였다.

"너 그게 뭘 의미하는지 알고나 있어? 네가 다시 그때 그 상태로 돌아갈지도 모른다는 뜻이라고…… 어쩌면 이미 모든 게 끝나서, 그 세계로 돌아가면 넌 더는 없을지도 모르고. 그걸 알면서도 바꾸고 싶어?"

"나도 내가 죽거나 사라지는 걸 바라진 않아."

단호한 그의 말투에 나는 잠깐 눈을 동그랗게 뜨고 그를 올려다보았다.

그것도 잠시, 이어진 그의 말에 내 얼굴이 더욱 심하게 일그러졌다.

"다만 네가 다른 누구도 아니고, 하필이면 나 때문에 괴로운 일을 겪게 하고 싶지 않을 뿐이야."

"결국 둘 다 같은 말……."

"달라."

태연히 단언하는 유천영의 말에 나는 인상을 쓰고 그를 빤히 보았다.

"너도 모두에게 잊혀지거나, 불가사의한 존재에게 목숨이 위협당하는 삶은 싫겠지. 하지만 그런 위험을 알고 있었으면서도 너는 과거를 바꿨잖아. 나도 그래. 나도……."

눈을 내리깔고 담담히 말을 잇던 그가 다시 시선을 들었다.

"그걸 다시 바꾸지 않고서는 견딜 수가 없어서 그래."

"……."

"네가 나 없는 날은 단 하루도 살고 싶지 않았듯이, 나도 네 안전과 맞바꾼 삶 같은 건 단 하루도 살고 싶지 않았어. 너라면 이 기분을 이해할 거라고 생각했는데. 아니야?"

놀랍도록 솔직한 말과 함께 나를 똑바로 보는 그의 눈을, 나는 차마 마주 볼 수가 없었다.

그와 눈이 마주치면 나도 모르게 그만 그의 마음을 이해한다고 토로해 버릴 것만 같았다. 그러면 그가 원하는 것을 들어주지 않고는 별수가 없어질 것만 같아서.

그때, 유천영이 가만히 손을 뻗어 내 어깨를 살짝 쥐었다.

움찔하는 내게 그가 다시 말했다.

"내가 희생하겠다고 완전히 작심하고 온 건 아니야. 믿어 줄지는 모르겠지만, 나는 적어도 너와 나 둘 다 안전하게 살 방법을 찾으려고 왔어."

나는 그제야 천천히 고개를 들었다. 내가 울 것 같은 얼굴로 물었다.

"그런 게 어디 있어?"

분명히 예전에 아리와 내가 비슷한 상황에 맞닥트렸을 때, 아무런 희생도 없이 유천영을 구할 방법 같은 건 없었다. 마찬가지로 이번에도 아무런 희생 없이 모두의 기억을 되찾을 방법 같은 건 없을 것이다.

그런데도, 이상한 일이지, 나는 어느새 눈물이 살짝 괸 눈으로 유천영을 올려다보았다.

이 터무니없이 낙관적인 말을 듣고도 비현실적이라거나 불가능하다며 반박할 마음이 들기는커녕, 그런 방법도 있을지도 모른다고 조금쯤 믿고 싶은 나 자신을 발견하다니.

어쩌면 나는 그동안, 무엇 하나 맞바꿀 수 없을 만큼 소중한 가치들을 저울질하고, 반드시 하나를 포기해야 하는 상황이 계속되자 지친 건지도 모른다.

그렇지 않고서야, 저런 터무니없는 말을 믿고 싶어질 리는…….

그때였다. 내 손을 강하지 않은 힘으로 붙들며, 유천영이 말했다.

"해 보지 않고는 모르잖아."

"……."

"너도 날 살리려고 했을 때 그게 될지 안 될지는 몰랐잖아. 하지만, 그게 성공했으니까 내가 여기 있는 거 아니야?"

"그건 그렇지만…… 이 세계에는 나름의 법칙이란 게."

"그래도 그 법칙 때문에 너와 내가 만날 수 있었던 거잖아."

나는 멍하니 고개를 들었다. 나를 내려다보는 그의 푸른 눈을 마주 보며, 나는 그가 내가 최초로 차원 이동할 당시의 일을 말하고 있음을 깨달았다.

주인이에게서 전해 들었을 뿐 그의 기억 속에는 없는 일일 텐데도, 그는 마치 그 자신의 기억을 말하는 것처럼 한 치의 흔들림도 없었다.

"그러니까 나는 그 법칙이 뭐든지 간에, 그게 그렇게 나쁠 거라는 생각은 안 들어."

"……."

"분명 방법이 있을 거야."

나는 울 것 같은 눈으로 그를 바라보았다.

여전히 대책 없이 낙관적인 말이었다. 그럼에도 불구하고 그의 말을 조금쯤 믿어 보고 싶어지는 것은, 그렇게 말하는 사람이 다름 아닌 유천영이기 때문일까.

우리 중에 가장 계획 없이 움직이는 사람이자, 그럼에도 불구하고 원하는 것을 몇 번이고 손에 움켜쥐어 온 그라서. 어쩌면 행운이 그를 따라오는 것이 아니라, 그가 행운을 따라가는 것일지도 모른다는 생각이 비로소 처음으로 들었다.

차차 머릿속에 끼었던 먹구름이 걷히는 듯한 느낌이었다. 내가 이 세계에 올 때부터 있었던 먹구름의 이름은 다름 아닌 불안감이었다.

나는 마침내 살짝 웃으면서 고개를 끄덕였다.

"그래."

그의 말대로였다. 그를 살릴 수 있는지 아닌지조차 나는 한때 확신하지 못했었지만, 결국에는 해내지 않았나.

그런데 이제 와서 유천영과 나, 둘 다 원하는 것을 얻을 방법이 없을 것이라고 단언할 수는 없었다.

적어도 시도는 해 봐야 했다. 목숨을 걸고 다른 세계로 넘어온 게 아까워서라도.

그리고 나는 손을 내밀어 유천영의 팔을 툭 쳤다.

"유천영, 그래도 나는 그것 때문에 네 목숨이 조금이라도 위험해질 것 같으면 바로 그만둘 거야. 너 혼자 멋대로 일을 진행하는 건 절대 용납 못 해. 알았어?"

"……."

이럴 때는 예의상으로도 좀 '그래'라고 해 주면 좋을 텐데, 솔직함의 대명사 유천영은 그저 떨떠름하게 내 시선을 피했다. 내가 그런 유천영을 '왜 대답이 없어? 왜?'라며 마구 쪼던 그때였다.

갑자기 골목 저편에서 여러 사람의 인기척이 들려왔다. 처음에는 다 같이 놀러 가는 학생이나 어린 애들인가 보다, 하고 대수롭지 않게 여기던 나는, 그들의 발소리가 하나같이 구둣발처럼 딱딱하다는 것을 깨닫고 대번에 얼굴을 굳혔다.

내가 창백한 얼굴로 유천영의 팔을 더듬어 쥐며 말했다.

"유천영, 우리……."

그때 이미 그는 내 손목을 움켜잡고 뛰고 있었다. 그에게 잡혀 골목 밖으로 뛰쳐나가며 나는 뒤를 힐끗 돌아보았다.

얼핏 봐서는 양복 차림의 무리로밖에 안 보이는 관리자들이 우리를 쫓고 있었다.

그나마 유천영을 일찍 만나기로 했던 것이 다행이었다. 지금은 밝은 대낮, 따라서 어둠과 꿈속에서 주로 활동하는 관리자에게는 단연 불리한 환경이라고 할 수 있었다.

골목에서 빠져나온 나와 유천영은 잠시 숨을 고르며 어디로 갈지 고민했다.

이윽고 내가 제안했다.

"카페로 가자."

"그래도 돼?"

유천영은 주인이나 아리가 추격전에 휘말려 피해를 보는 것을 걱정하는 눈치였다. 하지만 나는 단호하게 고개를 끄덕였다.

"관리자는 밝은 곳이나 사람이 많은 곳에서는 제대로 활동 못 해. 그러니까 괜찮을 거야."

그러자 그는 주저 없이 방향을 틀었다. 오래 고민할 만큼의 여유가 없었다. 관리자들은 지금도 공포 영화 속 좀비처럼 느리지만 착실하게 거리를 좁혀 오고 있었으니까.

유천영을 따라 달려가던 나는 시야에 카페가 들어오자 반쯤 마음을 놓았다. 원래 세계에서도 장사가 잘되는 편이었던 카페는 이 세계에서도 변함없이 사람이 많았다. 넓은 홀이 두세 테이블 정도를 제외하고는 가득 차 있을 정도였다.

이 정도라면 관리자가 절대로 활보하진 못하겠지. 그렇게 생각하며 나는 유리문을 밀고 안으로 들어갔다.

아직도 유천영의 새 친구와 대화 중이던 아리와 주인이가 우리를 발견하고 깜짝 놀랐다. 그야 잠깐 앞에서 얘기 좀 하고 온다던 둘이 뭐에라도 쫓긴 양 급하게 뛰어왔으니 그럴 수밖에.

유천영이 데려온 남자는 영문을 몰라 하는 반면, 아리와 주인이는 곧바로 상황을 파악한 것 같았다.

"관리자야?"

주인이가 얼굴을 굳히며 물었다.

그에 무릎을 짚고 숨을 몰아쉬던 내가 고개를 끄덕였다.

"정확히는 관리자'들'."

내 대답에 주인이는 물론 아리마저 사색이 되었다. 여전히 우리가 왜 이러는지 모르는 남자만이 어리둥절해할 뿐이었다.

그가 물었다.

"관리자라니? 윈도우 관리자 말하는 거야, 지금?"

그의 말을 무시하고 내가 계속 말했다.

"아무튼 이 카페에서는 괜찮을 거야. 관리자는 사람이 많을 때는 함부로 움직이지 못하니까……."

"아, 그러니까 관리자도 컴퓨터 속 존재가 아니라 현실의 존재를 말하는 거구나……. 그래서 그건 대체 무엇의 비유인지, 설명 좀 해 줄 사람?"

물론 우리 중 누구도 그의 의문에 답해 줄 여유 따위 없었다.

그러자 그는 홀로 구석에서 팔짱을 끼더니, '설정도 모르는 연극 무대에 갑자기 들어와 버린 느낌…….' 어쩌고 구시렁대기 시작했다.

그 말을 들은 나는 눈을 가늘게 뜨며 생각했다. 저놈, 익숙한 누군가를 계속 떠오르게 하는데…….

그때였다. 갑자기 유천영이 내 팔을 덥석 잡는 바람에 나는 놀라서 옆을 돌아보았다.

"왜 그래?"

"함단이. 저 관리자들."

카페 앞은 대로변이고, 더군다나 지금은 한낮이었다. 그러니 관리자들이 근처에 올 수 있을 리가 없는데? 그렇게 생각하면서도 나는 유리 벽 너머를 돌아보았다.

이윽고 사태를 파악한 내 입에서 낮은 한숨이 터졌다. 맙소사…….

유천영이 차가운 시선으로 그들을 노려보며 말했다.

"여기가 꿈속이건 현실이건, 사람이 많건 적건 간에 별 영향을 받지 않는 것처럼 보여."

"아……."

"애들한테 말하는 게 좋겠어."

그렇게 말한 유천영이 주인이와 아리를 향해 돌아섰다. 그동안, 나는 얼굴 없는 존재들이 대로변을 활보하는 비현실적인 광경을 그저 멍하니 바라보기만 했다.

나는 생각했다. 설마 관리자들이 이 카페 안으로 들어올 수도 있을까? 결론은 금방 나왔다. 사람이 많다고 움직이지도 못할 거라면 애초에 골목 바깥으로 나올 수조차 없었을 테니까.

설령 그게 불가능하다고 해도 포위당하는 것만은 피해야 했다.

관리자들이 만약 출입구 앞에서 이 카페가 닫힐 때까지 기다린다면, 우리는 꼼짝없이 그들에게 붙잡힐 수밖에 없다. 게다가 우리에게는 48시간이라는 시간제한까지 있는데.

어쩌지? 나는 입술을 세게 깨물었다.

아무리 생각해도 첩첩산중이었다. 지금 이 난관을 어떻게 잘 헤쳐 나간다고 해도 다음 난관을 잘 헤쳐 나갈 자신이 없었다.

단 한 번의 실수로 유천영은 물론, 주인이의 목숨까지 잃게 될지도 모른다고 생각하자, 이제는 도망치는 것조차 겁났다. 도대체 어떻게 해야 하지?

그때 상념을 뚫고 아리의 목소리가 들려왔다. 나는 고개를 들었다.

"……냥 저희 집에 가서 문을 잠그고 최대한 버텨 보는 건 어때요? 어차피 지금은 달리 갈 수 있는 곳도 없잖아요. 은행에 가서 저희를 좀 금고에 넣어 달라고 할 게 아닌 이상."

그에 대답한 사람은 주인이였다.

"안 돼."

"왜요?"

"출입구가 하나잖아. 포위당하기 쉽고 달아나기도 어려워. 게다가 그 주변은 죄다 인적 드문 골목이잖아. 관리자들한테는 최적의 무대지."

"아."

그때 내내 조용하던 유천영이 마침내 의견을 냈다.
"지하철이나 버스를 타는 건? 그럼 계속 이동하는 거니까……."
"그러다 중간에 어느 역이나 정류장에서 관리자가 우르르 타기라도 하면 답 없어지는 거 알지? 거의 흉악범 수준으로 포위당해서 끌려갈걸."
주인이의 대답에 이해 안 된다는 듯 고개를 기울인 유천영이 다시 말했다.
"중간에 멈추지 않는 버스나 기차를 타면? 한, 다섯 시간쯤……."
그제야 나는 유천영에게 아직 말하지 않은 것이 많다는 것을 깨달았다. 마침 주인이도 나와 같은 것을 깨닫고 말했다.
"아, 너한테는 얘기 안 했구나. 우리 48시간 내로 돌아가야 돼."
"뭐?"
"이 세계의 시간 기준으로 따지자면, 대략 내일 아침 9시쯤? 그때까지 원래 세계로 가지 않으면 우리 영원히 못 돌아가."
지나치게 적나라한 그의 표현에 나는 뜨악하며 유천영이 데려온 남자를 보았다. 저 사람 앞에서 그렇게까지 솔직하게 말해도 되는 거야? 어차피 다시는 안 볼 사람이라 이

건가? 물론 나도 버스에서 그러긴 했지만, 그땐 그냥 같은 버스 승객들일 뿐이었고 이 사람은 우리의 얼굴과 이름을 전부 아는데.

그때였다. 주인이의 말을 머릿속에 입력하듯 느리게 눈을 깜빡이던 유천영이 갑자기 말했다.

"알았어. 그럼 가자."

"가자니? 원래 세계로?"

어안이 벙벙해진 모두를 대표해 내가 물었다. 그도 그럴 게, 유천영은 분명 방금까지만 해도 무엇 하나 바로잡지 않고서는 원래 세계로 돌아갈 기색이 아니었다. 그런데 그걸 포기한다고? 이렇게나 쉽게?

뭐, 나야 좋지만. 나는 가슴 한구석에 찜찜함을 안은 채 생각했다. 시도할 기회조차 사라진 건 아쉽지만, 그래도 유천영과 주인이의 안전이 우선이니까…….

바로 그때였다. 내 예상을 가볍게 뛰어넘고, 유천영은 바로 옆의 남자를 가리키며 말했다.

"아니, 박건우 집에."

"박건우?"

우리 모두가 고개를 들어 그를 바라보았다. 박건우의 이마에 식은땀이 살짝 맺힌 가운데, 유천영이 다시 말했다.

"박건우네 집 150평이야."

"천영아."

박건우의 애처로운 부름에도 아랑곳하지 않고 유천영이 덧붙였다.

"베란다 3개, 출입문 2개. 게다가 1층이야. 여차하면 창문으로 빠져나가면 돼. 관리자가 아무리 많이 와도 150평 집 전체를 둘러싸기는 불가능할 테고."

"유천영?"

"정원도 있어."

"제발 네 친구들한테 내 집보다 나를 먼저 소개할 기회를 좀 주지 않을래?"

박건우의 애처로운 요구는 이번에도 무시당했다.

그 얘기를 들은 주인이가 생글생글 웃으며 박건우의 어깨에 척 하고 팔을 걸쳤다. 전에 박건우가 아리에게 말을 걸었을 때와는 영 딴판인 태도였다.

뒤에서 후광이 보일 정도로 밝게 웃은 주인이가 말했다.

"건우야, 네 장점들에 대해 말을 좀 해 주지 그랬어. 자랑하기가 부끄러워서 그래?"

"아니, 방금 천영이가 얘기한 건 내 장점이 아니라 우리 집 장점인 것 같은데……?"

"그게 그거지, 뭐."

"아닌데……?"

둘의 어처구니없는 대화를 들으며 나는 생각했다. 아까 행운이 유천영을 찾아오는 게 아니라 유천영이 행운을 쫓아가는 것 같다던 생각은 취소다…….

서울 한복판에서 150평짜리 주택에 사는 애를 골라 사귀다니, 아무리 봐도 유천영의 운은 천부적이다 못해 사기적인 게 분명했다.

그리고 거듭된 설득 끝에, 마침내 박건우가 한숨을 푹 쉬며 말했다.

"그래, 좋아."

그리고 그는 우리를 손가락으로 가리키며 으름장을 놨다.

"데려가는 것까지야 문제없는데, 너희 진짜 나한테 뭐가 어떻게 돌아가고 있는 건지는 꼭 설명해 줘야 한다. 나 슬슬 귀신한테 홀린 것 같아서 무서워지는 기분이거든……."

* * *

카페에 관리자들이 들이닥치기 전에 우리는 무사히 그곳을 빠져나와 박건우의 집으로 이동했다.

그의 집은 이곳에서 그리 멀지 않았다. 도착하고 보니 은지호와 같은 동네였다. 소위 부촌이라는 얘기였다.

그리 높지 않은 언덕을 오르며 박건우가 물었다.

"설명은 언제쯤 해 줄 건데?"

그가 질문하면서 쳐다본 사람은 유천영이었지만 대답은 주인이에게서 나왔다. 정면에 시선을 고정한 그가 태연하게 대답했다.

"너희 집에 들어가고 나서."

"왜?"

"너무 황당한 이야기라며 쫓겨나면 곤란하거든."

"보통은 들어가기 전에 부탁하면서 그걸 설명해야 하는 거 아니야?"

부루퉁한 박건우의 대답을 들으며 나는 생각했다.

쟤, 아무리 봐도 윤정인을 닮았군……. 유들유들한 성격이라거나, 은근히 예리한 점이라거나, 그러면서도 결국에는 져 주고야 마는 너그러운 면모까지 모두. 심지어 아무렇지 않게 대단한 부자라는 점도 닮았어.

과연 박건우는 틈이 보이기에 한번 찔러 본 것뿐인 듯, 그 뒤로는 아무 말도 하지 않고 우리를 집 안으로 들였다.

정말, 얘는 우리가 나쁜 사람이면 어쩌나 걱정되지도 않나? 나는 그렇게 생각하며 신발을 벗었다.

우리가 한방 안에 우르르 몰려 들어가고 나서야 비로소 박건우가 물었다.

"이제 얘기 좀 해 줘. 뭐가 어떻게 된 건지."

"아, 그게……."

내가 어떻게 하면 가장 거부감 없이 부드럽게 다가갈 수 있을까, 차원 이동을 소재로 한 각종 소설들을 생각하며 첫말을 고르는데 주인이가 한발 빨랐다.

팔짱을 낀 주인이가 툭 던졌다.

"사실 우린 다른 세계에서 왔어."

"아, 그래."

박건우가 너무나 아무렇지 않은 얼굴로 대답했다.

그러고는 잠시 침묵이 흘렀다.

내가 급기야 박건우가 관리자들이 보낸 스파이라는 가설을 떠올리는 가운데, 주인이가 다시 말했다.

"다시 원래 세계로 돌아가기 위해서는 여기와 가까운 '어떤 장소'로 48시간 이내에 가야 하는데, 그 전에 해야 할 일이 있어. 유천영은 애초에 그 일을 하기 위해 이 세계로 온 거고. 우리야 유천영을 데리러 온 것뿐이지만."

"음, 그래서?"

"그런데 우리를 쫓는 자들이 있어. 그래서 그들을 피하기 위한 공간이 필요했던 거야. 차원을 넘어온 우리한테나 위험하지, 보통 사람들한테는 전혀 위험하지 않으니까 그 부분은 걱정 안 해도 돼."

"음…… 그래."

다시 침묵.

이번에는 주인이와 아리는 물론이고, 유천영마저도 수상하다는 눈으로 박건우를 보기 시작했다. 다른 사람이라면 모를까, 유천영에게서 의심을 사는 건 정말 대단한 일이었다.

잠시 후, 주인이가 한쪽 눈썹을 들어 올리며 물었다.

"너 이걸 진짜 다 믿어?"

"음, 당연히 그렇진 않은데……."

박건우가 아무런 고민도 없는 말투로 대답했다. 주인이가 다시 입을 열려던 찰나, 그가 주인이를 가리키며 말했다.

"그 외모로 말하니까 못 믿을 것도 없겠더라고."

"……."

"아, 그리고 핸드폰 좀 꺼내 봐."

우리가 어리둥절하게 핸드폰을 꺼내는 가운데, 우리 두 사람의 핸드폰 모두 작동이 안 되는 것을 확인한 박건우가 다시 말했다.

"음, 그래. 이 세계 사람이 아니라면 당연히 신원이 없을 만도 하네. 그러니 핸드폰이 될 리 없고. 천영이가 계속 핸드폰이 안 된다는 것도 그래서였구나, 나는 뭐 고장이라도 난 줄 알았지."

어느새 혼잣말로 변한 말을 중얼중얼하던 그가 갑자기 두 손을 들며 한 걸음 뒤로 빠졌다.

그는 미련 없는 태도로 선언했다.

"알겠어. 난 더는 신경 안 쓸 테니까, 알아서들 얘기 나눠."

"어, 어……."

주인이가 떨떠름한 얼굴로 답했다. 그러더니 그는 문득 뭔가 마음에 안 든다는 것처럼 눈살을 찌푸리더니, 태도를 바꿔 진지하게 말했다.

"제대로 설명 못 하는 건 미안해. 이걸 자세히 아는 것만으로도 위험한 일이 일어날 수 있어서. 우리뿐만 아니라 너한테도 말이야."

"그래, 그래. 뭐, 아까 카페에서 잠깐 오가는 얘기만 들어도 보통 일은 아니란 거 알겠어. 나 때문에 신경 쓰이면 아예 자리 비켜 줄 테니까 편히 얘기 나눠."

"아니야, 그렇게까지 할 건……."

그리고 복잡한 표정을 지은 주인이가 다시 말했다.

"어쩌면 우리가 이 세계에서 나가는 순간, 네 기억도 사라질지도 몰라. 그러니까 듣고 말고는 별로 중요치 않을 수도 있어."

"아, 그래?"

박건우가 싱글싱글 웃으며 물었다. 그 말을 끝으로 그는 정말로 아무 말도 하지 않았다. 우리는 잠시 나란히 서서 시선을 교환했다. 정말 이래도 되는 걸까? 우리 말을 믿어 주지 않고 내쫓으면 어쩌지 걱정하던 것은 언제고, 너무도 쉽게 믿어 주니까 이건 이것대로 또 의심이 가기 시작했다.

그러다 정신을 차린 나는 시각을 확인했다. 박건우의 집으로 와서 실랑이하는 사이에 벌써 오후 네 시가 되어 있었다. 이제 정말 20시간도 채 남지 않은 셈이었다.

나는 입술을 깨물었다. 박건우의 집에서 다 같이 신세 진다는 건 말도 안 되니까, 어떻게든 오늘 안에는 결판을 보고 원래 세계로 돌아가야 했다. 목숨이 걸린 일을 아슬아슬하게 완수하는 건 영화 주인공들이나 하는 짓이고.

아리가 가방에서 꺼낸 노트북을 접이식 탁자 위에 올려놓았다. 그리고 우리는 또다시 침묵에 빠졌다.

고민 끝에 내가 유천영을 향해 먼저 물었다.

"일단 어디까지 바꿔도 되는지부터 확인하자. 너 정말 연기를 안 하게 돼도 괜찮아?"

"응. 관심 없어."

유천영이 짤막하게 대꾸했다.

나는 그 말의 진위 여부를 가리려고 그의 표정을 살폈지만, 여느 때와 같이 무표정한 탓에 읽을 수가 없었다.

유천영은 싫은 것에는 눈치 보지 않고 싫다고 말하는 사람이었지만, 거기에 남의 안위가 걸렸다면 얘기가 달랐다. 특히, 그가 나와 관련된 일에 얼마나 무모해질 수 있는지를 나는 이번 일을 통해 톡톡히 깨닫고 있었다.

내가 다시 물었다.

"정말 괜찮아?"

"괜찮아."

"너 또 뭐든 괜찮다고 할 거지? 심지어 네가 다시 위험해진다고 하더라도."

그러자 유천영이 나를 보았다. 카페에서처럼 긴장된 공기가 우리 사이로 흐르는 가운데, 아리가 갑자기 끼어들었다.

그녀가 타자를 두드리며 무심히 말했다.

"어차피 그 방법은 소용없어요. 그러니까 그런 거로 싸우지 마세요."

고개를 번쩍 든 내가 물었다.

"뭐? 왜?"

"유천영은 원래 드라마를 할 팔자…… 아니, 설정이 아니었거든요. 제가 전에 말하지 않았나요? 아무튼 원작 소설에 나오지도 않는 내용을 지울 수는 없어요."

나는 입을 우물거리다가 말했다.

"음, 연기에 대한 트라우마를 만들면 어떨까? 그래서 유천영이 어떤 상황에서도 절대로 연기를 못 하게 하면…… 왜, 다른 건 크게 건드리지 않고 해결될 것 같은데."

"그건 안 돼요."

"왜?"

"트라우마는 단지 한 사람의 일부가 아니라 그 사람의 인생 전반을 지배할 수도 있어요."

아리는 조금 머뭇거리다 덧붙였다.

"가령, 언니의 트라우마가 반여령과의 갈등의 원인이 되었던 것처럼요."

"아……."

마지막이 탄식한 나는 입을 다물었다. 과연, 그렇게 말하면 나는 할 말이 없었다. 실제로 내가 그 트라우마를 극복하는 데 걸린 세월은 거의 6년이었고, 그마저도 완전하지 못했으니까.

그때 아리가 다시 말했다.

"특히 이야기에서는 더 그래요. 대부분의 이야기는 주인공이 트라우마를 극복하는 과정이거든요. 결말에서 주인공은 원래의 그였다면 절대 할 수 없었던 바로 그 일을 하게 되죠."

"아……."

그 순간 내가 떠올린 것은 다름 아닌 은지호였다.

그렇다면, 그가 나를 좋아하게 되는 것도 하나의 이야기가 될 수 있을까?

아니, 틀림없이 그럴 것이다. 평범한 여자애를 좋아하게 된 완벽한 남자애라니, 대중적인 것으로 그만한 소재가 있을 리가.

그 일은 가상의 이야기로서 완벽하기 때문에 오히려 현실에서는 불가능한 걸까? 나는 갑자기 울 것 같은 기분에 사로잡혔다.

그 생각을 애써 머릿속에서 지워 낸 내가 다시 말했다.

"그럼…… 음…… 관계없는 사람을 지우는 건 말도 안 되는 일이고."

그때였다. 팔짱을 끼고 우리가 하는 양을 지켜보던 유천영이 불쑥 말했다.

"나를 지워. 함단이한테 그랬던 것처럼."

"네?!"

아리가 놀란 표정을 지으며 고개를 들었다. 그것은 나도 마찬가지였다.

나는 단숨에 손을 뻗어 그의 팔을 붙잡았다.

"야, 유천영. 너 그게 얼마나 큰일이 될지 몰라서 그래?"

그는 내 손길에 거세게 흔들리면서도 이렇다 할 반응이 없었다. 내가 초조한 목소리로 말을 이었다.

"난 그나마 평범한 가정의 평범한 애였지만, 넌 아니잖아. 네 환경이랑 네 구성 요소 전체는 소설에 의해서 정해진 거라고. 그런데 네가 소설에서 지워지면 네 모든 게 그대로 유지될 거란 보장이 있어?"

잠시 숨을 고른 나는 언성을 높였다.

"게다가 애초에 네가 다친 건 날 구하려다 그런 거였잖아! 그런데 지워지는 것도 나 대신 네가 하겠다니…… 안 돼, 원래는 네가 너무 죄책감 느끼는 것 같아서 바꾸는 데 협조하려고 했지만, 이대로는 안 되겠어. 이렇게 나오면 나도 더는 협조 못 해."

나에 이어 아리가 말했다.

"저도 단이 선배 말에 동의해요. 상대적으로 비중이 적었던 단이 선배라면 모를까, 주연 중의 하나였던 당신이 지워지는 건 위험 부담이 너무 커요. 다시 원래 세계로 돌아가면 전보다 더 많은 게 바뀌어 있을 가능성이 커요."

"맞아, 게다가 은형이는? 너랑 은형이는 아주 오래전부터 만난 데다가 집안끼리 교류가 있었으니까, 당연히 네가 사라지면 은형이의 삶도 크게 달라질 거야. 너 그건 어떡하려고?"

나와 아리의 연이은 반박에 유천영이 마침내 입을 다물었다. 그러나 그는 결코 포기한 기색이 아니었다.

또 스스로 뭘 없앨까 궁리 중인 듯한 그를 흘겨보며 나는 생각했다.

재가 헛소리를 더 꺼내기 전에, 그리고 그 헛소리가 실현되기 전에 얼른 이 세계에서 데리고 나가는 게 낫겠어. 유천영의 행동력이면 뭐든 절대 안 될 거란 보장은 없으니까.

그러고도 몇 개의 의견이 나왔지만 전부 기각당했다.

나는 비로소 나를 지우는 것만으로 유천영을 완벽하게 살려 낼 수 있었던 것 자체가 얼마나 행운이었는지 알 수 있었다.

이것을 건드리자니 저것이 문제였고, 저것을 건드리자니 또 다른 문제가 튀어나왔다. 심지어 그 똑똑한 주인이조차 그럴듯한 의견은 단 하나도 내지 못하고 있었다.

그때였다. 똑똑, 누군가의 정중한 노크가 방 안에 흐르던 정적을 깨트렸다.

급속 냉각이라도 되듯이 방 안이 순식간에 얼어붙었다.

나와 유천영, 다른 아이들이 숨도 못 쉬고 쳐다보는 가운데 방문이 천천히 열렸다.

이윽고 드러난 익숙한 얼굴을 보고 나는 안도의 한숨을 내쉬었다.

아, 뭐야. 긴장이 풀린 나머지 말할 힘도 없는 나를 대신해서 주인이가 물었다.

"뭐야, 언제 나갔어?"

어깨를 으쓱한 박건우가 대답했다.

"설명을 들어서 그런지 처음에는 좀 이해할 만도 한 것 같더니, 중간쯤 가서부터는 또 너희끼리 아는 얘기만 하길래……. 여기 있어 봤자 도움 안 될 것 같아서 망이라도 보러 나갔었지."

그에 안도하던 것도 잠시, 우리는 다시 뻣뻣하게 굳었다. 망을 보러 갔던 그가 돌아왔다는 건 필시 바깥에 무슨 일이 생겼다는 뜻일 터였다.

주인이도 같은 생각을 한 듯, 더욱 낮아진 목소리로 되물었다.

"뭔가 발견했어?"

"따라와."

나직하면서도 힘이 실린 목소리에 잠시 시선을 교환한 우리는 그를 따라나섰다.

집에 들어오자마자 다른 곳은 둘러보지도 않고 무작정

방 하나에 틀어박혀서 몰랐는데, 박건우네 집은 150평이라는 말이 무색하지 않게 넓었다.

어둡고 좁은 복도를 계속 걷던 박건우가 마침내 멈춘 곳은 지하 1층의 어느 문 앞이었다. 들어가 보니 CCTV실이었다.

지하라고는 해도 반지하에 가까워서 천장에 붙어 있다시피 한 좁은 창문으로 어슴푸레한 햇빛이 쏟아져 내렸다.

벌써 오후 다섯 시인가? 오늘 안에 돌아가려면 어두워지기 전에 얼른 움직이지 않으면……. 그렇게 생각하며 손을 들어 창으로 쏟아지는 빛줄기를 가리는 내 귀에 박건우의 말이 들려왔다.

“화면을 봐.”

“관리자는 CCTV에는 찍히지 않을 텐데?”

그렇게 말하면서도 주인이는 화면이 여러 개 붙어 있는 모니터를 향해 몸을 기울였다. 나도 고개를 돌려 그쪽을 보았다.

과연, 집 안팎을 꼼꼼히 감시 중인 CCTV 화면에는 관리자는커녕 양복 자락조차 비치지 않았다.

그때 박건우가 화면 한쪽 구석을 가리켰다.

“그게 아니야. 여기를 봐.”

그제야 우리 눈에 허공을 향해 사납게 짖고 있는 개의 모습이 보였다. 구체적인 대상이 있지 않다면 과연 저럴까 싶을 정도로 맹렬한 적의였다.

온몸의 털은 바짝 곤두섰고, 네 다리는 절대로 물러나지 않겠다는 듯 일제히 벌어져 땅 위를 굳건히 디디고 있었다.

잠시 멍해진 우리를 내버려 둔 박건우가 화면을 좀 더 앞으로 돌렸다.

더운 날씨에 두 귀를 축 늘어뜨리고 엎드려 있던 개가 갑자기 벌떡 일어나 텅 빈 허공을 향해 짖기 시작하는 모습은 한 편의 공포 영화 도입부에 가까웠다.

기세에 눌린 듯, 더는 앞으로 나아가지 못하면서도 끝까지 눈에 보이지 않는 무언가를 향해 짖어 대는 개의 모습에 나는 마른침을 삼켰다. 다행히 관리자에게서 별다른 해코지를 당하진 않은 모양이었다.

나는 개의 시선이 닿은 곳에서 현관까지의 거리를 가늠했다. 관리자가 벌써 집 안에 들어왔을까? 아니, 그랬다면 발소리가 들렸겠지. 하지만 코앞까지 들이닥친 건 분명했다.

손톱이 손바닥을 파고들 정도로 주먹을 꽉 쥐는 내 옆에서 주인이는 잠시 생각에 잠겼고, 유천영은 기이하리만치 초연한 얼굴로 말이 없었다.

마지막으로 아리는 언제 챙겼는지 모를 작은 수첩과 펜을 세게 쥔 채 뭔가를 중얼대고 있었는데, 기도라기에는 지나치게 분석적으로 들렸다.

그때 우리 사이로 박건우의 물음이 날아왔다.

"어떡할 거야? 도망칠래?"

반쯤 어둠이 내리깔린 실내에서 박건우와 눈이 마주친 나는 또다시 기묘한 느낌에 사로잡혔다.

마치 그가 우리의 말 같지도 않은 대화를 듣고도 순순히 우리를 집 안으로 들였을 때나, 마찬가지로 전혀 말도 안 되는 주인이의 설명을 듣고도 순순히 받아들였을 때와 비슷한 느낌.

나는 그때 그가 그러는 이유를 단지 그가 윤정인과 비슷한 사람이기 때문이라고 받아들였다.

그러나 아니었다.

윤정인과 박건우의 행동 기반은 근본적으로 뭔가가 달랐다.

타고난 성품이나 화법이 비슷하다는 것은 부정할 수 없겠지만, 막 나가는 듯 보여도 대책은 있었던 윤정인과는 달리 이쪽은 아무 대책도 없다는 점이…… 혹은 뭔가가 잘못되어도 상관없다는 듯 군다는 점이.

그때 주인이의 초조한 물음이 내 귀를 파고들었다.

"그 외에 다른 방법이 있어?"

"너희 원래는 넓고 출구가 많은 실내에서 숨바꼭질할 계획 아니었어?"

"그거야 그렇지만……."

주인이가 말끝을 흐렸다. 어깨를 으쓱한 박건우가 다시 말했다.

"원한다면 밤늦게까지 그래도 돼. 이 집에는 나 말고 아무도 없으니까."

나는 그 말을 듣고 박건우를 의아하게 쳐다보았다.

누구의 허락도 받지 않고 유천영이나 우리를 집에 들일 때부터 이상하다고 생각은 했지만, 심지어 밤늦게까지 있어도 상관없다고? 가족들은 도대체 뭘 하길래……. 아니, 게다가 이 세계에 와서 확인한 바로는 오늘은 분명 평일이었다. 이 애는 뭘 하길래 학교도 가지 않고 집에만 있는 거지? 참으로 새삼스러운 의문이었다.

그때였다. 창백해진 얼굴로 바닥을 보던 주인이가 불쑥 내뱉었다.

"너, 지나치게 아무것도 묻지 않고 순순히 우리를 도와준 이유."

그는 비로소 시선을 들어 박건우를 쳐다보았다.

"우리를 믿었거나, 위험해지면 혼자 빠져나갈 자신이 있었던 게 아니라, 말 그대로 네가 위험해져도 상관없기 때문이었지."

"……."

"아니, 넌 사실 그걸 조금은 바라기까지 했어. 그렇지?"

"뭐? 설마 그럴 리가……."

소중한 가족이나 친구도 아니고, 생판 남의 일에 휘말려 험한 꼴을 당하고 싶어 하는 사람은 아무도 없다. 그렇게 생각하며 박건우를 돌아본 나는 그의 표정을 보고 입을 다물었다. 그는 마치 껍데기가 떨어져 나간 듯한 무표정으로 주인이를 노려보고 있었다.

한참 만에 그가 입을 열어 대꾸했다.

"……내가 너희를 정말 걱정해서 도와줬든, 그런 이유로 도와줬든 그 결과가 달라져?"

"달라지지."

여전히 무슨 말을 해야 할지 모르는 우리를 대신해서 이번에도 주인이가 말했다.

그는 난처한 듯 한쪽 눈을 찡그리며 스스로 머리칼을 헝클어트렸다.

"나는 널 따라가기로 했을 때, 너와 우리 사이에 처음 보는 타인들 간의 암묵적인 합의가 이미 이루어진 줄 알았어. 우리는 타인인 만큼 당연히 서로보다 자기 자신을, 또는 자기 무리를 우선시할 수밖에 없고, 그러니까 필요 이상으로 위험해지면 알아서 발을 빼라는……."

머리칼을 헝크는 것을 멈춘 그가 다시 박건우를 보았다.

"우리 중 누구도 너를 챙길 만큼의 의리도 여유도 없는 상황에서, 네가 너 스스로를 포기한다면 너는 가장 먼저 위험에 노출될 거야. 그런 건 못 받아들여."

"우리 집 넓다며 좋다고 따라올 때는 언제고……."

억울한 듯 투덜거리는 박건우를 주인이는 깔끔히 무시했다.

다시 우리를 돌아본 그가 말했다.

“이 집을 나가서 당장 학교로 가자.”

나는 눈을 크게 뜨며 되물었다.

“당장?”

“그래, 당장. 박건우가 스스로 안전해질 생각이 없는 한 이 집에 관리자를 끌어들이는 건 안 될 말이고…… 지금까지 내내 얘기했지만 딱히 뾰족한 수가 나온 것도 아니고, 그 관리자가 말한 48시간을 그대로 믿어도 좋을지도 알 수 없으니까. 이쯤에서 돌아가는 게 맞다고 봐, 나는.”

“으응.”

그리고 갑자기 힐끔 내 눈치를 살핀 그가 덧붙였다.

“기껏 위험을 감수하고 이 세계에 왔는데, 기억을 되찾지 못하는 건 나도…… 미안하게 생각하지만.”

뭐야, 나는 너털웃음을 지으며 한 손을 내저었다.

“나한테 미안해할 필요 없어. 나는 애초에 유천영만 찾아서 이 세계를 떠나자는 입장이었는데, 유천영이 계속 포기하지 않은 거잖아.”

진작 포기했으면 좋았을 거라는 듯한 내 말투에 유천영이 억울한 듯한 눈으로 나를 노려보았다. 하지만 나는 당당했다. 뭐? 내 말은 사실이잖아.

그때 입술을 깨문 주인이가 나직이 중얼거렸다.

“그걸 되찾고 싶었던 건 유천영뿐만은 아니었어.”

"아……."

예상치 못한 말에 나는 멍하니 입을 벌렸다. 갑자기 튀어나온 가시에 손끝을 찔린 것만 같았다.

그때였다. 바깥쪽에서 일사불란한 구둣발 소리가 들려왔다. 박건우를 제외한 모두가 화들짝 놀라 고개를 들었다.

이윽고 주인이가 다급히 박건우의 팔을 잡아채며 말했다.

"우리를 아까 화면에서 봤던 현관에서 가장 먼 출구로 안내해 줄 수 있어? 그렇게만 해 주면 관리자는 우리가 유도해서 내보낼 수 있을 거야."

그러자 잠시 멍하니 있던 박건우가 이윽고 주인이의 팔을 뿌리쳤다.

"됐어. 뭘 유도씩이나…… 그거 나 같은 보통 사람한테는 보이지도 않고 해를 끼치지도 않는다며. 그럼 됐어. 한동안 유령이랑 같이 살겠거니 하지 뭐."

박건우는 뜻밖에도 금세 기운을 되찾은 듯했다. 주인이가 '유령이라니, 그게 무슨…….' 하고 황당한 듯 중얼거리는 것을 무시한 박건우가 우리에게 손짓했다.

"알았어, 도움을 주겠다고 해도 싫다니 나가는 길이라도 안내해 줘야지. 그게 뭐 어려운 일이라고."

"그럼……."

이번에도 주인이가 뭔가 말하려던 것을 무시한 그가 우리를 휙 지나쳐 지상으로 향했다.

우리는 조마조마한 마음으로 그를 따르며 연신 사방을 두리번거렸다. 관리자는 아직 실내로 들어오지 않은 걸까? 거실과 계단에 코빼기도 비치지 않는 것을 보아 그런 것 같았다. 아니면 운 좋게 길이 엇갈렸거나.

박건우가 안내해 준 출구는 옥상에서 바로 뒷마당으로 내려갈 수 있는 긴 계단이었다. 아래층에서 들려오는 발소리에 소름이 쭈뼛 선 우리는 계단을 달리듯 내려갔다.

마지막으로 골목으로 통하는 뒷문을 열어 준 박건우가 말했다.

"내가 나올 수 있는 건 여기까지겠지?"

"집에 알 수 없는 존재가 돌아다니는 게 무서운 거라면 몇 시간만 밖에 있다가 다시 돌아가면 될 거야."

주인이가 박건우의 의도를 조금도 읽지 못한 것처럼 말했다.

사실은 다 읽었으면서, 말 돌리는 재주는 알아줘야 한다니까. 내가 속으로 쓰게 웃는 사이, 문에 팔꿈치를 기댄 박건우가 이번에는 유천영을 돌아보았다.

"어쩌면 내가 따라가는 편이 도움이 많이 될지도 모르잖아. 저 존재들은 관계없는 사람은 건드릴 수 없다며? 여차할 때 몸으로라도 막을 수 있지 않을까?"

그 말을 들은 주인이가 할 말 많은 표정으로 입술을 달싹거리는 가운데, 유천영이 차분히 고개를 내저었다. 그도 여기에서 무슨 말을 해야 할지는 잘 알고 있는 모양이었다.

"우리도 저 존재에 대해서는 잘 몰라. 관계없는 사람을 건드리지 않을 거라는 것도 가정일 뿐이야."

"그래도……."

"너는."

유천영이 불쑥 꺼낸 말에 박건우가 눈을 크게 떴다.

한 손을 박건우의 어깨 위에 올려놓은 유천영이 말을 이었다.

"내 가장 친한 친구를 생각나게 해."

"……."

"시간이 더 있었다면 네 집에 더 있었을 거야."

당당하게 무전취식하겠다는 그의 말에도 박건우는 옅은 미소만 떠올렸다. 그도 유천영이 무슨 뜻에서 그런 말을 하는지 알아차린 것 같았다.

잠시 침묵이 흐르는 가운데 유천영이 다시 말했다.

"잘 지내. 위험할 것 같은 짓은 하지 말고. 나처럼 수상한 사람 더는 집에 들이지 말고."

"너는 수상하다기보단 이상한 사람이었지. 뭐가 제일 이상하냐면, 그 얼굴을 갖고도 텔레비전은커녕 인터넷에도 얼굴 한번 비치지 않았다는 점이."

유천영은 다만 미미하게 웃었다. 그의 어깨를 토닥인 박건우가 다시 말했다.

"그런데 다른 세계에서 모델에 배우까지 했다니까 이제야 좀 이해가 간다. 걱정 마, 너만큼 이상한 사람은 만날 수도 없겠지만, 만나도 더는 집에 안 들일 테니까."

그러자 작게 웃은 유천영이 박건우로부터 물러났다.

그것으로 우리에게 주어진 시간적 여유는 끝났다. 관리자가 박건우의 집에서 너무 오래 헤매지 않도록 일부러 시간을 끈 것도 있었다.

유천영을 제외한 나머지 사람들의 인사는 간소했다. 주인이가 돌아서며 다시금 '고마웠어.' 하고 말했고, 아리는 모서리가 우그러진 수첩을 품에 안고 고개를 꾸벅 숙였다.

마지막으로 나도 머뭇거리다가 고마웠다는 한마디를 남기고 돌아섰다.

그때 나는 우리 뒤에 남겨진 박건우가 다시금 껍데기가 떨어져 나간 듯한 무표정을 짓는 것을 본 것만 같았다. 아니, 오히려 껍데기가 떨어져 나갔기 때문에 무표정이 된 게 아니라, 저것이 그의 진짜 모습인 듯한. 그러나 그것은 선천적으로 무감정하기보다는 오히려 침울하고, 겁먹은 듯해서, 그것조차 그의 본바탕은 아닌 듯했다. 필시 무슨 사정이 있는 거겠지.

부디 길지 않은 시간 내에 해결되기를, 또 그게 우리처럼 다른 차원까지 헤매지 않아도 이 세계에서 해결될 수 있는 것이길 바라며 나는 유천영을 따라 걸음을 옮겼다.

경사진 언덕길을 구르듯 내려가 모퉁이 몇 개를 지나자, 금세 버스 정류장이 딸린 대로변이었다.

정류장 앞을 바쁘게 오가는 사람들을 보던 나는 주인이를 돌아보았다.

"폐교까지는 버스를 탈까? 아니, 역시 택시가 낫겠지?"

버스는 중간중간 정류장에서 멈추지만 택시는 목적지까지 한 번에 가니까.

내 말에 주인이는 잠시 고민하다가 고개를 내저었다.

"이 세계의 관리자들은 우리가 알던 것과는 달리 대낮에도, 인파 속에서도 움직일 수 있잖아. 사물에 물리력을 행사하지 못할 거라는 보장이 없어."

"으음……."

"관리자가 택시 앞에 끼어들어서 사고가 나기라도 한다면 곤란해. 어차피 먼 거리도 아니니까 사람들 사이에 숨어서 최대한 빠르게 이동하자."

그 말대로 이곳에서 폐교까지는 고작해야 걸어서 삼십 분 정도였다. 오늘 이미 충분히 혹사당한 다리가 통증을 호소해 왔지만, 목숨이 달린 마당에 삼십 분 정도라면 참아 줄 만했다.

주위를 바쁘게 두리번거린 우리는 최대한 많은 인파 사이에서 휩쓸리듯 움직이기 시작했다.

평소에 보던 것과 하등 다를 바 없는 사람들 사이에 섞여 있다 보니 우리가 여기에서는 가짜에 불과하다는 것을 새삼 믿기 어려워졌다. 이렇게 봐서는 우리가 여기에 계속 남는다고 해도 결코 잊힐 것 같지 않은데. 게다가 자칫 잘못하면 '영원한 고독' 속에서 살게 된다니, 그런 추상적이면서도 끔찍한 말은 도대체 어디서 나온 건지.

주인이도 같은 생각을 한 듯, 옆에서 걷던 그가 담담하게 말했다.

"이 세계가 내가 살던 세계가 아니라는 건 이미 들었고, 충분히 겪기까지 했지만, 시간만 있다면 우리 집 앞에 한 번만 가 보고 싶네. 그러기만 해도 이 세계가 정말 다른 세계라는 걸 실감할 수 있었을 텐데."

"너희는 여기에 확실히 없어. 여러 번 다녀가 본 내 말을 믿어. 그리고, 다른 세계에서 자신이 존재하지 않는다는 걸 확인하는 게 과연 정신 건강에 좋을까?"

내 물음에 잠시 생각하던 주인이가 이윽고 고개를 내저었다. 그도 과연 이런 상황에서 그런 행동을 하는 것이 현명하지 않다는 것은 잘 아는 것 같았다.

그나저나 인파에 섞여 걷는 것은 꽤 유효한 전략이었다. 우리도 관리자들을 쉽게 찾을 수 없었지만 관리자도 우리를 쉽게 찾지 못하는 것 같았다.

폐교로 가는 길에 이르러 인적이 차츰 드물어지자 우리는 걸음을 빨리했다.

그러면서 내가 다시 말했다.

"그러고 보면 왜 이 세계에서는 관리자가 대낮에도 돌아다닐 수 있는 걸까? 우리야 이 세계에서는 소설 속 인물에 불과하다고 쳐도, 관리자가 말도 안 되는 존재인 건 저 세계에서도, 이 세계에서도 마찬가지일 텐데."

그러자 뒤에서 걷고 있던 유천영을 힐끗 본 주인이가 말했다.

"잘은 모르겠지만, 아마도 유천영이나 우리가 이 세계로 넘어온 것과 관련이 있지 않을까?"

"그런가?"

"몸에 병균이 침입하면 백혈구가 활성화되잖아? 컴퓨터에 바이러스가 침입하면 쓰고 있던 백신을 업그레이드하기도 하고……."

"그렇게 스스로를 병균이나 바이러스에 비유하면 찝찝한 기분 안 들어?"

"아니, 전혀. 학술적인 비유인데 뭐."

학술적인 비유……. 그의 유감스러울 정도로 건조한 표현을 입속으로 곱씹는데, 옆에서 아리의 말이 들려왔다.

"어쩌면…… 단순히 그런 이유만은 아닐지도 몰라요."

나는 눈을 크게 뜨며 옆을 보았다.

"응?"

그때였다. 내내 앞을 보며 걷고 있던 주인이가 갑자기 긴장한 표정을 지으며 아리의 손목을 붙잡아 당겼다.

그러면서 그는 보다 뒤에서 걷고 있던 나와 유천영에게도 눈짓을 보내 멈춰 서게 했다.

황급히 그 자리에서 걸음을 멈춘 내가 물었다.

“무슨 일이야?”

“저기…….”

그의 손짓에 따라 몇 미터 떨어진 곳을 본 나는 숨을 삼켰다.

어느새 교문이 보일 정도로 가까워진 폐교 앞에 가로등 두어 개가 환하게 밝혀져 있었다.

오래전에 폐교되었으니 더는 필요 없을 것 같은데, 이 길이 뒷산의 산책로와도 이어져 있다 보니 계속 켜 두는 모양이었다.

그리고 교문 앞에 가로등의 불빛도, 하늘에 아직 남은 석양빛도 알 바 아니라는 듯 대여섯 정도의 관리자가 당당하게 서 있었다.

눈앞이 아찔해지면서 현기증이 몰려왔다. 그래도 여기까지 와서 쓰러질 수는 없었다.

정신의 끄트머리를 애써 붙잡은 내가 말했다.

“도대체 어디에서 저렇게 많이…….”

수인이가 어두운 목소리로 중얼거렸다.

“팀을 나눴던 거구나. 애초에 우리를 쫓던 관리자들이

주력이 아니었던 거야…….”

나는 옆을 돌아보았다. 폐교 앞 관리자들을 바라보는 주인이의 얼굴에는 강한 자괴감이 떠올라 있었다.

입술을 깨문 그가 다시 중얼거렸다.

“젠장, 왜 생각지 못했을까. 천영이를 찾은 우리가 당연히 원래 세계로 다시 돌아가려 할 거란 걸, 그리고 우리가 아는 원래 세계로 갈 수 있는 통로는 이 폐교뿐이란 걸 저 자들은 당연히 알고 있었을 텐데……. 아니면 우리를 이 세계로 보낸 관리자가 알려 줬을지도 모르지. 뭐가 됐든 간에.”

교문을 노려보던 그가 말을 이었다.

“저들은 처음부터 우리를 필사적으로 쫓을 필요조차 없었던 거야. 단지 여기에서 진을 치고 기다리면 그만이었으니까. 우리는 지금까지 적의 본대도 아니고, 분대를 상대하느라 그토록 고전했던 거야.”

이제는 거의 바닥마저 뚫고 들어갈 것 같은 그의 목소리에 나는 덥석 그의 손목을 붙잡았다.

내가 다급하게 말했다.

“그, 그래도 아직 시간이 남았잖아. 몇 시간이나……. 그거면 다른 통로를 찾기엔 충분할 거야.”

그러나 나를 향하는 주인이의 두 눈은 이미 모든 희망을 잃은 듯 텅 비어 있었다. 나는 스스로 무슨 말을 하는지 모르면서도 애써 말을 이었다.

"그 관리자가 우리를 속였는지 아닌지는 모르지만…… 관리자가 저렇게 많은데 통로가 하나뿐이라는 건 말이 안 되잖아? 전에 그 관리자한테서 통로가 생기기에 좋은 조건을 가진 장소들을 들은 적이 있어. 강한 사념들이 남아 있으면서도 인적은 드문 곳. 폐교나 병원, 묘지……. 몇 군데 돌다 보면 분명히 다른 통로를 찾을 수 있을 거야."

하지만 나를 보는 주인이의 눈빛은 여전히 공허하기만 했다.

그가 어둡다 못해 음산한 목소리로 대꾸했다.

"묘지는 대부분 교외에 있어. 차로 간다고 해도 몇 시간은 걸리는 데다가, 실패하면 다시 이곳으로 돌아올 시간적 여유조차 남지 않을 거야. 마찬가지로 폐교도 교외가 아니고서야 그리 많지 않고, 병원은…… 너무 많아서 문제지. 게다가 이 시간까지 열려 있는 병원은 대형 병원 응급실 정도밖에 없는데, 이 세계에서 신원조차 없는 우리가 아무 의심도 안 받고 무사히 들어갔다 나올 수 있을까? 게다가 우리는 계단 없는 곳에서 다른 세계로 가는 방법조차 몰라. 안 그래?"

"그건……."

뜻밖에도 곱시 논리적인 그의 말에 나는 할 말을 찾지 못했다.

그가 아직 충분히 많은 기회와 시간이 남아 있는데도 불구하고 절망한다고 생각했는데, 아니었다. 그는 순식간에 모든 가능성을 계산해서 합리적인 결론을 도출했을 뿐이고, 지나치게 낙관적인 건 내 쪽이었다.

눈을 덮은 주인이가 다시 중얼거렸다.

"역시 그 관리자, 우리한테 좋은 감정 따위는 없었던 거야. 우리를 순순히 보내 준 건 우리가 딱해서가 아니라, 우리가 결코 돌아오지 못할 거란 걸 알았기 때문이었겠지. 마치 사자 우리 안에 살아 있는 먹이들을 풀어 주듯이……."

"일단 진정해. 아직 속단하기에는 이르잖아."

남은 의지마저 완전히 꺾어 버리는 주인이의 말에 그렇게 속삭인 나는 다시 폐교 앞을 바라보았다.

다른 통로를 찾는 게 불가능에 가깝다는 게 밝혀진 이상, 이제 남은 방법은 어떻게든 저 안으로 들어가는 것뿐인데…….

저 안에 들어간다고 해도 다른 관리자가 있을지 어떨지는 알 수 없었다.

아니, 틀림없이 진을 치고 있을 테지. 좁은 곳에서야말로 우리를 잡기 더 쉬울 테니까.

식은땀이 밴 손을 한참이나 쥐었다 폈다 하던 내가 조심스럽게 말했다.

"그래도 이대로 손 놓고 있을 수는 없잖아. 관리자들한테 들키지 않게 폐교 근처를 살피다 보면 눈에 띄지 않고 들어갈 방법이 생길지도 몰라. 개구멍이라든가……. 여차하면 담을 넘을 수도 있고.”

그에 잠시 멍하니 있던 주인이가 작게 고개를 끄덕였다. 여전히 내 말에서 별다른 희망을 찾진 못한 것 같았지만, 그래도 이대로 손 놓고 죽는 것보다는 낫다고 생각한 것 같았다.

그래도 전에 비하면 눈에 띄게 굼떠진 그의 움직임에 나는 속으로 한숨을 내쉬었다.

주인이한테는 이런 문제가 있구나.

머리 회전이 무척 빠르지만, 그렇기 때문에 앞에 일어날 수 있는 모든 경우의 수를 순식간에 읽고 어떻게 해도 답이 안 나온다는 걸 깨달으면 곧바로 포기해 버리는 거.

우리한테 일어난 사건 자체가 비상식적인 부분이 많은 이상 벌써부터 포기할 필요는 없을 텐데. 나는 일부러 더욱 의욕적으로 폐교 주변을 헤집고 다녔다.

하지만 성과는 없었다. 원래 세계에서의 우리처럼 담력 시험이다 뭐다, 시답잖은 이유로 출입하는 사람이 많았는지, 폐교 주변에는 사유지의 침입을 막기 위한 가시 박힌 울타리가 빈틈없이 둘러쳐져 있었다.

방치된 지 오래인 담벼락 뒤에도 나무와 풀들이 발 디딜 틈 없이 솟아 있었다. 저곳 어딘가에서 관리자가 나무나

풀에 몸을 숨기고 기다리고 있다고 해도 우리로서는 전혀 알 수 없을 터였다.

다행인지 불행인지, 관리자는 우리가 폐교 주변을 헤매고 다닐 동안 한 번도 우리 앞에 나타나지 않았다.

하지만 그 이유가 언제든지 우리를 잡을 수 있다는 자신감 때문인지, 더 유리한 조건에서 술래잡기를 하기 위해 해가 지길 기다리는 건지는 알 수 없었다.

그리고 마침내, 해가 완전히 졌다.

우리는 일단 폐교에서 조금 떨어진 쓰레기장으로 이동했다.

순식간에 내린 어둠 속에서 우리는 하릴없이 소지품을 재확인하거나 스마트폰만 매만졌다. 적어도 아리를 제외한 우리에게 있어 스마트폰은 게임기나 계산기, 손전등에 불과했다.

핸드폰 플래시의 밝기가 얼마나 쓸 만한지 확인하던 내가 문득 중얼거렸다.

"손전등을 좀 사 올 걸 그랬네. 아니면 빌리거나. 이렇게 어두워질 때까지 이 세계에 있을 줄은 몰랐지……."

그리고 나는 아리를 힐끗 보았다.

그녀는 좀 전부터 지나치게 초조해하거나 혹은 뭔가를 갈등하는 것처럼 보였다.

"아리야."

내 부름에 그녀가 화들짝 놀라 고개를 들었다.

"네, 네?"

"너는 안 돌아가 봐도 괜찮아? 우리가 갑자기 들이닥친 거고, 너도 네 일정이 있을 텐데……. 약속도 그렇고, 아르바이트도 있다고 했고."

그제야 아리는 비로소 안도한 표정을 지었다.

고개를 가로저은 그녀가 대답했다.

"괜찮아요. 적어도 어제와 오늘은 그런 거 없었으니까. 그리고 있었다고 해도, 여러분이 이 세계에서 신원 미상자로 헤매고 있는데 제가 마음 편하게 제 삶을 살아갈 수 있을 리 없잖아요."

"그래도……."

"여러분이 한시라도 빨리 돌아가는 게 저를 돕는 거예요."

너무 초조해하길래 나는 분명 그녀가 다른 급한 일이 생긴 건 줄 알았는데. 그렇게까지 말한다면야 더는 할 말이 없었다.

끙 하고 신음을 삼킨 나는 작게 '고마워.' 하고 속삭였다. 그때 옆에서 중얼거림이 들려왔다.

"원래 세계에서 올 때야 하도 갑작스러웠으니 아무 준비도 못 한 게 당연하다고 쳐도…… 이 세계에서까지 계속 얼이 빠져서 다닐 필요는 없었는데."

내내 의욕 없는 태도로 담벼락에 기대어 서 있던 주인이였다.

그리고 그가 빈손을 물끄러미 내려다보다 꺼낸 말에 나는 흠칫 놀랐다.

"내 탓이야. 내가 조금만 더 정신을 차리고 있었어도 이렇게까지 무력한 상황에 빠지지는……. 하다못해 이 상황을 예견하기만 했어도."

저게 무슨 소리람? 입술을 깨문 내가 대꾸했다.

"그게 무슨 소리야? 유천영을 구하러 무작정 이 세계로 쳐들어오자고 한 건 나였잖아. 게다가 나는 이게 함정일 거란 생각조차 못 했지만, 너는 그걸 알면서도 말하면 더 위험해질 수도 있다는 생각에 아무 말도 못 하고 따라왔잖아. 그런데 이 상황이 어떻게 네 탓일 수가 있어?"

그러자 비로소 주인이가 시선을 들어 나를 보았다.

그가 힘없는 말투로 대꾸했다.

"말했잖아. 정신을 차리지 못했었다고. 조금만 생각해 봤으면 다 예상할 수 있는 문제였는데……."

"무슨 소리야? 이런 상황에서 정신 차릴 수 있는 사람이 뭐 얼마나 있다고 그래. 게다가 너는 이 세계의 존재를 안 지도 얼마 안 됐으면서."

"……."

내 반박에 그는 한동안 입술을 깨물고 아무 말도 없었다.

한숨을 내쉰 내가 다시 말했다.

"나도 주인이 네가 똑똑하다는 걸 알고, 그 점을 좋아하지만 그렇다고 해서 네가 모든 상황을 대비하고 모든 문제를 해결해 주길 기대하진 않아. 그러니까 과하게 자책하지 마."

그때 주인이가 다시 고개를 들었다. 그가 여전히 분한 듯한 얼굴로 대꾸했다.

"아니, 이 일은 시작부터 내 잘못이었어. 애초에 내가 유천영한테 이 세계가 존재한다는 걸 알려 주지만 않았다면……."

그때였다. 여태까지 우리의 대화를 듣고 있는 줄도 몰랐던 유천영이 불쑥 끼어들었다.

"그래. 너희가 따라올 줄 몰랐던 내 탓이 커. 나 혼자 해결하면 될 일인 줄 알았어."

그 말에 나는 주인이와 얘기할 때는 한 번도 느껴 본 적 없던 열이 이마에 잔뜩 오르는 것을 느꼈다.

그를 타는 듯한 눈으로 노려보던 내가 따져 물었다.

"유천영, 너 그게 무슨 소리야? 우리가 따라오지 않았으면 너는 너를 뒤쫓던 관리자한테 죽거나, 혼자 이 세계에 남겨져 잊혔을 거야. 그런데도 우리가 위험해진 것만 큰일인 것처럼 말한다는 건……. 너, 네가 위험에 빠지는 것쯤은 상관없다고 생각하지? 여전히?"

유천영은 별다른 고민의 기색조차 없이 대답했다.

"말했잖아. 네 희생으로 얻은 안전은 바라지 않는다고. 그때도 그렇고, 지금도."

유천영의 대답에 다시금 시야가 핑 돌았다.

나는 그에게 고함을 치고 싶었지만 관리자에게 들키지 않기 위해 어금니를 깨물어야만 했다.

한참 그를 노려보던 내가 다시 입을 뗐다.

“너는…… 왜 그렇게 늘 제멋대로야? 나를 밀치고 대신 다칠 때도 그렇고, 지금도…….”

“…….”

여전히 대답 없는 유천영을 노려보던 나는 문득 돌아섰다.

난처한 표정으로 우리에게서 조금 물러나 있던 주인이와 아리를 향해 내가 말했다.

“잠시만 다녀올게. 상황이 상황이니만큼 멀리 안 가, 이 앞 골목까지만.”

다행히 주인이는 알 만하다는 표정으로 대답했다.

“조심히 다녀와. 최대한 빨리 오고.”

그의 대답을 들은 나는 그 즉시 유천영의 손목을 잡고 쓰레기장을 나섰다.

모퉁이 하나를 돌자마자 나는 그 자리에 멈춰 섰다.

고개를 들어 바라본 유천영은 여전히 담담한 표정이었다.

그를 노려보던 나는 이윽고 눈꼬리에 서서히 물기가 배어나는 것을 느꼈다. 그것은 곧 둥그런 형태를 이루어 바닥으로 후드득 떨어졌다.

지척에 선 유천영의 숨소리가 바람 속 촛불처럼 흔들리는 것이 느껴졌다. 주먹을 몇 번 쥐었다 편 내가 천천히 말을 꺼냈다.

"나는…… 은지호의 냉담함이 지금까지 겪어 본 것 중에 날 제일 괴롭게 한 줄 알았는데, 아니었어. 네 다정함이라고 불러야 할지 말아야 할지 모를 면모가 더 날 괴롭게 해."

"……."

"네 다정함은 가끔…… 끔찍해. 알아?"

그렇게 말하면서 그를 쏘아보는 내 턱 아래로 다시 눈물이 후드득 떨어져 내렸다. 유천영은 마치 석상으로 변하는 저주라도 걸린 것처럼 여전히 창백한 얼굴로 미동도 없었다.

그를 보며 입술을 짓씹던 내가 다시 말했다.

"너는…… 너도 결국, 내가 네 말과 행동에 어떻게 느낄지는 전혀 생각하지 않는 거잖아. 그러지 않고서야 어떻게, 내가 네가 나 대신 다쳤을 때 얼마나 괴로웠는지, 얼마나 처참한 기분이었는지 이미 다 말했는데도…… 그런데도 어떻게 너 자신을 그렇게 간단히 다시 위험 속으로 빠트릴 수가 있어?"

"……."

"네가 다치고, 사라지고…… 그런 일을 어떻게 나더러 다시 견디라는 거야? 도대체 어떻게."

그때였다. 소리 없이 입술만 달싹거리던 유천영이 마침내 입을 열었다.

그가 난감한 기색이 가득 묻어나는 얼굴로 대답했다.

"나는 네 생각을 하지 않은 게 아니야. 오히려…… 네 생각이 먼저라서, 나에 관한 생각을 잘 할 수가 없었어."

"……."

나는 고개를 들어 그와 마주 보았다.

거짓이라고는 한 점도 담기지 않은 푸른 눈을 바라보며 나는 생각했다.

과연, 예전 여령이의 말은 틀린 데가 없구나.

원치 않는 형태의 애정은 때로는 차라리 두려움이다.

그리고 눈을 내리깐 유천영이 덧붙였다.

"사고 때도 그랬겠지. 순간적인 판단이었는데도 전혀 망설이지 않고 몸을 날릴 수 있었던 건, 아마 그때도 나한테는 네가 다치지 않는 게 더 중요해서……."

"……."

"그리고 이번에도, 내가 안전하게 지내고 있던 게 알고 보니 너 대신이었다는데…… 내가 모르는 사이에 너는 나 때문에 목숨을 위협당하고 있었다는데, 내가 이러지 않고 견딜 수 있었을 것 같아?"

뚝뚝 끊어지는 목소리로 말하던 유천영의 눈썹이 괴로운 듯 일그러졌다.

내가 멍하니 올려다보는 가운데, 내 손목을 붙잡은 그가 되물었다.

"그럼, 어떻게 했어야 하는데? 아무것도 모르던 때로 돌아갈 수는 없잖아. 돌아가지도 않을 거고."

"……."

그리고 잠깐 괴로운 듯 다른 곳에 시선을 던지던 그가 중얼거렸다.

"이건 결국, 누가 더 서로가 다치는 모습을 잘 견딜 수 있는가 하는 문제일 뿐이야."

여전히 멍하니 있던 나는 그의 다음 말에 퍼뜩 정신을 차리고 고개를 들었다.

"그리고 나는 그걸 더 못 견디는 사람이 있다면, 너보다는 나일 거라고 생각해."

"왜?"

"나는 너를 좋아하니까."

"……."

"그리고, 너는 날 좋아하지 않으니까."

그의 대답에 내 얼굴이 다시 일그러졌다. 내가 그의 팔을 주름이 잡힐 정도로 세게 쥐며 다그쳤다.

"말도 안 되는 소리 하지 마. 도대체 왜 그게 그렇게 돼? 세상에 사랑의 형태가 하나뿐인 것도 아닌데."

나는 이마를 잔뜩 일그러뜨린 채 말을 이었다.

"내가 너한테 다른 친구 중에 누구를 제일 좋아하냐고 물으면 대답 못 할 거잖아. 왜냐하면 너는 그 애들 모두를 각자 다른 방식으로 좋아하니까. 나처럼 그런…… 의미로 좋아하지 않더라도. 그런데 왜, 너는 나를 좋아하고 나는 그러지 않는다는 이유로 내 고통은 더 참을 만한 게 되어야 해?"

그러면서 나는 차마 하지 못한 말을 입속으로 삼켰다. 나도 한때 그를 좋아했었다는 말은…… 여기에서는 안 하느니만 못하겠지. 그래 봤자 한때니까 유천영이 납득할 리도 없고.

그때, 나를 내려다보던 유천영이 문득 한쪽 입꼬리를 말아 올렸다.

그가 한결 부드러워진 목소리로 대꾸했다.

"그래도 네가 나를 좋아하는 것보다는, 내가 널 더 좋아할걸."

그 말에 나는 또다시 발끈하고 말았다. 내가 으르렁대는 듯한 말투로 대꾸했다.

"아닐걸. 너 나한테 '내가 너한테 아무것도 기대하지 않아서 좋다'는 말까지 한 적 있으니까."

"뭐라고?"

유천영의 표정이 믿을 수 없다는 듯 떨떠름해졌다. 그의 시선에 나는 일부러 어깨를 당당히 폈다.

뭐, 악의적인 편집이 좀 있긴 하지만, 어쨌건 그가 그 말을 한 건 사실인데 뭐. 나도 실제로 꽤 오랫동안 오해했었고.

이윽고 입술을 매만지던 손을 내린 유천영은 금세 다시 침착해진 말투로 대꾸했다.

"다른 뜻이었는데 내가 잘못 말했겠지. 내가 말실수 잘한다는 거 너도 알잖아. 날 다른 애들만큼 오랫동안 봤다면."

"응."

"그리고 어쨌거나 나중에는 널 좋아하게 됐었고."

얼굴색 하나 안 바뀌고 부끄러운 소리를 아무렇지 않게 하는구나, 너. 그렇게 생각하던 나는 곧, 우리가 방금 나눴던 대화 전체가 굉장히 부끄러운 내용이었다는 것을 깨달았다.

한 손으로 얼굴을 가린 나는 괜히 손사래 치며 말했다.

"아, 아무튼. 좋아한 거로 따지자면 진짜 의미 없어. 그렇게 따지자면 애초에 내가 훨씬 먼저……."

거기까지 말한 나는 흡 소리 나게 숨을 삼키며 고개를 들었다.

망했다, 말실수할 게 따로 있지. 설마 알아들었을까? 설마.

결정적인 순간이면 늘 대사 일부가 묵음 처리 되는 인터넷 소설의 법칙에 걸어 보았던 기대는, 유천영과 눈이 마주치자마자 산산조각 나고 말았다.

내 동공이 사정없이 떨리는 가운데, 조금 상기된 얼굴로 내 손목을 붙잡은 유천영이 물었다.

"네가 날 좋아했었어? 언제? 언제부터, 언제까지……."

그답지 않게 빠른 어조였다. 말을 돌리거나 그의 손아귀에서 빠져나가고 싶었지만 둘 다 불가능했다.

결국 눈만 굴리던 나는 한숨을 푹 쉬며 말했다.

"우리 꽤 오랫동안 알고 지냈으니까, 그러다 보면 잠깐 좋아하고 그럴 수도 있지 뭐……. 게다가 솔직히 말하자면 그때도 너는 지금만큼 멋있었고, 성격도 비슷했으니까. 너랑 나랑 그때도 키도 지금만큼 차이 났었나……."

그렇게 말하며 나는 손을 들어 그와 내 키 차이를 은근슬쩍 가늠해 보았다. 너 그때도 이미 170은 훌쩍 넘겼었으니까. 그러던 내게 다시 물음이 들려왔다.

"정확히 언제였는데?"

내가 굳이 대답해야 할 의무가 있냐고 따지고 싶었지만 아무래도 그럴 분위기가 아니었다.

입술을 비죽대던 나는 딴 곳을 보며 대답했다.

"아마도 중학교 1학년 때……. 널 처음 만나고 얼마 안 됐을 때, 그때 잠깐."

"……."

"말했지만, 그땐 평범한 세상에서 살다가 소설 속 세상으로 넘어온 지 얼마 안 됐던 내 눈에 네가 너무 멋있어 보였거든."

그러고 유천영에게서 '너는 내게 아무것도 기대하지 않아서 좋다'는 말을 듣자마자 여단 오빠를 좋아하기 시작했었으니, 아마도 그때의 나는 잘생긴 사람이면 다 좋았던 게 아닐까?

차마 그런 말은 못 하고 눈만 굴리던 내게 유천영의 대답이 돌아왔다. 나는 다시 고개를 들었다.

"그랬어도 내가 너보다 먼저 너를 좋아했을 거야."

그렇게 말하는 그의 표정은 은은히 웃고 있었다.

나는 괜히 인상을 찌푸리며 물었다.

"기억도 없는 네가 어떻게 알아?"

"알아, 그냥."

여전히 가볍게 웃으며 대꾸하는 유천영에게 선문답하지 말라고 대꾸하려던 찰나였다.

갑자기 표정을 바꾼 그가 나를 당기며 자리를 바꾸었다.

갑자기 뭐 하는 거냐고 물으려던 나는 그의 뒤로 우르르 나타난 인영들을 보고 얼어붙었다.

도대체 언제 온 거지? 구둣발 소리도 없이 접근한 세 명의 관리자가 어둠 속에서 우리를 노려보고 있었다. 눈조차 없는 얼굴은 차가운 달빛만을 반사하고 있었다.

상황을 파악한 내가 재빨리 유천영의 손목을 당겼지만 그는 꿈쩍도 하지 않았다. 내가 작게 외쳤다.

"왜……!"

"이렇게까지 가까이 왔으면 못 도망쳐. 누구 한 사람은 남아서 막아야 해."

"아까처럼 잘 도망칠 수도—"

"상대를 보지도 않고 싸울 수는 없잖아."

나는 그제야 유천영이 관리자들과 싸워 볼 생각임을 깨달았다.

확실히 그도 사대천왕 중 한 사람이니만큼 싸움에 능했고, 우리 중에 제일 시비가 많이 걸리는 사람이니만큼 실전 경험은 그 누구보다도 많다고 할 수 있었다.

그러나 기껏해야 동네 불량 학생들 몇몇과 붙는 것과 상식적으로 이해되지도 않는 존재들과 싸우는 것은 전혀 다른 문제였다.

내가 속삭였다.

"그냥 도망치자."

"그 작가라는 애랑 우주인을 데리고 먼저 가. 해치우면 따라갈게."

"못 해치우면?"

내 물음에 유천영은 대답하지 않았다.

그때 모퉁이 너머에서 주인이와 아리가 소란을 듣고 고개를 내밀었다.

"무슨 일……."

어리둥절하게 말하던 주인이는 유천영과 관리자 셋이 대치 중인 상황을 보고 얼굴을 싹 굳혔다.

유천영이 말하지 않아도 그는 순식간에 의도를 파악한

모양이었다. 잠시 갈등하듯 입술을 깨물었던 주인이가 금세 손을 내밀어 나와 아리를 자신의 뒤로 오게 했다.

그리고 그가 골목 너머를 향해 외쳤다.

“이길 생각 말고 조금만 버티다가 도망쳐! 나도 두 사람만 안전한 곳에 데려다 두고 다시 올게.”

“올 필요 없어.”

“혼자 이긴다는 보장도 없으면서!”

말도 안 되는 소리 말라는 듯 외친 주인이가 나와 아리의 손목을 잡아끌었다.

“가자! 어서.”

발이 몇 번이나 꼬여 무너질 뻔하면서도 나는 뒤를 돌아보았다.

까마득한 어둠 속에서 유천영의 팔을 휘어잡는 여러 갈래의 반투명한 손을 본 것만 같았다.

심장이 빨리 뛰고 이마에는 식은땀이 흘렀다. 골목 하나를 다 돌지도 못하고 나는 주인이의 손을 뿌리쳤다.

뭐냐는 듯이 돌아보는 그에게 내가 거친 숨을 몰아쉬며 따졌다.

“우리가 도망친 사이에 관리자가 유천영을 어떻게 해 버리기라도 하면? 우리는 관리자에게 잡혔을 때 유천영이 구체적으로 어떻게 되는지, 시간을 두고 처리하는지 바로 처리하는지조차 모르잖아.”

"그건 우리가 잡혔을 때도 마찬가지야."

"아……."

말도 못 하게 섬뜩한 그의 말에 나는 잠시 할 말을 잃었다.

그때였다. 나와 주인이를 번갈아 보던 아리가 뭔가 결심한 듯이 입을 여는 찰나, 그녀의 뒤에서 소리도 없이 뻗어 나온 손들이 그녀를 휘감았다.

뒤늦게 그 광경을 본 내가 비명처럼 외쳤다. 주변의 모든 관리자를 끌어모을 거란 생각조차 지금의 내게는 불가능했다.

"아리야!"

머릿속이 새하얘졌다. 가까운 사람이 위험에 빠진 건 유천영의 사고 이후로 거의 처음이었다.

경험자인 나조차 이럴진대 주인이의 반응은 말할 것도 없었다. 황갈색 두 눈이 순식간에 초점을 잃었다. 그가 멍하니 아리에게 손을 뻗었다.

"안……."

그러나 그의 힘없는 손끝은 자신이 제때 목적지에 닿지 못할 거라고 이미 확신하고 있는 듯했다.

우리 중 누구도 예상하지 못한 일이 발생한 것은 바로 그때였다.

아리를 긴 팔로 친친 감았던 관리자들이 저마다 손목이나 팔등을 부여잡으며 스스로 물러났다.

그 광경을 본 나는 눈을 크게 뜨며 중얼거렸다.

"뭐야?"

한편, 이 상황을 이해하지 못한 건 관리자들도 마찬가지인 듯했다. 그들이 노아리가 작가라거나, 혹은 다른 중요한 존재임을 깨닫고 그녀를 놓아준 게 아니라는 뜻이었다.

나는 노아리의 몸에 닿았던 그들 몸의 일부가 흔적도 없이 사라졌음을 뒤늦게 깨달았다.

잘려 나가거나 망가진 게 아니었다. 정말로 원래부터 존재하지 않았던 것처럼 흔적도 없었다. 팔이 사라진 자리는 텅 빈 어둠만이 대체하고 있었다. 어둠에 감싸인 팔의 경계가 안개처럼 흐릿했다.

이게 대체……. 그 모습을 본 내가 다시 중얼거렸다.

한동안 우리가 있던 골목에는 정적만이 흘렀다. 쫓는 자와 쫓기는 자 모두가 꼼짝도 하지 않는, 마치 석상들의 회합처럼 기묘한 풍경이었다. 그 속에서 아리가 천천히 입을 열었다.

우리와 관리자들을 번갈아 본 그녀는 신중한 어조로 말을 꺼냈다.

"……낮에 버젓이 활동하는 관리자들과 마주치고 나면서부터, 끊임없이 생각해 왔어요. 어째서 빛과 많은 사람 앞에는 당당히 나설 수도 없는 '허구적인 존재'가 이쪽 세계에서는 사람에 가까운 물리력을 행사하는 건지."

"……."

"그러다가 문득 생각이 났어요. 단이 선배가 이 세계와 저 세계를 오가는 것에 대해, 관리자가 했던 말. '원래 세계', 그러니까 단이 언니가 있어야 했던 세계의 관리자들이 언니를 데리러 오는 거라고."

그녀가 표정 없이 입술을 달싹거렸다.

"그렇다면, 지금 우리를 쫓아오고 있는 당신들은 저쪽 세계, 그러니까 제가 쓴 소설 속 세계의 관리자들이란 거겠죠."

그리고 그녀는 갑자기 주머니를 뒤적거리더니 잔뜩 구겨진 쪽지 여러 개를 꺼냈다.

그중에 하나를 펼친 그녀가 중얼거렸다.

"거기에서 착안해서 이런 발상을 해 보았어요. '당신들을 내 소설의 등장인물로 만든 다음, 지우면 어떨까?' 이미 그 세계에서 사는 사람의 삶을 건드리는 거였다면 고민해 봤겠지만 당신들은 달라요. 당신들은 사람이 아니니까."

그녀의 손안에서 구겨진 종이들이 후드득 떨어져 내렸다. 나는 굳어진 와중에도 눈을 굴려 그 안의 내용을 확인했다. 다행히 굵은 글씨로 써서 알아보는 것은 어렵지 않았다.

'관리자는 유천영과 함단이, 우주인을 쫓지 않는다.', '관리자는 유천영과 함단이, 우주인을 볼 수 없다.' 따위의 문장들이 가지런한 글씨로 적혀 있었다. 모두 그녀가 우리를 위해 그간 노력한 흔적들이었다.

여전히 표정 없는 얼굴로 아리가 말을 이었다.

"하지만, 효과는 없더군요. '관리자', '차원 간의 출입을 통제하는 자', '보통 사람의 눈에 보이지 않으며 폐교에 주로 거주하는 자'…… 온갖 표현을 써서 당신들을 나타내도 아무것도 이루어지지 않았어요. 당신들이 사라지는 것도, 우리를 더는 쫓지 않는 것도, 볼 수 없게 되는 것도……. 그러다 문득 이런 생각을 해 봤어요."

그녀의 목소리가 절벽에서 뚝 떨어지듯이 낮아졌다.

"당신들은 도대체 어떻게 탄생한 걸까?"

나는 잠시 숨을 멈추었다.

관리자들의 시선이 여전히 담담한 아리의 얼굴에 일제히 박혔다. 그들에게 눈이 없어도 나는 분명히 알 수 있었다.

기이하리만치 낮은 목소리가 이어졌다.

"당신들은 왜 이목구비가 없을까? 당신들은 왜 말을 할 수 없을까? 당신들은 왜 복장조차 모두 같을까."

"……."

"이목구비가 없으니 알아볼 수 없고, 말을 할 수 없으니 목소리조차 알 수 없고, 복장마저 비슷하니 구분할 수 있는 특징이란 거의 아무것도 없죠. 그런데도 사람의 형태를 취한 건 어째서인가요? 사람 개개인이라면 마땅히 가져야 할 개성은 없으면서, 어째서 자이는 존재하는 건가요?"

거기까지 말한 아리가 자세를 바꾸었다. 두 발을 조금 벌리고 허리를 곧게 편 그녀가 관리자들을 당당히 마주 보았다.

"거기에 이르러서 저는 이렇게 생각했어요. 당신들에게 개성은 없고 자아는 있는 게 아니라, 개성은 '지워졌고' 자아는 '지워지지 않은' 게 아닌가? 하고. 왜냐하면, 개인의 내면은 개인의 외면보다도 더욱 강력하기 때문에."

"……."

"단이 언니, 이 세계로 건너오기 전에 그 관리자가 그렇게 경고했다고 했죠? '유천영이 이 세계에서 오래 머문다면 그의 존재감은 차차 사라질 거다.'라고."

여전히 굳어져 있던 나 대신 그 말에 대답한 것은 주인이였다.

한 걸음 앞으로 나선 그가 말했다.

"그래, 분명히 그렇게 말했어. 더불어 모두가 점점 유천영을 볼 수도, 들을 수도 없게 될 거라고 했지. 그리고 남는 건 영원한 고독뿐……."

그렇게 말하던 그의 표정이 문득 심각해졌다.

"아니, 잠깐, 아무리 그래도 사람인데 '영원한' 고독에 빠질 리는 없어. 사람인 이상 누구든 끝이 있기 마련이니까. 그런데도 굳이 그런 표현을 썼다는 건……."

아리가 태연자약하게 그의 말을 받았다.

"사람이 아닌 다른 무언가가 돼 버리는 거라면, 그래서 사람으로서는 상상할 수 없는 기나긴 시간을 살아가야 한다면? 충분히 이해가 되는 표현이죠.”

“…….”

충격에 빠져 굳어진 우리를 내버려 두고, 다시 관리자들을 돌아본 그녀가 말했다.

“다시 말해, 당신들이 우리와는 반대로 저쪽 세계에서 존재감이 약하고 이쪽 세계에서 도리어 강한 이유는, 당신들이 ‘원래는’ 이쪽 세계에 속해 있던 존재였기 때문에. 그랬기 때문에 저쪽 세계에 있는 다른 수많은 관리자 중에서도 비교적 강한 물리력을 가진 당신들만이 이 세계에 보내진 거예요.”

“…….”

“다시 말해, 당신들은 이 세계에서 저 세계로 건너갔다가 자기 자신이 완전히 사라지기 전에 돌아오지 못한, 혹은 돌아오지 않은 존재. 자기를 둘러싼 상황을 바꾸기 위해서는 자기 자신을 바꾸는 방법만이 허락될 뿐, 과거나 세계 전체를 바꾸는 방법은 허락되지 않았다는 걸 모르고…….”

미침내 밝혀진 관리자들의 정체 앞에 나는 너무 놀란 나머지 꼼짝도 하지 못했다. 그렇다면, 나는 창백하게 질린 얼굴로 중얼거렸다.

만약 나와 주인이가 유천영을 데리러 오지 않았더라면, 유전영은 어쩌면 이 세계의 관리자가 되어 영원에 가까운 세월을 홀로 살아가야 했을지도…….

상상만 해도 몸서리쳐지는 느낌에 나는 고개를 내저었다.

그때 아리의 목소리가 다시 들려왔다. 그녀의 말투가 갑자기 바뀌어 있었다.

"어찌 되었건 당신들은 '지워진 존재'고, 세계 질서상 필요한 일을 하며 간신히 존재를 지킬 수 있는 거겠지. 그조차 어둠과 꿈속에서밖에 활동할 수밖에 없는 허구로 말이야."

"……."

"그렇다면 당신들에게는 이름조차 남지 않았을 거야. 하지만 당신들이 적을 두고 있는 곳은 결국 나로 인해 만들어진 세계지. 따라서……."

거기까지 말한 아리가 불쑥 품 안을 뒤졌다. 그러면서 그녀가 다시 말했다.

"누군가에게 영향을 미치기 위해서는 그의 이름이 소설에 한 번이라도 언급된 적이 있어야 한다는 규칙도, 그 결과로 일어나는 일이 반드시 상식선 안에 있어야 한다는 규칙도 원래는 사라져야 하는 존재인 당신들에겐 아무런 의미도 없어. 안 그래? 그렇지 않고서야 이런—"

아리가 비로소 내내 품고 다니던 수첩을 꺼내 보였다. 그 안에는 급히 휘갈겨 쓴 글씨로 '사라진다.' 단 네 글자만이 적혀 있었다.

아리가 차가운 얼굴로 결정타를 날렸다.

"—고작 이 한마디로 당신들을 사라지게 할 수 있을 리 없으니까.”

“…….”

아리의 말이 마침내 끝났다. 하지만 골목 안의 그 누구도 감히 움직이지 못했다.

그때, 갑자기 수첩에 뭔가를 적고 북 찢은 아리가 그것을 내게 내밀었다.

“언니, 유천영을 데려오세요. 이게 있으면 저들은 언니에게도 아무런 해를 끼치지 못할 거예요.”

얼떨결에 고개를 끄덕인 나는 머뭇머뭇 말했다.

“으, 응. 그런데 그걸 그렇게 당당하게 말해도 괜찮…….”

그러면서 나는 주변 관리자들의 눈치를 보았다.

그때, 내 쪽으로 주춤 발을 떼는 관리자들을 향해 아리가 서늘하게 쏘아붙였다.

“다들 제자리에서 움직이지 마. 얼마 남지 않은 존재조차 지워지고 싶은 게 아니라면.”

“…….”

“언니, 어서 가요.”

피식자에서 포식자로, 순식간에 극적으로 반전된 처지에 나는 얼떨떨해하면서도 달렸다. 집단 지성 같은 걸 공유하는지 어떤지, 전에 있던 골목으로 가는 길에 마주친 관리자들도 내게 손끝 하나 대지 못했다.

그리고 마침내 관리자들에게 휩싸여 있는 유천영을 본

내가 외쳤다.

"유천영!"

관리자들이 그에게 어떤 물리적인 폭력을 행사한 것이 아니었다. 그런데도 유천영은 그들에게 붙들려 있는 것만으로도 힘이 빠진 것처럼 움직이지 못했다. 한쪽 눈을 찡그리고 있는 그의 윤곽선이 조금 흐려진 것은 내 눈의 착각이 아닌 것 같았다.

내가 다가가자 관리자들은 낭패란 기색을 내비치면서도 슬금슬금 물러났다. 그중에서도 그나마 오기 있는 이들이 조금 버티긴 했지만 내가 쪽지를 내밀자 꼼짝도 하지 못했다.

그토록 강하고 두려웠던 존재들이 겨우 글자가 적힌 쪽지 따위에 힘없이 물러난다는 것이 무척 묘하게 느껴졌다. 그리고 나는 내 쪽으로 쓰러지는 유천영을 황급히 받아서 부축했다.

"유천영! 아, 무거…… 야, 유천영! 정신 좀 차려 봐."

"정신은 있어."

그가 비교적 또렷한 발음으로 대꾸했다. 그러나 두 눈을 감고 고개를 내 어깨에 파묻은 것으로 보아 그리 멀쩡한 상태는 아닌 게 분명했다.

몇 번 미끄러뜨린 끝에 간신히 그의 팔을 내 어깨에 걸치는 데 성공한 나는 그를 데리고 끙끙거리며 아리 쪽으로 이동했다. 마침 주위의 관리자들을 성공적으로 물리친 두 사람도 이쪽으로 다가와 합류했다.

고작 2, 3미터를 이동했을 뿐인데 땀에 푹 절어 버린 나를 대신해 주인이가 유천영을 떠안았다.

우리는 폐교의 정문을 당당히 걸어서 통과했다. 관리자들은 조금 먼 거리에서 하염없이 우리를 바라볼 뿐, 아무도 막을 엄두를 내지 못했다. 하지만 그렇다고 해서 전혀 긴장되지 않는 건 아니었다.

주먹을 꽉 쥐고 걷던 내가 아리를 향해 몸을 조금 기울이고 물었다.

"저 관리자들 말이야. 우리를 이렇게 두 손 놓고 보내 줘도 어떤 불이익 같은 건 없는 걸까? 아까 네가 말했잖아, 저들은 말하자면 원래는 사라져야 할 존재인데 세계가 필요에 의해서 그 일부만을 남겨 두고 있는 거라고. 그런데 어째서 시도조차 안 하려는 건지 이해가 안 돼. 다행이긴 하지만."

아리는 표정의 변화 없이 담담히 대답했다.

"오히려 그렇기 때문에 나서지 못하는 거겠죠. 언니가 말한 것처럼, 저들에게 남은 건 이제 흔적이나 다름없는 극히 일부예요. 그런데 그것마저 사라지느니, 차라리 세계에게 괘씸죄로 심판당하는 편이 더 낫다고 생각할지도요."

"음, 일리 있어."

그러니까, 갖지 못한 자일수록 오히려 자기 것을 빼앗기지 않기 위해 더욱 필사적으로 되는 것과 비슷한 거지? 내 속삭임에 아리가 작게 고개를 끄덕였다. 그때, 갑자기 땅을 디디는 우리의 발소리가 달라졌다.

나는 고개를 들었다. 어느새 우리는 잡초가 자라난 운동장을 지나 어두컴컴한 실내에 서 있었다.

깨진 거울, 천장에 매달린 거미줄, 바닥에 흩어진 유리 조각들이 반사하는 날카로운 달빛.

한마디 말도 하지 않고 조용히 걸음을 옮긴 우리는 마침내 계단 앞에 섰다.

우리가 정말 무사히 여기까지 돌아오다니, 믿어지지 않아. 잠깐 감회에 사로잡혀 있던 나는 곧 계단을 하나씩 오르기 시작했다.

하나, 둘…… 마침내 발이 평지에 닿고 눈을 떴을 때, 나는 자줏빛이 흘러넘치는 복도 안에 서 있었다.

누군가를 기다리기라도 하는 것처럼 창가에 서서 밖을 보고 있던 관리자가 우리를 돌아보았다. 온몸에 걸친 검은 양복과 눈에 띄게 우호적인 분위기, 우리를 이 세계로 보낸 그 관리자가 분명했다.

모든 세계의 폐교 안은 이 통로로 이어져 있는 거구나. 나는 반신반의하면서도 앞으로 나서며 말했다.

"돌아올 때는 문이 아닌 계단으로 오게 되네요."

그에 허공에 떠오른 분필이 끼긱거리며 글씨를 썼다.

「무사히 돌아온 것을 축하한다」

예상치 못한 축하 인사에 나는 어쩔 줄 몰라 하다가 꾸벅 고개를 숙였다.

어쩌면 그도 우리를 놓친 다른 관리자들과 마찬가지로 불이익을 받을지도 모르는데, 그를 의심하기까지 한 주제에 축하를 받아도 되는지 송구스러웠다.

나와 같은 생각을 한 듯 아리의 표정이 겸연쩍어졌고, 주인이도 머쓱한 듯한 얼굴로 뒷머리를 긁적이며 창밖만 보았다.

그리고 우리는 평범한 교실 문을 열고 들어가 여전히 몸을 가누지 못하는 유천영을 의자에 앉혀 놓고 잠시 대화를 나누었다.

무사히 돌아오긴 했지만 아직 어떻게 나에 대한 기억을 되찾을 것인지, 하다못해 나에 대한 관리자들의 위협을 어떻게 막을 것인지는 여전히 정해지지 않은 상태였다.

물론 전혀 방도가 없던 예전과 달리 지금은 윤곽 정도는 나왔지만.

나는 손안의 구겨진 쪽지를 힐끗 보았다. 이걸 목걸이로 만들어서 부적처럼 걸고 다니면, 아마 관리자들은 감히 내게 손댈 엄두도 못 내겠지?

그 정도면 유천영이 바라는 '모두가 나에 대한 기억을 되찾는 것'에서는 여전히 아득하게 멀다고 해도, 적어도 내가 평범하고 안전하게 지내는 것만은 가능했다.

그때였다. 아리가 조용히 꺼낸 말에 나는 잠시 멍해졌다.

내가 망연히 되물었다.

"뭐라고?"

아리는 눈 하나 깜짝하지 않고 다시 말했다.

"저, 어쩌면 알 것도 같아요. 이 세계의 다른 누구도 영향받게 하지 않고서도 기억을 되찾게 할 방법 말이에요."

*　*　*

「배신자!」

자신이 태어난 세계를 버리고 다른 세계로 도망친 벌로 관리자들은 사람들에게 자신의 목소리로 말할 권리를 잃었다. 그러나 그들끼리의 소통까지 불가능한 것은 아니었다.

먹잇감을 놓친 관리자들이 이곳까지 쫓아와 비명처럼 외쳐 대는 말들에도 불구하고 검은 양복의 관리자는 태연했다.

그가 불쑥 말했다.

「왜지? 왜 내가 배신자란 말을 들어야 하지? 엄밀히 말하자면 사람들에게 금지된 건 '다른 세계로 넘어가는 것' 자체가 아니야. 그 세계에 아예 정착하는 것이지.」

「하지만…….」

분한 듯 씩씩대는 상대를 태연히 무시한 그가 다시 말했다.

「사람들이 꿈으로 다른 세계를 오갈 수 있는 이유가 무엇이겠나? 꿈을 통한 여행에서는 그들이 원래 세계로 돌아오는 것이 확실히 전제되기 때문이지. 꿈에 너무 빠진 일부 어리석은 자들을 제외하고 말이야.」

「하, 하지만 우리는…… 저 세계에서 오래 머물러선 안 된다는 걸 몰랐어. 하지만 저들은 달라. 저들한테는 그 사실을 가르쳐 주었잖아! 바로 네가 말이야. 그뿐만이 아니야, 이 세계의 모든 비밀을 나불나불…….」

「그렇지. 왜냐하면 저들은 이 세계를 만든 작가의 동료였으니까.」

「윽…….」

「너도 이미 경험했듯이, 이 세계에서조차 허구에 가까운 우리에게 작가의 존재란 절대적이다. 안 그래?」

물 흐르듯 유려한 검은 양복 관리자의 변명에 상대 관리자는 할 말을 잃고 주먹만 쥐었다 폈다.

그때 검은 양복 관리자가 다시 말했다.

「어쨌거나 저들은 충분한 정보와 달성 가능한 목적을 가지고 있었어. 그렇기에 나는 저들에게 길을 열어 준 것뿐이다. 어차피 저들이 실패한다고 해도 우리 같은 존재가 더 생기는 정도에서 그칠 일, 무엇이 그리 문제지?」

그리고 잠시 침묵하던 그는 말을 이었다.

「네가 불만을 가진 이유는 이해한다. 그건…….」

「…….」

그때였다. 말문이 막힌 듯 조용하던 상대가 다시 외쳤다.

「불공평해!」

검은 양복 관리자는 태연히 고개를 끄덕였다.

「안다. 운이 좋지. 그것도 지나치게.」

「그래!」

「저들 중에 마침 이 세계의 '원본'을 알고 있던 '섞인 자'가 속해 있던 것도, 저들 일부가 우리가 함부로 건드릴 수 없는 주연이었던 것도, 작가가 이 세계로 건너와 저들을 만난 적이 있었던 것도. 모든 상황이 공교로울 정도로 지나치게 잘 맞아떨어졌지. 과연 대단한 운이야.」

「내 말이 바로 그거야. 우리 대부분에게는 결코 주어지지 않았던 단서가 저들에게는 무더기로 주어진 셈이라고. 그런데 우리가 저들과 같은 결말을 내지 못했다고 해서 감히 누가 우리를 탓할 수 있겠어? 마찬가지로, 저들이 그걸 통해서 우리와 다른 결과를 내는 걸 왜 우리가 지켜봐야만 하지?」

그 말을 기점으로 다른 관리자들 역시 열변을 토해 냈다.

어지러울 정도로 쏟아지는 사념의 홍수 속에서 검은 양복 관리자는 잠시 관자놀이를 짚었다.

이윽고 그가 천천히 말을 꺼냈다.

「언제까지 인간들을 질투하기만 할 셈이지?」

「뭐?」

「언제까지 운이 좋은 인간들을, 운이 좋지 않은 인간들을, 그저 우리가 잃어버린 것을, 존재와 삶을 갖고 있다는 이유만으로 질투할 건가?」

「…….」

복도에 침묵이 찾아왔다. 자신을 둘러싼 이들을 찬찬히 훑어보던 그가 말을 이었다.

「우리의 역할은 '관리자'보다는 '관찰자'에 보다 가깝다. 그렇게 생각하지 않나? 우리가 규칙을 어긴 인간들을 잡으러 다니지 않을 때, 우리는 언제나 문을 통해 각자 다른 세계의 그들을 관찰하지. 상황에 따라, 상대에 따라, 주변 인물에 따라 달라지는 선택과 그 결과를.」

「…….」

「앞으로 얼마나 더 지켜봐야 하는지 모를 존재들을 사랑하긴커녕 질투하기나 했다간, 얼마 남지 않은 네 자아마저 점점 뒤틀리다가 끝내는 미치고 말 거다. 너희보다 오랫동안 관리자로서 살아온 존재로서, 그저 관찰자로서의 역할을 즐길 것을 권하고 싶군. 경기의 구경꾼들처럼 때로는 응원하고, 때로는 그저 안타까워하면서…….」

그리고 그는 문득 고개 돌려 창밖을 바라보았다. 창틀에 손을 짚고 아래를 내려다보던 그가 중얼거렸다.

「하지만, 너무 강한 운은 때로는 다른 자를 끌어들여 대신 희생시키기도 하는군…….」

아까부터 한 남자가 네 사람이 방금 지나온 교문 앞을 서성이고 있었다. 갓 성인이 되었을까 싶은 평범한 남자였다.

검은 양복 관리자는 그의 정체를 알고 있었다. 네 사람에게 장소를 제공하고 도움을 주었던 남자였다.

고개를 숙인 그가 중얼거렸다.

「어쩌면…… 새로운 동료를 맞이할 준비를 해야 할지도 모르겠군.」

* * *

이 세계의 법칙을 뒤틀지 않으면서도 이들로 하여금 나에 대한 기억을 되찾게 할 방법이 있다니? 방금 달리기를 마친 것처럼 심장이 거세게 뛰었다.

나는 망설임을 안고서 아리에게 물었다.

"그게…… 뭔데?"

사실 진짜로 하고 싶었던 말은 '정말로 그런 게 있어?'였지만, 그러면 간신히 나타난 희망이 신기루처럼 사라질까 봐 참았다.

아리는 망설임 없이 대답했다.

"저희가 뭔가를 함부로 고칠 수 없는 이유는 이 세계의 근간이 되는 소설을 고칠 경우, 자칫 잘못하면 세계 전체가 영향을 받을 수도 있기 때문이었죠. 심지어는 이 사건에 직접적인 관계가 없는 이들까지.”

“그렇지.”

“하지만 다른 방법, 그러니까 문장을 대상에게 가져다 대는 방법으로 언니에 대한 기억을 되살릴 수는 없어요. 왜냐하면, 이미 사라져 버린 세계에 대한 기억을 되찾는 건 ‘상식적으로’ 불가능한 일이니까요. 맞죠?”

“그래…….”

“하지만 저희는 아까 관리자들을 통해서 ‘상식적인’ 일이 아니더라도 가능할 때도 있다는 걸 알았어요. 어디까지나 그 상대가 허구일 경우에 한해.”

나는 천천히 고개를 끄덕였다. 하지만 여전히 아리가 무슨 방법을 말하려는 것인지는 감이 잡히지 않았다.

그러다 문득 떠오른 생각에 내가 입을 열었다.

“전에 관리자가 말하길, 다른 세계에서는 유천영도 관리자만큼이나 허구의 존재일 수 있다고 했지……. 다른 세계에서의 유천영은 소설 속 존재에 불과하니까. 아리 네가 우리 앞에서 ‘사라진다’라는 문장을 함부로 꺼내지 못한 건, 우리까지 그 문장에 영향받을까 봐서였구나.”

내 입에서 자신의 이름이 나오자, 파리한 낯으로 의자 등받이에 기대어 있던 유천영이 나를 올려다보았다.

대답 없는 아리를 보며 내 생각이 맞았음을 확신한 나는 다시 말했다.

"그럼 그 방법이라는 건, 다른 세 명까지 전부 저 세계로 데려가는 거야? 그렇게 해서 세 사람을 잠시 허구의 존재로 만든 다음 기억을 되살릴 수 있는 문장을 가져다 대면……. 아니, 하지만 여령이와 은형이는 그렇다고 쳐도, 은지호까지 데리고 가긴 쉽지 않을 텐데. 게다가 그렇게 해서 되찾은 기억이 이 세계에 돌아와서도 남을 거라는 보장도 없고."

"아니요, 굳이 그런 불확실하고 번거로운 방법을 쓸 필요 없어요."

나직하지만 단호한 아리의 말에 나는 눈을 동그랗게 떴다. 아니라고? 이게 아니고선 다른 방법이 도무지 떠오르지 않는데.

그때 아리가 다시 말했다.

"현실의 존재를 허구 속에 넘나들게 할 가장 쉬운 방법을 저희는 알고 있잖아요."

"뭐? 아……."

"'꿈.'"

아리의 목소리가 기묘한 여운을 남기며 빈 교실 곳곳으로 흩어졌다.

나도, 주인이도, 유천영마저도 사로잡힌 것처럼 바라보는 가운데, 잠시 간격을 두고 그녀가 말을 이었다.

"그래요. 관리자들이 쉽게 영향력을 행사할 수 있고, 무슨 일이든지 일어날 수 있고, 현실로 아무것도 가져갈 수 없어도 적어도 '기억'만은 가져갈 수 있는 꿈이라면."

"……."

"거기야말로 언니에 대한 기억을 되살리기에 가장 알맞은 공간일지도 몰라요."

정적 속에서 나와 주인이는 서로를 마주 보았다. 눈빛만으로도 우리가 같은 생각임을 알 수 있었다.

마다할 이유가 없었다. 무엇보다도 배경이 고작 꿈속이라면, 시도가 실패한다고 해도 현실의 이들이 위험해질 가능성은 전혀 없으니까.

수첩을 꺼내어 품에 안은 아리가 복도를 힐끗 보고는 말했다.

"저 문을 통해 다른 사람의 꿈으로 들어가는 것도 가능하지요? 언니가 이미 저 문으로 유천영의 꿈에 들어갔다 나온 적이 있으니까. 지금 관리자에게 제대로 확인하고 올게요."

"이, 응……."

마음만 먹으면 자신이 모두를 없앨 수도 있다는 것을 알아선지, 이제 아리의 행동에는 거침이 없었다.

고개를 끄덕이던 나는 뺨에 따갑게 와 닿는 시선을 느끼고 숨을 삼켰다. 맞나, 유천영도 기억하고 있었지, 그 꿈…….

우리 둘의 눈치를 살피던 주인이가 안 되겠다 싶었는지

슬쩍 자리를 피했다.

그가 아리를 따라 교실을 나가자마자 유천영이 입을 열었다.

"내가 전에 말했을 때는 아무런 반응도 안 보였잖아."

"그게……."

그야 상식적인 사람이라면 '사실 그 꿈, 내가 직접 네 꿈속에 들어갔던 거야.'라고 말할 수 있을 리 없으니까.

난감해하며 시선을 피하는 내게 유천영이 말을 이었다.

"그래서 난 그 꿈이 너랑 관계없다고 생각했어. 널 좋아하기 전까지는 그냥 내 무의식이 관계없는 장소와 인물들을 섞은 줄 알았고…… 널 좋아한다는 걸 깨닫고 나서는, 내가 너와 같은 중학교를 나왔는데도 아무런 추억도 없는 게 아쉬워서라고 생각했어. 그랬는데……."

"……."

두 손에 얼굴을 파묻고 있던 유천영이 천천히 고개를 들어 나를 보았다.

"그 꿈속에서 나를 만났을 때, 넌 무슨 생각을 했어?"

"……."

"그게 우연이 아니라는 걸 너만은 알고 있었잖아. 넌 그때……."

충동적으로 말을 쏟아 내던 유천영이 갑자기 입을 다물었다.

그런 그를 잠자코 보며 나는 생각했다. 무슨 생각을 했냐고? 꿈속에서 나를 보며 '너였구나.'라고 말하던 너와 만나고 나서?

당연히 나는 그때 그것이 현실의 유천영의 마음에 대한 단서는 아닐까 하고 기대했었다. 그래서 꿈에서 깨어나자마자 당장 그에게 전화를 걸었다가 어리둥절한, 심지어 대수롭잖게 여기는 듯한 반응을 얻고 실망했었지.

거기까지 떠올린 나는 한 손을 들어 화끈거리는 이마를 감쌌다.

그러니까 나는 포기했다고 말했던 주제에, 사실은 그때도 여전히…….

대답을 기다리는 듯 일렁이며 나를 향하는 유천영의 시선을 더는 견딜 수가 없었다. 그때 복도로 이어진 문이 벌컥 열리며 아리와 주인이가 빠른 걸음으로 들어왔다.

교실을 가로질러 온 아리가 내 손을 덥석 잡으며 말했다.

"언니, 확인했어요. 전에 언니가 그랬던 것처럼 저 문을 통해 다른 사람의 꿈속을 방문하는 게 가능하고, 게다가 그건 다른 세계로 가는 것에 비해 별 제약도, 위험성도 없다나 봐요."

"아."

"그리고 서희야 괜찮을지 모르지만, 섞인 존재가 아닌 우주인의 경우에는 이 공간에 오래 머무는 것 자체가 안 좋대요. 필요한 사람을 제외하고는 전부 내보내는 게 좋겠어요. 유천영도 포함해서.”

“그, 그래. 들었지, 유천영?”

황급히 대답한 내가 유천영을 보았다. 내 속이 빤히 보인다는 듯, 나를 살짝 노려보다가 작게 한숨을 내쉰 그는 순순히 문밖으로 나갔다.

계단 앞에서 나와 아리는 주인이, 그리고 유천영과 인사를 나누었다.

유천영이 아무런 이의 없이 자리를 떠나는 것에 반해 의외로 미적거리는 것은 주인이 쪽이었다.

계단을 내려가려다 말고 문득 다시 아리를 돌아본 주인이가 물었다.

“일이 제대로 된다면, 너는 어떻게 할 거야? 돌아갈 거야? 네가 살던 세계로.”

“말했잖아요. 제가 정말로 원해서 그쪽 세계를 택한다면 모를까, 도망치듯이 넘어갈 마음은 없다고.”

그러자 주인이는 웃는 듯 마는 듯 미묘한 얼굴로 대답했다.

“알았어.”

계단 그늘에 반쯤 파묻힌 그의 낯빛은 더욱 기묘해 보였다. 그리고 그가 한동안 눈을 내리깔고 있다가 불쑥 꺼낸 말에 나는 놀랐다.

“그래도 네가 그 세계에서 어떻게 지냈는지 안 이상, 마음이 편하진 않아. ……어차피 그 세계에서 내가 신원조차 없는 처지였다면, 그걸 이용해서 좀 더 이것저것 해 볼 걸 그랬어."

그러자 아리가 당장 펄쩍 뛰었다.

"하긴 뭘 해요?!"

"맞아, 도대체 뭘 하겠다는 거야?"

주인아, 제발 좀……. 내 애원조에도 불구하고 주인이는 입꼬리만 더욱 끌어 올렸다. 사색이 된 아리 옆에서 나는 이마를 짚었다.

아이고, 신원이 사라진 처지를 슬퍼하긴커녕 그걸 이용해 범법을 저지를 생각을 하다니. 과연 우리 중에서는 주인이밖에 못 할 발상이로군.

그때, 안절부절못하던 아리가 갑자기 손을 내밀어 주인이의 손을 가볍게 움켜쥐었다.

그녀가 작게 속삭였다.

"말했잖아요, 도망쳐서 갈 생각은 없지만 갈 생각 자체가 없는 건 아니라고."

"……."

"그러니까 그때까지 제발 좀 얌전히 계세요. 본인이 위험한 존재인 만큼 남들도 위협을 느끼면 본인에게 해를 가할 수 있다는 걸 좀 인지하시고……."

아리의 말은 갑자기 그녀를 껴안은 주인이의 행동 때문

에 끝까지 이어지지 못했다. 곧바로 그의 품에서 풀려난 아리가 뒤로 물러나며 외쳤다.

"뭐, 뭐예요. 갑자기……."

"포옹 정도는 인사로 보편적이잖아? 나중에 봐, 그럼!"

생글생글 웃던 주인이는 토끼처럼 총총 계단을 내려가 버렸다. 아까 계단의 어둠에 몸을 반쯤 숨기고 웃던 사람과 동일 인물이 맞나 싶을 정도로 딴판이 된 태도였다.

순식간에 자신을 앞서가 버리는 주인이를 본 유천영도 어이없다는 듯 고개를 절레절레 내저었다. 그리고 그는 마지막까지 내게 시선을 보내며 천천히 어둠 속으로 사라졌다.

이내 1층에는 기척조차 남지 않았다. 두 사람이 완전히 사라진 것을 확인한 우리는 비로소 다시 관리자가 있는 2층 복도로 향했다.

다른 사람의 꿈에 드나드는 것은 규칙상으로 별문제 안 된다는 말이 사실이었던 듯, 관리자는 감독조차 하지 않을 셈인지 모습이 보이지 않았다.

문 앞에 서서 심호흡하는 내게 아리가 수첩을 건네주었다.

"여기요, 언니. 필요한 문장들은 여기에 다 적어 뒀어요."

"응."

"순서는 상관없어요. 하지만 기억을 보여 줬을 때 부정적인 반응이 돌아온다면 다음 꿈으로 가기 두려워질 수도 있으니까, 가장 안전할 것 같은 사람부터 해요. 언니에게 안 좋은 반응은 전혀 보여 주지 않을 것 같은 사람."

나는 신중하게 고개를 끄덕였다. 누구의 꿈에 먼저 갈 거냐는 아리의 물음에, 나는 조금도 망설이지 않고 한 사람의 이름을 입에 담았다.

그럴 줄 알았다는 듯 고개를 작게 끄덕인 아리가 문을 열어젖혔다.

다른 세계로 갈 때와는 다른 옅은 어둠이 나를 반겼다. 문 안쪽으로 보이는 풍경에 나는 일순 당황해서 아리를 쳐다보았다.

아리는 전혀 문제 될 것 없다는 듯 고개를 끄덕였다. 결국 다시 돌아선 나는 망설이다가 문 안으로 한 발을 내디뎠다.

내가 문을 통해 도착한 곳은 평범한 중산층 아파트의 거실이었다.

베란다 너머로 뉘엿뉘엿 해가 지는 하늘이 보였다. 나는 천천히 베란다로 다가가 난간 아래를 내려다보았다. 벌써 십수 년도 더 본 주차장과 아파트 입구가 내려다보였다.

그러니까, 여기는 이사하기 전의 우리 집이구나. 아니면 구조가 거의 같은 여령이네 집이거나.

내가 뒤늦은 깨달음을 얻던 그때, 뒤에서 인기척이 느껴졌다.

나는 흠칫하며 뒤를 돌아보았다. 쟁반 위에 머그잔 두 개를 올려놓은 여령이가 부엌 입구에 서서 나를 쳐다보고 있었다. 예상치 못한 침입자에 놀란 듯, 늘 반짝이던 두 눈은 잔뜩 커진 채였다.

그것도 잠시, 그녀가 옅게 미소 지었다. 이윽고 자연스레 거실로 다가온 그녀는 탁자 위에 자신 몫의 머그잔을 내려놓더니 나머지 하나를 내게 건넸다.

내가 어리둥절하게 물었다.

"이거 여단 오빠 줄 거 아니었어?"

"그치만 둘 중에 한 사람한테 줘야 한다면 당연히 널 줘야지."

"……."

어이없다는 듯한 내 표정을 보고 여령이가 키득키득 웃었다.

"농담이야. 그치만 원래 손님이 집에 왔을 때는 손님 대접이 먼저잖아. 오빠도 이해할 거야."

"아……."

"허브티 좋아해? 아니면 다른 거 마실래? 오렌지 주스도 있어."

나는 미묘한 눈으로 뜨거운 물에 푹 잠겨 있는 삼각형 모양의 티백을 바라보았다. 여단 오빠가 내게 처음 끓여 주었던 허브티를 여령이가 건네주고 있는 이 상황이 몹시 묘했다.

그때 여령이가 내게 말했다.

"그래도 나는 네가 기왕이면 허브티를 마셨으면 좋겠어."

"왜?"

"왜냐하면…… 허브티에 진정 효과가 있다고 하니까."

나는 잔 안을 내려다보던 시선을 다시 여령이에게로 향했다. 눈이 마주치자 빙긋 웃은 그녀가 말했다.

"너 저번 주말에 우리 집에 다녀갔잖아. 그것도 잔뜩 운 얼굴로."

"아."

나는 그제야 이것이 실제가 아닌 여령이의 꿈속임을 깨달았다. 그리고 무의식 속이니만큼 여령이가 마음속에 있는 말을 여과 없이 할 수 있으리란 것도.

그녀가 다시 말했다.

"그치만 오빠 말만 들어서는 진짜 너였는지 아니었는지도 모르겠고, 주말에 울면서 우리 집에 찾아올 정도면 보통 일이 아닌 것 같아서 일단은 말 안 하고 기다리기로 했는데."

"응."

그녀가 새삼 쓸쓸해 보이는 얼굴로 시선을 내리깔았다.

"……한편으로는 이런 생각도 들었어. 내가 아무리 널 알고 지낸 기간에 상관없이 소중하게, 또 가깝게 여긴다고 해도, 결국 어떤 말이나 행동을 할 때는 그 점을 신경 쓸 수밖에 없다는 거…….”

“…….”

“너를 안 기간 이상으로 너와 가까워지고 싶지만, 너한테 미움받긴 싫어.”

현실에서보다도 더욱 여과 없이 쏟아지는 그녀의 말에 나는 숨이 막혔다. 마치 바닥 모를 물속에 풍덩 빠진 것처럼.

한동안 아무 말도 못 하다가 간신히 정신을 차린 나는 그녀를 끌어다 소파에 앉혔다. 그리고 그녀의 옆에 걸터앉은 나는 주변을 두리번거리다가 리모컨을 찾았다.

아리가 말하길 내가 들어가는 꿈에는 반드시 기억을 보여 주기에 적절한 어떤 도구가 형성될 거라고 했다. 거실에 있는 텔레비전은 과연 그에 적합했다.

옆에서 눈만 깜빡이던 여령이가 의아하게 나를 불렀다.

“단아?”

“여령아. 일단 앞서 말하자면, 너는 나한테 네가 원하는 만큼 친하게 굴어도 돼.”

“…….”

“하지만 그 전에…… 보여 주고 싶은 게 있어.”

나는 텔레비전을 틀었다. 그러자마자 화면 안에 나타난 우리의 모습이 내가 생각했던 것보다도 훨씬 어린, 고작해야 서너 살 정도인 것에 나는 당황했다.

하지만 다시 생각해 보니 여령이는 나로 인해 태어나서부터 지금까지의 거의 모든 기억을 바꿔치기 당한 셈이었다. 그러니 제대로 시작한다면 이쯤이 맞았다.

"단아? 이게 뭐야?"

옆에서 여령이가 물었다. 그녀는 텔레비전 속에서 우리의 모습이 나오는 데, 그것도 자신의 기억 속에도 없는 모습이 나오는 데 적잖이 당황한 듯했다.

그것도 잠시, 웃음을 되찾은 그녀가 물었다.

"이게 우리가 원하는 과거의 모습이야? 우리가 태어나서부터 옆집에 살았다면 어땠을까 하는……."

나는 애써 울음을 삼키며 고개를 내저었다.

"아니야, 여령아."

내 대답에 여령이는 벼락이라도 맞은 것 같은 표정으로 나를 보았다. 나는 힘겹게 웃으며 말을 이었다.

"이건 우리한테 실제로 있었던 일이야."

"말도……."

말을 끝까지 내뱉지 못한 여령이가 하염없이 화면에 시선을 고정했다. 나도 그녀의 어깨에 가만히 고개를 기대어 화면을 바라보았다.

베란다 너머의 하늘은 어느새 완전히 어두워지고, 캄캄해진 거실 안에는 텔레비전 빛만이 유일한 불빛이었다.

다른 아이들의 질투로 험난하던 유년 시절, 그녀가 위기에 처할 때마다 번번이 손을 잡아끌고 그 자리에서 벗어나는 내 모습을 여령이는 주의 깊게 지켜보았다.

초등학교 때에 이르러 나조차 점차 꺼림칙한 반응을 보이기 시작하고, 끝내 내가 원한다면 사립 중학교에 가지 않겠다고 말하는 그녀에게 화를 내고 고함치는 내 모습도.

그 무렵에 이르러 함께 표정이 심각해졌던 여령이는 중학교 입학식 날, 갑자기 태도를 바꾸어 아무렇지 않게 구는 나를 보며 의아한 눈빛을 했다.

그녀가 나를 돌아보며 속삭였다.

"왜……."

"지금은 그냥 지켜봐 줘."

내 말에 여령이는 순순히 텔레비전으로 시선을 되돌렸다.

중학교 초 백여민에 의해 다가온 위기 앞에 심각해졌던 그녀의 표정은 우리가 무사히 위기를 극복하고, 다시 가까워지자 풀렸다. 좌충우돌 끝에 사대천왕과 가까워지는 내 모습을 볼 때에는 키득키득 웃거나, 내게 귓속말하기도 했다.

그러나 고등학교에 이르러 그녀의 표정이 다시 변했다.

내가 3월 2일마다 이 세계에서 사라진다는 것을 이들에게 밝히는 대목에서, 여령이는 창백해진 얼굴로 주먹을 꽉 쥐었다.

그다음부턴 한마디 말도 오가지 않았다. 1학년 초, 이루다의 등장이나 여러 가지 일들로 인해 웃긴 상황이 몇 번이나 있었음에도 불구하고 여령이는 조금도 웃지 않았다.

그러다 2학년 초에 이를 때쯤 그녀의 표정이 변했다.

"아."

여령이가 기억을 잃고 함께 떠났던 바다 여행, 내가 마침내 꺼낸 고백 앞에서 여령이는 숨을 몰아쉬었다.

그녀의 모습이 아무래도 심상치 않아 나는 그녀의 팔을 붙들었다.

"왜 그래?"

"지금 이게 모두 없던 일이 돼 버린 거."

나는 놀랐다. 아무리 꿈속이라고 해도 여령이는 이 모든 게 실제로 있었던 일임을 이미 자연스럽게 받아들이고 있었다.

입술을 깨물고 숨을 참던 여령이가 다시 말했다.

"나랑 함께했던 과거 때문에…… 나 때문에 어린 시절에 네가 너무 힘들어서, 그래서지? 그럴 바에야 차라리 우리가 소꿉친구가 아닌 편이 낫다고 생각해서……."

"무슨 소리야! 그럴 리 없잖아, 여령아. 왜 그런 말을 해."

나는 다급히 그녀의 손을 두 손으로 붙잡았다. 왜 여령이는 그녀와 함께했던 추억이 더 많은 내가 지금의 나보다 행복했다는 사실을 믿지 못하는 걸까?

나는 지금도 언제나, 어느 순간에나 과거의 내가 얼마나 행복했는지 항상 생각하고, 때로는 슬퍼하고 때로는 반성하곤 하는데…….

두 눈에 눈물이 그렁그렁해진 그녀의 두 손을 꽉 붙든 채 나는 영상을 계속 보았다.

2학년 중순에 이르러 이 세계가 소설 속이란 게 밝혀졌을 때도 여령이는 별로 놀란 것 같지 않았다. 다만 내가 예상치 못한 것은 여령이가 자신이 은형이를 좋아했다는 사실에 많이 놀랐다는 점이었다.

그리고 마침내 내가 모든 일을 마무리 짓기로 다짐하던 시점, 여령이의 방 침대에 나란히 앉아 다정한 말을 주고받는 모습을 볼 때에, 그녀의 눈시울이 다시금 붉어졌다.

유천영이 사고를 당하고, 내가 아리와 만나서 나에 대한 기억을 모두에게서 지우기로 하는 대목에 이르러서 여령이는 거의 숨도 쉬지 않았다.

다른 세계로 넘어가는 아리의 뒷모습을 마지막으로 보여줘야 할 부분을 다 보여 줬다는 듯, 텔레비전이 검게 변했다.

칠흑같이 어두워진 거실 속에서 나는 잠시 당황했다. 베란다에서 흘러들어 오는 희미한 빛만이 우리가 서로를 볼 수 있게 해 주는 전부였다.

여령이가 울고 있다는 것은 그 희미한 빛만으로도 알 수 있었다. 그리고 그녀의 두 손 사이에서 간헐적으로 새어 나오는 흐느낌으로도.

여령이가 어깨를 떨며 우는 동안 나는 그녀의 등을 도닥거리며 한참을 말없이 앉아 있었다.

그리고 마침내 여령이가 입을 열었다. 그녀가 너무 울어서 갈라진 목소리로 말했다.

"나는, 처음 우리가 어릴 때부터 알던 사이였다는 얘기를 들었을 때…… 네가 나에게 질린 나머지 날 떠난 거라고 생각했어. 나는 알면 알수록 정이 들긴커녕…… 싫어지는 사람이라서, 좋은 모습은커녕 미운 모습만 보이는 사람이라서."

"여령아."

"그래서 네가 날 떠난 거라고……. 어느 날 갑자기 돌변해서 내가 밉다고, 사실은 친구로 지내던 시간 중에 단 한 순간도 나를 좋아했던 적이 없다고 말했던 다른 애들처럼."

숨이 막혔다. 나야말로 울고 소리치고 싶었다.

도대체 왜 그런 말도 안 되는 얘기를 가만히 듣고만 있었냐고, 네가 그런 대접을 받을 사람이 아니란 것은 너 자신이 잘 알지 않냐고.

뜨거운 분노를 목 안으로 삼킨 채 나는 다만 이 말만을 꺼냈다.

"내가 잃어버린 것들 중에 가장 많이 그리워했던 건……."

"……."

"너였어, 여령아. 너와 함께 보낸 시간들, 너 자체. 이제는 너한테 더는 찾아가서 어리광 부릴 수 없다는…… 예전에는 당연했던 행동들이 이제는 네게 민폐가 될지도 모른다는 거.”

“단아.”

“그러니까 여령아, 달리 말하자면…… 너는 내가 이 세계에서 만난 사람들 중에 가장 소중한 사람이야. 나는 그 점을 절대 의심 안 해.”

거실에 잠시 정적이 찾아왔다. 이윽고, 여령이가 두 팔을 느리게 뻗어 나를 끌어안았다.

나는 두 눈을 감고 순응하듯 그녀의 어깨에 이마를 기댔다. 마치 우리가 나란히 앉아 부드러운 목소리로 대화를 나누던 그날처럼.

우리에게 있어 가장 중요한 건 언제나 서로일 거라고, 그 우선순위는 언제까지고 변하지 않을 거라고 한 치의 의심도 없이 말하던 그날의 오후처럼.

첫 꿈을 나올 때 내 얼굴은 눈물 때문에 엉망으로 젖어 있었다. 하지만 나는 지체하지 않고 다음 꿈으로 향했다.

내가 다음으로 들어간 곳은 은형이의 꿈속이었다. 문 안에 발을 딛자마자 가구라고는 거의 없는 순백의 공간이 펼쳐졌다. 침대와 간이 냉장고, 창문을 반쯤 가린 블라인드. 방 안에서 유일하게 소음을 내는 거라고는 벽걸이 텔레비전뿐이었다.

당황하던 것도 잠시, 나는 한 손을 이마에 올리며 한숨을 내쉬었다. 내가 왜 여기로 왔는지 알 것 같았다.

은형이는 원래 텔레비전보다는 라디오나 음악 파였지. 귀가 시간이 지났는데 오지 않는 가족들을 기다릴 때도 창가에 앉아 책을 읽는다고 했으니, 그의 취향이 얼마나 정적인지는 알 만했다. 은지호가 후천적 아날로그 파라면 은형이는 선천적 아날로그 파라고나 할까.

그런 그에게 텔레비전을 볼 일이 있다면 달리 시선을 둘 곳이 필요했던 것뿐이겠지. 이를테면, 오랫동안 연락하지 않아서 사이가 어색한 여동생과 함께 시간을 보내야 한다거나. 세계가 바뀌고 나서도 은미나 휘안이가 건강해진 건 여전히 유지되어서 다행이다.

그럼에도 여전히 착잡한 기분에 나는 침대에 털썩 걸터앉았다. 얼마 안 가 복도로부터 뚜벅뚜벅 발소리가 다가오더니 문이 열렸다.

"나 왔어, 은—"

다른 이름을 부르려 하던 은형이가 나를 발견하고 눈을 크게 떴다. 나는 어색하게 웃으며 손을 흔들었다.

"안녕, 은형아."

놀란 것도 잠시, 그는 자신이 여기에 온 것이 사실은 나를 병문안하기 위해서였다고 무의식 속에서 쉽게 받아들인 듯했다. 음료를 탁자 위에 내려놓은 그가 걱정스럽게 물었다.

"몸은 좀 괜찮아?"

"나 사실은 안 아파, 은형아."

"응?"

은형이가 당황이 뚝뚝 묻어나는 얼굴로 되물었다.

"그럼 입원은 왜 한 거야?"

"너한테 보여 주고 싶은 게 있어서."

"뭐?"

그에게 말할 기회를 더 주지 않고 나는 리모컨 전원 버튼을 눌렀다.

한마디 설명도 없이 시작된 우리 중학교 시절 영상을 은형이는 눈 하나 깜짝하지 않고 응시했다.

그러나 자세히 보면 뺨이 창백하다는 것을 알 수 있었다. 놀라운 것을 마주하면 되레 겉으로는 담담해지곤 하는 것은 그의 오래된 버릇이었다.

영상이 끝난 뒤에도 그는 한동안 입을 떼지 못했다. 마침내 그가 나직이 말했다.

"그러니까 단아, 내가 처음 얘기해 본 거나 다름없는 너에게 편하게 약한 소리를 할 수 있었던 건……."

말을 잇던 그가 목이 바짝바짝 마르는 것처럼 마른침을 삼켰다.

"네가 나를 이미 한 번 구해 준 적이 있었기 때문이구나."

침묵 끝에 그가 다시 말했다.

"단아, 나는 이해가 안 가. 우리가 왜……."

나는 은형이를 빤히 쳐다보았다. 나와 마주 보던 그의 얼굴이 아프게 일그러졌다.

"우리가 왜…… 계속 주변을 맴돌던 너에게 좀 더 다가가려고 애쓰지 않았는지. 왜 우리가 아니라 네가 먼저……"

은형이는 거기서 더는 말을 잇지 못했다. 두 손으로 얼굴을 가리고 숨을 몰아쉬는 그를 지켜보던 나는 가만히 손을 들어 그의 등을 토닥였다.

"네 잘못이 아니야. 내 선택이지. 그러니 잘못이 있다면, 그것도 네가 아니라 나에게 있어."

하지만 그는 내 위로에도 불구하고 마음이 편해지기는커녕, 더더욱 죄책감을 느끼는 것 같았다. 결국 나는 속으로 혀를 차며 그의 등에서 손을 뗐다. 할 말이야 많지만, 지금의 그에게는 무슨 말을 해도 들리지 않을 것 같았다. 앞으로도 얘기할 기회는 많겠지.

은형이를 혼자 남겨 두고 미닫이식으로 된 나무 문을 열자, 병실의 풍경이 씻은 듯 사라지고 폐교의 복도가 다시 나타났다.

내 표정을 본 아리가 걱정스럽게 물었다.

"언니, 괜찮아요? 계속 이대로 진행해도……."

나는 대연히 어깨를 으쓱했다.

"괜찮아. 아직 진짜 힘든 건 시작도 안 했는데, 뭐."

사실이 그랬다. 나는 일부러 나를 가장 힘들게 할 사람들을 마지막에 배치해 뒀다.

어쩔 수 없다는 듯 고개를 끄덕인 아리가 다시 문을 열어젖혔다. 감사의 뜻을 담아 그녀를 바라본 나는 그 안으로 들어갔다.

다행히 이번에는 평범한 우리 또래의 방이었다. 그렇다고는 해도 방 안은 이상할 정도로 번잡했다. 바닥에는 온갖 물건이 잔뜩 널려 있어 어디를 밟아야 할지 알 수 없었다.

책꽂이에는 교과서와 철 지난 과학 잡지 몇 권 외에는 책이랄 게 딱히 없었고, 진열장에는 DVD 몇 개와 자동차나 유명한 건물 등의 미니어처 모형이 전시되어 있었다.

내가 진열장 앞으로 다가가 DVD 목록과 미니어처 모형을 살펴보는 참인데, 등 뒤에서 목소리가 들려왔다.

"이제야 왔네."

뒤돌아 침대에 걸터앉아 있던 주인이를 본 나는 고개를 기웃했다. 내가 올 것을 이미 알고 있었다는 투인데? 그러다 예전 관리자의 말을 떠올린 나는 깨달았다.

맞아, 과거의 꿈속으로 들어가는 건 불가능하고, 오직 현재나 미래의 꿈만이 가능하다고 했지.

그러니까 여기 있는 건 이미 나와 아리와 함께 다른 세계에 다녀온, 현재나 미래의 주인이구나.

그리고 내가 물었다.

"거기에서는 시간이 얼마나 지났어?"

"우리가 그 속에 있었던 시간이랑 거의 똑같이 지났어. 그런데 신기한 건, 우리가 다른 세계에 있는 동안 이 세계 사람들은 우리의 존재 자체를 잊어버렸던 것 같다는 점이야."

"그건 내가 전에 그렇다고 말하지 않았어?"

"하지만 그걸 듣는 것과 실제로 겪는 건 다르니까. 아까도 말이야, 내가 집에 들어가니까 아빠가 언제 나갔었냐고 놀라서 물어보는데 당황해서. 내가 학교에 갔다가 그대로 며칠 동안 집에 들어오지 않았다는 걸 아빠는 기억 못 하나 봐."

마치 새로운 이론을 발견한 과학자처럼, 잔뜩 흥분해서 조잘대던 주인이의 말이 갑자기 뚝 끊겼다.

응? 당황해서 바라보는 내게 그가 말했다.

"아니, 나한테는 신기한 일일지 몰라도, 너한테는 별로 유쾌한 일은 아니겠구나. 다른 세계로 가 있는 동안, 우리한테서 몇 번이나 강제로 잊혀야 했던 네게는."

"이……."

갑자기 무거워진 분위기에 나는 어색하게 눈만 굴렸다.

방 한구석에 놓인 컴퓨터를 돌아본 주인이가 침착한 태도로 말했다.

"얼른 보자, 그 기억이란 거."

"아, 응."

"당연히 기억을 직접 보기에 적절한 장소, 그러니까 중학교나 고등학교에서 꿈이 시작될 거라고 생각했는데, 그렇지 않다는 건 간접적으로밖에 볼 수 없다는 거네. 이를테면 영상 같은 거."

그렇게 말하며 그는 자연스럽게 모니터의 전원 버튼을 눌렀다.

도대체 어디에서 저런 능숙함이 나오는 걸까, 나는 어이없어하면서도 그가 하는 대로 내버려 두었다. 일단 여기는 꿈속이라고 해도 그의 방이었으니까.

과연, 모니터를 켜고 얼마 안 있어 영상이 흘러나오기 시작했다. 검은 세단이 길가에 멈추면서 시작되는 영상을 주인이는 주의 깊게 관찰했다.

그의 옆에서 함께 관찰하면서, 나는 영상에 나의 기억만이 반영된 것이 아니라 우리 두 사람의 기억이 모두 섞여 있다는 것을 깨달았다.

여령이와 함께 볼 때는 명랑했고, 은형이와 함께 볼 때는 재난 영화 도입부처럼 따뜻하면서도 어딘지 불길하게 보였던 기억들은 주인이와 바라볼 때는 모래 낀 렌즈를 통해 바라보듯 유난히 건조해 보였다.

뛰어난 기억력 때문인지 그 어느 때보다도 생생한 영상에도 불구하고 그렇게 느껴진다는 것은 신기한 일이었다. 그리고 조금은 슬프기도 하고.

그때, 옆에서 무언가가 이불 위로 투둑 떨어지는 소리가 들렸다.

옆을 돌아본 나는 주인이가 울고 있는 것을 발견하고 심장이 쿵 떨어졌다.

내가 더듬거리며 물었다.

"주인아, 너…… 울어?"

믿을 수가 없었다. 여령이는 그녀와 나에 얽힌 과거가 밝혀지던 2학년 때의 일을 보고서야 울었고, 은형이는 몇 번 눈시울이 붉어지긴 했지만 끝까지 울지 않았다.

그런데 우리 중에 가장 눈물이 적은 주인이가, 그것도 아무 일도 일어나고 있지 않은 단지 일상적인 나날들을 보고서 눈물을 흘리다니.

그러자 팔을 들어 눈가를 덮은 주인이가 대답했다.

"저기, 나 이거 혼자 보고 싶은데."

"……."

"안 될까?"

"이, 아니."

안 된다고 말할 수 있을 리 없었다. 나는 바닥에 널린 물건들을 밟지 않도록 조심하며 그 자리를 도망치듯 빠져나왔다.

귀신이라도 본 것처럼 창백한 얼굴로 문밖으로 나오던 나와 마주친 아리가 물었다.

"언니, 우주인의 꿈에서 무슨 일 있었어요?"

"아니……."

내 멍한 대답에도 아리의 눈에 떠오른 의심은 사라지지 않았다. 내가 정말로 괜찮다고, 기억을 본 것 외에는 아무것도 하지 않았다고 거듭 말하고 나서야 그녀는 다음 문을 열었다.

문 안에 나타난 공간은 아까까지와는 비교도 안 되게 어두웠다. 아리를 다시 돌아본 내가 머뭇거리며 물었다.

"제대로 연결된 거 맞지?"

"네. 어째서 이렇게 어두운지는 저도 잘 모르겠지만…… 아마 위험하진 않겠죠."

귀신이나 괴물 같은 건 꿈속에라도 키우지 않을 사람이니까. 그녀가 덧붙인 말에 나는 고개를 끄덕였다. 그건 그래. 마침내 작게 심호흡한 내가 문 안으로 들어갔다.

한동안은 사방이 분간되지 않는 어둠 속에서 걷기만 했다. 몇 번 무릎에 부딪힌 것들을 손끝으로 더듬어 본 끝에 나는 그게 영화관 의자란 것을 깨달았다.

그러고 보니 아까부터 폐쇄된 공간 특유의 텁텁한 공기가 코끝에 맴돌고 있었다. 발밑에선 팝콘 조각들이 와작와작 소리를 내며 밟혔다.

마침내 장소의 정체를 깨달은 나는 어이없음을 담아 한숨을 내쉬었다.

나 참, 고작 영상 하나 보여 주려 했을 뿐인데 사람을 영화관으로 데려오다니. 물론 꿈속이니 돈이 필요한 것도 아니지만, 무의식의 스케일만은 감탄스럽군.

그때, 어두웠던 게 언제냐는 듯 영화관에 일제히 불이 들어왔다. 천장 위의 조명들은 강하지 않은 불빛으로 좌석을 비추고 있었다.

그 사이로 불쑥 솟아 있는 은색 머리통을 어렵지 않게 찾아낸 나는 그리로 다가갔다.

"안녕."

얼마 떨어지지 않은 곳에 멈춰 선 내가 망설이다 인사를 건네자, 그가 나를 돌아보았다. 속눈썹 끝에 매달린 조명 빛이 별빛처럼 반짝였다.

은지호는 한동안 의중을 알 수 없는 눈으로 나를 바라보았다.

은형이처럼 알아서 제 편한 대로 해석해 주지 않을까 조금은 기대했는데, 이윽고 그는 한 치의 망설임도 없이 말했다.

"꿈이구나."

나는 그저 웃었다. 반은 허무함이었고, 나머지 반은 그럼 그렇지 하는 심정이었다.

그때 그가 다시 말했다.

"그렇지 않고서야 네가 먼저 나한테 다가올 리가 없지."

나는 그제야 억지로 웃는 것을 그만두었다. 고민 끝에 내가 조심스럽게 물었다.

"나한테 조금이라도 미안한 감정이 있긴 한가 봐?"

날 보자마자 그 얘기부터 나오는 걸 보면.

내 물음에 그가 대꾸했다.

"나도 그런 줄 알았는데, 이제 보니까 아니었나 봐."

"뭐?"

"그렇지 않고서야, 아무리 꿈이라고 해도 네가 나올 리 없지."

그렇게 말한 그는 허무함인지, 자조인지 모를 비릿한 미소를 지었다. 나는 무슨 뜻이냐고 물으려다 그냥 포기하고 그의 옆자리에 털썩 앉았다.

확실히 꿈속의 은지호는 현실의 은지호보다는 무방비하고, 불필요한 말이 많아 보였다.

여기에서라면 나도 그의 본심을 어렵지 않게 캘 수 있지 않을까?

하지만 그건 아무래도 치사하게 느껴져서…… 아니, 치사한 것 이상으로 그의 본심을 아는 것이 두려워서.

영화관이 다시 어두워지고, 상영이 시작되고 나서도 나는 돌이라도 된 것처럼 꼼짝도 할 수 없었다.

은지호는 스크린을 보긴커녕, 그런 내 옆얼굴만 빤히 쳐다보았다. 한참 만에 그 사실을 깨달은 나는 얼굴을 찌푸리며 물었다.

"왜 그렇게 봐?"

내가 퉁명스러운 태도로 스크린을 턱짓했다.

"화면이나 봐."

"영화관에 왔다고 굳이 영화만 봐야 하는 거 아니잖아."

"뭐?"

뻔뻔스러운 그의 말에 나는 할 말을 잃어버렸다. 그렇다고 해서 옆자리 사람의 얼굴을 영화 대신 감상할 권리도 없을 텐데.

무엇보다도 그가 영상을 보지 않으면 내가 굳이 이 꿈속에 들어온 의미가 없었다. 나는 결국 견디지 못하고 자리에서 일어났다.

"왜 그래?"

"나, 갈래."

"뭐?"

"여기 더는 못 있겠어."

내 말은 진심이었다. 은지호가 영상을 보고 있건 보고 있지 않건 간에, 나는 여기에 더 있을 자신이 없었다.

주먹을 꽉 쥐며 고개를 숙인 내가 다시 말했다.

"다 포기했다고 생각했는데…… 그렇지도 않은가 봐."

"뭐?"

"괜찮을 거라고 생각했는데, 이미 수백 번 상상했는

데…… 막상 직접 보려니까 안 되겠어."

은지호가 이제는 기억하지 못하는, 나를 좋아하던 그의 모습을 본다는 것. 그것도 다른 누구도 아닌 그와 함께 본다는 것이 이토록 상처가 될 줄은 몰랐다.

여전히 놀란 듯한 그의 얼굴을 보며 나는 입속으로 읊조렸다. 나와 함께 있는, 나를 좋아하는 네 모습을 보면서, 이제는 네가 더 이상 내 곁에 있지 않으려 한다는, 너한테 나는 더는 아무 가치도 없다는 걸 떠올리는 게 너무 힘겨워.

그때 문득 내 뒤를 향한 그의 눈에서 초점이 흐려졌다. 의아하게 뒤를 돌아본 나는 스크린 가득 웃고 있는 내 모습과 눈이 마주쳤다.

계절은 아마도 여름. 중학교 하복 차림을 하고서 지금보다도 앳된 얼굴로 환히 웃고 있는 내 모습의 어디에 놀라거나 특별히 기억할 만한 구석이 있는지 나는 알 수가 없었다.

그러나 은지호는 세상에서 가장 생경한 것과 맞닥트리기라도 한 것처럼 그 모습을 정신없이 쳐다보았다.

그를 의아하게 보던 나는 슬그머니 돌아섰다. 아무튼 지금이 기회였다.

그때, 뒤에서 뻗어 나온 손이 다시 내 손을 붙잡았다.

"어디 가?"

"말했잖아, 나는 여기 못 있겠다고."

은지호가 내 말을 듣지 못한 것처럼 낮게 중얼거렸다.

"그래도 같이 있자."

"뭐?"

"꿈에서가 아니면, 너는 내 옆에 오지도 않을 거잖아."

여전히 속을 읽을 수 없는 그의 말에 숨이 턱 막혔다. 누군가가 나를 숨조차 쉴 수 없는 공간에 던져 넣은 것만 같았다.

나는 혼란스러운 눈으로 은지호를 바라보다가 그의 손을 뿌리쳤다. 다행히 그는 나를 더는 붙잡지 않았다.

나는 좌석 사이로 난 좁은 복도를 정신없이 달렸다. 폭이 넓은 계단을 내려가다가 발을 잘못 디디는 바람에 하마터면 넘어질 뻔했다.

내가 문 앞에 이르러 다시 뒤를 돌아보았을 때도 은지호는 여전히 그 자리에 앉아 있었다. 거리가 멀어서 그의 눈이 스크린을 응시하는지, 아니면 여전히 나를 보고 있는지는 알 수 없었다.

금속 손잡이에 한 손을 얹은 나는 망설이다가 그를 향해 다시 말했다.

"너도…… 어서 나가."

내가 덧붙였다.

"네가 이미 사라졌고, 네 삶에 실제로 영향을 미치지도 않는 것들을 알 필요가 없다고 생각한다면."

내가 이렇게 말하면 그는 분명히 영상을 끝까지 보지도 않고 밖으로 나갈 것이다. 하지만 그래도 괜찮다고 나는 판단했다.

은지호와 나머지 친구들이 나와 함께했던 기억을 되찾는 것은 나에게는 좋은 일이고, 진심으로 원하는 바이다. 하지만 그것이 그들에게 있어서도 반드시 좋은 일일 거라고 나는 장담하지 못했다.

특히 그 문제에 있어 가장 의심되는 사람이 바로 은지호와 유천영이었다. 두 사람은 내가 나타나기 전에도 단지 그들이 가진 것만으로도 이미 완벽해 보였기에. 또는 행복해 보였기에.

그렇기에 나는 은지호에게 감히 나와의 기억을 되찾으라고 강요할 수 없었다. 심지어 나조차도 괴로워서 그 기억을 볼 수 없는 마당에. 게다가…….

나는 시선을 떨구며 주먹을 꽉 쥐었다.

좀 전까지만 해도 나는 은지호에게 나에 대한 감정이 남아 있을 리 없다고, 다른 애들 모두는 그렇지 몰라도 그만은 아닐 거라고 생각해 왔다.

'걔 너 좋아하는 거 맞아.'

여전히 누구보다도 그를 잘 안다고 할 수 있을 주인이의 그 말조차 나는 믿지 않았다. 어떻게 좋아하는 사람한테 그렇게 심한 말을 할 수 있는데?

그런데 만약 그 말이 사실이라면, 나는 주먹 쥔 손에 가만히 힘을 주었다. 정말 사실이라고 한다면…… 차라리 기억을 되찾지 않는 편이 은지호에게도 더 나을지도 모른다.

내 말을 분명히 들었을 텐데도 은지호는 미동도 하지 않았다. 결국, 상영이 계속되는 영화관 안에 그를 홀로 남겨둔 나는 밖으로 나왔다.

폐교의 복도가 눈에 들어온 순간 온몸의 기력이 빠져나간 것처럼 눈앞이 어질어질해졌다. 그대로 문에 기대어 숨을 몰아쉬는 내게 아리가 다가왔다.

"언니!"

"미안해, 잠깐만."

나는 눈물로 엉망이 된 얼굴을 두 손으로 가리며 그녀의 시선을 피했다.

"잠깐만……."

"얼마든지 더 쉬셔도 돼요."

촛불처럼 희미하면서도 따스한 목소리가 적잖은 위안을 주었다. 십몇 분 정도 무릎에 고개를 파묻고 웅크려 있던 나는 간신히 정신을 차렸다.

무릎을 짚고 다시 비틀비틀 일어난 내가 말했다.

"가자. 다시 준비됐어."

“정말 괜찮겠어요? 좀 더 쉬시는 편이…….”

아리가 걱정스럽게 물었지만, 나는 단호하게 고개를 내저었다.

“어서 끝내고 결과를 보고 싶어. 그 결과가 긍정적이든, 부정적이든 간에.”

“…….”

“전부 기억한다고 해도 꿈속의 일일 뿐이야. 별 의미 없다고 받아들이거나, 믿지 못하겠다고 해도 나로서는 별수 없지. 특히…….”

누군가의 이름을 뱉으려던 나는 가까스로 정신을 차리고 다시 고개를 저었다.

“아니야. 어쨌거나 결과가 나쁘다고 해도 괜찮아. 준비해 줘.”

이 일이 실패한다고 해서 지금과 달라질 것도 없으니까.

내 단호한 말에 잠시 슬픈 표정을 짓던 아리가 닫혀 있던 문을 붙잡아 열었다.

들어가기 전, 나와 눈을 마주친 그녀가 흔들림 없는 목소리로 말했다.

“언니, 여기가 마지막이에요.”

“응.”

“언니가 들어가고 나면 저도 제가 살던 세계로 돌아갈게요. 언니가 돌아왔을 때 저는 여기 없을 거예요. 그러니 저를 찾지 마시고 곧장 바깥 세계로 나가세요. 결과를 확인할 수 있을 테니."

그 말에 흠칫 놀란 내가 되물었다.

"돌아간다고?"

"어차피 제가 여기에 더 있어 봐야 도울 수 있는 건 없을 테니까……."

"그래……."

"그리고, 이 세계에 조금이라도 더 남아 있으면 그만큼 더 미련이 남을 것 같아서요."

"아……."

정말로 도망치고 싶어질지도 몰라요. 그녀가 작게 중얼거린 말에 나는 묘한 얼굴로 그녀를 바라보았다.

아리도 나도, 이 일이 성공하든 실패하든 간에 앞으로도 각자의 세계에서 당면한 일들과 맞서야 한다.

우리가 좀 더 편한 길을, 아리는 자기가 만든 이야기 속에서 살아가고 나도 그 이야기에 순종하는 삶을 살아갔다면 그리지 않아도 되었겠지만.

하지만 내가 택한 길을 후회하진 않는다. 미래에 후회하지 않으려면 앞으로도 더욱 필사적으로 맞서 싸워야 할 테고, 아마도 아리 역시 그렇겠지만.

울 것 같은 눈으로 아리를 보던 나는 한 손을 뻗어 그녀를 끌어안았다. 내 어깨에 얌전히 이마를 기댄 아리에게 내가 속삭였다.

“그동안 정말 고마웠어, 아리야. 네가 택하는 게 이 세계이든 저 세계이든, 앞으로 네가 어떤 방해도 받지 않고 원하는 대로 살아갈 수 있었으면 좋겠다.”

“저는 분명히 그럴 거예요. 그리고 언니도요.”

단순한 기원을 믿음으로 되돌려 준 그녀의 말에 나는 다시금 웃어 보였다. 그것이 탄탄한 기반에서 나오는 자신감이든, 아니면 근거 없는 말이든 간에 내게 용기를 준다는 사실만은 분명했으니까.

남은 문 안으로 뛰어들 용기를. 그리고 어쩌면 앞으로 무수히 많이 나타날 또 다른 문 안으로도.

아리가 나보다도 먼저 원래 세계로 돌아갔다. 다채로운 물결 안으로 그녀가 사라지는 모습을 끝까지 지켜본 나는 마침내 문 앞에 섰다.

작게 심호흡한 나는 마침내 그 안으로 한 발을 내디뎠다. 곧 설원처럼 새하얀 빛이 나를 감쌌다.

새하얀 빛은 내가 점차 가까이 다가감에 따라 금색 섞인 주황빛으로 바뀌었다. 그 빛이 너무 눈 부셔서 한 손으로 눈가를 가리고 계속 걷던 나는 갑자기 맞닥트린 풍경에 숨을 멈추었다.

“아.”

나는 작게 탄식하며 천천히 손을 내렸다. 분명 익숙하지만 최근에는 본 적 없는 장소였다.

내가 중학교 때 썼던 교실이었다.

새것같이 반질반질한 책상 상판이 노을을 반사하며 거울처럼 빛났다. 바닥에도 어김없이 쏟아진 노을빛이 내 눈가를 공격하듯 찔렀다.

눈이 부신 탓인지, 조금 눈물이 났다.

가장 가까운 책상으로 다가간 나는 손으로 그 위를 천천히 쓸어 보았다.

꿈속이라선지 낙서는커녕 작은 흠집도 없었다. 그것이 흔적도 없이 사라져 버린 내 과거와 닮았다는 생각이 문득 들었다.

자신에게 주어지지 않은 다른 세계로 떠나서 영영 돌아오지 않은 끝에 사람이 아닌 존재가 돼 버린 이들의 심리를, 나는 처음으로 이해할 수 있을 것만 같았다.

절대 후회하지 않겠다고 다짐한 게 조금 전인데 바로 이런 생각이라니. 나는 입술을 약하게 깨물었다.

하지만 가장 약해진 순간에 가장 행복했던 때를 떠올리게 하는 건 너무하잖아.

그때, 문이 벌컥 열렸다. 자기 꿈인데도 불구하고 왜인지 나보다 늦게 나타난 유천영이 날 보며 고개를 기울였다.

그런 그에게 내가 물었다.

"왜 여기로 나를 데려왔어?"

나는 목소리에 원망이 묻어나지 않도록 노력하며 말을 이었다.

"너는 중학교 때 나하고 얘기한 적도 없잖아."

물론 그건 어디까지나 그의 기억 속에서일 뿐이지만.

그러자 고개를 바로 한 유천영이 대답했다.

"어쩌면 그래서인가 봐."

"뭐?"

"그때 너랑 그러지 못한 게 아쉬워서."

"……."

내 말문을 간단히 막아 버린 유천영이 문득 창가를 돌아보았다.

알 수 없는 눈빛으로 바깥을 응시하던 그가 중얼거렸다.

"그리고, 너를 처음으로 제대로 본 게 이 꿈속에서였기도 하고."

"뭐? 아……."

내가 담력 체험 때 들어갔던, 우리의 중학교 시절을 배경으로 한 꿈. 나는 입술을 깨물었다. 그렇다면야 일정 부분은 내게도 책임이 있으니 뭐라고 할 수가 없었다.

그때, 다시 고개를 바로 한 그가 불쑥 물었다.

"너와 중학교 시절을 함께했던 네 기억 속 나는 어땠어?"

"……."

입술을 달싹거리던 내가 대답을 꺼내기도 전에, 홀로 고개를 주억거린 그가 중얼거렸다.

"뭐가 됐든 간에 그리 제대로 된 놈은 아니었겠지. 그렇지 않고서야 네가 날 좋아했다는 걸 눈치 못 챘을 리 없으니까."

"……."

"또, 네가 나를 좋아했던 것보다 늦게 너를 좋아하지도."

그 신랄한 평가에 잠시 눈을 깜빡이던 나는 힘겹게 고개를 돌렸다.

나는 애써 그와 눈을 맞추지 않으며 중얼거렸다.

"앉자. 기억, 봐야지."

"그래."

내가 먼저 교실 맨 앞줄에 자리를 잡자, 유천영은 당연하다는 듯이 내 옆자리 의자를 꺼내어 앉았다.

짝꿍이라면 당연한 거리임에도 불구하고, 그가 하는 모든 행동이 미친 듯이 신경 쓰였다. 그가 내 옆에 앉을 때 들려왔던 끼익하는 의자 끄는 소리라든가, 그가 두 팔을 책상 위에 올려놓자 나와 닿을 듯이 스치는 한쪽 팔꿈치, 책상과 의자의 흔들림이나 긴장한 듯한 숨소리까지.

일부러 그에게 시선을 주지 않으려고 나는 고집스레 앞만 보았다.

그리고 마침내 영상이 시작되었다.

시간이 상당히 지났는데도 창밖의 노을은 계속 저물지 않았다. 그러고 보면 꿈속인데 굳이 현실의 물리 법칙을 따를 이유도 없었다.

영원히 쏟아질 것만 같은 노을 속에서 유천영과 함께 화면을 보던 나는 가만히 턱을 괴었다.

신기한 일이었다. 주인이에 비하면 그의 기억들은 훨씬 불완전하고, 뭉뚱그려졌는데도 불구하고 다채롭게 보였다.

어째서일까? 이유를 고민하던 나는 곧 깨달았다.

주인이의 기억은 말하자면 필터를 전혀 적용하지 않은 사진과 같았다. 그에게는 인물이나 장면의 경중이랄 게 없었고, 모든 인물과 장면은 그의 기억 속에서 동일한 무게를 가졌다.

하지만 유천영의 경우에는 그렇지 않았다. 그의 기억 속에서 몇몇 인물들은 얼굴조차 보이지 않았고, 또 어떤 장소는 분명히 간 기억이 있음에도 불구하고 아예 나오지조차 않았다.

대신 몇몇 장면들은 유난히 길게 이어졌는데, 가령 그와 내가 우리 집에서 함께 공부하던 장면이 그랬다.

맞은편에 앉은 내가 고개를 푹 숙이고 잔뜩 찡그린 눈으로 문제집을 응시하는 모습을 유천영은 몇 초고, 몇 분이고 응시했다. 그러면 나도 민망해져서 화면에서 시선을 떼고 딴청을 피우는 것밖에는 할 수 없었다.

차라리 은지호 때처럼 먼저 밖으로 나갈까 싶었지만, 유천영의 기억이 워낙 뒤죽박죽인 탓에 혹시나 설명이 필요한 상황이 올까 싶어 가만히 있었다. 그렇게 몇 번의 곤혹스러운 침묵 끝에 마침내 영상이 끝났다.

영상이 끝나고 나서도 나는 그것을 인지하지 못한 채, 이마를 손으로 짚은 채 구석 어디쯤에 시선을 처박고 있었다.

그러다 유천영의 물음이 날아와서 나는 고개를 들었다.

나를 똑바로 쳐다보며 그가 의미심장한 어조로 물었다.

"왜 나한테…… 거짓말했어?"

"거짓말이라니?"

나는 일단 맞받아쳤다. 하지만 내 머릿속은 몹시 혼란스러웠다.

유천영이 지적한 거짓말이 최근의 것인지, 아니면 과거의 것인지조차 알 수 없었다.

왜냐하면 최근에는 그들을 잘 아는 티를 내지 않기 위해, 과거에는 이곳이 소설 속이라는 것을 숨기기 위해 지겨울 만큼 거짓말을 해 댔으니까.

그가 그중에 뭘 가리켜 지적한 건지 헷갈렸다.

그때 그가 다시 말했다.

"네가 내가 너를 좋아하는 것보다 더 날 좋아한다고 말한 거."

"그게 왜……."

유천영이 언뜻 보기에 굳어진 얼굴로 대답했다.

"내가 널 좋아했잖아. 중학교 때부터, 그 뒤로도 계속."

"……."

그에게서 직접 듣지 않고서는 결코 알 수 없었던 말에 나는 어깨를 움찔 떨었다.

그리고 어느새 손을 내밀어 내 손목을 붙잡은 유천영이 속삭였다.

"그리고 너도……."

아주 가까이에서 들려온 목소리에 내 솜털이 바짝 곤두섰다.

"너도…… 나 중학교 1학년 때 잠깐 좋아하고 만 거 아니잖아."

그 속삭임에 나는 우당탕 자리에서 일어났다. 너무 급하게 일어나는 바람에 거칠게 밀려난 의자가 바닥에 쓰러졌지만 다시 일으켜 세울 정신은 없었다. 다만 두 손으로 입을 틀어막은 내가 중얼거렸다. 어떻게, 도대체 어떻게…….

막상 옆에서 계속 함께 지낼 때는 몰랐으면서, 어떻게 영상 하나만 보고 그 사실을 곧바로 파악할 수 있는 건데?

문득 내 머릿속에 고등학교 2학년 때 잠깐 꿨던 꿈이 떠올랐다.

여단 오빠와 사귀던 도중 유예 기간을 갖기로 했을 때 꿨던 꿈. 그 안에서 나는 회색 양복을 입은 얼굴 없는 존재들에게 쫓기며 차례로 문을 열어젖혔다.

그러다 마침내 맞닥트렸던 중학교 1학년 여름날의 유천영과…… 그가 파랗게 얼어붙은 눈으로 내게 던지던 질문들.

'너는 이번에도 아무것도 묻지 않을 거야? 나한테도, 그리고 너 자신한테도.'

거기까지 떠올린 나는 두 손을 들어 진땀이 흐르는 얼굴을 가렸다.

어쩌면 그것조차 단순한 꿈이 아니라, 이 상황을 예견한 예지몽이었을까?

언젠가 내가 이런 상황에 당면하게 되리라는.

그리고 내내 유예해 왔던 질문에 대한 대가를 끝내 치르게 되리라는.

결국 나는 황급히 돌아섰다. 이런 상황에서 나의 선택은 언제나 도망이었다.

이곳이 현실이 아니라 꿈속이기에 가능한 일이기도 했다. 현실에서 다시 그를 마주친다면, 그때는 그의 물음에 대답할 수밖에 없을 테니까.

문 앞에 멈춰 선 나는 여전히 자리에 앉아 있는 유천영을 돌아보았다. 여느 때처럼 차가운 그의 눈빛이 나에 대한 경고처럼 느껴졌다.

미리 마음의 준비를 해 두지 않으면 안 되겠지. 그렇게 중얼거리며 문을 열어젖힌 나는 그대로 밖으로 나왔다.

"휴."

이번에는 은지호의 꿈에서 나왔을 때와 다른 이유로 온몸에서 힘이 쑥 빠졌다.

아리도, 관리자도 떠난 폐교의 복도는 그저 적막하기만 했다. 한동안 다리를 두 팔로 감싸고 주저앉아 있던 나는 벌떡 일어나 계단 쪽으로 향하다 말고 다시 스르르 무너졌다.

고개를 푹 숙이고 바닥에 주저앉은 내가 기어 들어가는 목소리로 말했다.

"으으, 안 돼……. 도저히 안 되겠어."

이런 기분으로 어떻게 밖으로 나가란 거야. 나는 차마 일어날 엄두를 내지 못한 채 그 자리에 한참을 앉아 있었다.

이마를 무릎에 기댄 내가 작게 중얼거렸다. 중학교 1학년 때 잠깐 좋아하고 만 게 아니라고.

"그게 그렇게 티가 났나……."

내가 중학교 1학년 때 잠깐 유천영을 좋아했던 것을 인정하고 나자, 내가 그간 그에게 했던 행동들을 쭉 살피게 되는 것은 당연한 수순이었다.

그리고 그 결과, 나는 인정할 수밖에 없었다.

내가 유천영을 좋아했던 건 적어도 중학교 1학년 때, '네가 나를 좋아하지 않아서 좋다'는 그의 몇 마디 말에 끝날 마음은 아니었다고.

그것이 억울하기도 했고 당황스럽기도 했다. 하지만 어쨌거나 그 뒤로도 계속, 내가 '원하지만 내게는 주어지지 않은 것'을 생각했을 때 가장 먼저 떠올리던 건 그였다. 심지어는 고등학교 들어서조차.

은지호에게 내가 그랬던 것처럼, 그가 나에게 있어 내가 겪은 최초의 '실패'이자 '좌절'이기 때문일까?

아니, 그렇다기엔……. 나는 눈을 감고 한숨과 함께 고개를 내저었다. 내가 그를 떠올릴 때마다 느꼈던 감정은 언제나 슬픔과 안타까움만은 아니었다.

하지만, 그렇다고 해도 유천영은 어떻게 그걸 고작 영상 한 번 보고서 알아차릴 수가 있지? 심지어 정작 내가 자길 좋아하는 동안에는 한 번도 눈치챈 적 없으면서.

아무리 한꺼번에 몰아서 봤다고는 하지만, 그렇게까지 쉽게 눈치채는 게 말이 되냐고? 나는 그렇게 생각하면서 두 손으로 머리를 힘껏 감쌌다.

그러다 문득 그림자가 드리워 고개를 들어 보니, 이목구비 없는 관리자의 얼굴이 나를 내려다보고 있었다. 이제는 제법 익숙해질 법도 한데도 순간 숨도 쉬지 못하고 얼어붙은 내게 관리자가 말했다. 아니, 벽에 썼다.

「이제 나가야 한다」

「여기에 계속 머무르는 것은 현실의 존재들에게는 결코 좋지 못해」

"아, 죄송해요. 그리고, 음…… 알려 주셔서 고마워요."

그러자 관리자가 나를 보며 빙긋이 웃은 것만 같았다. 아니, 물론 이목구비조차 없는 그이니 결코 장담하진 못하겠지만.

그에게서는 왠지 아파트 입구나 마트에서 마주치면 사탕을 주시곤 하던 인심 좋은 할머니, 할아버지 같은 분위기가 자꾸만 풍겼다.

머쓱함에 괜히 앞머리를 만지작거리던 나는 창밖을 돌아보았다. 폐교에서 내다보는 하늘은 여전히 붉기만 해서 시간을 가늠할 수 없었다.

주인이의 말이 있으니 사람들이 나를 찾지는 않겠지만, 그래도 수업 진도도 따라잡아야 할 테고 그 외에도 여러 가지 해야 할 일이 많을 테니 어서 돌아가는 게 좋겠지. 그렇게 다짐하며 나는 마침내 몸을 일으켜 계단 앞에 섰다.

하지만 계단 아래에서 무엇이든 삼켜 버릴 듯 나를 향해 아가리를 벌리고 있는 어둠을 보았을 때는 나도 모르게 몸이 굳고 말았다.

얼마간의 침묵이 흐른 후, 두 손을 들어 팔을 스스로 감싼 나는 중얼거렸다.

아리 너는 도대체 어떻게 하면 그렇게 용감할 수 있는지.

원래 세계에 뭐가 기다리는지 알면서도 그토록 망설임

없이 돌아갈 수 있던 건지.

심지어 나는 이게 처음이 아닌데도 이토록 겁이 나는데.

그리고 나는 계단 밑으로 한 발을 내디뎠다.

얼마 걷지 않아 창밖의 붉은빛이 가시더니 평범해 보이는 보랏빛 하늘이 나타났다.

나는 안도의 한숨을 내쉬었다. 아예 어둡진 않아서 다행이다. 대낮이 아니긴 했지만, 아직 대중교통이 끊길 시간도 아니었다.

발아래로 자박자박 밟히는 유리 조각과 벽의 흉흉한 낙서들을 무시하려고 노력하며 나는 생각을 이어 나갔다.

일단 무엇보다도 먼저 집으로 돌아가자. 내가 없는 동안 이 세계에서 무슨 일이 일어났는지 아는 게 우선이야. 또, 가족들의 얼굴도 보고 싶고…….

아무런 문제도 없고 모든 게 그대로라는 걸 확인하면, 그때 애들한테 연락을 취하자. 어떤 결과가 있더라도 담담히 받아들이기로 나 스스로 몇 번이나 약속했으니까…….

그사이 내 발길이 마침내 폐교의 출입문 앞에 이르렀다.

깨진 거울을 대수롭지 않게 지나친 나는 운동장으로 한 발을 내디디려다 말고 문득 숨을 멈추었다.

이윽고 눈을 크게 뜬 내가 탄식을 토했다.

"아……."

원래라면 아무도 없어야 할 자리, 예전에 내가 이 세계로 돌아왔을 때는 눌린 자국조차 없는 시든 풀만이 있었던 자리에 누군가 서 있었다.

아니, 한 사람이 아니었다. 다섯 사람이 곧게 서서 내 쪽을 바라보고 있었다.

거의 다 저문 해를 등진 그들의 얼굴은 역광에 가려 보이지 않았다.

그러다 그들의 선두에 있던 사람이 나를 향해 한 걸음 다가오고 나서야, 나는 안도의 한숨을 내쉬었다.

여령이였다.

“단아.”

그녀가 너무 낮아서 무슨 생각을 하는지 알 수 없는 목소리로 나를 불렀다.

다음 순간 그녀의 눈에 눈물이 차오르고, 그녀의 눈썹과 입매가 더는 견딜 수 없다는 듯이 일그러지는 것을 나는 몹시 신기한 광경이라도 보듯이 쳐다보았다.

혹은 어떤 기적을 마주한 듯이.

그리고 큰 보폭으로 척척 다가온 여령이가 마침내 두 팔 가득 나를 껴안았다.

내 몸을 세게 껴안은 그녀가 버럭 외쳤다.

“왜 그런 거야! 도대체 왜 그걸 너 혼자, 네 멋대로…… 우리한테 짐을 나눌 기회는 전혀 주지 않고.”

“여령아.”

"분명히 더 좋은 방법이 있었을 텐데…… 네 결정이 최선이 아니었다고 비난하려는 건 아니야. 하지만—"

눈물에 젖은 얼굴로 씨근덕거리던 여령이가 마침내 말했다.

"우리가 널, 잃어야 했잖아."

"……."

"우리가 널, 영원히 잃을 뻔했잖아. 또다시."

'또다시.'라는 그녀의 말에, 나는 그녀가 꿈에서 봤던 모든 기억을 사실로 받아들였음을 깨달았다.

분명히 의도하고 했던 일인데도 불구하고 선뜻 믿어지지 않았다.

그러다가 아주 뒤늦게, 마치 몸이 감정을 따라오듯이 눈에 느리게 눈물이 차오르기 시작했다.

멍하니 서 있던 내 목을 끌어안은 여령이가 좀 더 따스한 목소리로 속삭였다.

"단아, 잘 돌아왔어……. 널 기다렸어."

"……."

"어쩌면 너를 기억하지 못했을 때부터 계속……."

네 사람의 시선 속에서 아무 말도 하지 못하고, 다만 팔을 내밀어 여령이의 목을 마주 안으며 나는 비로소 실감했다.

나는, 다시 돌아왔다.

한동안 세상에 여령이와 나, 둘만이 남은 것 같은 정적이 흘렀다.

그러다 바람이 불어 마른풀 버스럭거리는 소리가 들려오자, 그제야 여령이와 포옹을 푼 나는 천천히 다른 이들을 돌아보았다.

그새 해가 저물어 역광이 사라지자 오히려 밝을 때보다도 이들의 얼굴이 더 잘 보였다.

은형이와 주인이, 유천영, 마지막으로 은지호까지.

은형이야 꿈에서의 반응을 미루어 보아 안 오는 쪽이 이상했고, 주인이와 유천영은 겪은 게 있으니 당연히 올 거라고 예상했지만 은지호만큼은 의외였다.

내가 가만히 고개를 기울이는 찰나, 누군가 한 발 앞으로 나섰다.

내게 한 걸음 다가오며 한 손으로 얼굴을 가린 은형이의 표정은 참담함 그 자체였다.

"단아, 나는……."

그가 귀신을 봤다고 해도 믿을 수 있을 정도로 창백한 얼굴로 말했다.

"나는, 무슨 말을 해야 할지 모르겠어. 우리가 지금까지 널 내버려 둔 것에 대해……."

말을 잇는 그의 입술이 덜덜 떨렸다.

"……어떻게 용서를 구해야 할지."

나는 다만 두 손을 내밀어 그런 은형이의 어깨를 세게 붙잡았다.

"은형아, 용서를 구해야 할 사람은 나야. 너희와 한마디 상의도 없이 내가 내 멋대로 너희의 기억을 지워 버린걸."

나와 마주 보게 된 은형이의 눈이 떨렸다. 다시 시선을 바닥으로 떨어트린 그가 중얼거렸다.

"하지만……."

"게다가 결과적으로, 나 때문에 너와 여령이 사이에 있었던 일도 모두 잊혀 버렸잖아. 그 탓에 네가 마음고생 많이 했었고."

그러자 은형이의 떨림이 순식간에 가라앉았다.

거짓말처럼 차분한 눈으로 바로 옆에 서 있던 여령이를 돌아본 그가 다시 나를 보더니 말했다.

"단아."

"응?"

"그 부분은 네가 미안해할 일이 전혀 아니야. 여령이와 내 관계가 앞으로 어떻게 된다고 해도 그건 우리 둘의 감정에 달린 거고, 그게 제일 중요해야지 상황에 따라 달라져서는 안 돼. 그래서는 우리 둘 다 힘들어지기만 할 테니까."

눈을 크게 뜨는 내 어깨를 잡으며 은형이가 괴로운 듯한 얼굴로 말했다.

"너한테 앞으로 다신 그러지 말라고 화내고 싶기도 하고, 이번에도 석어도 대가를 나눠 치를 방법을 찾으면 안 됐던 거냐고 따지고 싶기도 해. 하지만…… 상황이 급박했다는 건 부정할 수 없고, 그때 우리 중에 가장 차분한 사람은 어쩌면 너였는지도 몰라. 그랬다면 상의해 봤자 우리는 아무런 도움이 안 됐을지도 모르고, 오히려 우리 때문에 늦어서 일이 잘못되었을지도 모르지."

"……."

"그러니까 단아, 내가 가장 하고 싶은 말은……."

숨을 깊게 마신 은형이가 마침내 한숨 쉬듯이 웃으며 속삭였다.

"천영이를 살려 줘서 고마워."

멍하니 그를 쳐다보던 나도 이윽고 천천히 마주 웃었다. 기억을 되살리면서 정말로 이들이 나를 원망하는 것도, 또는 내게 미안해하는 것도 바라지 않았지만 순수한 감사 인사라면 괜찮은 것 같았다. 비록 그것조차 온전히 내 공로는 아니라고 할지라도.

나는 여전히 웃는 얼굴로 대답했다.

"그래."

여전히 울 것 같은 눈으로 나를 보는 은형이를 내가 어색하게 껴안았다. 잠시 굳어 있던 은형이가 손을 들어 내 등을 두어 번 토닥이고는 다시 떨어졌다. 그 뒤로 우리 사이에 전보다 더 어색한 공기가 흐르기 시작하자 나는 당황했다.

으음, 이건 좀 난감한데. 어색하게 눈만 굴리던 나는 유천영과 은지호, 그 뒤에 서 있던 주인이와 시선이 마주쳤다.

유천영의 심경이야 꿈속에서 들어서 유감스러울 정도로 잘 알고 있는 반면, 은지호와 주인이는 도대체 무슨 생각을 하는지 알 수가 없었다. 애초에 둘 다 꿈속 영상을 끝까지 봤는지 안 봤는지조차.

그때, 고개를 푹 숙인 주인이가 한 걸음 앞으로 나섰다.

둘을 제치고 내게 다가온 그는 여전히 붙어 서 있던 나와 은형이 사이에 멈춰 서더니, 입술을 달싹이며 말을 꺼냈다.

"엄마, 미안해. 약속……."

못내 어색한 듯하면서도 그가 꺼낸 호칭에 나는 그가 영상을 끝까지 봤다는 것을 알 수 있었다.

눈을 이리저리 굴리던 그가 이윽고 두려움을 참듯이 눈을 꾹 감고는 말했다.

"기억하겠다는 약속, 못 지켜서."

"뭐?"

그의 난데없는 말에 어리둥절해하던 나는 뒤늦게 깨달았다.

폐교의 담력 시험 때, 우리 둘만 휘말려 떨어졌던 다른 차원의 교실에서 그는 내게 그런 말을 했었다.

그때까지 한 번도 본 적 없던 진지한 얼굴로.

'약속해. 엄마 혼자 그 세계에 있도록 두지 않을게.'

'전처럼 6시간 동안 없는 번호로 전화를 걸 수도 있어. 엄마랑 있던 일, 엄마가 있던 장소, 하나도 잊어버리지 않을 거야. 나머

지 애들한테도 말해서, 전부 다 같이 엄마를 기억하고, 찾을게. 그렇게 할게. 약속해.'

왜 이제껏 떠올리지 못했나 싶을 만큼 그가 붙잡았던 두 어깨의 촉감마저 생생했다.

그 기억을 떠올리며 멍하니 눈만 깜빡이던 내게 그가 다시 말했다.

"그때는 엄마가 다른 세계로 떠나더라도 잊지 않고 다시 찾겠다고 약속했는데, 이번에는 심지어 같은 세계에 있었는데도…… 엄마는 계속 다가오려고 해 줬는데도 내가."

"주인아."

"의심하고, 밀어내고…… 엄마가 하는 말을 모두 곧이곧대로 듣지 않고 거부하고."

"너도 다른 애들을 위해서 그런 거였잖아."

내 말에 주인이가 고개를 퍼뜩 들었다. 나는 문제 될 것 없다는 듯 웃으며 말을 이었다.

"왜, 내가 좀 보통이 아닐 만큼 수상하게 굴긴 했잖아. 너희들을 계속 살피는 것 하며, 친하게 지내긴커녕 얘기도 거의 해 본 적 없는데도 과하게 잘 아는 것 하며…… 충분히 의심할 만했지."

"하지만……."

입술을 깨물며 그가 하는 말을 내가 잘랐다.

"내가 슬픈 일로부터 너희를 지키기 위해서 그런 선택을 한 것처럼, 너도 저 애들을 지키기 위해서 그렇게 한 것뿐이야. 우리 둘 다 의도는 같았어. 네가 잘못했다면 나도 잘못한 거고, 내가 잘못하지 않았다면 너한테도 잘못이 없어."

"그런 말이—"

나는 단호하게 말을 이었다.

"그리고, 나하고 있었던 모든 일이 사라져 버린 세계에서 네가 어떻게 지냈을지 알아. 나한테서 저 애들을 지켰던 것처럼, 너 자신으로부터도 저 애들을 지켰던 거잖아. 안 그래?"

"……."

"단 하루도 맘 편히 지낸 적, 없지?"

내 마지막 물음에 주인이의 눈이 거세게 흔들렸다. 그 모습을 본 나는 다시금 쓰게 웃으며 말했다.

"미안해."

"아니야, 엄마, 나는. 내가……."

"나도 약속 못 지켜서."

그러자 주인이가 의아하게 나를 바라보았다. 그런 그를 마주 보며 나는 속으로만 생각했다.

그때, 내가 폐교에서 네가 '알기 쉬운 사람'이라고 말할 때, 나는 내가 너의 본질을 진정으로 안다고 믿어 의심치 않았어. 어찌 되었건 너는 선한 사람이라고.

하지만 아리와 대화하는 네 모습을 보면서, 나는 네 행동양식이나 사고방식이 내 상상 이상으로 복잡하다는 걸 깨달았어.

하지만 이해하지 못한다는 것이 곧 믿을 수 없다는 것을 뜻하진 않을 거야. 우리 주위의 신비 현상처럼, 종교처럼, 또는 기적처럼.

그런데도 나는 고작 네 이면을 조금 봤다는 이유만으로 내가 믿고 있던 네 본질을 의심하려 들었어.

네가 지금까지 내가 알던 사람과는 전혀 다르다고 규정하고, 내가 알던 너라면 결코 이런 반응을 보여 줄 리 없다고 믿으면서.

그리고 나는 그의 볼을 타고 하염없이 흐르는 눈물을 보며 생각했다.

하지만…… 여기에 서서 나를 향해 미안하다고 말하며 우는 너는 틀림없이 내가 알던 너라서.

홀로 작게 숨을 들이쉰 내가 말했다.

"주인아, 나는 네가 여전히."

알기 쉬운 사람은 아닐지 모르지만, 그래도.

"좋은 사람이라고 생각해."

"……."

"그러니까, 지금까지 날 밀어냈던 게 다른 애들뿐만 아니라 나를 위해서였다고 해도…… 더는 나 밀어내지 마."

주인이가 뒤통수라도 한 대 얻어맞은 것 같은 표정으로 나를 보았다.

나는 떨리는 목소리로 덧붙였다.

“부탁, 들어줄 거지?”

침묵 끝에 주인이가 작게 고개를 끄덕였다. 그러더니 그는 또 한 손으로 얼굴을 가리고 울기 시작했다.

아이고, 이렇게 좋은 날에 울긴 왜 운담, 나는 한숨을 내쉬며 그를 가볍게 안아 주었다.

그리고 나머지 이들 쪽으로 돌아선 내가 생각했다. 그러면, 이제 남은 사람은…….

마침 같은 생각을 하고 있었던 듯, 의중을 알 수 없는 검은 눈이 나를 빤히 쳐다보았다.

나는 망설이다가 마침내 입을 열었다.

“은지호.”

“그래, 함단이.”

눈을 반쯤 내리깐 은지호가 태연히 대답했다.

내 이름을 부르는 그의 목소리에는 다른 이들과는 달리 슬픔이나 후회, 그리움 같은 것은 전혀 담겨 있지 않았다.

그것을 읽은 듯, 다른 이들이 눈을 깜빡이며 당황한 시선을 교환했다.

그 가운데 내가 말했다.

“단도직입적으로 말할게. 너…….”

"응."

"끝까지 봤어?"

"잠깐, 단아. 끝까지 보다니?"

여령이가 끼어들어 물었다. 그녀의 상식으로는 그 꿈을 끝까지 보지 않는다는 것은 불가능하거나 이해가 되지 않는 일인 것 같았다.

그것은 다른 이들도 마찬가지인 듯, 그들은 서로를 보며 당황한 표정을 지었다.

그 가운데 내가 한 손을 들며 말했다.

"아니, 은지호한테는 내가…… 그만 보라고 했어."

"뭐?"

"그때의 기억을 되찾는 게 은지호한테는 더 안 좋은 일이 될 수도 있을 것 같아서. 그래서 내가 보지 말라고 하고 먼저 꿈을 나와 버렸어. 그러니까 안 봤다고 해도 은지호 잘못은 결코 아니야."

내 말에 다른 이들은 그 이유를 대강 짐작하는 것 같았다.

실제로 내가 은지호가 차라리 기억을 되찾지 않길 원했던 이유는 두 가지였다.

첫 번째는 여단 오빠와 같은 이유인데, 나를 좋아했던 것이 그에게 좋았긴커녕 괴롭기만 한 경험일까 봐.

그리고 두 번째는, 그가 기억을 되찾고, 나를 좋아했다는 사실까지 떠올려 버리면 기억이 없었을 때 나에게 했던 일을 떠올리고 괴로워할까 봐. 아니, 은지호의 성격이라면 틀림없이 그렇겠지.

'너도…… 어서 나가. 네가 이미 사라졌고, 네 삶에 실제로 영향을 미치지도 않는 것들을 알 필요가 없다고 생각한다면.'

내가 그렇게까지 말한 이상, 아마도 지금의 은지호가 과거의 기억을 끝까지 보았을 리는 없다. 내가 알던 이맘때의 그라면 이미 사라졌고, 그의 삶에 실제로 영향을 미치지도 않을 존재에 신경 쓸 리는 없으니까.

물론 한때는 내가 그의 유일한 예외였던 적도 있다. 하지만, 모든 과거가 바뀐 지금까지도 그럴 거라고는…….

그러다 말고 나는 문득 생각을 바꾸었다.

아니, 하지만. 이전 세계와는 내게 하는 행동이 너무나 달랐던 주인이마저도 결국 이전 세계와 같은 사람이라는 게 밝혀졌는데, 은지호라고 그러지 말라는 법이 있을까?

나는 조금 밝아진 눈을 들어 그를 보았다. 어쩌면, 지금의 그에게도 나는 여전히…….

그러나 은지호는 내 예상에서 벗어나지 않고 조용히 고개를 가로저었다.

"중간에 나갔어. 네 말대로, 네가 그렇게 말한 이상 끝까지 남아서 볼 필요는 없다고 생각해서."

"아……."

"중학교 1, 2학년 무렵의 일까지는 봤는데, 꿈에서 나오고 다른 애들도 다 같은 꿈을 꿨다는 걸 듣고 나서야 그게 단순한 꿈은 아니었다는 걸 알았어."

어깨를 으쓱한 은지호가 덧붙였다.

"이렇게까지 된 이상, 나도 그게 실제로 있었던 일이었다는 걸 부정할 마음은 없어. 그건 걱정 안 해도 돼."

"응……."

나는 그저 멍하니 고개를 끄덕였다.

"초반에 우리한테 접근했던 널 의심했던 건 미안하다. 그리고…… 내가 너에게 했던 말들도."

나와 시선을 맞춘 은지호가 조용히 말했다.

혹시나 그 외의 일, 특히 그가 꿈속에서 나를 붙잡았던 일이나, 가지 말라고 말했던 일, 지극히 짧은 순간 내비쳤던 본심이라고 불러야 할지 뭐라고 불러야 할지 알 수 없는 것. 그런 것에 대해서도 얘기가 나올까 해서 기다렸지만, 그에게선 끝까지 그 말이 나오지 않았다.

그제야 마음에 남아 있던 한 줌의 미련마저 버린 나는 고개를 끄덕이며 생각했다.

아, 정말 끝인가 봐. 애초에 그가 고등학교 때의 기억까지 되찾지 않는 이상 이 상황이 뒤집히진 않으리란 걸 알고 있었으면서도.

그리고 나는 느리게 눈을 감았다. 어쩌면 나는 은지호의 진심을 시험해 보고 싶기라도 했던 걸까? 아까 은형이의 말처럼, 진정한 인연은 상황이 아니라 서로의 감정에 달려 있는 거라고 생각해서.

언제 만났건 간에, 어떤 관계로 시작했건 간에 정말 인연이라면 어떤 상황에서든 결국에는 서로 좋아하게 됐을 거라고 믿어서.

그리고 나는 속으로 고개를 내저었다. 아니, 하지만 나와 유천영도 한때 서로 좋아했는데도 불구하고 이루어지지 않은 마당에, 이미 진심 같은 걸 생각하는 건 의미가 없겠지.

어쩌면 인연이 맺어지고 맺어지지 않는 데는 서로의 진심도, 상황도 중요하지만, 그 이상으로 의지 역시 중요할지도 모른다. 이 사람이 아니면 안 된다는, 그리고 이 사람을 내가 행복하게 할 수 있다는.

그러니 기억을 되찾지 못한 은지호가 나를 좋아하지 않는다고 해서, 그가 지난날 나를 진심으로 좋아했는지 아닌지에 대해 의심할 필요는 없을 것이다. 그것은 몇 년간 그가 했던 행동들이, 말들이 무엇보다도 잘 증명하니까.

나는 그저 그것을 기억 속에 묻고 앞으로 나아가면 되는 거겠지. 너무 그리워 견딜 수 없어질 때만 가끔씩 꺼내 보면서.

거기까지 생각하자 그제야 웃을 수 있었다. 나는 비로소 얼굴을 가렸던 손을 내리며 말했다.

"그래. 괜찮아."

"그래."

"앞으로 나한테 잘하면 되지."

그러자 눈살을 찌푸린 은지호가 작게 투덜거렸다. 함단이, 왜 이렇게 벌써부터 기고만장해?

그의 그런 행동이 그가 비로소 나를 친구로 받아들이기로 했다는 것을 증명했기에, 나는 전보다 더 환하게 웃을 수 있었다.

그 뒤로도 우리는 폐교의 운동장 벤치에 걸터앉아 이런저런 얘기를 나누었다. 지금까지 잊고 있었던 추억들에 대해, 또 앞으로의 일들에 대해.

정신없이 떠들다 보니 어느새 자정이었다.

시간이 그만큼 되자 집으로 돌아가지 않을 수 없었다. 무엇보다도 나는 벌써 집에 들어가지 않은 지 사흘이 넘어서 몸에 피로가 쌓일 대로 쌓인 채였다.

이곳 근처에 사는 반여령이 걸어가겠다고 말하자 은형이가 데려다주겠다고 말했고, 거기에 끼어들어 유천영이 차로 태워다 주겠다고 말하며 세 사람은 자연스레 같이 가게 되었다. 아무튼 유천영에게 미뤄 두었던 대답은 지금 당장 하지 않아도 될 것 같아서 다행이었다.

그리고 은지호는 멀리 사는 주인이와 나를 데려다주기로

했다. 은지호와도 어색할 것 같아서 꺼려지는 건 마찬가지였지만, 아무튼 유천영보다는 나으리라는 것이 내 생각이었다.

언제 챙겼는지 모를 내 가방을 그에게서 받아 품에 안고 불빛이 무수히 스치는 창밖을 바라보며, 나는 새삼 감상에 빠졌다.

은지호가 다시 나를 데려다주는 날이 올 거라고는 상상 못 했는데.

아마 앞으로도 이런 날은 종종 오겠지.

그리고 나는 쓰게 웃으며 시선을 떨구었다.

그래도 앞으로는 이런 기회가 생겨도 사양하는 편이 좋겠다. 그러지 않고서는 그에 대한 미련을 쉽게 떨쳐 낼 수 없을 것 같으니까.

생각해 보면, 그가 나에게 여단 오빠에 대한 남은 모든 미련을 떨쳐 내게 해 줄 테니 자기에게 오라고 당당하게 선언했던 것도 이 차 안에서였는데.

새삼 그 사실을 떠올리던 나는 문득 느껴지는 시선에 고개를 들었다.

차 안의 옅은 어둠 속에서 은지호와 나의 시선이 마주쳤다. 그 순간, 그와 내가 같은 것을 떠올리고 있다는 생각이 들었다. 그럴 리 없는데도.

그때, 거짓말 같은 타이밍으로 차가 끼익 멈췄다. 잠시 눈을 굴리던 나는 허둥지둥 가방을 품에 안고 차에서 내렸다.

은지호가 핀잔주듯 말했다.

"왜 그렇게 급하게 내려?"

"아니, 그냥…… 집에 간 지 오래됐으니까."

"같이 가서 핑계라도 대 줄까?"

"아니, 됐어."

은지호가 함께 등장해 봐야 엄마 아빠는 마음을 놓기는 커녕 더 놀라기만 할 테지. 마지막으로 헝클어진 머리카락을 정돈한 나는 차 문을 닫았다.

차 문을 닫기 전에 내가 말했다.

"안녕."

"안녕."

나는 다시 한번 고개를 기울였다. 은지호의 인사가 평소 같은 뜻을 담고 있다고 하기에는 너무 무겁게 들린 탓이었다. 착각인가?

대문 앞에 홀로 남은 나는 그 뒤에도 집에 들어가지 않고, 검은 차체가 어둠 속으로 사라져 가는 모습을 한동안 바라보았다. 그와 함께 무언가가 영영 사라져 버린 듯한 느낌이 들었으나 확실치는 않았다.

차의 모습이 완전히 사라지고 나서야 나는 마침내 돌아섰다.

현관문을 열어젖히며 내가 말했다.

"다녀왔습니다."

* * *

함단이의 집이 모퉁이를 돌아 마침내 백미러에 비치지 않게 되고서야 우주인은 입을 열었다. 그답지 않게 가라앉은 목소리였다.

"너."

"응."

물음에 대답하는 은지호의 목소리는 태연자약했다.

"안 본 거 아니잖아."

"……."

은지호는 대답하는 대신 차창 밖으로 시선만 던졌다.

그런 그의 옆얼굴에 우주인의 날 선 목소리가 연이어 꽂혔다.

"기억, 안 본 거 아니잖아. 봤잖아, 처음부터 끝까지. 그렇게 잃고시야 네가 어떻게 한 사람에 대한 기억이 우리 모두에게서 동시에 잊힐 수 있는지, 또 한꺼번에 되살아날 수 있는지 묻지도 따지지도 않고 납득하겠어?"

"……."

"그런데 함단이한테, 아니, 엄마한테 왜 거짓말했어? 상황이 이렇게 된 판국에, 잠깐 속이는 걸로 모면해서 뭘 어쩌겠다고…….”

그제야 차창에서 시선을 뗀 은지호가 우주인을 돌아보았다.

“‘잠깐’이라고? 왜 그렇게 생각해?”

“그야, 네가 기억을 되찾은 걸 언제까지고 숨길 수 있을 리는…….”

그러다 말고 우주인은 깨달았다. 아니, 잠깐. 그게 정말 불가능할까? 그것은 아마도 은지호의 연기력 이상으로 함단이의 믿음에 그 성패가 달려 있을 것이다. 정확히는, 함단이가 은지호를 어떤 사람이라고 생각하는가에 따라서.

정직하고 올곧은 사람? 아니면 목적을 이루기 위해서는 거짓말도 기꺼이 입에 올리는 사람?

감정이 이성보다 우선인 사람? 아니면 이성을 위해 감정 따위 간단히 무시해 버릴 수 있는 사람?

다른 누군가를 뒷배경이나 능력, 외모 면이 아닌 이유로도 충분히 좋아할 수 있는 사람? 누군가를 사랑할 수 있는 사람? 아니면…….

생각을 점점 곱씹을수록, 우주인은 그 일이 결코 불가능하지 않으리라는 것을 깨달았다. 아니, 함단이는 분명 은지호에게 속아 넘어갈 것이다. 한 치의 의심도 없이 완벽하게. 이미 폐교 앞에서 그녀가 은지호의 말과 태도를 아무런 의심도 하지 않고 받아들인 게 그 증거였다.

홀로 입술을 잘근거리며 생각하던 우주인이 인상을 찌푸

리며 고개를 들었다.

은지호를 똑바로 쳐다본 그가 물었다.

"그게 설령 가능하다고 해도 이해가 안 가. 영영 속여서 뭘 어쩌겠다는 건데? 네가 지금 해야 할 건 이렇게 기억 안 본 척 시치미 뚝 떼고 있는 게 아니라 당장 엄마한테 가서 기억 못 해서 미안하다고, 하지만 기억은 잃었어도 감정은 달라진 적 없었다고 말하는 거야. 그리고 용서를 구해야지, 우리처럼."

"……."

"그 일에 네 의사가 개입되지 않았으니 달리 용서받지 않아도 되는 일이라고 생각한다면, 그것도 맞을지도 몰라. 하지만 그래서는 결국 사과하기 싫어서, 잘못을 구하기 싫어서 엄마를 속이는 게 되잖아. 나는 그게 이해가 안 돼. 왜냐하면 너는……."

혼자 마른침을 삼킨 우주인이 내내 생각해 왔던 것을 입에 담았다.

"엄마를 좋아하잖아. 나나 은혁이, 여령이하고는 달리…… 그런데 왜 제일 격한 반응을 보여야 할 네가, 여기에서 이러고 있는지 나는 도통……."

그때 불쑥 끼어든 목소리가 그의 말을 잘랐다.

"내가 함단이를 거부했어."

우주인은 멍하니 고개를 들었다.

옅은 어둠 속에서 둘의 시선이 마주치고, 은지호가 또박또박 말을 이었다.

"우리가 아직 기억을 되찾지 못했을 때, 함단이가 먼저 나한테 고백했어. 나는 그걸 거절했고."

눈빛이 흔들린 것은 잠시였다. 곧 정신을 차린 우주인이 되물었다.

"그게 뭐? 나는 그 부분은 이상하다고 생각하지 않아. 네 성격이라면 응당 그랬어야 할 부분이니까. 이전 세계에서 너는 약혼자가 없었지만, 이 세계에서는 거의 확정이다시피 했지. 네가 거기에서 고백을 받아들이는 게 더 이상해. 내가 여전히 이해 못 하는 건 그에 대해 사과하거나, 변명하기보다 차라리 속이는 걸 택한 네 태도야."

"그것뿐이었다면 이러지도 않았을 거야."

"그럼 뭐가 문제야?"

"내가 함단이 앞에서, 걔와 나예리를 비교했어."

"……."

우주인이 할 말을 잃은 가운데, 참담한 듯이 눈을 꾹 감았다 뜬 은지호가 다시 말했다.

"믿어져? 부모님에게서, 친구들에게서, 때로는 생판 모르는 남들에게서…… 비교당한 게 평생의 상처였던 애한테, 내가 너를 택할 이유가 없다고 그랬다니까…… 나예리와 비교해서 네가 나은 게 대체 뭐냐고."

"그게…… 진짜……."

멍하니 내뱉다 말고 우주인은 흡 하고 숨을 들이켜며 남은 말을 삼켰다. 은지호가 이런 것을 가지고 농담을 할 성격이 아니라는 것은 잘 알고 있으니, 이제 와서 물어봐야 확인 사살이나 다름없을 것이다. 하지만 여전히 선뜻 믿어지지는 않는 얘기였다.

우주인은 이제 함단이와 만나기 전의 은지호와 함단이를 만난 뒤의 은지호를 모두 잘 알고 있었다. 그리고, 언뜻 보기에는 몹시 가차 없어 보이는 함단이를 만나기 전의 은지호조차 그 나름의 '최저의 선'은 있었다.

그런데 왜……. 고민하던 그에게 은지호의 목소리가 다시금 들려왔다.

"그뿐만이 아니야. 그 뒤에도 함단이를 한 번 더…… 만났었어."

저도 모르게 고개를 퍼뜩 든 우주인이 되물었다.

"언제? 어디에서."

"불과 시난주 주말에. 반여령네 아파트 옥상에서."

"옥상?"

우주인이 조용히 되뇌었다. 장소도 장소였지만, 그보다도 하필 그런 장소에서 두 사람이 우연히 마주쳤다는 것이 더 신경 쓰였다. 아마도 우연으로 가장했을 뿐, 사실은 우연이 아닐 것이라는 생각이 들었다.

이마에 한 손을 가져다 댄 은지호가 괴로운 듯 말을 이었다.

"함단이는 집에서 울면서 뛰쳐나온 상태였고, 나는 그걸 뒤늦게 전해 듣고 따라갔었어…… 하지만 얼마 안 가 유천영이 연락을 받았는지 그 옥상에 나타나더라."

"엄마가 천영이를?"

"그래. 어쨌거나 그 뒤에, 해가 지도록 그 녀석들이 내려올 생각을 하질 않아서 내가 올라갔고…… 다 같이 엘리베이터로 가는 길에 함단이가 먼저 말을 꺼내더라, 잠깐 둘이서만 얘기하자고."

"그래서?"

은지호의 입에서 무거운 한숨이 번졌다.

"걔, 울었어. 자기가 좋아했던 사람들은 항상, 자기가 좋아했을 때는 정작 자기를 좋아해 준 적이 없다면서."

"……."

"그러니까 걔는 그때 이미 확신을 하고 있었던 거지. 내가 자기를 더는 좋아하지 않는다고. 그런데……."

마침내 고개를 든 은지호가 좀 전보다 누그러진 어투로 말했다.

"사실은 우주인 네 말이 맞거든."

그가 담담한 목소리로 고백했다.

"나는 한 번도, 단 한 번도 함단이에 대한 마음을 바꿔 본 적이 없어."

우주인은 두 번 생각하지 않았다.

"가서 그렇게 말해."

은지호가 여전히 표정 없는 얼굴로 이쪽을 보는 가운데, 미간을 좁힌 우주인이 재차 말했다.

"엄마한테 가서 그렇게 말하라고. 정확히 나한테 말했던 그대로. '사실은 한 번도 너에 대한 마음을 바꿔 본 적이 없다'고."

그러자 은지호의 얼굴도 따라서 일그러졌다. 방금까지의 평정심은 가장이었다는 듯, 무표정을 손쉽게 집어치운 그가 격양된 어조로 말했다.

"장난해? 그게 정말 함단이를 위한 일이라고?"

"적어도 엄마가 자기가 좋아하는 사람들한테 한 번도 관심받지 못했다고 믿고서 모든 게 끝나 버리는 것보단 나아."

"난 그렇게 생각 안 해."

"왜?"

"네가 그랬지? 사과하기 싫어서 함단이를 속이는 건 해선 안 되는 일이라고."

묘하게 초연해진 표정의 은지호가 말을 이었다.

"그럼, 내 마음을 진심으로 만들기 위해 함단이의 상처를 별것 아닌 것으로 치부하는 건? 그건 해도 되는 일이야?"

"……."

"생각해 봐, 평생을 자기가 소설 속 조연이라고 생각하면서 살아온 애야. 그런데 그런 애가 기껏 자기가 소설 속 주연이 아니어도 괜찮다고, 아니, 조연조차 아니어도 괜찮다고…… 그래도 우리와 다시 친해질 수 있을 거라고, 그렇게 믿고서 덤빈 결과가 뭐였어? 내가 그 애한테 돌려줬던 말은?"

이번에는 우주인도 차마 대답할 수 없었다. 말없이 참담한 표정을 짓는 우주인에게 그가 다시 말했다.

"그런데 그런 함단이한테, 기억을 잃었을 때의 나는 다 가짜라고 생각하라고……. 너를 기억하고, 네가 알고 있는 나만이 진짜라고 말할까?"

은지호의 말이 점차 빨라졌다.

"그러면 뭐가 달라져? 함단이가 겪은 일들이 다 사라져? 내가 함단이에게 했던 말과 행동도? 걔를 전혀 기억하지 못하는 우리와 함께한 시간은, 걔한테 있어서 드물게 가장 괴로운 몇 주였을 텐데."

"……."

"그게 아니면, 네 말대로, 너를 좋아해서 그런 거라고……. 너한테 한 번도 진심이 아니었던 적 없었다고. 그렇게 말해서 그걸 함단이가 믿는다고 해도, 결국 나는 진심으로 좋아하는 사람한테 그런 말을 할 수 있는 사람밖에 안 되는 거야."

말을 잇던 은지호의 미간이 큰 폭으로 일그러졌다.

"그럼, 그런 나와 사귀면서 함단이가 감당해야 할 불안은?"

"……."

"만약 이번과 비슷한 일이 다시 일어난다고 쳐. 그런데 내가 또 같은 실수를 반복한다면, 그리고 기억이 돌아오고 나서는 함단이한테 돌아가서 내 진심을 알지 않냐고 호소한다면…… 너는 함단이가 그런 사람이랑 사귀는 걸 받아들일 수 있어?"

"……."

"나도 그래."

한층 풀어진 얼굴로 등받이에 몸을 기댄 은지호가 말을 맺었다.

우주인은 여전히 복잡한 얼굴로 바닥을 내려다보며 말이 없었다.

고개를 숙인 은지호가 중얼거렸다.

"그리고 내가 설령 자기를 더는 좋아하지 않는다고 해도, 그 애는 내 앞에서 다른 누군가와 잘 되는 걸 꺼릴 거야. 단지 내가 그 애를 좋아했던 기억을 갖고 있다는 이유만으로. 그럴 바에야 차라리, 지금 그대로 믿게 해 두는 편이 나아."

"……."

"내 마음은 상황에 따라 바뀔 마음이었다고. 걔가 반여령의 소꿉친구가 아니었다면, 소설 속 조연이 아니었다면,

이 세계가 소설이라는 걸 유일하게 알고 있지 않았더라면…… 내가 개를 좋아할 일은 결코 없었을 거라고."

내내 가만히 듣고 있던 우주인이 그제야 입을 열었다.

"……너는 네 진심을 아는 게 엄마한테 좋을 게 없다고 말했지만."

그는 여전히 묘한 표정으로 물었다.

"정말로 그럴 거라고 생각해?"

"적어도 함단이는 이번 일을 통해 깨닫게 되었을 거야."

동요 없이 어깨를 으쓱한 은지호가 대답했다.

"상황에 따라 행동도, 마음도 변하지 않는 사람을 택해야 한다는 걸."

"……."

형용할 수 없는 표정으로 침묵에 빠져 있던 우주인이 이윽고 다시 말했다.

"은지호."

"왜?"

"너, 엄마에 대한 기억을 하지 못했을 때. 그때 엄마의 그런 말을 듣고도 꿈에 남은 이유가 뭐야?"

우주인의 추리는 결과를 통한 추리였지, 과정을 통한 추리가 아니었다.

함단이의 말을 들었을 때, 우주인은 은지호만이 홀로 기억을 되찾지 못했어도 어쩔 수 없겠다고 생각하고 있었다.

그러나 대답하지 않고 창밖만 보는 은지호의 뒷모습에서 우주인은 쉽게 그 답을 찾았다.

왜냐하면 기억을 찾았을 때도, 찾지 못했을 때에도, 함단이는 언제나 은지호의 유일한 예외였으므로.

* * *

다른 이들이 나에 대한 기억을 되찾은 다음에도 일상은 변함없이 흘러갔다. 아니, 정확히 말하자면 뭔가 바뀌긴 했다.

이를테면 은지호가 때때로 시답잖은 장난을 걸어서 나보다는 다른 사람들을 놀라게 한다거나, 반여령의 집에 꽤 자주 놀러 가게 됐다거나, 주인이가 종종 학교에서 끌어안는다거나, 은형이가 쉬는 시간마다 말을 걸어온다거나. 마지막으로 자습 시간에 기회가 된다면 유천영과 종종 음악을 듣는다거나.

한편으로는 행동이 달라졌다고 해도 그들이 나를 대하는 온도는 크게 다를 바가 없어서, 역시 기억은 사라졌어도 감정은 남는다는 말은 거짓이 아니었구나 싶어졌다.

적어도 단 한 사람, 은지호를 제외하면.

그를 생각하면 여전히 슬펐고, 때때로 슬프기보다는 그저 허망해졌다. 결국 그와 내가 이루어지지 못한 건 내가 그에 대한 대답을 너무 오래 미루고, 피했기 때문이란 걸 알고 있었으니까.

아니, 하지만 그렇게 해서 '그 사건' 전에 은지호와 내가 사귀게 되었다고 해도, 기억을 잃은 은지호가 내게 다르게 굴었을 거라 장담할 수 있을까?

무엇보다도, 만약 은지호와 사귀게 되어서 반드시 미래에 함께할 거라고 믿고 있었다고 할 때…… 그 기대를 배신당한 내가 과연 지금처럼 아무렇지 않게 지낼 수 있었을까?

그렇게 묻는다면 나는 여전히 대답할 수 없었다.

여단 오빠와 헤어졌을 때도, 그와 함께했던 기억이 좋은 추억이 되기까지 너무 많은 시간이 걸렸다. 더군다나 그것은 나에 한한 일일 뿐, 여단 오빠에게도 그렇게 되었는지는 알 수 없었다. 그것이 내가 그의 기억을 되살리지 못한 이유였다.

그런데 은지호와 사귀던 도중 예기치 못한 일로 헤어지게 되었다면, 그것도 모자라 다른 사람과 함께하는 그를 봐야 했다면…… 생각만 해도 속이 까맣게 타들어 가는 가정이었다.

그럼에도 불구하고 여전히 아쉽다는 마음이 남아 있는 것은, 이번 기회를 통해 두 사람이 서로를 동시에 좋아하는 일이 기적에 가깝다는 것을 배웠기 때문일 것이다.

또, 섣불리 시작하면 추억과 함께 상처가 남을 수 있지만, 그게 두려워서 아무것도 하지 않으면 미련 외에는 아무것도 남지 않는다는 것도.

결국, 나는 상처받고 후회해도 괜찮을 만큼 그와 잠깐이라도 함께하고 싶었던 거야.

그것을 깨닫고 나자, 내가 여단 오빠의 기억을 살리지 않은 것이 내 독단에 가까웠다는 생각이 비로소 들었다. 어쩌면 상처 입고, 때로는 후회했다 할지라도 여단 오빠는 여전히, 한때 나와 함께 시간을 보냈다는 것만으로도 만족했을지도 모른다는 걸.

거기까지 생각하고 나자, 나는 비로소 미뤄 두었던 질문에 대답할 결심을 할 수 있었다.

벌써 계절은 늦가을이었다.

날이 점점 쌀쌀해져 이제는 가을이라고 부를 수 없는 날씨였지만, 모의고사가 끝나자 아이들은 늘 그렇듯이 운동장에서 반팔 차림으로 공을 찼다. 그들 사이에 오가는 함성과 아우성이 아득히 먼 기억 속 어느 날을 떠올리게 했다.

어쩌면 유천영도 같은 생각을 한 것 같았다. 나뭇잎 사이로 조각난 햇살이 우리의 무릎 위로 떨어졌다. 그럴 리가 없는데도 어디에선가 매미 우는 소리가 들린 것만 같았다.

두 손을 무릎 위에 올려놓은 채로 운동장 위 어디쯤을 보던 내가 말을 꺼냈다.

"유천영."

"응."

대답하는 유천영의 목소리는 늘 그렇듯 담담해서 긴장이라고는 전혀 느껴지지 않았다. 어떤 긴장 같은 것을 내가 읽도록 허락할 그도 아니었지만.

내가 말을 이었다.

"그동안 계속…… 생각해 봤어. 내가 너를 어쩌다 좋아했었는지, 어쩌다 포기했었는지. 그리고 왜…… 우리는 그토록 오랫동안 서로 좋아했으면서도 아무것도 하지 않았는지."

"……."

"그러다가 깨달았어. 내가 이 세계가 소설 속이라는 사실을, 네가 그 소설 속 주연이고, 나는 조연이라는 사실을 알지 못했다면, 아니면 네가 내가 아는 것들을 알기만 했어도 뭔가 달라졌을 거라는 걸."

유천영은 대답하지 않았다. 무릎 위로 깍지 낀 손에 좀 더 힘을 준 내가 말했다.

"하지만 결국 그렇지 않았지. 그런데도 우리는 아무것도 하지 못하면서, 그렇다고 포기하지도 못해서 서로 맴돌기만 했다는 걸……."

나는 눈을 내리깔았다.

그리고 어쩌면 그건, 어쩔 수 없는 상황에도 불구하고 우리 마음이 오랫동안 달라지지 않았다는 것을 의미하는지도.

그리고 유천영. 나와 함께한 모든 기억을 잃었어도 여전히 나와 가까워지고 싶다고 말하던 유천영, 나를 좋아한다고 말하던 유천영, 내가 위험하다는 걸 알자 기꺼이 또 한 번 자기 몸을 던졌던…… 정말이지, 스스로를 소중히 할 줄 모르는 유천영.

아무 말도 없이 복도로 뛰쳐나가 그대로 폐교로 떠났던 그의 뒷모습을 떠올리자, 다시 한번 심장께가 지끈거렸다.

둔한 통증을 느끼며 나는 다시 고개를 들었다.

거울처럼 나를 온전히 담고 있는 푸른 눈에 대고 나는 말을 건넸다.

"지금 이 마음이 그때와 얼마나 같은 마음인지, 또 지금의 너와 얼마나 같은 마음인지는 아직 잘 모르겠어. 그래도……."

마른침을 삼킨 내가 말을 이었다.

"내가 너한테 관심을 가지면, 아직도 싫어?"

어디선가 불어온 바람이 우리 둘의 머리카락을 쓸어 넘겼다.

정적 속에서, 잠시 눈을 깜빡이던 유천영이 이윽고 웃었다. 햇살이 흐려질 만치 환한 미소였다.

〈스페셜 엔딩 마침〉

외전 : 다시 만난 세계

외전 : 다시 만난 세계

그날도 시작은 여느 주말과 다르지 않았다.

오후 세 시쯤, 얼굴 위로 쏟아지는 햇빛에 느지막이 눈을 뜬 우주인은 머리맡을 더듬어 스마트폰을 찾았다. 밀린 연락을 확인하던 중 마침 이 근처에 올 일이 있으니 저녁이라도 같이 먹지 않겠냐는 우산의 메시지를 발견했다.

스마트폰을 적당히 욕실 선반에 처박고, 칫솔을 입에 문 그가 중얼거렸다.

산이 형은 날 너무 잘 안단 말이야, 나랑 저녁 먹고 싶어 온 거라는 이유를 댔다면 무슨 수를 써서든 안 나갔을 텐데.

별 이유는 없었다. 그냥 요즘 왠지 사람들 보는 데 질렸다. 누가, 언제 부르든 다 나가던 술자리에도 발을 끊었고, 여느 때라면 반겼을 사촌들의 연락도 다 피해 다녔다.

만나는 거라곤 극소수의 친구들, 유천영과 권은형, 반여령, 이루다 정도였다.

가장 오래된 친구인 은지호는 만난다고 해 봐야 귀신같이 속내를 읽고 놀리기나 할 것 같아 싫었고(그들 사이에 쌓인 불신은 그동안 쌓인 세월에 비례했다), 함단이는…….

우주인은 칫솔질하던 손을 우뚝 멈췄다.

함단이는, 그가 무슨 말을 해도 따뜻한 눈으로 그저 듣고만 있다가 조용히 입을 떼며 '잘 선택했어. 응원할게.' 하고 말할 것 같아서.

그게 싫었다.

함단이 앞에서는 늘 그렇게 된다. 놀이터에서 잔뜩 뒹굴어 흙투성이가 된 채 사진기 앞으로 끌려가는 소년처럼, 얼굴을 붉히고 옷매무새를 매만지며 '잠깐만요! 잠깐만, 아직 준비가 안 됐어요.' 하고 외치게 된다. 그러면 그녀는 빙그레 웃고 기어이 자신을 렌즈 앞으로 들이밀며 '그대로도 괜찮아, 예뻐.' 하고 말하는 것이다.

그 무자비한 관용을 그는 종종 견딜 수가 없었다. 특히 자신이 그녀에게 했던 짓을 떠올리면 더욱더. 언제쯤 잊을 수 있을까? 하고 묻는다면, 그저 요원하다는 것을 알면서도…….

심란한 얼굴로 젖은 머리칼을 헝클던 그는 내친김에 머리까지 감아 버렸다.

젖은 수건을 탈탈 털며 욕실을 나오다 말고, 거울에 비친 자신의 모습을 보며 그는 생각했다.

사실, 최근 자신의 심기가 심란한 이유 정도는 이미 알고 있었다.

노아리와 약속한 2년이 벌써 반년밖에 남지 않았다.

*   *   *

'내기하자.'

'앞으로 2년. 그 안에 내가 너를 찾으면, 순순히 나와 같이 이 세계로 돌아와.'

'못 찾으면 순순히 놓아줄게. 그때는 네가 말한 대로 너와 나, 각자의 세계에서 최선을 다해 살아가든 대충 살아가든 신경 쓰지 않겠어.'

그런 내기였다.

이제 와서 생각해 보면 새삼스레 자신이 참 치졸하다는 생각밖에 들지 않았다. 그게 어디 하루 이틀인가 싶으면서도.

'당신들은 당신들이 만들지 않은 세계에서 당신들이 만들지 않은 불행과 맞서 싸우면서도 늘 최선을 다했으니까. 심지어 그걸 만든 사람이 저라는 게 밝혀지고 나서도 제게 아무것도 물으려 하지 않았으니까……. 그랬다면 분명 몇 배는 더 삶이 편해졌을 텐데도.'

'그러니까 저도 여러분을 본받아서 그렇게 살아가야겠다고 생각한 것뿐이에요. 제가 만들지 않은 세계에서, 예상치 못한 미래를 때로는 두려워하고 때로는 기대하며, 불행에도 행운에도 너무 크게 흔들리지 않도록 애쓰면서…… 제가 속한 세계를 '제대로' 살아 내야겠다고.'

심지어 노아리는 그때 이 세계로 돌아올 수 없는 이유로 그런 기특한 소리까지 했었다. 그런 그녀의 앞에서 자신이 꺼낸 거라고는, 대의명분에서 결코 이길 수 없는 자의 발악, 즉 공갈이었다. 사기라고도 하고, 불쌍한 척이라고도 한다, 뭐가 됐든.

'너는 네가 내린 불행들을 통해 우리가 더 강해지고, 행복해지길 바란다고 했지만, 정말로 그걸 바란다면 그런 자기기만 같은 말 대신 네가 직접 구원해.'

'네가 멋대로 나를 네 이야기의 등장인물로 등장시켰으니, 너도 한 번쯤은 다른 누군가의 등장인물이 되어 봐야지. 그게 공평

하잖아?'

그렇게 말문이 막힌 노아리를 밀어붙여 어떻게든 확답을 받아 내고, 그로부터 벌써 일 년 반, 우주인은 막상 말과는 달리 단 한 번도 그녀를 찾으러 갈 엄두를 내지 못했다. 그 이유는 간단했다. 그에게도 일말의 양심이란 게 있었기 때문이다…….

하지만 약속한 2년이 얼마 남지 않은 지금, 그는 고민에 빠지지 않을 수 없었다. 이대로 내기 기간인 2년이 넘어 버리면, 훗날 노아리를 다시 만나 설득하고 싶어져도 쉽사리 그 얘기를 꺼낼 수 없게 된다.

그가 한마디 꺼내기도 전에 노아리가 '그건 없던 얘기로 하기로 했잖아요?' 하고 묻는다면, 그는 그대로 입을 다물고 얌전히 이 세계로 돌아올 수밖에 없다.

적어도 이쪽이 대화의 주도권을 쥔 상태에서 설득하고 싶었다. 누가 그에게 '은지호 친구 같은 놈.'이라고 욕한다면, 우주인은 묵묵히 그 욕을 들어 넘길 자신이 있었다.

그리하여 고민 속에서 이러지도 저러지도 못한 채 속세와의 연을 끊은 지 어언 한 달. 여름 방학도 이제 고작 한 달 남짓 남아 있었다.

이번 방학을 넘기면 뭐든 하고 싶어도 못 하게 될 텐데. 아니, 휴학이 별 대순가 싶지만…….

복잡한 감상을 품고 터덜터덜 약속 장소로 향한 우주인은 카페 안으로 보이는 누군가의 모습에 흠칫 놀랐다. 우산과 보랏빛 꽁지머리 남자의 맞은편, 소파 등받이에 한 팔을 걸치고 마치 무용담을 늘어놓는 장군처럼 위풍당당하게 앉아서 떠드는 사람은…….

"리자 누나?"

분명히 서열전이 사라진 어느 날, 홀연히 종적을 감춰 버린 대리자였다.

밖에서 서성이는 우주인을 발견한 그녀가 활짝 웃으며 손을 흔들었다. 뭐라고 말하는지는 들리지 않았지만 아마도 들어오라고 하는 것 같았다.

조용히 카페 안으로 들어간 우주인은 눈을 데굴데굴 굴리다 대리자의 옆에 조심스레 앉았다.

다수의 연상 앞에서 사근사근하게 굴며 분위기를 띄우는 것은 그의 특기였으나 오늘은 그럴 기분도 아니었고, 무엇보다 오랜만에 만난 대리자에게서는 굉장한 위화감이 느껴졌다.

마치 그 몇 달 새 사람이 완전히 바뀐 것 같았다. 매일같이 폐창고에서 다른 서열들과 함께 작당을 모의하던 사람이라곤 믿어지지 않았다.

왜지? 본능적으로 그 이유를 찾아 눈을 굴리던 우주인은 그녀의 넷째 손가락에 끼워진 반지를 발견했다. 아하, 사귀는 사람이 생겨서? 하지만 그런 이유로 바뀔 사람으로는 보이지 않는데. 아니, 은지호의 경우도 있으니 속단은 이른가?

그러다 대리자가 대뜸 꺼낸 말에 우주인의 눈이 커졌다.

"주인아, 나 곧 결혼한다! 그것도 네가 잘 아는 사람이랑."

"네?"

반사적으로 우주인의 시선이 맞은편에 있는 우산을 향했다. 그야 그가 알고 지내는 사람 중에 대리자와 밀접한 관계를 맺고 있는 사람은 그뿐이니 어쩔 수 없었다.

그의 시선을 받은 우산이 난처하게 웃으며 팔로 엑스 자를 그렸다.

"나 아니야, 주인아. 형이 그런 사람이 생겼다면 너에게 진작 얘길 했겠지."

"아."

그도 그랬다. 그럼 누구랑?

잠시 고민하던 우주인이 몇 사람의 이름을 나열했다.

"평범이 형이랑요? 아니면 도겸이 형? 설마 휘혈이는……."

아니구나. 우주인은 순식간에 살벌해지는 대리자의 시선에 입을 다물었다. 재빨리 머리를 굴려 보았지만, 그들 외엔 딱히 떠오르는 사람이 없었다.

그때, 개구쟁이처럼 씩 웃은 대리자가 마침내 답을 내놓았다.

"네 고등학교 2, 3학년 때 담임인 노민찬, 민찬 씨야."

"네!?"

우주인은 반사적으로 외치며 자리에서 일어났다. 카페의 다른 사람들의 시선을 받고 도로 앉게 된 그가 더듬거렸다.

"아니, 대체 왜…… 어떻게?"

노민찬 선생님, 이렇게 되면 엄청난 도둑 결혼 아닌가? 대리자가 우산과 동갑이거나, 아니면 한 살 정도 많을 테니 이제 겨우 대학교 1학년 아니면 2학년일 텐데, 결혼?

아무리 당장 자식 계획이 없더라도 너무 이른 거 아닌가? 노민찬 선생님은 도대체 무슨 생각으로 이 결혼을 추진한 건지…….

그때 우산이 끼어들었다.

"왜 가장 중요한 것부터 말 안 해? 내가 그거 듣고 얼마나 놀라서 뒤집어지는 줄 알았는데."

"가장 중요한 거라니……."

우주인의 떨떠름한 시선을 받은 대리자가 말했다.

"으음, 그게. 나 실은 경찰이야."

"네?"

"그동안은 위장 잠입했던 거야."

본의 아니게 속인 건 미안해, 어쩌고 하는 대리자의 말은 우주인의 귀에 들어오지 않았다. 다만 그의 머릿속에는 그동안 대리자가 종종 보였던 수상한 행동들이 스쳐 지나갔다.

아, 그래서 그때…… 그게 다 위의 서열을 이용해 아래 서열을 통제해서 일반 학생들을 보호하려는 목적이었군.

반휘혈이 처음 서열을 없애겠다고 했을 때 '무정부 상태' 운운하며 막으려 했던 건, 서열전을 아예 없애기보단 입맛에 맞는 녀석을 우두머리에 올려놓는 게 서열들을 통제하기 더 쉬워진다는 생각에서였겠지.

그러다 무정부 체제가 생각보다 더 잘 굴러가자, 더는 내부에서 서열들을 통제할 필요성을 못 느껴 해산한 걸 테고.

대리자가 위장 잠입한 경찰이었다는 걸 안 것만으로도 우주인은 그녀의 속셈을 거의 다 파악했지만, 그걸 모르는 대리자는 말을 이었다.

"결코 그런 유치한 놀이에 관심이 있었던 건 아니고, 음, 어른의 사정이라고나 할까? 왜, 무심코 던진 돌에 개구리는 맞아 죽는단 얘기가 있잖아. 우리 입장에서는 그 개구리를 보호하기 위해 최대한 가까이 가야만 했거든."

"네."

"아무튼 그렇게 해서 서열전이 사라지고, 다른 서열들이 깽판 치나 안 치나 감시한다는 명목으로 밤마다 순찰을 도는데, 그러다 우연히 민찬 씨를 만난 거야."

그다음에는 대충 안 들어도 알 만한 이야기였다.

노민찬은 학생이 이렇게 밤늦게까지 돌아다니면 안 좋다고 대리자에게 충고했고, 귀찮았던 대리자는 '때가 되면 알아서 기어 들어갈 테니 남 일에 신경 꺼.'라고 답했고, 그 말을 들은 노민찬은 '왜 집에 들어가지 못하는 거냐, 이유를 말하면 도와주겠다.'라고 캐물었고, 듣다못한 대리자는 결국 도망쳤고…….

며칠간 계속된 추격전 끝에 갑자기 운명 같은 사랑을 느낀 대리자가 노민찬에게 먼저 들이댔다.

처음에는 이게 자신을 떨쳐 내려는 연기인지 진심인지 갈피를 못 잡던 노민찬은 결국 그녀가 진심이란 걸 알고 온 힘을 다해 도망치기 시작했고, 그때부터 방향이 바뀐 추격전이 이어졌다.

그러던 어느 날, 드디어 잠입 수사에서 벗어난 대리자는 그를 붙잡고 신분증을 내밀며 '만나 보지도 않고 차려는 게 나이 차이 때문 아니면 이제 한번 만나 봅시다!' 하고 외쳤다.

그런데 노민찬이 의외로 순순히 고개를 끄덕여, 그날부터 두 사람의 연애가 시작되었다는 것이다.

그로부터 무려 1년이 지나, 두 사람은 마침내 결혼이라는 관문 앞에 서게 되었다.

턱을 괴고 흥미진진하게 얘기를 듣던 우주인이 불쑥 물었다.

"그런데 대리자란 이름도 본명이에요?"

"본명이겠니?"

그렇게 말한 대리자가 혀를 쏙 빼물며 웃었다.

"원래 이름은 '강리자'야. 강한과는 사실 친척 사이이고. 처음 '대리자'란 이름을 들이댔을 때 이름부터 너무 황당해서 어디 넘어가려나 했는데, 다들 잘도 넘어가더라고. 희한한 이름의 소유자가 워낙 많아서 그런가."

그렇게 말하며 대리자가 맞은편의 우산을 지그시 보았다. 만만치 않게 희한한 이름의 소유자인 우주인은 그저 시선을 떨구며 웃었다.

한편 여태껏 별말이 없던 보랏빛 꽁지머리의 남자, 아마도 이름이 공하루였을 터인 그가 진지하게 말했다.

"그보다는 네 성숙한 외모를 노안으로 받아들인 탓이 컸겠지. 왜, 기억 안 나? 그때 '파피용'에서 서열들의 정기 모임이 개최되었을 때……."

"연상인 줄 알았으면 예의를 갖춰서 좀 닥치지 그래?"

웃던 표정을 바꾸어 칼같이 대꾸할 때는 예전의 면모도 좀 보였다. 공하루는 그런데도 지지 않고 계속 무슨 말인가를 하려 했다.

나 참, 서열과 서열이 아니라 서열과 경찰 사이가 되어서도 이러고 싶을까. 그런 두 사람을 황당하게 쳐다보던 우주인은 싸움이 더 커지기 전에 화제를 돌리기로 했다.

그가 음료수를 빨대로 저으며 내내 궁금하던 바를 물었다.

"리자 누나 나이가 제 생각만큼 적지 않다는 건 알겠지만, 그래도 벌써 결혼할 필요는 없지 않아요? 1년이면 오래 연애했다고 보긴 어렵잖아요. 보통 2년에서 4년 정도는 연애하곤 하던데요. 길게는 6년 넘게 하기도 하고."

그러자 금세 진정한 대리자가 눈을 내리깔며 대꾸했다.

"음, 그렇지."

"그런데 왜 이렇게 일찍 결혼하기로 하셨어요?"

사촌 형의 친구로나마 오래 알아 온 강리자도 강리자였지만, 다른 누구도 아닌 노민찬의 일이다 보니 더 신경이 쓰였다. 그는 노아리가 남겨 둔 '유일한' 흔적이었기 때문에.

엄연히 자유 의지가 있는 사람을 두고, 흔적이니 뭐니 하며 집착하는 게 바르지 않다는 것쯤은 알지만.

무심코 쓰게 웃던 우주인은 대리자의 대답에 고개를 들었다.

"음, 뭐. 여러 가지 이유가 있지. 일단 경제적으로는 그 사람도, 나도 나와서 살고 있으니 집을 합치면 월세를 절약할 수 있다는 장점이 있고."

"하긴, 그렇겠네요."

"하지만 가장 큰 건……."

말을 잇던 그녀의 목소리가 왜인지 희미해졌다. 꼭 라디오 너머에서 흘러나오는 목소리를 듣는 것만 같았다.

"그 사람, 혼자 사는 데 익숙지 않은 것 같아서."

"네?"

"빈자리를 크게 느끼는 모양이야."

그가 예전에 누구와 살았는지를 알고 있는 우주인으로서는 다소 섬뜩한 대답이었다.

그가 침묵에 빠진 사이, 맞은편의 공하루가 물었다.

"그전엔 누구와 살았는데?"

"부모님이랑 살다가 3, 4년쯤 전에 독립했나 봐. 본가는 전북인데 서울에서 교사 일을 하게 되었으니."

"보통은 맞벌이니까 부모님이랑 같이 살았다고 해도 크게 빈자리를 느끼진 않을 텐데? 형제자매는?"

"외동이었대."

"그럼 3, 4년이면 진작 적응했을 만도 한데."

'빈자리는 무슨 빈자리. 너와 빨리 결혼하고 싶어서 핑계대는 거지.' 그렇게 단언하는 공하루의 귓불을 대리자가 콱 잡아 늘였다.

"그런 사람 아니거든?!"

놔 달라고 사정하는 공하루의 귀에 그렇게 외친 그녀가 미간을 좁히며 말을 이었다.

"세상 사람들이 다 너희처럼 독립하면 그저 '자유다!' 하고 신나 하는 줄 알아? 혼자 사는 게 맞는 사람이 있고, 그렇지 않은 사람이 있는 법이야. 그리고 그 사람은 명백히 후자고."

다시금 눈썹을 찡그린 그녀가 말을 이었다.

"집에 들어가서 불 꺼진 거실을 매일같이 봐도 섬뜩해하는 사람 말이야. 혼자 산다는 게 도무지 익숙해지지 않는 사람. 나는 그 사람이 후자라고 봐."

"궁예 나셨군."

공하루의 빈정거림을 능숙하게 한 귀로 흘린 대리자가 가방에서 빳빳한 종이를 꺼내 각각 우산과 공하루의 팔꿈치 밑에 쑤셔 넣었다.

그 모습을 본 우주인이 눈을 동그랗게 떴다.

"그건……."

"아, 당연히 청첩장이지. 이게 아니면 뭐 하러 직접 만나겠어? 학생들한테 축의금은 기대하지 않으니까 몸만 와도 돼. 참, 결혼식은 9월이야."

잠시 멍해졌던 우주인이 흠칫하며 되물었다.

"다음 달이요?"

"어? 응, 그렇지. 벌써 다음 달이지. 참, 주인이 너는 아마 민찬 씨 통해서 청첩장을 받게 될 거야. 따로 만날 시간 안 날 것 같으면 내가 지금 한 장 줄까?"

"아니요, 괜찮아요."

다소 긴장한 탓에 대답이 부자연스럽게 빨랐다.

잠시 영문을 모르겠다는 듯 고개를 기울이던 대리자는 가방끈을 어깨에 걸치고 자리에서 일어났다.

그녀가 카페를 나가기 직전, 우주인이 다시 그녀를 붙잡았다.

"저, 리자 누나."

"응? 왜?"

"청첩장 한 장만 주실 수 있을까요?"

마른 입술을 훔친 우주인이 말을 이었다.

"와야 할 친구가 한 명 더 있는데, 이 친구는 멀리 살거든요. 아무래도 노민찬 선생님이 직접 만나긴 힘들 것 같아서……."

"아, 그래? 그거라면 알았어."

거리낌 없이 청첩장 한 장을 건네고 다시 밖으로 향하는 그녀를 향해 우주인이 말했다.

"리자 누나, 결혼 축하해요."

그 말에 멈칫했던 그녀가 이윽고 환히 웃었다. 햇살이 그녀 위에서만 잠시 흐르지 않고 고인 것 같았다.

"응, 고마워."

행복한 사람은 저렇게나 밝게 웃는구나. 우주인은 생각했다.

노민찬이 그녀를 행복하게 한 것처럼, 노민찬 역시 그녀로 인해 행복하다면 좋을 텐데. 이유 모를 허전함마저 채울 수 있을 만큼.

하지만 만약 그렇지 않다면…… 우주인은 손에 들린 청첩장을 접었다 폈다 했다. 마치 금방이라도 그럴 마음이 들면 구겨서 버릴 것처럼.

명분은 생겼다. 하지만 확신이 서지 않았다. 자신이 정말 노아리를 만나러 가도 좋을지 하는 확신.

자격의 문제이기도 했지만, 마음의 문제이기도 했다. 그녀를 떠나보낸 이후, 그는 한 번도 자신 안에 있는 그녀를 향한 감정이 '그리움' 외의 색을 입는 것을 본 적이 없었다.

하지만 만약 그렇지 않다면? 막상 그녀의 얼굴을 보았을 때, 미처 존재하는 줄도 몰랐던 '원망'이라는 감정이 다시 고개를 든다면…….

그때 누군가의 부름이 들려왔다.

우주인은 눈을 크게 뜨고 뒤를 돌아보았다.

"주인아?"

품이 넉넉한 반소매 티셔츠와 검은 반바지, 편한 차림의 함단이가 갑자기 길 위에 뚝 떨어진 사람처럼 그렇게 서 있었다.

그녀의 집에서 여기까진 거리가 꽤 될 텐데, 그녀가 왜 저런 차림으로 여기 나타난 건지, 무슨 영문인지 알 수가 없어 우주인은 그저 눈만 깜빡였다.

그보다도 함단이가 먼저 입을 열었다.

"주인아, 이게 얼마 만이야?"

"엄마가 왜 여기……."

"아, 나는 그냥 잠깐, 산책."

두 손을 등 뒤로 숨기며 우물쭈물하는 그녀의 태도에서 우주인은 그녀가 뭔가 숨기고 있음을 알아차렸다. 그리고 그는 가볍게 한숨 쉬었다.

뭐가 됐든 자신은 그녀에게 추궁할 자격이 없다. 적어도 그날의 죄를 다 갚기 전에는.

왜인지 안절부절못하던 함단이는 우주인이 다만 가벼운 한숨과 함께 고개를 끄덕이자, 갑자기 안색이 환해졌다.

당연한 듯 자신의 손을 감싸 오는 두 손을 보며 우주인은 입을 열었다.

"엄마, 나……."

언제나 남의 호칭을 훔쳐 쓰는 것만 같던 '엄마'란 호칭이 이렇게 자연스럽게 흘러나온 건 처음이었다.

함단이가 의아한 듯이 물었다.

"응?"

"노아리를 만나러 가 보려고 해."

이번에도 말은 사고를 거치지 않고 흘러나왔다. 그 말에 그녀의 시선이 잠시 그의 손에 들린 청첩장 위에 머물렀다가, 다시 그를 향했다.

그리고 그녀는 고개를 끄덕였다.

"좋은 생각 같아."

"아."

"가는 길은 조금 위험할지도 모르지만, 그래도…… 아리가 보고 싶어 할지도 모르잖아."

하나뿐인 오빠의 결혼식이니까.

함단이는 그렇게 덧붙였지만, 우주인은 어쩐지 그녀가 말한 '노아리가 보고 싶어 하는 것'이 그것뿐만이 아니란 느낌을 받았다.

그리고 그는 허탈하게 웃었다.

갑작스러운 그의 웃음에 놀란 함단이가 다시 물었다.

"왜 그래?"

방금 내 말의 어디가 웃겼어? 그녀가 진지하게 물었지만 그는 쉽게 대답할 수 없었다.

이 세계가 소설이며, 자신들이 소설 속 인물들에 불과하다는 게 밝혀졌을 때, 가장 절망했어야 할 권은형은 그저 반여령을 보며 말했다고 한다.

너를 내 앞으로 데려다주었으니, 나는 가혹한 운명을 그저 원망만 할 수는 없다고.

그 말의 의미를 그는 이제야 완벽하게 이해한다.

그 애가 너를, 너희를 내 앞으로 데려다주었는데, 내가 어떻게 그 애를 원망할 수가 있겠어. 나는 애초에 그래서는 안 됐고, 또 그럴 필요도 없었던 거야.

이제야 비로소 아무런 거리낌 없이 노아리를 볼 용기가 생겼다.

웃음기로 붉어진 뺨을 문지른 우주인은 평소처럼 명랑하

게 웃었다.

그가 카페 안을 가리키며 말했다.

"엄마, 같이 밥 먹지 않을래? 카페 안에 내 사촌 형이랑 사촌 형 친구가 있어. 너무 오랜만에 만나서 이대로 헤어지기 아쉬운데……."

팔짱을 끼며 넉살 좋게 매달리는 우주인을 보며 함단이가 어쩔 수 없다는 듯 웃었다. 두 사람은 그대로 함께 카페 안으로 향했다.

* * *

우주인이 '저쪽 세계'로 가 보려 한다고 말했을 때 은지호는 '돌았냐'고 말했고, 유천영은 말은 안 했지만 그 비슷한 표정을 지었으며, 반여령은 '뭔지 모르겠지만 내가 잘못한 게 있다면 고칠 테니 가지 말라' 하는 것 같은 표정을 지었다.

침착하게 이유를 물은 사람은 권은형뿐이었다.

"그곳엔 왜 가려는 거야?"

"그 애의 오빠가 결혼을 하게 돼서……."

"뭐?"

"노민찬 선생님 말이야."

그런 대답은 전혀 예상치 못한 듯 권은형의 얼굴마저 굳었다.

하긴, 그러고 보면 단지 그 애가 우리의 지금 상황과 어떤 연관이 있는지만 말했을 뿐, 정확히 어디에 사는 누구라고 말한 적은 없었다.

한숨을 내쉰 우주인은 모두와 하나하나 눈을 마주치며 말을 이었다.

"엄마가 그랬듯이, 그 애도 이 세계에 사는 누군가의 가족이자, 친구였어. 원래 세계에서는 존재치 않았던 가족이고, 친구였던 탓에 처음에는 적응이 상당히 힘들었던 것 같지만."

"그럼……."

"저쪽 세계의 엄마에게 '우리'가 존재하지 않는 것처럼, 저쪽 세계의 그 애한테도 오빠는 존재하지 않아."

그 말이 모두에게 기억 속 어느 날을 떠올리게 한 것 같았다.

함단이가 기억 속에서 사라졌던 날을, 그러고도 사라진 것의 정체조차 알지 못해 그저 영문 모를 허무함을 안고 텅 빈 가슴으로 창밖만 보던 날을. 또는 처음 눈이 마주쳤을 때의 그리움과 거북함을, 눈 내리는 날의 꿈을, 서로 손을 맞잡고 울던 기억을, 그저 한없이 다정하기만 하던 대화를.

권은형은 순식간에 안색이 창백해진 반여령의 손을 꽉

잡았고, 은지호는 무의식중인 듯 옆에 있던 함단이를 끌어당겨 그녀의 관자놀이에 입 맞추었다.

유천영은 그저 멍하니 생각을 곱씹는 듯하다 문득 고개를 숙이며 한숨을 내쉬었다.

그 모두를 찬찬히 살피던 우주인이 말을 이었다.

"그 애는 다른 세계의 사람에 불과한 자기 오빠에게 정을 붙이지 않으려 최대한 노력했던 것 같지만…… 마지막에 이르러 그 모든 노력은 무색해지고 말았지, 엄마와 우리 사이가 그랬듯이."

"……."

"그러니까 그 애에게 최소한 노민찬 선생님의 결혼 소식에 대해선 알려야 한다고 생각했어. 그 애가 이 세계로 돌아오고 싶은지, 아닌지 여부와는 관계없이."

"그래……."

정적 끝에 무거운 목소리로 그렇게 대답한 사람은 반여령이었다.

기도하듯 두 손을 모은 그녀가 말했다.

"그러고 보면, 우리는 그 애가 이 세계로 돌아오고 싶어할 수도 있다는 가능성 자체를 생각지 않았어."

이번에는 우주인 쪽에서 입을 다물 차례였다.

"어쩌면 그 애도 딘이처럼 이 세계 사람들을, 나아가 이 세계를 사랑하게 되었을지도 모르는데…… 그 애가 다시 돌아오고 싶어 할 수도 있다는 것도, 돌아올 방법이 있을지도 모른다는 것에 대해서도 생각조차 못 했어."

그리고 고개를 든 반여령이 특유의 올곧은 눈으로 물었다.

"가능하다면 나도 같이 가도 될까? 그 애가 해 준 일에 대해…… 유천영을 살려 준 일에 대해 얼굴을 직접 보고 감사 인사를 하고 싶어. 그 애가 날 싫어하지 않는다면 말이야."

"그건 별로 추천하진 않아. 그 애는 상당히 부끄러움도 많고 낯가림이 심해서, 여령이 네가 얼굴을 직접 보고 감사 인사를 하려고 한다면 숨어 버릴지도 모르거든."

사실 반대하는 진짜 이유는 다른 세계로 가려는 시도가 얼마나 위험할지 아직 모르기 때문이었지만, 어느 정도는 사실이었기 때문에 우주인은 양심의 가책 없이 말했다. 그러자 반여령은 시무룩하게 고개를 끄덕였다.

남은 시간은 보다 현실적인 문제를 설명하는 데 썼다.

집에서 자취를 감춘 자신을 아버지가 찾을 때를 대비해(존재를 기억한다면 말이지만) 혼자 배낭여행을 떠난다고 말해 뒀으니 걱정하지 않아도 된다는 점, 기한 내에 못 돌아올 것을 대비해 휴학 신청을 미리 해 뒀다는 점.

그리고 만에 하나 자신이 돌아오지 않는다 해도…… 우주인은 그 얘기를 하려다 그만두고는 낮게 웃었다.

만약 그렇게 된다면, 그저 이들의 기억 속에 자신이 흔적조차 남지 않기를 바랄 뿐이다. 함단이가 다른 세계로 사라질 때마다 그랬던 것처럼.

가슴의 실체 없는 구멍은 어쩌면 영영 메워지지 않을지도 모르지만…….

"그럼 다녀올게."

이 일의 위험성을 유일하게 알고 있는 함단이만이 걱정스러운 표정인 것을 보고 그는 조금 웃었다.

어쩌면 말려도 굳이 배웅하러 올 수도 있으니, 떠나는 시각 같은 건 알려 주지 말아야겠다. 거기가 어디라고 와. 안전한 장소도, 그렇다고 좋은 추억이 있는 장소도 아니면서.

모임이 해산하기 직전, 우주인은 반여령을 따로 불러냈다.

"잠시……."

자신을 붙드는 손을 보고 눈을 크게 뜨는 반여령에게 그가 말했다.

"여령아, 너는……."

"응?"

"만약 그 애가 이 세계로 돌아온다면, 그 애를 원망하지 않을 수 있어?"

의아한 표정을 짓는 그녀에게 우주인은 순순히 전에 있었던 일을 털어놓았다.

처음 이 세계가 소설이며, 그 소설의 작가가 '그 애'임이 밝혀졌을 때, 반여령이 불같이 화를 냈다고. 화가 머리끝까지 치밀어 사나워진 목소리로 권은형의 행복한 과거를, 일상을 돌려놓으라 소리쳤다고.

노아리가 이 세계로 돌아온다고 해도 그녀에 대한 기억은 이미 없던 일이 되었기에 되살아나진 않겠지만, 어차피 기억 못 할 테니 상관없다는 말로 반여령을 기만하기보다는 차라리 미리 털어놓고 용서를 구하고 싶었다.

애써 평정을 가장하고 기다리던 우주인은 마침내 들려온 반여령의 중얼거림에 고개를 들었다.

"……그랬구나, 내가 그런 말을 했구나."

"……."

"사실, 단이에게 이 세계가 소설 속이란 얘기를 들었을 때 그런 생각이 들었던 건 사실이야. 정확히는 '우리가 그저 운명이니 돌이킬 수 없다고 생각했던 모든 것이 실은 그런 게 아니었던 걸까? 실은 쉽게 바꿀 수 있었던 걸까?' 하는 생각 말이야."

우리는 죽을 정도로 노력해야 바꿀 수 있는 걸 누군가는 단지 문장 하나 지웠다 쓰는 것만으로 해결할 수 있다면, 우리가 박탈감을 갖는 건 어쩔 수 없는 일이지.

반여령이 더없이 피로한 목소리로 그렇게 말했을 때, 우주인은 입안이 바짝 마르는 것을 느꼈다.

그때 고개를 든 그녀가 덧붙였다.

"하지만, 어쩌면 순서가 반대였는지도 모르잖아."

"응?"

눈을 동그랗게 뜬 우주인이 저도 모르게 물었다. 그에 반여령은 웃으며 눈을 내리감았다.

"있잖아, 주인아. 관점이란 건 정말 신기한 것 같아. 같은 사건을 무엇에 중점을 두고 보느냐에 따라서 의도도, 결과도 완전히 달라져 버리니까."

"……."

"처음에는 은형이가 주연이기 때문에 그런 일들을 겪어야 했던 거라면, 차라리 주연이 아니었다면 좋았을 텐데. 그런 생각을 했어."

여전히 멍한 우주인에게 반여령이 말을 이었다.

"하지만 어쩌면 은형이가 주연이기 때문에 그런 일을 겪어야 했던 게 아니라, 그런 일을 겪었기 때문에 주연이 되었던 걸지도 모르잖아."

"……."

"그리고 그랬기 때문에 우리는 이렇게 '주연'이라는 틀에 묶여 만날 수 있었던 거고. 서로의 삶에 한 페이지가 되길 허락받아서."

우주인이 멍하니 바라보는 가운데, 반여령은 두 손을 기도하듯 맞잡으며 고개를 숙였다. 그녀의 속눈썹이 어디선가 쏟아진 빛줄기를 받아 올올이 빛났다.

그리고 그녀가 말을 맺었다.

"만약 우리가 주연으로 쓰인 이야기가 정말 존재한다면, 그건 틀림없이 희망을 주기 위한 이야기였을 거야."

"……."

"왜냐하면 봐, 따로 떨어져 있을 때의 우리는 그렇게나 나약하고, 불행하고, 외로웠는데."

지금은 무엇도 우리를 다치게 할 수 없을 것처럼 너무 행복한걸.

반여령이 그렇게 말하며 웃었을 때, 우주인은 다시금 흙투성이가 된 채 환한 플래시 빛 앞에 선 것처럼 숨이 턱 막히는 기분을 느꼈다.

그러나 속에서 치미는 이 감정은 이제 거부감보다는 안타까움에 가까웠다.

이 빛이 사라지기 전에 빨리, 한 장이라도 더.

그리고 반여령이 말했다.

"그렇게 생각하면 세상이 다르게 보여. 어떤 사람이 예기치 못한 고난에 빠진 건, 사실은 그 사람이 어떤 이야기의 주인공이 되기 위한 길목에 서 있는 건지도 모른다고 생각하면 말이야. 왜냐하면, 주인공이 처음부터 완벽하다면 대부분의 이야기는 시작조차 되지 않을 테니까."

"하지만……."

입술을 달싹이던 우주인이 어렵사리 내뱉었다.

"……그 사람에게 내정된 이야기가 행복한 이야기, 희망을 향한 이야기가 아닐 수도 있잖아."

가령, 그는 삶에 잠깐 나타났다 사라진 수많은 '조연'들 중 도무지 행복한 이야기의 주인공이 되지 못할 것 같은 인물들을 너무도 많이 봐 왔다.

그럼에도 반여령은 여전히 맑은 얼굴을 하고서 대답했다.

"그렇다고 해서 내가 불행한 이야기의 주인공일 거라고 미리 절망해 버리면, 혹시나 내게 예정되어 있었을지도 모르는 행복한 이야기의 주인공도 될 수 없잖아. 또, 정해진 운명을 바꿀 수도."

"……."

"아니면 어때? 그 애는 우리 앞에 주어진 역경을 다루면서, 우리가 그 앞에 그저 무너지길 바란다고 했어?"

"……아니."

그제야 우주인은 대답할 수 있었다. 목이 뜨거운 불덩이로 꽉 막힌 것만 같아서, 숨을 쉴 수 없었다.

그가 갈라진 목소리로 드문드문 내뱉었다.

"그 애는…… 이 세계를, 우리를 사랑한다고 했어."

누구의 앞에서도 꺼낸 적 없고, 꺼내리라 생각해 본 적이 없었던 얘기를 반여령의 앞에서 처음 꺼냈다.

그가 다시 중얼거렸다.

"누가 시키지 않았는데도, 단지 사랑스러워서 쓸 수밖에 없었다고 했어."

"그렇구나."

그렇게 대답한 반여령은 다만 기쁜 듯이 웃었다.

그걸 본 순간, 우주인은 묻지 않을 수 없었다.

"그 애는 어째서 내 앞길에 너희 같은 사람을 안배한 걸까?"

"응?"

반여령이 아무것도 모르겠다는 듯 고개를 기울였다. 그 무구한 얼굴에 대고 우주인이 다시 물었다.

"왜 그런 걸까? 도대체 왜…… 나 같은 사람에게 무슨 자격이 있다고."

마지막에 이르러 말은 거의 탄식으로 변했다.

그러자 그를 조용히 내려다보던 반여령이 대답했다.

"그건, 너도 이 이야기 속 주연 중 한 사람이니까."

"……."

"이건 한 사람만의 이야기가 아니라, 우리 모두의 이야기니까."

넋을 잃고 바라보는 우주인을 향해 반여령이 다시금 웃어 보였다.

"그리고, 그 사람이 우리를 사랑하듯이 너도 사랑하니까."

그래서가 아닐까? 그렇게 말하며 다시금 환히 웃는 반여령을 보며, 이번에는 우주인도 마주 웃지 않고는 도리가 없었다.

* * *

미리 마음먹었던 것처럼 함단이를 비롯한 다른 사람에게는 출발 시각에 대한 어떠한 언질조차 주지 않고 떠났다.

감이 기민한 데다가 가장 조심성 많은 은지호가 '예상치 못한 상황을 대비해 이쪽에서도 뭔가 할 수 있게 대비책 같은 걸 알려 줘야 할 게 아니냐.' 하고 따졌으나, 어차피 내가 다른 세계로 가면 네가 날 기억이나 할 수 있을 것 같냐고 했더니 조용해졌다.

사실, 정말로 무슨 일이 생긴다면 저쪽에서 해 줄 수 있는 최선은 자신을 그대로 잊어 주는 것뿐이었다.

정말 오지로 혼자 배낭여행이라도 가는 것처럼, 단출한 짐이 든 가방을 메고 예의 폐교로 향하며 우주인은 아무래도 자신의 현실 감각이 어떻게 되어 버렸는지도 모르겠다고 생각했다. 아니면 반여령의 낙천주의에 물들기라도 했거나.

자신의 존재가 단지 이물질로밖에 취급되지 않는 세계로 향하면서도, 위험한 일이라곤 도무지 일어나지 않을 것만 같은 이 느낌이라니. 정확히는 이 세상을 만들어 낸 '그녀'가 사랑하는 존재인 자신에게 결코 그런 일이 일어날 리 없다고.

언제나 이 세상이 자신을 평범치 못하다며 거부하는 듯한 감각을 느껴 왔던 그에게 그것은 정말로 이례적인 감각이었다.

마침내 폐교에 도착한 우주인은 잠시 걸음을 멈추고 사방을 둘러보았다.

하늘에는 어느덧 짙은 보랏빛 구름이 깔렸고, 발치는 밀물처럼 차오른 어둠에 잠겨 땅과 그림자가 구분되지 않았다.

실체가 없는 존재와 마주치더라도 그의 그림자를 분간할 수 없는 시간. 과연 다른 세계로 향하기 적당한 시간이라고 생각하며 그는 건물 안으로 향했다.

금이 간 전신 거울과 빨간 마커로 잔뜩 낙서가 된 벽, 깨진 유리 조각이 널린 바닥을 지나 그는 마침내 계단 앞에 섰다.

계단을 오르기 전 잠시 눈을 감고 숨을 골랐다. '그날'에는, 함단이와 노아리가 손을 잡고 떠나는 것을 자신은 그저 지켜만 보았다고 했다.

왜? 이해가 가지 않았다. 그때는 아직 그가 그녀란 사람을 완전히 이해하지 못했기 때문에? 그리고 주먹을 질끈 쥔 그가 한 계단 올라섰다.

하나, 둘…… 다시 눈을 떴을 때, 그는 자줏빛 복도 한가운데 있었다.

창밖에서 쏟아져 들어온 포도주색의 빛줄기 때문에 평범하던 복도는 괴기스러운 것으로 변해 있었다. 악마를 다룬 영화에서 자주 보았던 지옥의 풍경이나, 혹은 서커스 천막 안을 떠올리게 하는 풍경이었다.

조심스레 숨을 삼킨 그는 복도를 가로질렀다.

닫힌 교실 문 앞에 선 우주인은 새삼 망설였다. 함단이의 말에 따르면, 그는 완전히 '이쪽 세계'의 존재이기에 문을 열어도 다른 세계로 이어진 통로가 나타날 가능성은 거의 없다고 했다.

그렇기 때문에 만약 문을 열었을 때 평범한 폐교의 교실이 나타나거든 그냥 돌아오라는 얘기였다. 어떻게든 함께 건너갈 방법을 강구해 보자고.

그러나 막상 문을 열어젖혔을 때, 그는 그 안에서 황홀하게 회오리치는 빛의 물결을 발견하고 잠시 넋을 잃었다.

뭐지? 어째서? 나는 분명 완전히 이쪽 세계의 존재라고 들었는데.

그때, 그는 누군가가 눈치채지 못한 새 지척까지 다가와 있다는 것을 깨달았다.

검은 양복 차림의 남자가 어느새 어깨가 닿을 듯한 거리에 서서 이쪽을 뚫어져라 쳐다보고 있었다.

반사적으로 열린 문 안으로 도망치려다 말고, 그는 함단이의 조언을 기억해 냈다.

'검은 양복의 관리자는 비교적 사람에게 호의적인 것 같으니 믿어도 좋다. 하지만 다른 색 양복을 입은 자들은 본 즉시 도망쳐라.'

그때 붉은 분필이 끼기긱 소리를 내며 벽에 글씨를 썼다.

관리자는 목소리를 낼 수 없어 저런 식으로 의사소통을 한다는 것도 들어서 알고 있었지만, 반사적으로 등골이 쭈뼛해지는 것은 어쩔 수 없었다.

「분명히 너는 이 세계의 존재」

「그런데 왜 다른 세계로의 문을 열 수 있는 거지?」

관리자도 그만큼이나 이 상황이 의아한 모양이었다.

그때, 문득 손을 들어 올린 관리자가 그의 팔 부근을 가리키며 말했다.

「그 팔찌」

「누가 준 거지?」

"이건……."

우주인은 천천히 손목에 감긴 낡은 끈 팔찌를 매만졌다. 그것은 그가 기억나지 않는 일들 때문에 초조해지거나, 혹은 답답해질 때마다 습관적으로 당겼기 때문에 약 2년가량 착용했을 뿐인데도 몇 년은 착용한 것처럼 몹시 낡아 있었다. 평소엔 애지중지해서 이 정도지, 아니었으면 진작 끊어지고도 남았을 것이다.

입술을 달싹이던 우주인은 마침내 알맞은 표현을 골라

냈다.

“당신들의 표현대로라면 ‘이 세계를 만든 자’가 제게 줬어요.”

「안에 담긴 문장은?」

우주인은 또 한 번 입을 달싹였다.

고민은 길지 않았다.

“‘제가 보고 싶어진다면…… 꿈속에서라도 만나러 와 주세요.’”

입에 담고 나니 새삼 낯부끄러운 말이라는 생각이 들었다.

그런데도 관리자는, 물론 이목구비가 없어 표정을 알 수는 없었지만, 그럼에도 이렇다 할 반응이 없었다.

우주인이 의아해하던 그때, 벽에 멈춰 있던 분필이 다시 움직였다.

「그렇군」

「그렇다면 네가 문을 열 수 있었던 이유는 설명이 된다」

“네?”

「이 세계를 만든 자가 네게 ‘만나러 오라’ 고 말했는데」

「그 누가 네 앞을 막을 수 있겠나」

“아.”

괜히 멋쩍어진 우주인은 입속으로 중얼거렸다, 거참, 보기와는 다르게 꽤 낭만적으로 돌아가는 세계네.

어쨌거나 이렇게 되면 폐교로 향하면서 느꼈던 낙관적인

예감이 아예 근거 없던 것만은 아닌 게 된 셈이었다.

발 한쪽을 물결 속으로 들여놓으며 우주인이 물었다.

"그럼 가도 되는 거죠?"

마치 교무실에서 선생님께 혼나고 먼저 가도 되냐고 묻는 철없는 학생이라도 된 듯한 기분이라 민망함을 참으며 묻는 참인데, 관리자가 다시 벽에 글씨를 썼다.

「잠깐」

그리고 돌아온 난데없는 물음에 우주인은 눈썹을 찡그렸다.

「혹시 미아 구제에도 관심이 있나?」

"미아라고요?"

우주인이 황당한 듯 되물었다.

미아라면 돕는 게 맞지만, 관리자의 입에서 나온 미아가 보통 미아는 아닐 거라는 생각이 들었다.

과연 관리자의 대답은 예상을 벗어나지 않았다.

「우연히 세계를 드나드는 방법을 알아내 이곳을 통해 다른 세계로 넘어간 자가 있다」

「그자를 좀 찾아 줬으면 하는데」

"제가 왜요?"

우주인의 물음에 관리자는 이런 대답은 예상치 못한 듯 잠시 침묵했다. 하지만 그로서는 이런 귀찮은 데다 위험해 보이기까지 하는 임무를 맡아야 할 하등의 이유가 없었다.

자신이 무사히 돌아오지 못한다면 차라리 모두가 자신을

잊었으면 좋겠다고 바라긴 했지만, 그렇다고 해서 정말로 무사히 돌아오지 못해도 좋다는 건 아니었다.

게다가 함단이가 그랬듯 운 나쁘게 휘말린 것도 아니고, 다른 세계로 가는 방법과 그에 따른 결과를 정확히 알고 행한 사람임에야 고민할 가치도 없다.

한동안 침묵하던 관리자가 천천히 말을 이었다.

「하지만 그대로 두면 그자는 사라지게 될 텐데」

"본인 선택 아닌가요?"

「하지만…….」

우주인이 좀처럼 심드렁한 태도를 바꿀 생각을 안 하자 관리자는 눈에 띄게 당황하는 듯했다. 그러다, 그가 벽에 이어서 적은 글씨가 우주인을 고민에 빠지게 했다.

「그자에게 이곳을 거쳐 다른 세계로 갈 방법을 알려 준 건, 너였다」

"아……."

「정확히는 지금과는 다른 선택의 결과로 존재하는, 다른 차원의 너」

"도대체 어쩌다……."

그렇게 중얼거리며 우주인이 한 손을 이마에 묻었다.

아니지, 급박한 상황에서 보통 사람의 추리력과 기억력을 완전히 간과하고 조심성 없이 중요한 정보를 떠들어 댔겠지. 과연 자신이 할 만한 실수였다.

하지만 그렇다고 해서 그게 자신이 책임질 일이 되는 것은 여전히 아니었다.

왜냐하면 관리자가 말했듯이 그것은 '다른 선택'으로 빚어진 '다른 차원'의 그가 저지른 일이고, 사람은 자신의 선택에 책임을 져야 한다.

그것은 달리 말하자면, 자신의 선택이 아닌 일은 굳이 책임지지 않아도 좋다는 말과 같다.

자신에게 나타난 선택지 모두를 포기하지 않으려 하거나, 혹은 자신이 선택하지 않은 일까지 책임지려 한다면 그 사람은 틀림없이 무너지게 될 테니까. '만약에'가 괜히 사람 정신에 해로운 게 아니다.

그럼에도 불구하고, 우주인은 불만스러운 얼굴로 한쪽 신발로 바닥만 긁어 댔다. 그를 지켜보는 관리자의 얼굴에 기대감이 서릴 때쯤, 고개를 든 그가 부루퉁하게 물었다.

"그쪽이 직접 가면 되잖아요?"

그렇게 말하면서도 우주인은 이미 열린 문에서 한 발자국 뒤로 물러나 있었다.

그에 관리자가 비로소 안심한 듯한 태도로 말을 이었다.

「나도 몇 번이고 시도해 봤다」

「하지만 그가 이미 관리자들에게 오랫동안 쫓긴지라 원래 세계로 돌려보내 주겠다는 내 말을 믿지 않더군」

"하긴……."

우주인의 입장에서도 만약 불안정한 상태인 함단이에게 누군가 다가와 '원래 세계로 돌려보내 주겠다.'고 말한다면, 그게 누구이건 간에 관계없이 함단이를 등 뒤로 보내고 물러나라 외쳤을 것이다.

하물며 이목구비도 없는 양복 차림의 존재 따위, 어떻게 믿는단 말인가.

묵묵히 고개를 끄덕이는 우주인에게 관리자가 말을 이었다.

「대신이라고 말하긴 뭣하지만, 도움을 주지」

"도움? 무슨 도움?"

「네가 원하는 평행 차원을 잠시 들여다볼 기회를 주지」

그 도움의 효용이 선뜻 와닿지 않아 우주인이 미간을 찌푸리자, 관리자가 마저 글을 썼다.

「다른 선택들로 비롯된 평행 차원이라고는 해도, 어쨌거나 그곳의 사람들 또한 너 또는 네가 알고 있는 이들」

「그렇기에 그곳에서 본 과거나 미래가 네게 유의미한 도움이 될 것이다」

"다른 세계 따위, 봐 봐야 가지 못한 길에 대한 미련만 생길 뿐인데."

우주인의 심드렁한 대답에도 불구하고 관리자는 미소 지었다. 분위기를 보아 그가 기뻐하고 있다는 것을 알아차린 우주인이 삐딱하게 물었다.

"왜 웃으시는 거예요?"

「그 사실을 안다면, 너는 결코 그 세계에 영원히 머무르지 않으려 할 걸 알기 때문에」

"……."

우주인은 그저 머쓱하게 고개를 돌렸다.

이 관리자에게선 그가 가져 보지 못한 까마득한 웃어른 같은 분위기가 풍겼다. 그저 예쁜 손주가 무조건 행복하길 바라는, 할머니나 혹은 할아버지 같은 느낌이.

기껏 이런 마음으로 인간들을 예뻐하고 있는데 인간들에게서 두려움을 사서 기피당한다면 그만큼 억울한 일도 없겠다고 생각하며, 우주인은 관리자의 제안을 받아들였다.

여전히 관리자가 제시한 보상 따위에는 별 관심이 없었다. 다만 아무리 '다른 세계'의 자신 때문에 벌어진 결과라고 해도, 마음의 찝찝함을 남겨 두고 싶지 않을 뿐이었다.

이런 내 생각을 들었다면 엄마는 웃었을까? 저기 저 관리자처럼? 그렇게 생각하며, 우주인은 관리자가 새롭게 열어 준 문을 통과했다.

문 안은 오색 빛이 찬란하게 물결치던 전과는 달리 탁한 보랏빛이었다.

* * *

다시 눈을 떴을 때, 그는 몹시 익숙한 장소에 있었다. 다

릅 아닌 함단이와 반여령이 오랫동안 살아온 아파트였다.

이 세계의 엄마는 여전히 이 아파트에 살까? 아니면 지금처럼 이사한 걸까? 그런 생각을 하며 그는 눈에 익은 아파트의 실루엣을 올려다보다 돌아섰다.

최대한 가까운 곳으로 통로를 열어 주겠다고 했는데 이곳에 도착한 걸 보면, 아무튼 이 근처 어딘가에 있다는 뜻이겠지.

학창 시절을 이 근처에서 보낸 덕에 주위 지리에 밝다는 점이 상당한 위안이 되었다. 이 정도면 관리자가 서너 명쯤 따라붙어도 가볍게 따돌릴 수 있을지도 몰라, 그런 생각까지 들 정도였다.

관리자는 스스로 이 세계를 들여다보길 포기한 대신 우주인에게 '섞인 존재'를 파악할 수 있는 권능을 빌려주었다.

때문에 그는 어딘가로 발길을 옮길 때마다 머릿속에서 반딧불이의 불처럼 미약한 직관이 반짝이다 사라지는 것을 확인할 수 있었다. 저쪽인가, 잠시 사거리에 서서 방향을 가늠하던 그가 발을 돌렸다.

원래 세계와는 시간의 흐름이 다른 모양인지 날이 꽤 추웠다. 준비를 철저히 해 오길 잘했다고 생각하며 가방에서 꺼낸 점퍼를 걸치고, 주머니에 두 손을 쑤셔 넣고 걷던 우주인은 직관에 따라 도착한 곳의 풍경이 낯익자 눈을 찡그렸다.

몇몇 건물의 모습이 다르긴 했지만, 이곳은 분명 은지호의 집이 있는 동네였다. 뭐, 정작 본인은 대학 가고 나서는 학교 근처에 얻은 오피스텔에 눌러사느라 본가엔 한 달에 한 번 갈까 말까 한 것 같지만…….

그러다 그는 드디어 함단이가 그 시간에 그런 차림으로 그 근방에 있던 이유를 깨달을 수 있었다. 그녀는 분명히 은지호와 함께 있다가 나왔거나 은지호를 만나러 가던 길이었거나, 둘 중 하나였을 것이다.

그리고 우주인은 속으로 은지호를 욕하기 시작했다. 아니, 날이 그렇게 더운데 엄마를 혼자 땡볕에 걷게 해? 엄마가 몸소 와 줬으면 차를 끌고 마중 가거나 배웅을 나오거나 해야 할 거 아니야?

걔가 엄마와 사귄다는 것만으로 이미 충분히 양심이 없는데, 어떻게 그런 노력도 안 할 수가 있지? 와, 성의가 없어도 너무 없네. 다음 생까지 두고 볼 것도 없다, 당장 헤어져…….

그러던 차에 우주인은 익숙한 실루엣을 발견하고 우뚝 멈췄다.

"어."

거의 동시에 그를 발견한 상대방도 '어.' 하고 짧게 감탄사를 내뱉었다. 그런 다음 그는 고개를 기우뚱하며 시큰둥한 물음을 던졌다.

"네가 이 시간에 여기는 무슨 볼일이냐? 공강 날에는 집에 처박혀서 나올 생각도 안 하는 거 아니었어?"

우주인은 바쁘게 그런 은지호를 훑어보았다. 마지막에 보았던 것과 별로 다르지 않은 길이의 은색 머리칼, 긴 속눈썹. 차이가 있다면 최근 잠을 잘 자지 못한 듯 눈가가 거뭇하다는 것 정도일까. 얇은 옷 위에 긴 카디건을 걸친 걸 보아하니 집 앞에 잠깐 산책이라도 나온 모양새였다.

마침내 탐색을 마친 우주인이 물었다.

"그러는 너야말로 왜 여기 있어?"

은지호의 입에서 '공강 날'이라는 말이 나왔단 건, 분명 오늘이 평일이란 뜻인데.

그렇다면 은지호가 굳이 학교 앞의 오피스텔을 두고 본가에 얼씬할 이유가 없었다. 그가 왜 그러겠는가? 학교에는 함단이가 있고, 그녀는 언제든지 그럴 마음만 들면 은지호를 만나러 올 텐데…….

그때 마침내 정답을 깨달은 우주인은 생각하던 것을 멈췄다. 어쩌면, 이쪽 세계의 두 사람은…… 동시에 고개를 기울인 은지호가 아리송하단 얼굴로 물었다.

"내가 왜 여기 있냐니? 여기 사니까 여기 있지."

우주인은 여전히 태연한 척 질문을 입에 담았다.

"대학 가면 독립한다고 안 했어?"

"아직도 나 혼자 할 수 있는 일보다 아버지 따라다니면서 배울 일이 더 많은데, 뭐 하러? 애초에 학교에선 내가 얻을 게 별로 없다는 거, 너도 잘 알고 있잖아? 지식, 경험, 그리고 인맥조차…… 국내에서 얻을 만한 건 이미 거의 다 얻었는데."

"아, 그렇지……."

떨떠름하게 대답하는 우주인을 보던 은지호의 눈초리가 문득 가늘어졌다. 그의 머릿속에서도 이제야 자신의 하나뿐인 소꿉친구가 결코 이런 중요한 정보는 물론이고, 사소한 정보 하나까지 까먹지 않는 사람이란 것이 떠오른 모양이었다.

그가 의심이 깃든 목소리로 물었다.

"뭐야, 너. 누구야?"

"누구긴, 네 친구 우주인이지."

우주인은 일단 뻔뻔하게 나가기로 했다. 이게 다 은지호가 자기들 중에선 상식 면에서 가장 완고하다는 걸 믿고 벌이는 짓이었다.

과연, 대번에 혼란스러운 표정을 짓는 은지호에게 우주인이 마지막으로 쐐기를 박았다.

"어제 그렇게 싫다던 SF 영화라도 한 편 보고 잤어?"

"아, 됐어, 그만해. 무슨 뜻인지 대충 알겠으니까…… 물어볼 게 있으면 그렇다고 말하지, 왜 괜히 말을 빙빙 돌려서 사람 헷갈리게 하고 난리야."

머리칼을 거칠게 쓸어 넘긴 은지호가 투덜댔다. 이제 그의 머릿속에서 우주인은 '뭔진 몰라도 또 머릿속으로 수상쩍은 계획을 세우고 있는 상태' 정도로 탈바꿈한 모양이었다. 참으로 다행인 일이 아닐 수 없었다.

뭐, 어차피 자신이 이 세계에서 나간다면 지금 이 대화도 모두 잊히겠지만.

그러고 보면 굳이 정체를 들키지 않기 위해 애쓴 것도 전부 헛수고였네. 허무함을 곱씹던 우주인은 다시 은지호에게 시선을 주었다.

하지만, 지금 이 상태의 은지호에게 내가 다른 세계에서 온 존재란 걸 밝히는 건 조금 잔인한 일일지도 모른다는 생각이 들어서.

나는 이 세계에서보다 훨씬 행복한 그를 알고 있으니까.

그리고 우주인은 속으로 한숨을 내쉬었다.

역시, 관리자가 제시한 '다른 세계를 잠깐 들여다볼 권리' 따위는 수고에 대한 보상이 되지 못한다. 자신이 알던 세계에서보다 더 불행한 처지에 놓인 사람을 봐 봐야, 그저 꺼림칙한 기분이 들 뿐인 것을…….

고개를 숙인 우주인은 문을 열고 이 세계로 오기 전에 했던 생각을 머릿속에 되새겼다.

사람은 자신의 선택에 책임져야 한다. 즉, 자신이 선택하지 않은 일에 대해서까지 책임질 필요는 없다.

이 세계는 지금에 이르도록 선택을 거듭해 온 이 세계 사람들의 온전한 책임일 테니, 다른 세계 사람인 자신이 할 일은 여기에서 이만 빠져 주는 것뿐이다. 그렇게 생각하며 떠나려다 말고, 우주인은 못내 다시 돌아섰다.

여전히 마음 한구석에서 의심을 지우지 못한 듯, 미심쩍다는 표정을 짓고 있는 은지호에게 그가 말했다.

"지호야."

"너 정말 누구냐?"

내가 아는 우주인은 나를 그런 식으로 다정하게 부르지 않는데. 그렇게 지껄이는 은지호에게 딴에는 자애롭게 웃어 준 우주인이 말을 이었다.

"난 사실 항상 널 걱정해 왔어. 네가 평소에 여령이한테 똑똑한 머리를 낭비한다고 하거나, 나한테 그 좋은 머리를 또라이 짓에만 쓰지 말고 생산적인 곳에 좀 써 보라고 욕하던 것과는 달리 막상 그 머리로 삽질하는 건 너도 만만치 않았잖아."

"아니네, 우주인 맞네."

이 자식이……. 속에서 치밀어 오른 욕을 한숨과 함께 삼킨 우주인이 말을 이었다.

"특히 네가 '높이 올라가는 것'과 '많은 것을 가지는 것', 그리고 '행복'을 헷갈려서 네게 나쁜 선택을 할까 봐, 너 자신의 행복보다 너 자신의 이익을 택하고 그게 행복을 위한 선택이었다고 믿을까 봐 아주 오랫동안 두려워했어."

내가 중학교 입학 전에 너한테 인간관계에 대해 쓴소리를 한 건 너도 기억할 거야. 우주인이 한숨을 담아 말하자, 은지호가 비로소 빈정거림을 멈추었다.

이윽고 옅게 웃은 그가 대답했다.

"그래, 다시 생각해 보면 그건 그때 너만이 내게 할 수 있는 말이었지. 왜냐하면 다른 사람이 나한테 말했더라면 난 귓등으로도 듣지 않았을 테니까."

그것에 대해선 늘 감사하고 있어. 전보다도 낮게 말하는 은지호를 향해 그가 말을 이었다.

"그런데 지금의 너는 내가 알던 것보다 높이 올라가지도, 또 더 많은 것을 가진 것 같지도 않으니, 넌 아마 '너 자신의 이익'을 위해서도, 그렇다고 '너 자신의 행복'을 위해서도 아니라 다른 사람을 위한 선택을 한 거겠지."

"그게 무슨……."

어리둥절해하는 은지호의 말을 끊고 그가 다시 말했다.

"네가 좀처럼 그런 선택을 할 사람도 아니고, 또 애초에 그런 희생을 할 만한 상대라면 정해져 있으니 누구를 위해 그렇게 했는지는 짐작이 가."

"……."

"난 네 선택에 대해 왈가왈부할 생각 없어. 그때 당시 상황도, 또 선택의 결과도 나보단 네가 잘 알 테니. 네가 지금 후회하지 않으면 그걸로 된 거겠지."

말을 마친 우주인이 속으로 중얼거렸다.

무엇보다 선택의 책임은 내가 아닌 네 몫이니까. 네 짐을 나눠 짊어져 줄 수 없는 내가 감히 널 탓할 수는 없어.

여전히 아무 말이 없는 은지호의 앞에서, 두 손을 잠바 주머니에 집어넣은 그가 빙긋 웃으며 말했다.

"그러니까 은지호, 내가 하고 싶은 말이 뭐냐면, 이미 지나간 선택지를 돌아보지 않을 거라면 적어도 앞으로는 네 행복만을 위한 선택을 하란 거야. 네 이익 말고, 다른 사람의 행복도 말고, 네 행복 말이야."

"……."

"무엇보다 네가 다른 사람의 행복을 위해 네 행복을 포기할 수 있는 사람이 되었다면, 나는 이제야말로 너도 행복을 바랄 자격이 충분하다고 생각해."

그렇게 말하는 우주인을 은지호는 여전히 얼떨떨하게 내려다보았다. 그는 여전히 상황을 반쯤 파악하지 못한 얼굴이었다. 그러나 우주인은 그의 눈이 조금쯤 젖어 있는 것을 발견했다.

모르겠다, 어쩌면 사위가 전보다 어두워진 탓인지도 모른다. 아니면 어느새 켜진 가로등 불빛이 가져다준 착각인지도. 그렇게 생각하며 우주인은 빙글 돌아섰다.

"그럼 안녕."

"야, 잠깐. 너 대체……."

뒤에서 달라붙는 물음을 무시하고 우주인은 있는 힘껏 달렸다.

은지호가 몸에 걸친 가운 때문에라도 따라오지 못할 것을 잘 알고 있었다. 그는 긴 가운 자락을 날리며 멋없게 뛰느니, 차라리 평생 뛰는 것을 포기할 사람이다.

과연, 몇 분도 안 되어 멈춰 선 곳에서 땀을 닦으며 기다렸으나 은지호는 코빼기도 내비치지 않았다. 자신의 예상이 맞아떨어진 것에 만족스럽게 웃던 우주인은 성큼성큼 걸음을 옮겼다.

그리고 마침내 익숙한 놀이터 앞에서 멈춰 선 그가 인사했다.

"안녕."

그에 놀이터 앞, 가로등 아래에 웅크려 있던 인영이 천천히 고개를 들었다.

우주인이 비스듬히 웃으며 물었다.

"네가 박건우야?"

우주인의 머릿속에서 여전히 깜빡거리는, 관리자가 잠시 빌려준 '섞인 존재'를 파악할 수 있는 권능이 눈앞의 자가 확실히 섞인 존재라고 알려 주고 있었다.

하지만, 어쩌면 이런 게 없이도 박건우를 알아보는 데 아무런 무리가 없었을지도 모르겠다는 생각이 들었다.

왜냐하면 박건우의 얼굴은 마치 반투명한 비닐에 싸인 것처럼 이목구비가 반쯤 지워져 있었으니까.

비로소 우주인은 관리자가 자신을 그토록 재촉한 이유를 알 수 있었다.

아마도 그는 박건우의 이목구비가 완전히 지워지는 상황을, 그리하여 사람으로는 영영 못 돌아오는 상황을 염려한 거겠지.

동시에 그는 모든 것이 수수께끼나 다름없던 '관리자'란 존재의 탄생 과정에 대해서도 조심스레 추측했다.

아니, 아마도 이 추측은 사실일 것이다. 아무리 그래도 한때 자아를 지니고 있었던 존재가, 다른 차원으로 넘어왔다는 이유만으로 아무런 흔적도 남기지 않고 사라지는 건 말이 안 되니까.

그리고 그는 손을 내밀고, 아직도 멍하니 이쪽을 올려다보는 박건우에게 말했다.

"뭐 해? 어서 일어나. 집에 가야지."

"……."

"네가 살던 곳, 여기가 아니잖아."

그때까지도 멍청히 입만 벌리고 있던 박건우가 간신히 정신을 차리더니 외쳤다.

"너, 너……! 네가 왜 여기에……."

경악스럽다는 듯한 그의 표정을 보며 우주인은 가벼운

두통을 느꼈다.

아니, 뭐. 관리자에게 그에게 차원을 넘는 법을 가르쳐 준 사람이 자신이란 건 들었으니 아예 예상치 못했던 일도 아니었다.

자신을 삿대질하는 손을 그대로 잡아 일으킨 우주인이 부루퉁한 어조로 말했다.

"한 번만 말해 줄 테니 잘 들어 둬. 난 네가 만났던 그 사람이 아니야. 네 기억엔 너와 내가 한 번쯤 만난 적이 있겠지만, 그건 나와 겉모습만 같은 다른 사람이야. 정확히는 나와 다른 차원에 존재하는 나 자신이지. 그러니까 겉모습도, 어쩌면 성격도 좀 비슷할지도 모르지만, 아예 다른 사람으로 생각하고 대하는 게 좋을 거야."

"어, 어어……."

떨떠름하게 고개를 끄덕이는 박건우의 얼굴은 영 어리숙하고 무해해 보여서, 도무지 자신의 말만 듣고 다른 차원으로 넘어올 결심을 할 사람 같지 않았다.

괜히 귀찮아서 나한테 자기 일을 떠넘긴 거 아니야? 속으로 관리자에 대한 의심을 떠올리며 우주인은 말을 맺었다.

"그럼 내게는 널 만난 기억이 없다는 건 알겠지? 널 원래 차원으로 데려다줄 의무도 없다는 것도. 하지만 누군가가 특별히 부탁해서 온 거니까, 완전히 사라지고 싶지 않으면 어서 움직여."

우주인은 그가 완전히 사라지고 난 다음의 구체적인 일에 대해서는 일부러 숨겼다.

아직 사실로 확인되지도 않았을뿐더러, 다른 차원으로 넘어올 방법을 안 것만으로 이런 과감한 선택을 한 이에게 더 이상의 정보를 줄 필요는 없으니까.

한편, 여전히 입을 벌리고 얼이 빠져 있던 박건우가 되물었다.

"사라진다고? 내가? 완전히?"

"그래."

박건우의 얼굴을 가리킨 우주인이 덧붙였다.

"너도 이 세계로 넘어오고 나서 한 번이라도 거울을 봤다면 알 것 아니야? 네 얼굴은 물론이고, 네 몸 전체의 윤곽이 흐려져 있다는 걸."

"그건……."

"어느샌가부터 사람들이 네 모습을 못 보거나, 말을 걸어도 듣지 못하고 그냥 지나치는 경우가 많아졌지? 계속 이런 식으로 가다가는, 설령 네 정신이 남아 있다고 해도 육체는 누구와도 교류하지 못할 거야. 그래서야 여기 계속 남아 있는 게 무슨 소용이겠어? 그건 투명 인간이나 다름없잖아?"

정곡을 찔린 표정인 박건우에게 그가 다시 말했다.

"돌아가자. 이곳은 네게 주어진 세계가 아니야. 네 세계는 네가 살아오던 그곳에 있어."

그때 박건우가 갑자기 우주인의 손을 뿌리쳤다. 우주인은 난데없이 허공에 내팽개쳐진 자신의 손을 멍하니 바라보았다. 화가 나진 않았다, 그저 황당할 뿐이었다.

손을 내쳐? 자기 존재가 사라질 위기란 내 말은 대체 뭐로 들은 거야? 내가 대가 같지도 않은 대가를 받고 이러고 있는 게 도대체 뭣 때문인데?

그때 박건우가 창백한 입술을 달싹였다.

"난 아직 갈 수 없어."

그 이유가 뭐가 됐든 자기가 알 바 아니라고 생각하면서도 우주인은 물었다.

"왜?"

"'그 사건'을 막아야 해."

"'그 사건'이 뭔데?"

그러면서 우주인은 입속으로 투덜거렸다. 왜 혼자서만 모든 것을 아는 예언자인 양 암시적인 표현만 쓰는 건지.

그때 우주인의 어깨 너머를 보던 박건우가 외치듯 말했다.

"왔다."

"뭐?"

우주인의 물음에도 아랑곳하지 않고 박건우는 급히 달려나갔다. 신고 있던 신발이 거의 벗겨질 정도로 열심히 달려간 그가 이쪽으로 다가오던 학생의 어깨를 잡아채며 말했다.

"아."

그러나 그의 손은 허공을 가르고 말았다.

아니, 정확히는 허공을 가른 것이 아니었다. 박건우의 손이 당연한 듯 남학생의 몸을 통과한 것이었다.

눈으로 보고도 믿을 수 없는 광경에 우주인도 눈을 깜빡였다. 그때, 다시 돌아온 박건우가 그의 손을 잡고 매달렸다.

"제발! 널 따라 얌전히 돌아갈 테니까, 제발 저 녀석에게 내가 하는 말 좀 전해 줘."

그제야 우주인의 눈에도 가로등 밑을 지나는 남학생의 얼굴이 들어왔다.

짙은 눈썹과 뚜렷한 콧대, 선이 굵은 이목구비를 가진 그는 틀림없이.

여기 이 '박건우'와 동일 인물이었다.

바로 옆을 지나가며 우주인을 경계심과 의문 섞인 눈으로 힐끗 곁눈질하는 것을 보아, 이 세계의 박건우의 눈에 우주인이 보이는 것은 분명했다.

그런데 왜? 다른 세계에서 온 자기 자신은 인식할 수 없게 되어 있는 건가? 하긴, 그 정도의 안전장치도 존재하지 않으면 진작 이 세계는 같은 얼굴을 한 사람에 대한 괴담으로 엉망이 되어 버렸겠지.

'도플갱어' 괴담도 그래서 나온 건가? 목숨이 경각에 달하지 않고서야 다른 세계에서 온 자신을 인식할 수 없기 때문에?

뭐가 됐든 지금 중요한 문제는 아니었다. 천천히 고개를 내저은 우주인이 입을 열고 물었다.

"네가 막아야 하는 그 '사건'이란 게 정확히 뭐야? 가족과 관련된 일이야?"

그에 관련된 어떤 비극이라면 우주인은 박건우를 도울 용의가 충분히 있었다. 그로 인해 거의 반평생을 괴로움 속에서 보낸 사람을 그는 알고 있었으니까.

하지만 그게 아니라면, 글쎄…… 이 세계의 일에 다른 세계의 사람인 그가 얼마나 개입해도 좋을지 알 수가 없었다. 설령 개입한다고 해도 그 사실이 이 세계에 남을지는 둘째 치고.

그러는 사이 교복을 입은 '이 세계'의 박건우는 근처 집의 대문을 열고 들어가 정원 안으로 사라졌다.

얼마 안 있어 주택의 2층 방에 불이 켜지고, 안에서 사람 그림자가 오가는 것이 보였다.

어딜 봐도 나무랄 데 없는 평범한 학생의 모습이었다. 그걸 올려다보며 잠시 입술을 달싹이던 박건우가 중얼거렸다.

"원래 세계에서 나는…… 친구 대신 누명을 뒤집어썼어."

"뭐?"

"그러니 막아야 해. 그 사건이 이쪽 세계의 내 삶마저 완전히 망쳐 버리기 전에."

"좀 더 자세히 얘기해 봐."

우주인이 굳어진 얼굴로 독촉했다. 그 말에 박건우는 천천히 물러나 벽을 짚고 섰다.

한참을 주저하듯 앞머리만 매만지던 박건우가 비로소 얘기를 꺼냈다.

"나는 뭐, 보다시피 좀 있는 집에서 태어났다는 걸 빼면 평범한 사람이야. 그 외에는 기껏해야 운동을 잘한다는 것 정도가 특징일까."

그러나 그가 간간이 친구 관계에 관해 언급하는 것을 듣고, 특히 까마득한 어린 시절부터 내내 반장을 도맡아 왔다는 얘기를 듣고 우주인은 그의 범상치 않은 사교성에 대해서도 짐작할 수 있었다.

아마도 우리 세계의 윤정인 같은 녀석이었겠지. 소위 그가 말하는 '그 사건'이 있기 전까진.

아직도 때때로 짓는 표정이나 유난히 큰 손동작을 보면 그 시절의 습관이 남아 있었다.

그런데 도대체 무슨 누명을 썼길래 자기가 사라진다는 말에도 아랑곳하지 않고 다른 세계에 눌러앉게 된 건지.

그렇게 생각하며 우주인은 박건우의 다음 말을 기다렸다.

"계기는 별거 아니었어. 도난…… 사건 말이야."

그 단어를 꺼내기조차 조심스럽다는 듯, 박건우가 땅을 내려다보며 말했다.

우주인은 담담히 고개를 끄덕였다.

"아, 뭐…… 흔한 일이지."

"그래. 체육 시간이나 음악 시간 때 모두가 나가 버린 교실에서 가방에 들어 있던 지갑이나 돈이 사라지는 일 따위, 누구나 한 번쯤 겪어 보았을 정도로 흔하지."

그리고 잠시 뜸 들이던 박건우가 덧붙였다.

"그런데 우리 반은, 그게, 그렇지가 않았어."

"뭐?"

"그런 일이 비상식적으로 자주 일어났다는 말이야."

팔짱을 끼고 묵묵히 쳐다보는 우주인에게 그는 진땀을 흘리며 말을 이었다.

"그래, 어쩌다 한 번이 아니라 심하면 한 달에 다섯 번도 넘게…… 돈이 사라졌어. 차라리 외부자의 소행이었다면 모를까, 우리 반의 경우에는 그게 내부자의 소행이란 게 너무 확실했어. 꼭 누군가가 큰돈을 가져올 일이 생길 때마다, 그리고 그 사실에 대해 우리 반에서 얘기가 나올 때마다 그 돈이 사라지곤 했으니까. 우리 반 구석에라도 자리 잡고 앉아서 반에서 오가는 대화를 모두 듣지 않는 한 불가능한 일이었어, 그건."

그러니 범인이 다른 반 애일 리가 없었지. 그렇게 덧붙이는 박건우에게 우주인이 고개를 끄덕였다.

"그래."

"하지만 우리 학교는 운영이 상당히 시범적인 데다가 교칙도 자유로운 편이라, 반에 드나드는 모든 사람을 감시하긴 고사하고 누구 하나가 반에 온종일 붙어 있는 것조차 불가능했어. 사건이 언제 터질지 알고. 게다가 이미 서로가 서로를 의심하기 시작한 상황에서 누가 그런 일을 해."

그리고 잠시 뜸 들이던 박건우가 다시 말했다.

"하지만 난 반장이니까……."

"네가 종종 시간이 날 때마다 돌아보기로 했구나."

우주인이 자연스럽게 그의 말을 받았다.

천천히 고개를 끄덕인 박건우는 잠시 주저하다 말을 이었다.

"그러다 어느 날, 내가 봤어."

"뭘?"

그렇게 물었지만 그가 봤다는 것의 정체는 이미 알 것 같았다.

"범인."

대답하는 박건우의 눈이 아득한 과거를 더듬듯 흐려져 있었다.

"볕이 좋은 오후였어. 우리 반의 모두가 자리에 없었던 것도 아니야. 단지 열댓 명, 그 정도가 자리를 비웠을 뿐인데…… 나와 얘기하던 그 애가 내가 시선을 돌린 틈을 타 다른 애 가방에서 꺼낸 지갑을 자기 주머니에 넣는 걸 봐 버렸어."

"친했나 봐?"

굳이 다른 자리에 놀러 와 쉬는 시간을 함께 보낼 정도면.

우주인은 그렇게 물었고, 박건우는 고개를 끄덕였다.

"응. 내 생각으로는 나랑 반에서 가장 친한 애였어."

그리고 잠시 기억을 더듬는 듯하던 그가 다시 말했다.

"모르겠어. 왜 그렇게 믿었는지…… 난 아마도 그 애가 보여 주는 특유의 거리감 같은 게 좋았나 봐. 나는 사실 누구를 조심스럽게 대하려고 해도 그게 잘 안 되는 사람인데, 그 애는 뭐랄까, 자기한테 말을 걸어오는 모든 사람을 정중하게 하는 힘이 있었거든."

그런 건 보통은 '벽을 친다'고 표현하는 거지. 우주인의 중얼거림에도 아랑곳 않고, 박건우는 상념에 빠진 얼굴로 말을 이었다.

"처음엔 그것 때문에 그 애가 궁금했는데, 막상 친해지고 나니까 그 애가 내 앞에서만 보여 주고 남들 앞에선 보여 주지 않는 표정이 있어서. 그게 좋더라고."

"……."

"그런데 나한테 지갑을 훔친 걸 들켰을 때도 그 애는 그런 표정을 지었지."

언제나 침착했던 그 애의 당황한 얼굴은 그때 처음 봤거든. 박건우가 쓴웃음을 지으며 덧붙인 말에 우주인은 침묵했다.

그리고 가볍게 한숨을 내쉰 박건우가 물었다.

"내가 그때 어떤 선택을 할 수 있었겠어?"

"……."

"나도 그게 비이성적인 일이었다는 건 알아. 또, 실질적인 피해를 본 애들을 기만하는 일이었단 것도. 하지만 너한테도 그런 사람이 있을 것 아니야?"

비로소 고개를 든 박건우가 지금까지의 쭈뼛거리는 태도는 거짓말이었다는 듯, 우주인의 눈을 똑바로 보며 말했다.

"어떤 잘못을 해도 감싸 주고 싶은 사람 말이야."

아, 물론 있지. 우주인은 속으로 중얼거렸다.

하지만 그 사람들은 동시에, 그 사람들이 누군가에게 악의를 가지고 큰 잘못을 저지르는 것을 기다리느니 세계가 멸망하는 걸 기다리는 게 더 빠를 그런 사람들이라서 말이야.

아니면 내가 무언가 잘못을 저지르면 그걸 감싸 주는 게 더 빠르겠지.

그 순간, 함단이의 조건 없는 애정이 담긴 눈빛이 기억 속을 찔러 와 우주인은 슬그머니 입술을 깨물었다.

그때 박건우가 다시 말했다.

"그래서 나도 그렇게 했어."

그는 굳어진 얼굴로 말을 이었다.

"마침 그 순간 그 자리의 주인이 돌아왔고, 난 방금 본 것에 대해 어떤 말도 할 수가 없었어. 그 애는 나를 힐끗 보고, 내가 아무것도 말하지 않을 결심인 걸 알자 다행이란 표정을 짓더라. 당연히 그날 방과 후에 또 한 번 일어난 절도 사건으로 우리 반은 난리가 났고. 인권이고 뭐고 모두의 동의하에 정말 범인이 잡히기 전까지 카메라라도 설치해야 하는 게 아니냐, 그런 말이 나왔을 정도였어. 그리고 그날 방과 후에, 나는 다시 그 애를 만났어."

"그래서?"

"다시 봐도 도저히 그 애를 도둑이라고 비난한다거나, 왜 그런 짓을 했냐고 추궁하진 못하겠더라. 그래서 그냥 훔친 지갑을 나한테 달라고 했어. 내가 내일 틈을 봐서 그 애 가방에 다시 넣고 사실은 있는데 못 찾았을 뿐인 해프닝이 되도록 할 테니까."

우주인이 생각하기에 그것은 멍청한 해결 방법이었다. 그리고 박건우도 그것을 알고 있는 것 같았다.

아니, 정확히는 이미 경험을 통해 배운 것 같았다.

과연, 어금니를 꽉 깨문 박건우가 말했다.

"하지만 난 내가 그래도 될 줄 알았어."

"그래."

"그때까지만 해도 아무도 나를 의심하지 않았으니까."

다음 날, '그 애'가 다짜고짜 아침에 등교한 나를 지목해서 내 가방을 뒤져 보라고 말하기 전까지는.

그가 낮게 덧붙인 말에 우주인은 다만 고개 숙이며 한숨을 푹 내쉬었다.

박건우는 이제는 화도 나지 않는 모양인지, 하도 곱씹어 지친 듯한 얼굴로 머리를 쓸어 넘기며 웃었다.

그가 다시 말했다.

"그다음엔 어떤 일이 일어났는지 내가 말 안 해도 알겠지. 뭐, 회의가 소집되고, 학부모가 불려 오고, 담임 선생님이 나도 모르는 내 행실에 대해 부모님과 얘기하는 동안 나는 꼼짝 없이 우리 반 애들한테 붙들려 있고……."

아무도 내 변명을 들어 주질 않고, 급기야 내가 종종 빈 교실로 들어가는 걸 목격했다는 증언까지 나오고, 그렇게 그건 기정사실이 되고…… 노래라도 하는 듯 운율을 붙여 지껄여 대던 박건우가 마침내 입을 다물자, 침묵이 찾아왔다.

무거운 분위기 속에서, 우주인은 가로등 불빛을 받아 빛나는 박건우의 희미한 얼굴만 물끄러미 보았다.

우주인이 마침내 물었다.

"진범의 이름을 말하진 않은 거야?"

마치 혼나는 대형견처럼 시무룩한 표정이 된 박건우가 고개를 끄덕였다.

우주인이 다시 물었다.

"왜? 그 애에 대해 밝혔다면 다른 애들도 그 애와 너 중에 더 의심할 만한 사람을 비교하기 시작했을 테고, 그렇게 된다면 네 누명이 밝혀지는 것도 금방이었을지도 모르는데."

그에 잠시 입을 다물었던 박건우는 갑자기 딴소리를 시작했다.

"……그날 이후로 나는 학교를 그만뒀어. 처음엔 나도 가기 싫었지. 하지만 나중엔 내 행동에 대해 소문이 나지 않은 다른 곳으로라도 가고 싶어졌어. 외로워서 견딜 수가 없었거든. 그런데 부모님은 내가 부도덕해서 다른 사람들 사이에 껴선 안 된다며, 정직해지기 전까진 어디로도 보낼 수 없다더라. 그렇게 지금까지 시간만 흐른 거고."

"……."

"하지만 저 녀석은 학교를 멀쩡히 다니고 있지. 즉……."

우주인은 눈을 내리깔며 말을 받았다.

"이 세계에선 아직 그 사건이 일어나지 않았다."

"그래."

"하지만, 정말로 단지 이유가 그뿐일 거라 확신할 수 있어? 사건을 일으킨 문제의 '그 애'가 이 세계엔 존재하지 않을 가능성도 있잖아."

그 말에 박건우가 눈을 깜빡였다. 그가 떨떠름한 얼굴로 대답했다.

"그런…… 가능성은 생각 못 했어. 이 세계엔 그 애가 존재하지 않을 수도 있다는 생각 같은 건……."

"방금 나한테서 뭘 들은 거야? 각 세계는 사람들의 선택을 분기점 삼아 갈라진다고 했잖아. 네가 살던 세계는 수많은 우연과 선택들이 겹쳐 만들어진 세계고, 당연히 네 세계엔 있는 사람이 이 세계엔 없을 수도 있지."

우주인이 답답해하며 말했지만 박건우는 커진 눈으로 바닥을 보며 침묵했다.

잠시 후, 다시 고개를 든 그가 악에 받친 얼굴로 말했다.

"그렇다고 해도 상관없어. 나는 이 세계의 나한테……."

"너한테?"

"아무도 믿지 말라고 할 거야. 네가 누군가의 잘못을 대신 뒤집어썼을 때 그것에 감사할 사람도, 또 그런 너를 끝까지 믿고 지지해 줄 사람도 없다고. 네가 전부라고 믿는 우정 같은 건 오히려 널 망칠 뿐이라고…… 그렇게 말할 거야."

그렇게 말하는 박건우의 얼굴은 다소 섬뜩한 데가 있어서, 사람을 압도하는 구석이 있었다.

하지만 우주인은 그런 내색을 하지 않으며 차분하게 고개를 저었다.

"이 세계의 너한테 그런 말을 전한다고 해도 그 녀석은 기억하지 못할 수도 있어. 아니, 분명 기억 못 할걸. 애초에 다른 세계 사람인 우리에겐 이 세계에 어떠한 흔적을 남기는 것도 허락되지 않으니까."

"하지만 방법이 있을 거 아니야?"

답답한 듯 얼굴을 일그러뜨리며 되묻는 박건우에게 우주인이 물었다.

"그렇게까지 네 선택이 후회스러워?"

"……."

"네 선택을 바꾸고 싶어? 그때 반 아이들에게 진실을 밝히는 대신, 그 애의 죄를 네가 기꺼이 감당하기로 정했던 그 선택 말이야."

마치 뒤통수라도 한 대 얻어맞은 것처럼 멍하니 서 있던 박건우가 순순히 고개를 끄덕였다.

그러자, 우주인은 고개를 끄덕이고는 그에게 손을 내밀었다.

"갑자기 뭐야?"

그렇게 물으면서도 순순히 손을 잡는 박건우를 보며 우주인은 말했다.

"이봐요, 보고 있어요? 당신이 준다던 그 기회, 지금 쓸게요."

"뭐……."

허공에 대고 갑자기 무슨 말인가를 지껄이는 그를 떨떠름히 보는 박건우에게 우주인이 다시 말했다.

“자, 그럼 보러 가자.”

“뭘?”

우주인이 그런 박건우를 똑바로 보며 말했다.

“만약 네가 그런 선택을 하지 않았다면 어땠을지 말이야.”

* * *

우주인이 박건우를 데리고 돌아온 즉시 관리자는 떨떠름한 얼굴을 했다. 먼발치에서 관리자가 보이자마자 돌아서서 달아나려는 박건우의 팔을 우주인이 콱 붙들었다.

그가 답답한 듯 말했다.

“진정해. 저 관리자는 다른 관리자들과는 달라. 다른 관리자들에게 붙잡혀 완전히 사라질 위기이던 널 저 관리자의 부탁으로 구해 온 거라고, 내가.”

“어, 어?”

그러는 동안 관리자가 붉은 분필을 움직여 벽에 글을 썼다. 이젠 많이 봐서 우주인은 퍽 익숙해졌지만, 그럴 리 없는 박건우는 기절할 듯한 표정을 지었다.

그에 상관없이 벽에 차곡차곡 쌓인 글자는 마침내 완성된 문장을 이루었다.

「나는 그자를 데려오라고 했지, 그자에게 네가 받을 선물을 나눠 주겠다는 약속은 안 했다」

"어차피 '들어가게 해 주겠다.'가 아니라 '보게 해 주겠다.'고 한 걸 보면, 제게도 직접 들어가는 일은 허락되지 않을 게 아닌가요? 그렇다면 그저 밖에서 바라보는 게 다일 텐데, 관객에 한 사람만 더 끼워 주시지."

「…….」

어찌나 당황했던지 관리자는 한동안 붉은 분필로 벽에 점만 찍었다. 그 모양새에 박건우가 두려움에 움츠렸던 어깨를 펴고 휘둥그레진 눈으로 그를 응시했다. 그러는 걸 보면 그는 낯선 존재에 대한 두려움이 벌써 거의 다 가신 모양이었다.

하여간 분명 '그 사건'만 없었어도 윤정인보다 더한 녀석이었을 거라니까. 그렇게 생각하며 우주인이 혀를 차는 사이, 마침내 관리자에게서 허락이 떨어졌다.

「좋다. 단…… 정말로 바라보는 것만이다. 그 이상은 안 돼.」

"그런 일이 있다면 그땐 시키지 않아도 제가 알아서 이 녀석을 다시 잡아 올 테니, 걱정하지 않으셔도 돼요."

우주인이 순순히 대답하자 박건우는 이번엔 도리어 그쪽을 불안한 듯 힐끔거리기 시작했다. 그에 눈 코 입이 없는 관리자는 어깨를 들었다 놓는 것만으로 한숨을 표하고는 돌아섰다.

관리자가 앞장서서 문을 열자, 이제까지와 다를 바 없는 평범한 교실이 나타났다. 여기서 어떻게 다른 세계를 보게 해 주겠다는 거지? 그렇게 생각하며 우주인이 먼저 교실 안으로 들어갔다. 박건우가 엉거주춤한 걸음으로 그를 따랐다.

그리고 우주인과 박건우를 손짓으로 의자에 앉힌 관리자가 교실 구석에 방치된 텔레비전을 틀었을 때.

"와."

그 순간만큼은 우주인조차 감탄했고, 박건우는 그저 눈을 부릅뜨며 유리 속에 나타난 화면을 살폈다.

그 안에 한 소년이 있었다. 키는 우주인보다 조금 작을까 싶은 호리호리하고, 온순한 인상의 소년이었다. 좀처럼 감정을 드러내는 법이 없고 큰 눈을 자주 굴리는 데서 그가 소심하고 걱정 많은 성격임을 알 수 있었다.

옆의 박건우를 돌아본 우주인이 물었다.

"재가?"

"그래…… 이은수."

이은수, 과연 인상과 어울리는 이름이라고 생각하며 우주인은 다시 화면을 보았다. 그때, 화면에 익숙한 사람이 나타났다. 다름 아닌 박건우였다.

확실히 지금보다 표정도 동작도 크고 시원시원한 데다가, 만면은 자신감으로 반짝반짝 빛났다. 우주인은 다시금 제 옆의 박건우와 화면 속 박건우를 번갈아 보며 비교했다. 지금도 보통 사람에 비하면 과하게 활달해 보이는 면이 있는데, 화면 속에 비하면 한참 모자랐다.

[……다른 말은 하지 않을게.]

그러다 갑자기 들려온 박건우의 목소리에 우주인은 움찔했다. 여태껏 아무런 소리도 들리지 않아 무음인 줄 알았더니, 지금까진 둘 사이에 아무런 대화도 오가지 않았기에 조용했던 모양이었다.

화면 속엔 어느새 교실에 단둘이 된 박건우와 이은수가 마주 보고 서 있었다. 검은 두 눈을 비 맞은 듯 세차게 떨고 있는 이은수에게 박건우가 말했다.

[네가 훔…… 갖고 있는 지갑, 나한테 줘. 하루밖에 안 됐으니까 가방에 있었지만 못 찾았다는 걸로 어떻게든 무마할 수 있을 거야.]

[…….]

[그리고 지금까지 있었던 일은…… 후.]

말하다 말고 한숨을 깊게 쉰 박건우가 머리칼을 쓸어 넘겼다. 그에 그가 화를 참고 있다고 생각했는지, 이은수가 움찔했다. 하지만 우주인이 보기에 그는 그저 생각을 정리하는 중인 것 같았다.

과연, 다시 고개를 든 박건우가 화가 담기지 않은, 다만 착잡한 목소리로 말했다.

[지금까지 있었던 일은…… 시간이 너무 지나서 무마가 되진 않겠지만, 내가 어떻게든 해 볼게. 그 애들한테 정당

한 보상이 돌아가도록.]

[…….]

[그러니까 이 일은 이만 여기에서 덮자. 너도 더는 이런 짓 하지 마. 내가 아니라 다른 사람에게 들켰다면 어쩔 뻔했어? 지금까지도 아슬아슬한 순간이 많았을 거 아니야.]

멍하니 시선을 보내는 이은수에게 박건우가 살짝 웃어 보였다.

[그럼 이만 돌아가자.]

그러나 이은수는 박건우를 따라가지 않았다. 교실을 나가려다 말고 문 앞에 서서 고개를 기울이는 박건우에게, 그제야 고개를 내저은 이은수가 선선히 웃었다. 그가 상냥한 목소리로 말했다.

[건우야.]

[응.]

[고마워.]

그것은 틀림없이 아름다운 우정을 그린 영화의 한 장면처럼 보였다. 그러나 이 일의 뒷이야기를 알고 있는 우주인은 입안이 썼다.

과연 그다음으로 이어진 것은 박건우를 주인공으로 하는, 그저 끊임없이 추락하는 장면이 다인 드라마였다.

회의가 소집될 때만 해도 자신 있는 태도로 '내가 범인이 아니다, 나는 범인이 아니지만 밝힐 수 없는 것뿐이다.'라고 거듭 말하던 박건우의 얼굴은 아무도 자신의 말을 믿어 주지 않자 점차 웃음기를 잃어 갔다.

그는 친구들에게서 버림받고, 선생님에게서 버림받고, 끝내 부모님마저 그에게서 등을 돌렸다. 아무도 믿어 주지 않는 상황 속에서 그는 방 안에 혼자 웅크려 앉아 울었다.

창밖에 자그마한 불빛조차 오가지 않는, 지구에 그 외에는 아무도 살지 않는 것 같은 밤이 오면 그는 핸드폰을 붙들고 이은수에게 보내지도 못할 문자를 썼다 지웠다.

'왜 그랬어?' '내가 말하지 않을 거란 걸 넌 알고 있었잖아' '내가 널 배신할 줄 알았어?' '내가 너 같은 사람인 줄 알아?' 그러다 아침이 되면 그는 무기력하게 침대에 누워 햇살이 다시 자신의 몸 위에 내리는 것에 진저리쳤다.

우주인은 비로소 관리자가 그토록 개입에 대해 염려하던 것을 이해했다. 이런 일에는 비교적 면역이 높다고 할 수 있는 그조차 저 때의 박건우가 눈앞에 있다면 도와주지 않고는 배길 수 없을 것 같았다.

그 보는 사람마저 가슴 처참해지는 광경을, 정작 당사자는 아무 감정 담기지 않은 눈으로 묵묵히 바라볼 뿐이었다.

그러다 박건우의 얼굴에 동요가 생겨난 것은 화면이 바뀌고, 시간이 되감겨 다시 교실에 단둘이 있는 이은수와 박건우가 나타났을 때였다. 달라진 것은 두 사람의 행동이 아니라, 그곳에 한 사람이 더 등장했다는 것뿐이었다.

교실 문을 반쯤 열고 나타난 낯선 이가 이은수를 떨떠름한 눈으로 보다 다그쳤다.

[뭐야? 이은수 너…… 오늘 지형이 지갑 훔친 거 너였어?]

다만 동그란 눈을 더 크게 뜨고, 아무 말도 못 하고 굳어버린 그를 수상쩍다는 듯 보던 남학생이 이어 박건우를 돌아보고는 물었다.

[뭐야, 박건우. 너도 좀 실망이다. 아무리 친해도 그렇지, 한두 번 훔친 것도 아니고 상습범을 어떻게 감싸 줄 생각을 하냐? 아무리 네 선에서 피해를 보상한다고 해도, 쟤가 그런 마음을 또 먹지 말란 보장 있어? 학년이 바뀌면 새롭게 피해를 볼 애들은 어떡할 건데? 그때 네가 걔네랑 같은 반일 거란 보장도 없는데, 그땐 또 어떻게 해결할 생각인데?]

[아…….]

[잘못했으면 대가를 치러야지, 안 그래?]

그때 이미 그 남학생은 핸드폰을 들고 있었다. 이은수는 그 광경을 눈앞에서 보면서도 사형 선고를 받은 죄수처럼 꼼짝없이 서 있을 뿐이었다. 박건우는 그런 그를 바라보다 그저 체념한 듯 눈을 감았다. '일이 이렇게 된 이상 어쩔 수 없다'고 생각하는 것 같았다. 한편, 그의 얼굴에선 이런 큰 일을 혼자 책임지지 않아도 된다는 약간의 안도감도 느껴졌다.

그리고 다시 화면이 바뀌었다. 박건우 때처럼 회의가 열리고, 책상 앞에는 학교에 불려 온 이은수의 부모가 앉아 있었다. 그들은 그저 별 관심도 없고 피곤해 보이는 얼굴이었다.

이은수에게 최종적으로 내려진 처벌은 2주 정학 처분이었다. 이미 상당한 시간이 지나 피해자들이 딱히 큰 처벌을 원치 않는다는 것도 컸고, 무엇보다 본인이 몹시 뉘우치는 듯한 반응을 보였기 때문이었다.

그가 나오지 않는 동안 박건우는 홀로 수업을 듣고, 때로는 빈자리를 힐끗거렸지만 아무렇지 않게 웃으며 다른 이들과 어울렸다.

그러나 이은수가 다시 학교에 나왔을 때, 그의 자리는 없었다. 누가 그의 책상을 쓰레기장에 가져다 두었고, 이은수는 창백한 얼굴로 주위를 둘러보다가 곧 뭔가를 깨닫고는 주먹만 세게 쥐었다. 그런 이은수를 보다 못한 박건우가 말했다.

[야, 내 책상에 앉아. 난 하나 더 가져올게.]

그러나 이은수는 선뜻 그 자리에 앉지 못하고 머뭇거렸다. 그때, 수군거림 사이로 누군가의 날 선 목소리가 튀어나왔다.

[왜 도둑놈한테 살해 줘?]

그 순간, 눈을 크게 뜬 이은수는 뒤돌아 교실 밖으로 뛰쳐나가 버렸다. 홀로 남은 박건우는 버벅거리다 못해 소리가 나온 곳을 향해 고개를 돌렸다.

그가 난감한 듯이 물었다.

[왜 그래? 걔한테 2주 동안의 정학 처분이 처벌로 충분하다고 했던 건 너희잖아.]

[그렇다고 해서 쟤가 우리 것을 훔쳤다는 사실이 달라져? 그 일이 생길 때마다 우리 반 분위기 완전 안 좋아졌던 거 알잖아. 우리 사이에 도둑이 있을 거란 생각에 서로를 의심해야 했고. 그런데 그때마다 아무 말 없이 조용히 있던 쟤가 범인일 줄 누가 알았겠어?]

[쟤는 우리 믿음을 배신한 거라고.]

[맞아.]

화면 속 박건우는 아무 말도 못 하고 입술만 달싹일 뿐이었다. 그 또한 반 아이들의 분노에 어느 정도 공감하고 있다는 뜻이었다. 끝내 그는 아무 말도 못 하고 반장 된 도리로 책상을 하나 더 가져오겠다며 교실을 나섰다.

이어지는 영상 속에서 박건우는 더 이상 이은수를 향한 따돌림에 대해 대응하지 않기로 한 것처럼 보였다. 이은수를 향해 날것 그대로의 거친 말들이 쏟아질 때도 그는 그저 서랍을 정리하고 있거나, 또는 고개 돌려 한숨을 쉬었다.

그러다 점차 그 일이 다른 세계 일이라도 되는 양 다른 아이들과 어울려 떠드는 일이 자연스러워졌다. 그의 일상에는 별 변화가 없었다. 다만 이은수가 곁에서 사라졌다는 것을 빼면.

어느 순간부터 학교가 끝나고 교실에서 나오면 이은수가 교문 앞에서, 또는 집 앞에서 기다리고 있는 일이 많아졌다. 어색한 얼굴로 가방끈을 잡고 지나치는 박건우를 향해 이은수가 말했다.

[잠깐만, 건우야. 우리 얘기 좀 하자.]

[…….]

그러나 박건우는 죄책감을 느끼는 얼굴로 끝내 아무 말도 안 하고 지나칠 따름이었다.

그런 나날이 반복되어 가는 동안 이은수를 향한 괴롭힘은 점차 집요하고 악랄해졌다. 그 모두를 가만히 보던 우주인이 입술을 달싹였다.

"왜……."

마치 못 박힌 것처럼 화면에 시선을 고정하고 있던 박건우가 그 소리를 듣고 고개를 돌렸다.

우주인이 물었다.

"왜 쟤는 전학을 가지 않는 거야? 학교로 돌아올 때, 쟤도 저런 상황을 예상 못 한 건 아닐 거 아니야. 감당할 수 없을 거란 생각이 들었다면, 아니면 감당 못 할 걸 깨달았다면 지금이라도 전학을 가야지, 왜……."

"쟤는 쉽게 전학 갈 수 없는 사정이 있다고 했어."

박건우가 더없이 피로한 목소리로 내놓은 대답에 우주인의 입이 다물렸다. 한참 만에 그가 탄식처럼 말했다.

"아."

"난 그걸 예전부터 들어서 알고 있었어. 막 친해졌을 때, 그 애가 말해 줬어. 자긴 전학을 갈 수 없다고, 그러니까 진짜 잘해야 한다고. 그래서 모두와 조심스럽게 지내는 거라고. 너무 가까워지지 않으면 너무 사이가 나빠지는 일도 없을 거라고."

"……."

"그런데 예상치 못하게 나와 아주 가까워져서, 그래서, 그게 너무 좋다고 했어. 어쩌면 자기는 자기도 모르는 새 외로움을 탔던 모양이라고……."

말을 잇던 박건우가 끝내 주먹을 이마에 대고 흐느껴 울었다.

"그런데, 그런 말을 들었는데 내가 어떻게……."

"……."

"어떻게 쟤를 범인이라며 다른 애들 앞에 끌고 갔겠어?"

그런 박건우를 보고 있자니 목 끝까지 치밀어 오른 말이 입안에서 간질거렸다. 끝내 아무 말도 건네지 않은 우주인은 다시 화면을 향해 고개를 돌렸다.

화면 속 이은수는 점차 생기를 잃고, 말수가 줄어들었다.

그 모습을 보다 못한 우주인이 작게 중얼거렸다.

"어차피 저 세계는 네가 선택한 세계가 아니야."

그 말에 박건우가 하늘에서 내려온 동아줄을 본 사람처럼 우주인을 바라보았다.

"그리고 네가 바꾸도록 허락된 세계도 아니지."

"……."

"그러니 너무 괴롭다면 이제 그만 봐도 좋아. 네 다른 세계에서의 선택이 어땠는지, 그 결과가 어땠는지, 이미 우리는 충분히 봤잖아. 안 그래?"

거기까지 들은 박건우가 입술을 슬그머니 깨물었다. 그리고 그는 다 뭉개진 발음으로 '그만.' 하고 중얼거렸다. 그럼에도 화면이 끊기지 않자, 그가 크게 외쳤다.

"그만! 제발, 그만……."

그러자마자 어떤 영적인 현상이라도 일어난 것처럼, 텔레비전 화면의 불이 뚝 끊기고 어두침침하던 교실 안은 형광등 빛으로 밝게 물들었다. 마치 악몽 속에 갇혀 있다 빠져나온 것 같다고 생각하며, 우주인은 박건우의 어깨를 두드렸다.

"그럼 이만……."

이곳을 나가자고 말하려던 그때, 두 손을 기도하듯 모으고 있던 박건우가 말했다.

"나는."

우주인은 하던 동작을 우뚝 멈추고 아래에서 새어 나오

는 박건우의 목소리에 귀를 기울였다.

그가 울음기 섞인 목소리로 중얼거렸다.

"나는, 진실을 알았을 때, 일이 저렇게 될지도 모른다는 걸 알고 있었어."

그의 정수리를 뚫어져라 보던 우주인이 나직이 대답했다.

"그래……."

그리고, 어깨를 한 차례 들썩인 박건우가 다시 말했다.

"그래서 나는 그렇게 되는 걸 막기 위해, 이은수 대신 내가 그 일을 감당하기로 마음먹은 거야…… 왜냐하면 도망칠 데가 없던 이은수와는 달리, 나는 도망칠 구석이 있었으니까."

"그래."

"일이 잘못되고 나서도 난, 걔의 이름을 꺼내지 않았어. 알았어? 한 번도, 단 한 번도 꺼내지 않았단 말이야."

"그래."

"난, 난……."

한참을 제대로 말을 잇지 못하던 박건우가 마침내 책상 위에 무너지듯이 상체를 엎드리며 말했다.

"난, 잘못된 선택을 하지 않았어."

"네 말이 맞아."

네 의도가 정말로 그거였다면. 무심한 어조로 덧붙이는 우주인에게, 마치 조롱할 의도가 있는지 살피듯 천천히 시선을 보내던 그가 다시 고개 숙이며 말했다.

"그래, 그 뒤에 내 상황이 어찌 되었건, 나는 저런 일을 막았잖아. 그러니까 내 선택은 틀리지 않았어."

"그래."

"난, 옳은 선택을 했어."

"그래."

전과 마찬가지로 선뜻 떨어진 동의에 박건우가 믿을 수 없다는 듯 찬찬히 우주인을 올려다보았다. 그런 그에게 대고 우주인은 변함없는 어조로 말했다.

"넌 옳은 선택을 했어."

"으으……."

"그러니까 너무 울지 마."

그러나 마치 그 말이 기폭제가 된 것처럼, 박건우는 더욱 크게 울기 시작했다. 아예 자리에서 일어날 생각도 못 하고 엎드린 채 끅끅거리는 그를 당황한 눈으로 보던 우주인은 진작 교실 밖에서 기다리고 있던 관리자를 쳐다보았다.

눈이 마주친 관리자가 힘내란 듯이 한쪽 주먹을 쥐어 보이자, 우주인은 이젠 나도 모르겠다고 생각하며 박건우의 등을 감싸 안았다.

그러고도 박건우가 진정한 것은 한참의 시간이 지난 후였다. 디행히 관리자는 그 긴 시간 동안 어서 나오라거나, 원래 세계로 돌아가란 독촉 없이 얌전히 기다려 주었다.

그가 보기에도 박건우의 울음이 쉽게 그칠 성격의 것이 아니었음이 분명했다.

박건우의 울음은 오랫동안 버티고 있던 둑이 무너지는 듯이 장엄했고, 그렇기에 더욱 처절한 구석이 있었다. 우주인의 어깨를 눈물로 뜨끈하게 적시고 나서야 고개를 든 박건우는 어색한 얼굴로 '고맙다'고 말했다.

이미 한쪽 어깨가 잔뜩 젖어 든 시점에서 더는 그를 보기가 싫어진 우주인은 딱딱하게 '괜찮다'고만 말했다.

그리고 나란히 교실을 나오는 길에, 박건우가 문득 말했다.

"네 말이 맞아."

"뭐가?"

그렇게 되물은 우주인은 속으로만 생각했다. 내가 방금 한 말이라고는 죄다 네 말에 대한 동의밖에 없는데, 그렇다면 그건 결국 네 말이 죄다 옳았다는 뜻 아니야? 이 녀석 보기보다 뻔뻔한 걸…… 그때 씩 웃은 박건우가 다시 말했다.

"'내가 의도한 게 정말로 그거였다면', 내 선택이 옳았던 거란 네 말 말이야."

"……."

"원래 난 그 일을 막을 수만 있다면 된다는 생각으로 택한 거였는데…… 막상 치러야 하는 대가가 너무 커지고 나니까, 그 선택 자체가 내가 한 게 아니란 생각이 들었어."

그리고 고개를 든 박건우가 창밖의 자줏빛 하늘을 올려

다보며 말을 이었다.

"그래서 그건 사실 내 선택이 아니었다고, 어쩔 수 없이 상황에 떠밀린 거라고 부정하기 시작했어. 매일 밤 후회를 먹이로 내 안의 미움은 몸을 키웠고…… 그렇게 그 상황에 관련된 모두를 원망하기 시작했어. 이은수, 친구들, 부모님…… 그들이 결정적인 순간에 날 믿지 않은 건 사실이지만, 그렇다고 해서 내가 그런 선택을 했다는 건 바뀌지 않는데 말이야. 또, 그 뒤에도 내가 결코 내 선택을 바꾸지 않았다는 것도."

"……."

"그냥 난, 그게 제일 두려웠던 것 같아. 내가 옳은 선택이라고 생각했던 걸 가리켜, 누군가는 멍청한 짓이라고 할까 봐. 내 누군가를 향한 선의이자 희생을 가리켜, 어리석음의 증거일 뿐이라고 비웃을까 봐. 그렇게 아무에게도 이해받지 못하고 내 희생은 잊혀질까 봐."

제자리에 못 박힌 듯 서 있는 우주인을 향해 박건우가 다시금 배시시 웃었다.

"그런데 네가 나한테 그렇게 말해 준 순간, 모르겠어. 나를 둘러싼 상황은 전혀 나아진 게 없고, 나는 아마도 이은수가 무사히 졸업할 때까진 그 사건을 입 밖에 꺼내지 않을 테지. 그런데도 그 모든 게 괜찮다는 생각이 들어서. 그저 내 생각과 희생의 가치를 단 한 사람이 알아준 것만으로도, 이 모든 게 내 선택이니 기꺼이 견뎌 낼 수 있다고."

"……."

우주인은 그를 위해, 그 말을 처음 들었을 적에 '멍청한 해결 방법'이라고 생각했던 건 입 밖으로 꺼내지 않기로 했다. 다만, 눈을 내리깐 채 머뭇거리던 그는 고민 끝에 말했다.

"난 그저…… 어쩔 수 없다고 생각했을 뿐이야. 네 호의를 이은수가 순순히 받아들이고 물러나는 것만큼이나, 그것도 충분히 '있을 수 있었던' 일이라고. 네가 이은수를 감싸 주기로 했던 것처럼 그 또한 이은수의 선택일 뿐이고, 어느 한쪽이 '당연히 일어날 일'일 수는 없다고. 그 누구도 그걸 예상할 수는 없다고."

두 눈을 크게 뜨고 다음 말을 기다리는 박건우에게 우주인이 다시 말했다.

"그러니 내가 할 수 있는 조언은 그저, 누구에게 호의나 애정을 베풀었을 때 그게 반드시 같은 것으로 돌아오리란 기대를 버리란 거야. 사람은 몹시 복잡해서, 이유 없이 좋은 상대가 있으면 이유 없이 싫은 상대가 있기 마련이니까. 그리고 이유 없이 가학심을 불러일으키는 상대도."

"와, 그럼 너는 누구한테 좋은 일을 할 때 '얘가 나한테 고마워하겠지?' 이런 기대 안 해?"

글쎄, 우주인은 기억을 되새겼다. 박건우를 데리러 갔다가 그에게 손을 내쳐지고서도 우주인은 '얘가 나한테 고마워하는 건 바라지도 않으니 손이나 다시 안 내쳤으면 좋겠다.' 같은 생각이나 했다. 무엇보다, 다른 사람에게 자신의 성격을 있는 그대로 드러내는 건 우주인에게 있어 여전히 하나의 두려움으로 남아 있었다.

그러자, 다시금 눈을 동그랗게 뜬 박건우가 물었다.

"그런데 평소에 착한 짓을 할 수가 있어? 방금처럼 날 데리러 온다거나."

"관리자가 나한테 보상을 제시했거든."

"그것도 넌 너한테는 별 쓸모 없다며 나한테 썼잖아? 맞지?"

"……."

"아하, 알겠다. 요거 요거, 솔직하지 못한 놈이네."

기억 속 사촌들과 몹시 닮은 얼굴로 느물느물하게 웃으며 그의 볼을 콕콕 찌르는 박건우를 향해 우주인이 짜증스럽게 말했다. 아, 하지 마. 그러다 말고 그가 다시 말했다.

"그러니까 내가 하려던 말은, 그냥, 네가 좋은 행동을 할 때 누군가가 그로 인해 널 좋아해 줄 거란 기대를 버리란 거야. 그리고……."

"그러면 누가 어떻게, 어떤 상황에서 널 좋아해 주는데?"

"아무도."

대답은 부지불식간에 튀어 나갔다. 눈을 크게 뜬 박건우가 되물었다.

"아무도?"

"그래."

너무 솔직하게 속내를 까발린 것이 후회스러웠지만 이미 대답해 버린 뒤였다. 입을 다물고 불만스러운 표정을 짓는 그에게 박건우가 다시 물었다.

"그래도 넌 괜찮아?"

"그래."

"그럴 리 없어."

자길 언제 봤다고, 단언하듯 말하는 박건우를 향해 우주인이 눈을 찡그려 보였다.

그때 박건우가 다시 입을 열었다.

그리고 그의 입에서 튀어나온 물음에 우주인의 입은 멍하니 벌어졌다.

"사실 네가 무슨 짓을 하더라도 널 좋아해 줄 사람이 이미 있는 거지?"

'좋은 생각 같아.'

그 순간 기억 속 공동에 섬광처럼 떠오른 함단이의 말간 얼굴, 그 목소리.

언제나 흙투성이인 그의 손을 잡고 카메라 앞에 세우는 듯하던, 부담스럽지만 때로는 가슴이 벅차오르는 그 애정 어린 눈빛과.

“설령 네가 잘못된 선택을 했다고 해도, 그 때문에 고난에 빠지고 괴로워지고 후회한다고 해도.”

‘하지만 어쩌면 은형이가 주연이기 때문에 그런 일을 겪어야 했던 게 아니라, 그런 일을 겪었기 때문에 주연이 되었던 걸지도 모르잖아.’

‘그렇게 생각하면 세상이 다르게 보여. 어떤 사람이 예기치 못한 고난에 빠진 건, 사실은 그 사람이 어떤 이야기의 주인공이 되기 위한 길목에 서 있는 건지도 모른다고 생각하면.’

그렇게 말하며 기도하듯 두 손을 맞잡던 반여령의 얼굴 위로 은은히 흐르던 광휘와.

“널 믿어 주고 함께 있어 줄 사람이, 네 곁에 이미 있는 거 아니야?”

‘그건, 너도 이 이야기 속 주연 중 한 사람이니까.’

‘이건 한 사람만의 이야기가 아니라, 우리 모두의 이야기니까.’

그리고 정곡을 찔린 표정의 우주인을 보며, 박건우가 유쾌한 듯 웃었다.

그가 스스럼없이 손을 뻗어 어깨를 두드렸다.

“뭐야, 있는 거 맞네. 표정 보니.”

더는 박건우의 말에 동요하는 티를 내고 싶지 않아, 우주인은 입을 꾹 다물고는 어서 원래 세계로 돌아가기나 하라며 그를 문 앞으로 떠밀었다. 마침내 관리자 앞에 멈춰 선 박건우가 다시 우주인을 보더니 말했다.

"네가 날 도와주기 위해 이곳에 온 게 아니라 잠깐 들렀단 얘기는, 너 역시 여기를 통해 다른 세계로 갈 일이 있다는 건데."

그가 물음을 던졌다.

"뭣 때문이야?"

"그건……."

이미 충분히 지나치게 많은 얘기를 했다는 생각이 들었으나, 어차피 다시 볼 사이도 아닌데, 이 정도는 말해도 괜찮겠지 싶은 생각이 들었다.

무엇보다 눈앞의 이 녀석이 아니고서는 이 사실에 대해 솔직히 말할 수 있는 사람이 몇 없었다.

우주인은 결국 한숨과 함께 천천히 답을 내뱉었다.

"이 세상에서 내 과거와 미래를 온전히 알고 있고, 그러면서도 받아들여 줄 수 있는 유일한 사람을 찾으러 가."

그러자 박건우는 다시금 눈을 동그랗게 뜨며 물었다.

"그래? 하지만, 넌 이미 네 과거가 어떻든, 앞으로의 선택에 따라 미래가 어떻게 바뀌든 상관없이 받아들여 줄 사람들이 곁에 있는 거잖아?"

"……."

그 점은 생각지 못했다는 듯, 눈을 크게 뜨는 우주인에게 박건우가 다시 물었다.

"그럼 너는 이미 그 사람을 만나러 갈 필요가 없는 거 아니야?"

* * *

박건우가 사라진 다음에도 우주인은 오래도록 생각에 잠겨 있었다. 사람의 악의란 것을 결코 모르지 않으면서도 밝은 면만 보려 한다는 점, 그것도 모자라 그 빛을 간혹 남에게 쬐기까지 한다는 점을 보면 박건우는 윤정인보다도 반여령을 닮은 놈이었을지도 모른다고 그는 투덜거렸다.

그때 조금 다급해 보이는 관리자의 부름이 그를 상념에서 깨웠다.

붉은 분필이 벽에 글씨를 휘갈겨 쓸 때마다 딱딱 부딪히는 소리를 냈다.

「더는 낭비할 시간이 없다 더 지체하다간 꼬리가 밟혀」

"아, 알았어요. 준비할게요."

우주인은 준비랄 것도 없이 원래 들고 왔던 배낭 하나만을 메고 관리자가 열어 준 문 안으로 뛰어들었다.

다음 순간 그는 밝은 주택가에 서 있었다. 방금 그가 빠져나온 녹슨 녹색 대문을 바라보며, 그는 혹여나 이 장면이 근처 CCTV에 찍혔다면 자신이 주거 무단 침입죄로 잡혀갈지에 대해 고민했다. 뭐, 관리자도 생각이 있다면 설마하니 사람이 사는 곳으로 자신을 보내진 않았을 것 같았다.

그리고 후다닥 반쯤 열려 있던 문을 닫고 골목으로 나온 그는 주위를 둘러보았다.

관리자의 협조를 얻어 노아리가 있는 곳 근처에 떨어진 건 좋았는데, 이건 뭐, 그래 봐야 주택가니 별 도움이 안 됐다.

다짜고짜 주위 집마다 문을 두드리며 '혹시 여기 노아리란 사람이 사나요?' 하고 물을 순 없는 노릇이었다. 아, 그러고 보니 이 세계에선 그 이름을 쓰지도 않는댔지?

어떡할까? 주택 앞에 붙어 있는 세대주들의 이름을 보고 비슷한 이름이 있는지 확인할까? 아니, 노아리는 아마도 부모님이나 다른 가족들과 살지 않을 것이다.

그냥 그런 느낌이 들었다. 특히 자기도 자기가 만들지 않은 세계에서 예기치 못한 운명에 맞서겠다며, 혼자 힘으로 뭐든 해내야만 할 것같이 씩씩하게 말하던 모습을 떠올리면.

한참을 그 자리에 서 있던 우주인은 이도 저도 못 한 채 터덜터덜 걸음을 옮겼다.

결국 그가 택한 방법은 골목 입구 편의점 앞, 파라솔 달린 테이블에 자리를 잡고 앉아 오가는 사람을 일일이 눈으로 확인하는 것이었다.

현대 문물의 이점을 조금만 누릴 수 있었어도 이런 아날로그적인 방법을 택하진 않았을 텐데.

그래도 앉아서 전화도, 메시지 기능도 작동하지 않는 핸드폰을 한참 만지작대다 보니 소득은 있었다. 편의점에서 얼마 떨어지지 않은 카페의 와이파이가 핸드폰에 잡힌 것이다.

삽입된 유심칩이 제대로 작동하지 않는다 하더라도 와이파이만 있다면 인터넷은 사용할 수 있었다. 카페 비밀번호야 뭐, 경우의 수가 뻔하지. 더군다나 프랜차이즈 카페라면.

과연, 얼마 안 되는 시도를 통해 손쉽게 공짜 인터넷을 얻어 낸 우주인은 화면을 내려다보며 다시 고민에 빠졌다. 지금 상황에서 가장 쉽게 알아낼 수 있는 건, 역시 작가 개인 메일인가?

우주인은 고개를 모로 기울였다. 하지만, 노아리가 전의 내기를 기억하고 있다면, 그리고 나와 같이 내 쪽 세계로 넘어갈 마음이 없다면 메일을 보내도 본 척도 안 하겠지.

그렇다고 반드시 그녀가 반응할 수밖에 없는 내용으로 메일을 보내자니…… 가장 쉬운 길은 역시 노민찬의 결혼 소식을 들먹이는 걸 텐데, 그렇게 해서 정말로 그녀가 찾아와 버리면 가족을 빌미로 협박한 것 같고, 뒷맛이 좋지 않다.

하지만 노민찬의 소식을 전하려면 반드시 한 번 만나긴 해야 할 텐데, 그럼 결국 마음에 켕기지 않는 정정당당한 수단으로 노아리를 찾는 것과 동시에 그녀의 오빠의 결혼 소식에 대해 알려야 하는 건가?

이건 좀 난이도가 높지 않아? 그냥 좀 쉽고 치사한 길로 가면 안 될까?

그렇게 우주인이 악마의 속삭임과 천사의 속삭임 사이에서 갈등하는 사이, 그의 주위는 점점 복작복작해졌다. 마침내 그의 자리를 제외한 모든 테이블이 여학생 무리로 채워지고 나서야, 당황한 그는 고개를 들었다.

학교가 끝날 무렵이라는 건 알겠지만, 그걸 감안하고서라도 모두가 같은 교복 차림인 건 아무래도 수상했다. 언제 이렇게 된 걸까? 우주인은 속으로 혀를 찼다.

분명 시작은 편의점 입구를 나오던 여학생 몇 명이 갑자기 멈춰 서서 이쪽을 힐끔거리던 거였을 텐데. 사람들이 힐끔거리는 거야 원래 세계에도 원체 흔한 일이었던지라 신경을 안 썼더니 그만 이 사달이 나고 말았다.

그나마 반여령과 함께 오지 않은 것이 다행인가? 그랬다간 인근 여학생은 물론 남학생까지 잔뜩 몰렸을 테니.

아무튼 이렇게 북새통이 된 이상, 노아리가 이 골목으로 들어온대도 알아차리긴 힘들 것 같았다.

앞으로는 얼굴을 가리는 마스크를 사서 쓰고 다니든가

해야지, 그렇게 다짐하며 우주인은 자리에서 일어났다. 다행히 한 무리의 사람이 따라붙기 전에 그곳을 벗어나는 데 성공했다.

우주인은 편의점에서의 실패를 거울삼아 역 근처의 큰 카페로 향했다.

이 동네 주민이거나 혹은 근처에 볼일이 있어 잠시 만난 것 같은 사람들 속에, 간혹 자신처럼 배낭이나 캐리어를 짊어진 사람들이 여행길에 잠시 쉬어 가는 듯 지친 얼굴로 앉아 있었다.

마스크를 썼는데도 종종 시선이 느껴지자, 그는 아예 밖을 보고 혼자 앉게 되어 있는 바 테이블로 자리를 옮겼다. 그러자 한결 나아진 시선 속에서 그는 충전 중인 핸드폰만 만지작댔다.

그러다 마치 휘장 너머 감춰져 있던 괴물이 갑자기 튀어나오는 것처럼, 무의식으로부터 툭 튀어나온 생각이 그의 움직임을 멎게 했다.

이 세계엔, 나와 다른 아이들이 주연이었다던 '그 소설'이 있겠구나.

뒤늦게 그는 재빨리 고개를 내저었다. 그게 뭐 어때서? 그 소설은 어디까지나 우리가 살아온 세계의 '바탕'이 되었을 뿐, 우리 사이에 일어났던 일을 그대로 담고 있지 않아.

게다가, 그마저도 노아리가 유천영을 살리기 위해 '수정'

하면서 원래 내용과도 달라졌다고 했다. 그러니 그걸 지금 확인하는 건 아무 의미 없어.

하지만, 아무 의미 없기에 오히려 한 번쯤 들여다봐도 괜찮지 않을까?

우주인은 중얼거렸다.

만약 그 소설이 우리에게 일어났던 일들을 모두 그대로 담고 있다면 마음의 평정을 지킬 자신이 없지만, 그렇지 않으니 오히려 나와 아무 상관 없는 허구의 이야기처럼 읽을 수 있을 거야.

무엇보다, 그것을 읽는 건 이 세계가 아니고서야 불가능한 일이다.

마침내 고민을 끝낸 그는 엄지로 화면을 툭툭 두드렸다.

얼마 지나지 않아 그의 핸드폰 화면 위에 〈해가림〉이라는 소설의 대략적인 개요가 떠올랐다. 등장인물 대부분의 이름을 알고 있는 이상, 그들이 나오는 소설 이름을 알아내는 건 몹시 쉬운 일이었다.

그리고 담담하게 화면을 훑어 내리던 우주인의 표정이 이윽고 변했다.

"뭐야, 이게?"

그는 망연자실하게 중얼거렸다.

그럴 수밖에 없었다.

그가 택한 소개 글은 〈해가림〉의 내용이 수정되기 전에 쓰인 듯, 제목 옆에 '수정 전'이라는 괄호가 붙어 있었다.

수정 전의 내용이라면 오히려 자신이 알던 세계와도 더욱 거리가 멀 테니, 이걸 읽자고 택한 것까진 좋았다.

반여령이 본래는 고등학교 때가 되어서야 자신들과 친해질 예정이었다거나, 그 전까진 자기 자신을 꽁꽁 감추고 살았다거나 하는 사실은 그다지 놀랍지 않았다.

우주인이 보아 온 한 그녀는 항상 남들 눈에 띄는 것을 두려워했는데, 그것은 자신의 두려움과도 궤가 달랐다.

그의 두려움이 인간들 사이에서 정체가 들켜 추방당할까 두려워하는 악마의 그것이었다면, 그녀의 두려움은 남에게 너무 가까이 갔다가 자기 불이 옮겨붙을까 봐 염려하는 태양의 그것과 비슷했다.

그를 놀라게 한 건 다른 것이었다.

[최유리: 반여령이 고등학교 들어와서 처음으로 사귄 친구이자 하나뿐인 절친. 은지호를 좋아하여 그 때문에 반여령을 질투하기도 하지만, 결국은 두 사람이 잘 어울린다는 걸 인정하고 기꺼이 그를 포기한다.]

분명 반여령의 안티 카페를 만든 건으로 일찌감치 전학 갔던 최유리가, 여기서는 왜 반여령의 절친으로 소개되는 거야?

함단이의 소개는 더욱더 충격적이었다.

[함단이: 반여령의 하나뿐인 소꿉친구. 그러나 비교하는 말들에 지쳐 중학교 이후 반여령에게서 돌아선다.]

그 글을 읽던 우주인이 멍하니 중얼거렸다.

"엄마와 우리가……."

원래 소설에서는 결코 가까워질 사이가 아니었다고?

우주인이 사라진 기억 속 함단이에 대해 들었던 것이라고는, 원래는 반여령의 소꿉친구였다는 것뿐이었다. 그러니 함단이가 원래 소설에선 긍정적인 방향으로 비중이 컸을 거라는 건, 그로서는 당연한 추측이었다.

그런데 그게 아니었다고? 그러면 사라진 기억 속에서 그녀가 반여령과, 자신들과 친하게 지낼 수 있었던 건 어째서지?

"아……."

반여령에 대한 기억을 까맣게 잊어버려서? 그래서, 그녀에 대한 애정은 물론 원망마저 사라진 상태였어서?

우주인은 멍하니 벌리고 있던 입을 천천히 닫았다. 방금 얻은 충격적인 결론에 그는 그만 발밑에 뚫린 구멍 안으로 빠진 것만 같았다. 카페가 이토록 밝고 시끄러운데도 그만이 혼자 어둠 속에 있었다.

무슨 정신으로 카페에서 나왔는지 알 수가 없었다. 어느

덧 정신을 차리니 하늘에선 해가 지고 있었고, 주황색 빛줄기가 그의 어깨 위로 따갑게 쏟아졌다.

정신을 차리고 보니 어느새 처음 떨어졌던 골목 초입이었다.

그토록 정신이 없던 와중에도 자신의 발걸음이 굳이 이쪽으로 향한 이유를 그는 알 수 없었다.

'사실 네가 무슨 짓을 하더라도 널 좋아해 줄 사람이 이미 있는 거지?'

'설령 네가 잘못된 선택을 했다고 해도, 그 때문에 고난에 빠지고 괴로워지고 후회한다고 해도.'

'널 믿어 주고 함께 있어 줄 사람이, 네 곁에 이미 있는 거 아니야?'

박건우의 말대로, 그의 곁엔 이미 그가 무슨 짓을 저지르더라도, 그로 인해 어떤 고난에 빠지더라도 그를 믿고 지지해 줄 사람들이 있었다.

그러니 그에겐 완전무결한 이해자 따위는 더는 필요치 않았다. 설령 그들이 그를 이해 못 한다고 해도, 그들은 결코 지지를 거두지 않을 것이다.

구원자? 그거야말로 필요 없었다. 그들은 그 절대적인 믿음으로써 이미 그를 그가 떨어져 있던 악의 구렁텅이로부터 구했다.

흙투성이인 모습도 좋다며 자꾸만 플래시 앞에 세우는 그녀 덕에, 아니, 그들 덕에, 그는 오히려 몸가짐을 단정히 할 수밖에 없었다.

마찬가지로 그들이 있는 한, 그는 결코 자신에게도 타인에게도 나쁜 사람이 될 수 없었다. 적어도 그것이 그들의 안위와 관련이 있지 않은 한은 그랬다.

그런데도 내가 여기에 서 있는 이유는 도대체 뭘까? 우주인은 다시금 자문했다.

그토록 완벽한 구원이 되어 준 함단이를 그에게서, 그들에게서 뺏어 간 이유를 캐묻기 위해? 처음 노아리가 작가이자 자신들의 과거를 만들어 낸 장본인이란 것을 알았을 때처럼, 화내고 따지고 소리치기 위해?

아니, 그런 이유가 아니었다. 그는 그저…….

그러다 익숙한 편의점을 발견한 우주인은 제자리에 멈춰 서서 눈만 깜빡였다. 그가 떠날 당시만 해도 시장통처럼 복작복작하던 무리는 어느새 썰물처럼 빠져나가고 없고, 파라솔이 달린 테이블 그늘에는 단 한 사람만이 앉아 있었다.

윤기 나는 새카만 머리카락을 양 갈래로 질끈 묶고, 고개를 푹 숙이고 핸드폰을 열심히 들여다보는 자세 덕에 그에게는 그녀의 가마가 몹시 잘 보였다. 그러다 문득 시선을 느꼈는지, 번쩍 고개 든 그녀가 외쳤다.

"아, 못 살아! 당신 정말……."

그녀의 입에서 자신을 보자마자 '못 살아'란 말이 튀어나올 이유를 도저히 짐작할 수 없었기에, 우주인은 다만 침묵했다.

그리고 걸음을 척척 옮겨 그의 앞에 다가온 그녀가 골치 아프다는 듯 이마에 손을 올리며 말했다.

"아무리 소설 속 세계에서 살다 왔다고 해도 그렇지, 자기 외모가 눈에 띈다는 자각이 없어요? 누가 당신을 연예인인 줄 알고 찍어서 SNS에 올리는 바람에, 벌써 얼굴이 가려지지 않은 사진이 퍼졌다고요!"

"……."

"사람 많은 곳에는 꼭 사건이 생긴다는 거 몰라요? 그러다 골치 아픈 일에라도 휘말려서 이쪽 세계에선 신원이 없다는 게 드러나기라도 하면 어쩌려고요! 자칫 잘못하면 원래 세계로 무사히 못 돌아갈지도 모르는데……."

"아……."

우주인은 다시금 입술을 달싹였다.

눈물을 글썽거린다거나, 활짝 웃는다거나, 혹은 겁먹은 표정으로 뒤돌아 달아나 버린다거나, 머릿속으로 상상했던 어떠한 재회도 이와 같지 않았다.

그런데도 노아리를 본 순간, 단 한 가지 사실만은 확실해졌기에 그는 웃을 수 있었다.

그의 발걸음이 무의식중에도 그를 이곳으로 데려온 이유.

뭔가를 고민하듯 자못 심각한 표정이었다가, 다시는 못 만날 사람을 만난 것처럼 멍한 표정이었다가, 급기야 웃기 시작하는 그를 보며 노아리는 '내 말이 들리긴 하는 건가.' 하는 의심 어린 표정을 지었다.

그런 그녀에게 우주인이 마침내 말을 건넸다. 내내 고민하던 것을 묻듯, 자못 조심스러운 어조였다.

"저기, 너 말이야…… 내가 널 찾는 데 성공하면, 내가 널 내가 사는 세계로 데려가도 좋다는 내기 내용은 기억하고 있어?"

그렇지 않고서야 노아리가 숨긴커녕 도리어 제 발로 이렇게 찾아오진 않았을 것 같았다.

그에 노아리는 어깨를 으쓱하더니 제법 천연덕스럽게 대꾸했다.

"이건 당신이 저를 찾은 게 아니라 제가 당신을 찾아온 건데요."

"아."

"그러니 제가 이긴 건 아니지만 당신이 이긴 것도 아닌 거죠. 저희의 내기상으로는 문제 될 게 전혀 없지 않나요?"

언제 담력을 이렇게 기른 건지, 그렇게 말하고는 다시금 어깨를 으쓱하는 노아리를 보며 우주인은 이번에는 다소 허탈하게 웃어 버렸다.

* * *

별말이 오가지도 않았는데, 마치 그러기로 약속이라도 했던 것처럼 둘은 나란히 식당으로 향했다. 마침 딱 여섯 시 무렵이라 약속을 안 했더라도 밥부터 먹는 게 자연스럽긴 했다. 마치 당신 입맛쯤은 꿰고 있다는 것처럼 노아리가 자연스럽게 식당을 골랐고, 우주인은 그저 얌전히 따랐다.

요리가 나오길 기다리며, 또 접시를 비우며 두 사람은 끊임없이 떠들어 댔다. 별 얘기는 아니었다.

노아리는 다음 학기 수업 시간표에 관해, 갑자기 졸업 요건이 바뀌는 바람에 시간표를 싹 바꿔야 할지도 모른다느니, 최근 자기가 읽는 책에 대해 얘기했고, 우주인은 휴학계를 내고 왔다는 말 대신 발명 동아리 얘기, 거기서 꾸준히 일어나는 갖가지 해프닝, 다른 과 술자리에 마치 그 과의 일원인 것처럼 끼어 주워들었던 온갖 진상 모를 소문들에 관해 얘기했다.

노아리는 역시 사람 사는 곳은 다 똑같다며 키득키득 웃었고, 그 모습을 마찬가지로 웃으면서 바라보던 우주인은 왠지 묘한 느낌을 받았다.

이러고 있으니 그녀와 자신이 만나서 얘기를 나누는 게 꼭 오래전부터 일상의 한 조각이었던 것처럼 느껴졌다.

가령, 그런 상상을 해 보는 것이다.

사실 자신은 다른 세계로부터 노아리를 찾기 위해 위험을 무릅쓰고 이곳으로 건너온 게 아니라, 평소에 그렇듯 오후 세 시쯤 느지막이 일어나 그녀에게 메시지를 보내 여기서 만나자고 약속을 잡은 것이다.

식사를 마치고 그들은 자연스레 카페로 옮겨 갈 테고, 노아리가 원하기만 한다면 그가 그녀를 데려다줄 수도 있을 것이다.

그리고 다음 날, 오후 햇살에 눈을 뜬 그는 가장 먼저 스마트폰을 켜고, 마지막으로 그녀의 메시지를 어디까지 읽었는지 확인하겠지…….

그 단순한 공상에는 꽤 중독성이 있어서, 우주인은 식사를 마치고 카페로 자리를 옮겨서도 이 시간이 언제까지고 계속되진 않을 거라는 사실을 자각하기 위해 무척 애를 써야 했다.

그런데도 따스한 조명 아래 고개를 가만히 기울이기도 하고, 입꼬리를 살짝 올리기도 하고, 손뼉을 치며 답지 않게 조잘거리는 노아리의 모습은 일상의 일부가 아니라고는 믿기지 않을 만큼 친숙한 구석이 있어서.

그렇게 생각하다 말고 우주인은 눈을 동그랗게 떴다. 그와 마찬가지로 눈을 동그랗게 뜨며 고개를 기울이는 노아리를 향해 그가 물었다.

"여기, 우리가 왔던 곳이야? 아니, 내 말은……."

숨을 들이켠 우주인이 잠시 말을 골랐다.

"우리, 이런 곳에 자주 왔었어? 이 카페도 그렇고, 방금 그 식당…… 거기도 내가 원래 자주 다니던 곳이야? 혹시 내가 예전에 널……."

먼저 그곳에 데려갔던 거냐고 물으려는데, 노아리가 한 발 빨랐다.

입가에 묘한 미소를 걸친 그녀가 대답했다.

"네."

"그래……."

우주인은 쉽게 말을 잇지 못하고 찻잔만 만지작거렸다.

찻잔 속에 비친 갈색 눈동자가 이쪽을 불안한 듯 응시했다.

그로서는 뭔가를 잊는 경험도, 그렇게 잊었던 누군가와 다시 만나는 경험도 처음이었기 때문에 생각지 못한 부분이 여럿 있었다.

가령, 그가 잃어버린 것엔 지난 6년간 함단이와 함께했던 기억만이 아니라, 노아리와 함께했던 일 년 반가량의 기억도 포함된다는 사실.

그 시간 동안 그들 사이에 노아리가 말했던 것처럼, 우주인은 노아리에게 피신처를 제공하고, 노아리는 우주인에게 미래의 정보를 제공하는 것 외에 어떠한 것도 오가지 않았을 가능성도 물론 있지만, 그녀의 성격상 그런 걸 솔직히 말했을 리 없다는 사실.

무엇보다도 정말 그런 건조한 사이였다면, 그녀가 그에게 '보고 싶어진다면 꿈에서라도 만나러 와 주세요.' 같은 낯간지러운 문구가 담긴 팔찌 같은 것을 줄 이유가 없다는 것도.

한참이나 입술을 달싹이던 우주인이 마침내 물었다.

"우리는 어떤 사이였어?"

"어쩌면 당신이 상상하는 그런 사이였을지도 모르지요, 제가 작가란 게 밝혀지기 전까지는."

생각 이상으로 순순히 대답이 돌아왔다. 우주인은 시선을 들어 노아리를 물끄러미 마주 보았다.

"별다른 걸 한 건 아니에요. 그저, 그 세계와 그 세계의 가족에게 아직 적응하지 못했던 저로서는 도피처가 필요했고, 당신이 그 도피처가 돼 주었을 뿐이에요."

말을 잇던 그녀가 별안간 피식 웃었다.

"당신이 저에게 호감을 갖고 있었기 때문에…… 시작이 그런 이유는 결코 아니었을 거예요. 제가 보기에 당신은 그저 당신의 머리가 굴러가는 속도를 좀처럼 따라오지 못하는 느려 터진 세상 때문에 따분했고, 넘쳐나는 시간을 죽일 필요가 있던 것뿐이었어요. 거기다 더불어, 다른 세계에서 온 존재인 저를 감시할 필요도 있었고. 아, 이건 제 추측이 아니라 당신 입으로 직접 말한 거예요."

"……."

"그러다 어느 날, 당신과 함께 있던 제가 당신의 예전 가족…… 이렇게 표현해도 누군지 아시겠죠, 그 사람과 마주친 이후로 당신의 태도가 변했어요. 여전히 경계를 버리지 못한 건지 자기 얘기를 하지도 않았고, 그렇다고 달리 생산적인 일을 하지 않는 것도 여전했지만……."

노아리가 힐끔 시선을 내려 우주인과 그녀 사이에 놓인 작은 테이블을 보았다.

"당신과 대화하길 일찌감치 포기한 저는 늘 제 할 일을 가져오곤 했지만, 당신은 늘 손에 달고 살던 게임기조차 절 만나러 올 땐 가져오지 않았죠. 그러고는 늘 테이블에 팔꿈치를 올리고 턱을 괴고 있다가, 천천히 상체를 허물어트리곤 했어요."

그녀의 시선이 테이블 위를 또르르 굴러가 가장자리에 닿았다. 우주인의 시선도 같은 곳을 향했다.

"당신이 끝내 한쪽 팔 위에 뺨을 대고 엎드리면, 저는 당신이 테이블의 거의 반을 차지한 덕에 테이블 가장자리로 노트를 옮길 수밖에 없었죠. 그러다 가끔, 당신이 건너편에 닿도록 뻗은 손이 제 손에 닿고는 했는데……."

"……."

"그러면 당신은 미치 반응을 가늠하듯이 저를 올려다보곤 했죠. 아무 말도 없이, 물끄러미. 그러다 저와 눈이 마주치면, 매끄럽게 웃었어요. 마치 제가 손을 치우는 대신 이쪽을 볼 거라는 걸 알고 있었다는 것처럼, 그리고 그걸 기다렸다는 것처럼."

우주인은 노아리가 묘사하는 자신의 모든 행동을 머릿속에 생생히 그릴 수 있었다.

입술을 몇 번인가 달싹이던 노아리가 갑자기 고개를 내젓더니 말했다.

"그냥, 그게 다였어요. 당신과 제가 한 거라고는."

"그래."

"그리고 그 직후, 제가 작가란 사실이 밝혀지면서……."

노아리는 웃는 얼굴로 뒷말을 삼켰다. 우주인은 그런 노아리의 얼버무림이 차라리 고마웠다.

그리고 그녀가 돌연 자리에서 일어나더니 말했다.

"우리, 좀 걸을까요?"

우주인은 한 번도 와 본 적이 없는 길을 노아리는 익숙하게 헤집고 다녔다.

마침내 정신을 차렸을 때, 그들은 높이가 조금 있는 어느 돌로 된 광장 위에 서서 밤바람을 맞고 있었다. 허리 높이의 난간 아래로 서울의 야경이 반짝이며 빛났다. 이제 우주인에게 이 세계가 원래 세계와 다르다는 것을 알려 주는 증거는 눈앞에 있는 노아리의 존재뿐이었다.

난간 위에 두 손을 올려놓고 먼 곳을 바라보던 노아리가 문득 우주인을 돌아보더니 웃었다.

밤하늘에 녹아들 듯 새카만 머리카락과 검은 눈이 가로등 불빛을 입어 따스하게 빛났다. 그 순간, 저 먼 곳에서 별 하나가 깜빡이는 것과 동시에 우주인의 가슴이 수런거렸다.

망설이던 그가 마침내 물음을 던졌다.

"왜 내가 왔다는 사실을 알았을 때 피하지 않았어? 진짜 내기에 대한 걸 잊어버렸던 건 아닐 테고."

내가 정말 네 손에서 태어났다면, 꽤 집요한 편이란 것도 알 거 아니야? 우주인이 스스로를 포장하길 포기하고 꺼낸 말에 노아리가 미미하게 웃었다. 그것도 잠시, 다시 미소를 지운 그녀가 대답했다.

"그날로부터 벌써 일 년 반이나 지났으니까요. 당신이 제게 요구했던 걸 이미 그 세계에서 찾은 줄로만 알았어요."

그리고 그녀가 다시금 웃으며 말했다.

"제가 말했잖아요. 당신이 겪는 모든 고난은 꺾이기 위해서가 아니라, 더 성장하고 더 행복해지기 위해서라고. 그러니 애초에 그 세계의 존재가 아닌 제가 없다고 해서, 당신이 그걸 이겨 내지 못할 리 없다고."

"……."

"그래서 저는, 당신이 그걸 극복하고 나면 저를 찾으러 오지 않을 줄 알았어요. 그럴 필요가 없을 테니까."

그리고 난간 위에 늘어트리고 있던 팔을 거둔 그녀가 그를 똑바로 돌아보며 물었다.

"그런데도 여기 온 걸 보면, 뭔가 다른 용건이 있나 봐요. 그렇지 않나요?"

"나는……."

입안이 바짝바짝 말랐다. 우주인은 잠시 말꼬리를 흐리며 그가 여기 찾아온 용건에 대해 어떻게 말해야 할지 고민했다.

물론 노민찬이 결혼한다는 얘기를 하며 배낭에서 청첩장을 꺼내 보여 주는 건 그 무엇보다 쉬운 일이다.

그러나 그랬다가는, 그녀가 영영 제가 하는 말을 곧이곧대로 들어 주지 않을 거란 예감이 들었다.

결국 입을 달싹거리던 우주인은 간신히 솔직한 대답을 꺼냈다.

"널, 내가 살던 세계로 데려가고 싶어서 왔어."

"정말요? 아직도 당신의 결심이 바뀌지 않았다고요?"

예감이 빗나간 것이 퍽 당황스러웠는지, 노아리가 눈썹을 찡그리며 물었다. 그대로 불어오는 바람을 맞던 그녀가 앞머리를 쓸어 넘기며 고개를 돌렸다.

다시금 뒤돌아서서 서울의 야경을 돌아본 그녀가 중얼거렸다.

"뭐…… 아직도 당신의 결심이 바뀌지 않았다는 건 예상치 못한 일이지만, 그래요. 어쨌건 내기를 받아들인 건 저니까, 만약 정말로 당신의 마음이 아직 그렇다면 어쩔 수 없겠죠."

그에 우주인이 결코 그녀 본인의 의사를 무시할 생각이 없다는 걸 말하기 위해 입을 여는데, 노아리가 한발 빨랐다.

가면처럼 묘한 무표정을 덧씌운 그녀가 다시 우주인을 돌아보더니 말했다.

"하지만 그 전에 물어볼 게 있어요."

"그게 뭔데?"

"당신은…… 기억을 잃은 시간 동안 함단이를 그렇게 대했던 자기 자신을 용서했나요?"

전혀 예상치도 못한 질문에 급소를 찔린 기분이었다.

입을 달싹이던 그는 수차례의 시도 끝에 간신히 말을 꺼냈다.

"그건 내가 용서할 일이 아니야. 함단이가 나를 용서해야만 나도 나 자신을……."

"그녀는 이미 용서했어요!"

갑자기 터져 나온 외침에 우주인은 흠칫하며 맞은편을 바라보았다.

얼굴을 일그러뜨린 노아리가 양손을 세게 쥐며 연이어 쏘아붙였다.

"당신이 무슨 잘못을 저지르든, 설령 그 잘못으로 인해 다른 사람이 아닌 그녀 자신이 상처받는다고 해도. 그게 당신을 위한 일이었다면 그녀는 그저 용서하고 말 거라는 걸 당신도 알잖아."

과연 그 말은 도저히 반박할 길이 없을 정도로 모두 사실이었다. 살짝 기가 질린 우주인이 고개를 끄덕이자, 주먹 쥐고 있던 손의 힘을 푼 노아리가 힘없이 말했다.

"그렇다면 저는 당신과 갈 수 없어요."

"왜?"

"왜일 것 같아요?"

일순 빈정거리듯 묻는 것도 잠시, 노아리가 천천히 자괴감 어린 얼굴을 두 손으로 감쌌다.

그녀가 말을 이었다.

"제가 당신에게 작가란 사실을 숨겼던 것처럼, 아직도 숨긴 게 남아 있으니까."

"그게 뭐……."

무심코 물으려던 우주인은 멈칫했다. 이 순간, 그는 노아리의 대답을 듣지 않아도 그녀가 무엇을 말하려는지 알 것 같았다.

과연, 마침내 얼굴을 가리고 있던 손을 내린 그녀에게서 예상한 대답이 흘러나왔다.

"당신들에게, 그리고 그 누구보다도 당신에게 큰 위안이 되었던 함단이."

"……."

"그녀를 원래 예정된 운명에서 당신들로부터 떼어 놓은 건, 다름 아닌 나예요."

우주인은 잠시 침묵했다. 그거라면 방금 보고 와서 알고 있었다. 다만 그가 노아리 앞에서 솔직하게 그 얘기를 꺼낼 수 없는 이유는, 그가 〈해가림〉에 대해 찾아봤다고 했을 때 그녀가 어떤 반응을 할지 상상도 안 되기 때문이었다.

아니, 솔직히 말해 상상은 갔다. 꿈에서 자신이 작가임을 밝힐 때처럼 얼굴은 하얗게 질리고, 기도하듯 맞잡은 두 손은 덜덜 떨리겠지. 그런 모습은 다시는 보고 싶지 않았다.

게다가, 노아리가 자신들에게 안배했던 것이 결과적으로는 희망과 구원이었음을 지금은 의심치 않으니까.

다만, 그 이유만은 궁금했다.

그가 보았을 때 반여령과 함단이는 소꿉친구라는 단어가 누구보다도 잘 어울릴 정도로 서로가 없는 삶은 상상도 되지 않았으니까.

처음부터 만나지 않았다면 모를까, 만난 이상은 영원히 함께할 수밖에 없는 그런 사이였다. 그런 둘을 굳이 떼어 놓아야 할 필요가 있었을까?

우주인은 짐짓 차분한 어조로 물었다.

"왜 그런 거야?"

"……."

"원망하는 게 아니야. 과정이 어쨌건 지금 내가 아는 세계에선 두 사람이 함께 있으니 됐어. 나는 다만, 궁금한 거야. 엄마와 여령이를 떼어 놓는 게 이야기상에서 어떤 의미가 있어? 설령 그게 여령이가 앞으로 만날 사람들, 나를 비롯한 은지호, 천영이, 은형이가 더 큰 존재감을 갖게 하기 위한 장치였다고 해도, 엄마의 존재는 도저히 다른 사람으로 대체될 만한 것이 아니잖아. 내가 생각하기에 엄마는……."

우주인은 최유리의 경우를 떠올리며 천천히 말을 맺었다.

"끝까지 여령이에게 그 누구보다도 훌륭한 기댈 곳이자, 지지자이자, 구원자로 남았을 텐데."

주먹을 꽉 쥔 노아리가 대답했다.

"바로 그렇기 때문이었어요."

"뭐?"

"제목의 해가림의 해가 누구를 뜻할 것 같아요?"

"그야 당연히……."

우주인이 묘한 얼굴로 말끝을 흐리자 그녀는 고개를 끄덕였다.

"그래요, 〈해가림〉의 '해'는 의심할 여지도 없이 주인공인 반여령이죠."

그리고 고개 돌린 그녀가 먼 하늘을 바라보았다. 몇몇 별들만이 서울 밤의 환한 빛에도 굴하지 않고 여전히 빛을 보내고 있었다.

그녀가 다시 말을 꺼냈다.

"태양계에서 태양만이 유일하게 스스로의 힘으로 빛나는 항성이란 사실을 알고 있나요? 저희 눈에 보이는 저 수많은 행성은 사실 스스로의 힘으로 빛나는 게 아니라, 어디까지나 태양에게 빛을 빌려 오고 있을 뿐이죠."

"……."

"저는 그게 싫었어요, 그 불가피한 의존이."

작은 한숨을 삼킨 노아리가 말을 이었다.

"사람은 누구에게도 기대선 안 된다, 그런 말을 하고 싶은 게 아니에요. 사람은 서로 기대기도 하고 지탱하기도 하면서 성장하고, 그렇게 함께 보조를 맞추어 더 나은 미래로 나아가는 모습은 눈부시죠. 제가 당신들을 불완전한 존재로 설정하면서 바랐던 것 역시 그것이었어요. 서로가 서로의 불완전함을 채워 주는 것. 하지만 반여령만큼은……."

"그런 존재로 만들기 싫었구나."

"네."

우주인의 말에 노아리가 천천히 고개를 끄덕였다. 한 손으로 다른 팔을 감싼 그녀가 느릿하게 말을 이었다.

"그래요, 주인공인 반여령만큼은 그런 존재로 만들기 싫었어요. 그래서 대신 그녀에게 스스로 역경을 극복할 수 있는 모든 능력을 주었죠. '저'처럼 어중간한 능력을 갖추게 할 게 아니라."

"……."

"'해'는 태양계에서 유일하게 스스로 빛을 내는 항성, 그렇기에 설령 태양계의 다른 행성이 모두 사라진다고 해도 태양은 홀로 남아 끝까지 빛나겠죠."

우주인이 듣기에는 그런 태양의 말로가 부럽긴커녕 퍽 서글프게 느껴졌다. 그를 제외한 다른 모든 행성이, 빛이 사라지고 나서도 홀로 오랫동안 그 자리를 지켜야만 한다면.

노아리가 아래를 보며 천천히 말을 이었다.

"그와 마찬가지예요. 권은형이나 유천영, 당신이 그 빛에 이끌리고 구원받아 함께 빛나게 된다고 해도, 당신들이 반여령에게 의지할지언정 반여령은 끝까지 당신들을 의지하지 않았을 거예요. 그렇게 누군가에게 기댔다가 그 사람을 잃게 된다면 사람이 얼마나 슬프고 무기력해지는지, 앞선 경험을 통해 깨달았으니까."

우주인은 한숨 쉬듯이 대답했다.

"그래……."

"한때의 제게 구원이란 남의 도움을 받지 않고 스스로 처한 상황을 헤쳐 나갈 수 있는 온전한 힘과, 능력을 갖추는 것이었어요. 그렇게 해서 얻은 타인의 존재에 의해 좌지우지 당하지 않고, 침해당하지 않는 행복이야말로 제가 생각하기엔 '완전한 행복'이었던 거지요. 실로 주인공만이 가질 수 있을 만한 행복. 그리고 그때 정의 내린 의미가 지금은 변했냐고 하면……."

힘없이 웃은 노아리가 고개 숙이며 중얼거렸다.

"아직은 모르겠어요."

"……."

물끄러미 시선을 깔아 노아리를 바라보던 우주인이 불쑥 입을 열었다.

"네가 원래의 이야기 속에서 반여령을 그 무엇에도 의지하지 않고 홀로 서는 사람으로 만든 건—"

그가 덧붙였다.

"실은 네가 그런 힘을 갖고 싶어서였구나."

"네, 그랬어요."

"그리고 널 그렇게 되도록 몰아붙인 사람은…… 이쪽 세계의 네 아버지인 거야?"

그에 비로소 고개를 든 노아리가 탄식하듯 물었다.

"어떻게……?"

"네가 전에 그랬잖아, '그쪽 세계의 아빠는, 원래 세계의 아빠와는 같은 인류라고 묶기에 미안할 정도로 좋은 사람'이라고."

우주인의 망설임 없는 대답에 노아리는 쓴웃음을 머금으며 대답했다.

"정말, 당신에겐 말 한마디도 신중히 하지 않으면 안 되겠네요."

그리고 또다시 한 손으로 다른 팔을 만지작거리던 그녀가 고개를 들고 물었다.

"자, 그래서 이제는 어떻게 할 건가요? 저는 누구에게도 의지하지 않고 스스로의 처지를 극복하고자 하는 마음을 반여령에게 투영했고, 결과적으로는 당신들에게 '진짜' 구원이 될 수 있었을지도 모르는 함단이를 당신들로부터 떨어트려 놓았어요."

그녀가 흔들림 없는 목소리로 말을 이었다.

"그러니 당신들이 지금 누리고 있는 행복은 제가 바란 것이었을지언정 제가 안배한 게 아니고, 그러니 제가 당신들을 사랑한다는 말 또한 이제는 실천 없는 빈말이 되어 버리네요. 이런 저라도 당신과 함께 가길 원하나요?"

'설마 그렇진 않겠죠?' 그런 눈빛으로 노아리가 우주인을 물끄러미 보았다.

그에 잠시 입술을 달싹거리던 그가 말했다.

"대답하기 전에 다시 물어야 할 게 있어."

"네?"

"넌, 이 세계에서 행복해?"

잠시 놀람을 머금었던 노아리의 눈이 흐려졌다. 이윽고 쓴웃음을 머금은 그녀가 대답했다.

"행복하냐고요? 아니요, 아직은…… 그렇지 않아요."

다시금 주먹을 꽉 쥔 그녀가 덧붙였다.

"하지만 오히려 그렇기 때문에, 지금은 당신을 따라갈 수 없는 거예요."

우주인이 동요 없는 얼굴로 물끄러미 보는 가운데, 노아리가 잠긴 목소리로 말을 이었다.

"저는 누군가를 구할 힘은커녕 스스로를 구할 힘조차 없고, 그렇다고 남의 도움을 받고 의지하긴 죽어도 싫어요."

그녀가 입술을 깨물며 덧붙였다.

"원래의 이야기에서 반여령이 태양이고, 당신들이 행성이었다면 전 뭐였을까요? 운석이었을까요? 스스로 빛을 내지도, 그렇다고 그 빛을 받아들이지도 못한 채 우주를 유영하다 거부할 수 없는 인력에 이끌려 서서히 재가 되는……."

"……."

"제가 쓰는 글이 단말마에 가깝다고 느낄 때가 있어요. 저는 예술적 재능을 갖춘 게 아니라, 단지 타는 듯한 고통을 연료로 삼아 잠깐 반짝일 뿐이라고…… 그렇게라도 남들에게 추억의 일부로 남는다면 그걸로 된 걸까요?"

노아리의 혼잣말 같은 중얼거림에 우주인은 아무 대답도 하지 못했다.

잠시 눈을 내리깔고 침묵하던 그녀가 다시 고개를 들어 깨진 유리 조각처럼 날카로운 시선으로 그를 보았다.

"그러니 아무리 제가 만든 당신이라고 해도, 의지하고 싶지 않아요. 당신이 떠나면 저는 결국 홀로 설 힘을 잃은 채 남게 될 뿐이니까. 이런 불신을 당신은 이해하겠지요? 왜냐하면, 당신의 불신은 나로부터 비롯된 거니까."

그러니 날 그냥 내버려 둬요. 당신에게 이젠 내가 필요 없다는 걸 알아요.

담담한 노아리의 마지막 말이 우주인의 귓가에 마치 절규처럼 메아리쳤다.

긴 침묵이 흘렀다. 사방은 쥐 죽은 듯이 고요하여 인기척이라고는 나지 않았고, 먼 곳에선 아름답지만 그들과 관계없는 별들이 무심하게 반짝였다.

그 속에서 노아리를 물끄러미 바라보던 우주인은 간신히 한마디를 던졌다.

"난 말이야."

그러면서 그는 머릿속으로 반여령의 말을 떠올렸다.

'그랬기 때문에 우리는 이렇게 주연이라는 틀에 묶여 만날 수 있었던 거고. 서로의 삶에 한 페이지가 되길 허락받아서.'

한 박자 쉰 그가 천천히 말을 이었다.

"내 것이 아닌, 내가 원치 않던 말에 점령당한 세월이 너무 길어. 그로 인해 낭비된 페이지가 너무 많아."

"네?"

"잘 생각해 보면 내가 무슨 말을 하는지 알 거야."

잠시 고민하는 듯하던 노아리가 곧 쓰게 웃으며 고개를 끄덕였다.

"맞아요. 그것도 어찌 보면 당신과 저의 같은 점이죠…… 차라리 처음부터 타인이었다면 좋았을 텐데, 하필이면 가족이란 굴레로 엮어 태어난 사람으로 인해 너무 많은 시간과 기력을 낭비했어요. 그러니 삶을 책에 비유할 수 있다면, 그건 확실히 일종의 '페이지 낭비'라고 부를 수 있겠네요. 원치 않는 인물에 의해 쓰인, 결코 원하지 않았던 사건에 대한 내용들……."

"그래서 그걸 자각한 뒤로는, 단 한 사람의 말로 내 책을 가득 채우는 상상을 했어."

이해하지 못한 듯 의아하게 바라보는 노아리에게 그가 덧붙였다.

"그리고 네가 다른 세계에서 온, 따라서 이 세계에 아무런 감정적 연고가 없는 사람이란 걸 깨달았을 때, 정말로 그런 게 가능할지도 모른다는 생각을 했어."

"……."

"내 책을 너 한 사람의 목소리로 가득 채우는 대신, 나 역시 너란 텅 빈 책을 주워 처음부터 끝까지 내 목소리로 채우는 일 말이야."

그러니 그것은 한때 반여령이 함단이로 하여금 가능할 뻔했던 것이며, 몹시 위험하면서도 또한 누구나가 한 번쯤은 꿈꾸는 일이었다.

단 한 사람만으로 이루어진 구원.

눈을 내리깐 우주인이 말을 이었다.

"네가 조심성 없이 뱉은 말에서 얼핏 불행이 드리운 그림자를 발견했을 때, 심지어 그 불행의 형태가 내가 지닌 것과 비슷하단 걸 알았을 때 내가 기뻤던 건 그런 이유에서였겠지. 내가 원한 대로 우리가 서로의 구원이 되어 줄 수 있을지도 모른다고 생각해서."

"……."

"하지만……."

우주인은 노아리가 숨도 쉬지 않고 자신의 말을 듣고 있다는 것을 깨달았다. 몇 번인가 고요히 숨을 들이쉰 그가 천천히 내뱉었다.

"너는 어쩌면, 여령이에게 엄마를 돌려주었더라도 괜찮았을지도 몰라."

"네?"

노아리가 반문하는 것을 들으며 그는 반여령의 말을 다시금 상기했다.

'이건 한 사람만의 이야기가 아니라, 우리 모두의 이야기니까.'

"내 삶이 단 한 사람의 목소리만으로 채워지길 바랐지만 그건 결코 불가능했듯이, 지금의 엄마를 이루는 것 역시 온전한 엄마의 목소리만은 아니겠지. 거기엔 분명히 엄마가 여태껏 거쳐 왔던 사람들의 목소리, 사랑하는 사람의 목소리와 싫어하는 사람의 목소리가 모두 있어. 내 목소리를 포함해서."

"……."

"우리는 지금까지 수많은 말들로 감명을 주고, 감명받기도 하면서 서로를 변화시켜 왔고…… 그런 시간이 없었다면 우리가 지금의 우리와 얼마나 비슷한 사람일지는 아무도 알 수 없어."

"……."

"그러니 설령 네가 여령이에게 엄마를 돌려주었다고 해도, 우리의 우정의 형태가 지금 같았을지는 결코 장담 못 해. 지금보다 더 행복했을 수도, 지금보다 더 엉망이었을 수도 있겠지. 우리 개개인이 얼마만큼의 역할을 수행하고, 얼마만큼의 변화를 일으켰냐에 따라서. 그러니 그건, 결과가 뭐가 됐든 간에 단지 한 사람만의 힘으로 빚어낸 결과는 아닐 거야."

눈도 깜빡이지 않고 이쪽을 바라보는 노아리에게 우주인이 천천히 말을 이었다.

"마찬가지로, 내가 구원받은 것도 엄마 한 사람만으로

인한 결과는 아니야. 그러니 네가 그것에 대해 미안해할 필요 없어."

눈을 내리깐 그가 덧붙였다.

"그리고 나는 더는 네게 완전무결한 이해를 바라지도, 구원을 바라지도 않아. 왜냐하면 지금의 나를 이루는 페이지 대부분은 네가 모르는 것이고, 더군다나 네 말대로 나는 그것을 이미 내가 있던 세계에서 얻었으니까. 너의 존재 없이도."

그 말에 다시금 주먹을 세게 쥔 노아리가 떨리는 입술을 열었다.

"……제가 당신이 원하는 것을 줄 수 없다는 걸 알면서도, 당신과의 내기를 거절하지 않았던 건—"

그녀가 주먹 쥔 손에 힘을 주며 말을 이었다.

"그럼에도 제가 당신이 원하는 걸 줄 수 있다고 아직 믿고 싶었기 때문이에요."

"……."

"그런데 그 모든 게 제겐 불가능하다는 걸 알아 버린 지금, 당신은 어째서 제 앞에 서 있나요?"

우주인을 보는 노아리의 눈 안에서 끝내 눈물이 부풀어 올랐다.

바닥으로 눈물을 뚝뚝 흘리며 그녀가 말을 이었다.

"제게 당신이 원하는 게 없다는 걸, 그래서 제가 당신에게 더는 필요 없다는 걸 직접 말해 주려고, 그게 당신이 이 세계로 온 이유의 전부인가요?"

그 광경을 꿈결처럼 바라보던 우주인이 손을 뻗었다.

서툴게 손을 뻗어 노아리의 한 손을 다급히 붙잡은 그가 말했다.

"아니, 내가 이 세계로 온 이유는……."

잠시 숨을 고른 그가 중얼거렸다.

"네가 그랬잖아, 보고 싶어지면 만나러 와 달라고……."

말없이 눈을 동그랗게 뜨는 노아리에게 그가 애원조로 덧붙였다.

"꿈에서가 아니면, 안 되는 거야?"

노아리의 눈물이 멎었다. 믿을 수 없다는 듯, 멍하니 시선을 마주쳐 오는 그녀에게 그가 다시 말했다.

"네가, 보고 싶어서 왔어. 그 이유로는 부족해?"

"……."

"더 이상 네가 날 만들었다는 이유로, 네게 누구에게도 지운 적 없는 무거운 짐을 부당하게 지우고 싶지 않아. 마찬가지로, 나만이 널 이해할 수 있고 나만이 널 구할 수 있지 않더라도, 네가 이 세계로 넘어오는 이유가 반드시 내가 아니더라도 괜찮아."

"……."

"네 말처럼 네 불신은 나와 닮았고, 우리의 불행 역시 그렇고, 그렇기에 나는 너를 이해하니까. 네가…… 언젠가 내가 네 곁에 없다는 이유만으로 무력하다고 느끼길 원치 않으니까. 나는 그저…….”

노아리에게 조금 더 가까이 몸을 숙인 그가 물기 어린 목소리로 속삭였다.

“……노민찬 선생님이 결혼해. 그리고 내가 듣기로는 노민찬 선생님은, 아직도 기억나지 않는 여동생의 빈자리를 느끼고, 그리워하는 것 같아.”

말없이 눈만 크게 뜨는 그녀에게 그가 말을 이었다.

“그러니 너도 아직 노민찬 선생님이 그립다면, 아직 두고 온 수많은 사람이 그립다면…….”

그가 마침내 말을 맺었다.

“돌아가자. 나를 위해서가 아니라, 너를 위해서.”

* * *

원래 세계로 돌아온 우주인은 그날 내리 잠만 잤다. 잠시 눈을 떴을 때 창틈에 새벽빛이 어슴푸레하게 밝아 온 것을 확인하고도 손도 까딱 않고 다시 잤다.

짐작하건대 일종의 도피성 수면이었던 것 같다.

그는 노아리가 원래 세계로 돌아오는 것을 확인하지 않고 먼저 집으로 돌아왔다. 요컨대 ‘나는 내 세계로 넘어올

지 말지를 정말로 네 의사에 맡기고 상관하지 않겠다.'라는 강한 의사 표명이었던 셈이었다.

그러나 막상 그렇게 돌아오고 나니, 노아리가 정말로 돌아왔는지 아닌지 확인하고 싶어 좀이 쑤셔 죽을 지경이었다.

노민찬의 집에 막무가내로 찾아가 본다든가 함단이에게 노아리의 번호를 물어본다든가 하는 무식한 방안들을 가까스로 머릿속에서 지우고, 이제는 별로 재미도 없는 게임들을 하며 시간을 죽였다.

그러다 어느 날, 우연히 들어간 권은미의 SNS에서 꼬리를 잡았다.

[이게 얼마 만이야♡]

권은미답지 않게 상투적인, 하지만 진심 가득할 터인 문장 아래로 커피 잔을 두 손으로 쥐고 어색하게 웃고 있는 노아리의 사진이 있었다.

한참이나 그 사진을 들여다보던 우주인은 이윽고 스마트폰을 배 위로 내려놓았다. 친구 동생의 교우 관계까지 모조리 알 수 있는 현대 SNS의 폐해란, 어쩌고 투덜대면서.

실은 노아리가 돌아오자마자 이쪽부터 찾아와 주지 않은 게 서운했지만, 결코 입 밖으로 꺼낼 순 없었다.

'네가 이 세계로 오는 이유가 내가 아니어도 좋다.' 어쩌고 했을 때부터, 그는 노아리에게 불만을 토로할 자격을 완전히 잃었으니까.

그다음부턴 괜히 배가 아파 SNS에는 발도 들이지 않았다. 아주 가끔 노아리와 안면이 있는 것 같은 권은미와 반휘안의 타임라인을 빠르게 훑긴 했지만, 마치 그날이 이례적이었던 것처럼 그들의 타임라인은 다른 사람들의 모습으로 가득 채워져 있었다.

그 모습을 보며 우주인은 다시금 생각하게 되었다. 한 사람이 태어나 살면서 만나는 사람의 숫자는 얼마나 될까?

어째서 그중에 극소수의 사람만이 우리의 기억 속에, 우리의 마음속에 남게 되는 걸까? 우리의 안에 있는 사람들과 바깥에 있는 사람들과의 차이는 뭘까?

왜 나는 너를.

왜 나는 너를…….

우주인은 눈을 감았다. 오늘도 아무것도 하지 않은 채 하루해가 졌다.

* * *

그날은 아침부터 정신이 없었다.

노민찬 선생님의 결혼식장에 함께 가기 위해 오전부터 찾아온 은지호에게 복학 신청을 아직도 안 했다는 걸 들켜

'미쳤냐?' 소리를 들어 가며 겨우겨우 복학 신청을 완료했고, 그의 까다로운 눈썰미 아래 수십 벌의 옷을 입었다 벗어야 했다.

우주인이 보기에 은지호는 그저 '고등학교 교직원들에게까지 사귀는 사이라고 소문나는 건 싫다.'라는 함단이의 말 때문에 식장에서만은 연인 행세를 할 수 없게 되어, 그로 인한 분풀이를 자신에게 하고 있는 것에 불과했다.

아니, 그런데 생각해 보니까 저 녀석은 나와 아리의 헌신적인 지원(그렇다고 치자) 덕에 엄마랑 사귀게 되었으면서, 고작 반나절 연인 행세 못 하게 되었다고 저 난리야?

일 년 반 동안 세계 단위로 떨어져 있던 걸로도 모자라 돌아오고 나서도 아직 한 번도 못 만난 나는 어쩌고?

갑자기 열 받은 우주인은 험난한 과정 끝에 최종 결정된 옷을 젖은 욕실로 힘차게 집어 던졌고, 그 뒤로는 은지호와 대학교 입학한 이래로 가장 품위 없게 싸웠다.

식장으로 향하는 차 안에서는 북풍 같은 찬바람이 쌩쌩 불었다. 퉁퉁 부은 얼굴로 차에서 내리는 은지호와 우주인을 보며 권은형이 난처하게 웃었다.

"다들 표정이 왜 그래? 좋은 날인데, 웃어야지."

그런 권은형의 걱정이 무색하게도, 하객들이 모여 있는 로비가 가까워지자 은지호는 귀신같이 표정을 바꿨다.

그림 같은 미소를 지으며 사람들에게 인사를 건네는 그

를 보며 우주인은 기가 차다는 표정을 지었지만, 곧 체념하고 주위를 둘러보았다.

그때였다.

마치 갑자기 주위가 무대로 변하고 그 위로 스포트라이트가 쏟아지는 것처럼, 토요일 오후의 밝고 환한 로비가 뚜껑이 덮인 것처럼 어두워지더니, 한 줄기 빛이 식장 입구를 비추었다.

우주인은 그 빛을 무심코 눈으로 좇았다.

식장 입구에 장식된 큼직한 흰색 리시안셔스 화병 뒤에서 한 사람이 흐드러지듯 웃고 있었다. 붉은 베레모를 쓰고, 진주 단추가 달린 베이지색 체크무늬 투피스를 입은 그녀는 얼마 전에 보았던 것과는 사람 자체가 달라 보였다. 검은 머리카락을 늘 그렇듯 양 갈래로 묶어 단정히 늘어트렸다는 것만이 그가 알던 그녀와의 공통점처럼 보였다.

그녀의 옆에는 붉은 단발의 권은미가 있었다.

뭐가 그렇게 재밌는지, 눈을 한껏 접으며 웃던 그녀가 문득 이쪽을 보았을 때는 놀랐다. 가까이 다가왔을 때는 더더욱 놀랐다.

다행히 곁에 있던 은지호와 권은형이 다른 손님 응대를 위해 가 버렸을 때쯤, 타이밍 좋게 노아리가 그의 앞에 도착했다.

두 손을 모으고 서서 물끄러미 그를 바라보던 그녀가 이

숙고 고개를 기울이며 웃었다.

"오랜만이에요."

마치 일상처럼 선뜻 건네진 인사를 그는 믿을 수가 없었다.

두 눈을 한참 동안 깜박인 끝에 우주인이 물었다.

"왜 나한테 온 거야?"

인사에 대한 대답으로 적절치 않다는 걸, 바보 같은 물음이란 걸 알지만 어쩔 수가 없었다.

그는 이미 너무 많이 기다렸다.

노아리의 선택을, 그녀의 대답을, 그녀가 이 세계를 택한 이유를.

적어도 그녀가 이 세계를 택한 이유에 자신이 아주 조금이라도 들어가길 바라면서.

그리고 지금, 그는 오랜만에 본 노아리의 모습이 몹시 달라졌다는 것에 조바심을 느꼈다. 어쩌면 그가 욕심냈던 지극히 일부조차 그의 것이 아닐지도 모른다는 생각에.

그러자 그가 무슨 의도로 그런 질문을 던지는지 완벽히 이해했다는 듯 노아리가 빙긋 웃었다.

그 미소는 당신을 이해할 수도 구원할 수도 없노라 절망하던 때와는 달리, 오히려 어떤 전능함마저 품고 있는 듯해 우주인은 다시금 멍해졌다.

그리고 가늘게 흘러내린 머리카락을 귀 뒤로 쓸어 넘기며 노아리가 대답했을 때.

"보고 싶어서요."

우주인은 어째서 그녀가 스스로 빛날 수도, 그 빛을 받아들일 수도 없는 운석에 비유했는지 알 수 없어 아연해지고 말았다.

적어도 그가 보는 한 그녀는 이렇게나 찬란하며 빛나는데.

또한 그 순간 그는 깨닫고 말았다.

결코 한 사람으로만 이루어진 책도, 구원도 없을 거라고 잘난 체하듯 단언했지만, 단지 만나는 것만으로 만난 뒤가 아니라 만나기 전의 삶, 그에 관련된 기억과 해석까지도 바꿔 버리는 이들이 존재한다.

그렇기에 그들과의 만남은 단지 한순간만을 바꾸는 것이 아니라, 그가 살아온 세계 전체를 바꾸는 일이라고.

그러므로 새롭게 만난 세계, 그가 이전까지 살아온 것과는 완전히 다른 세계의 한가운데에서 노아리가 다시금 웃으며 물었다.

"당신이 보고 싶어서 왔어요. 그런 이유로는 안 되나요?"

"그거면 돼."

어느새 그녀의 손이 그의 손을 감싸고 있었다.

그 꿈결 같은 온기에 얼떨떨하게 손을 맞잡는 한편, 우주인은 다짐했다.

그가 방금 알게 된 이 세계의 비밀을 언젠가는 그녀에게 말하리라고.

그녀도 그로 인해 새로운 세계를 만나게 되는, 바로 그 순간에 말이다.

〈다시 만난 세계 외전 마침〉

인소의 법칙 17

초판 인쇄 2021년 12월 8일
초판 발행 2021년 12월 24일

지은이 유한려
펴낸이 신현호
편집부장 예숙영
편집 최은지
편집디자인 한방울
영업 김민원
물류 이순우 박찬수

펴낸곳 ㈜디앤씨미디어
출판등록 2002년 5월 1일 제117-90-51792호
주소 서울시 구로구 디지털로 26길 111 JnK디지털타워 503호
대표전화 (02)333-2513 팩스 (02)333-2514
전자우편 dncbooks@dncmedia.co.kr
디앤씨북스 블로그 http://blog.naver.com/dncbooks

ISBN 978-89-267-1891-9 04810
ISBN 978-89-267-1819-3 (SET)